정좌

정좌(正坐)_오세영 문학자전

초판1쇄 인쇄 2019년 10월 2일
초판1쇄 발행 2019년 10월 10일
지은이 : 오세영
펴낸이 : 김향숙
기획 : 한경옥, 김종현
펴낸곳 : 인북스
주소 : 경기 고양시 일산서구 성저로 121, 1102-102
전화 : 031) 924 7402
팩스 : 031) 924 7408
이메일 editorman@hanmail.net

ISBN 978-89-89449-71-3 03810

이 도서는 한국출판문화산업진흥원의 '2019년 출판콘텐츠 창작 지원 사업'의 일환으로
국민체육진흥기금을 지원받아 제작되었습니다.

이 도서의 국립중앙도서관 출판예정도서목록(CIP)은 서지정보유통지원시스템 홈페이지(http://seoji.nl.go.kr)와 국가자료종합목록시스템(http://www.nl.go.kr/kolisnet)에서 이용하실 수 있습니다.
(CIP제어번호 : CIP2019038543)

오세영 문학 자전

정좌

正坐

인북스

태어나서 살다 죽는 것, 이 세상 모든 생명이 겪는 자연의 순리다. 무엇 때문에 생겨나서 왜 이렇게 살다가 어디로 돌아가는 것일까. 아마 그 누구도 속 시원히 대답할 수 있는 질문은 아니리라. 그러면서도 이 같은 문제들로 일생을 고민하며 살다가 죽는 것 또한 인생이다.

나는 사실 염세주의자이다. 삶을 그다지 행복한 것으로 생각해 본 적이 별로 없다. 왜 태어났을까? 태어나지 않았더라면 더 좋았을 것을…… 그래도 한편으로는 ―죽음에 대한 두려움 때문인지 아니면 지금까지 살아온 삶의 덧없음 때문인지― 기왕에 사는 것 또한 영원히 살고 싶은 마음 전혀 없는 것도 아니다. 그러나 영원이란 현실적으로 있지도, 있을 수도 없는 것, 그래서 사람들은 자신의 사후(死後), 이 세상에 어떤 흔적들을 남기고 싶어 하는 것이 아닐까. '호랑이는 죽어서 가죽을, 사람은 죽어서 이름을 남긴다'는 말조차 있지 않던가.

그러나 나는 이렇게 말하고 싶다. 호랑이는 죽어서 가죽을 남기지만 인간은 죽어서 기록을 남긴다. 아니 남겨야 한다. 한 인간에게 있어 기록 즉 글쓰기란 자신의 영원성에 대한 존재의 담보이자 그가 후세인(後世人)들에게 기여할 수 있는 한 생의 마지막 노력이 될 수도 있을 것이라고 생각하기 때문이다.

　따라서 이 책의 기록은 한 다난한 시대를 평생 학자와 시인이라는 두 길로 걸었던 어떤 허무주의자의 작은 발자국들이라 할 수 있다. 큰 파도가 휩쓸면 덧없이 스러질 바닷가 모래밭의 그 작은 발자국들…… 그리될 줄 알면서도 나는 기록을 남긴다. 인생이란 어차피 아이러니 아니겠는가?

2019년 가을
오세영

차례

제1부

1장 …

내 삶의 뿌리

1

내 호적상의 출생지는 전라남도 영광군 (靈光郡) 묘량면(畝良面) 삼효리(三孝里) 석전(石田) 68번지로 되어 있다. 그러나 나는 여기서 성장하지는 않았다. 지금도 종손이 살고 있기는 하나 그곳은 대대로 해주 오씨(海州 吳氏) 일문이 살아온 내 선친의 고향일 뿐이다. 다만 조부의 명에 따라, 당시 지아비를 잃고 친정에 기거하시던 어머니가 출산일에 맞추어 여기 와 유복자인 나를 낳고(1942년 5월 2일) 100일을 머물렀다고 들었다. 그러니 생후 100일을 살았다는 것과 초중고교 시절의 방학 때 가끔 조부모께 문안을 드리러 며칠씩 방문했다는 것 이외에 나와 별 인연이 없는 곳이다.

정작 내 유년의 공간은 —친가인 영광군과 인접해 있는 외가— 장성(長城), 정확히는 장성군 황룡면(黃龍面) 신호리 소래 마을, 속칭 월평(月坪)이라는 곳이다. 나는 여기서 자랐다. 외가가 이곳이 향리인 울산 김씨(蔚山 金氏)의 중시조이자 조선조 인종 때의 명유(名儒), 하서(河西)

정좌(正坐)

김인후(金麟厚)의 후손이기 때문이다. 그래서 나는 태어난 직후부터 한국전쟁이 발발한 1950년 즉 월평초등학교 3학년까지의 유년기 9년을 이곳에서 보냈다. 그러므로 장성은 내게 고향과 다름없는 곳이다.

외가는 하서를 배향한 필암서원(筆巖書院)의 옆 자락에 자리 잡고 있었다. 집터가 넓었다. 후원은 조그마한 야산과 연해 있었고 산의 경사면에는 별당이, 그리고 그 아래의 본채와 이 별당 사이의 언덕에는 무성한 대숲이 우거져 있었다. 어린 시절의 나는 필암서원을 들락거리거나, 그 앞을 흐르는 맑은 황룡강에서 미역을 감거나, 아니면 이 후원의 대숲 아래 앉아 사랑채의 외조부님께서 글 읽는 소리를 듣는 일로 소일하곤 하였다.

내가 외가에서 자라게 된 내력은 이렇다. 영광의 아버지가 장성의 어머니와 결혼하실 무렵, 당신은 서울의 경성공업전문학교 토목과 재학생이었다. 그래서 어머니는 아버지와 결혼을 하셨음에도 시댁 살림을 하지 않고 친정에 계속 머무르셨다. 남편 없는 시댁에서 시집살이하게 될 딸을 걱정하신 나의 외조모님이 사돈이신 나의 조부님을 설득하여 아버지가 대학교를 졸업하실 때까지 잠정적으로 친정에 머물도록 배려하셨기 때문이다. 거기에는 또 당신의 큰 사위인 나의 선친이 고향인 영광에서 서울을 가려면 어차피 기찻길이 닿는 처가 즉 장성을 거쳐야 한다는 현실적 문제도 명분이 되어 주었을 터이다(예나 제나 영광은 기차가 닿지 않는 곳이다). 그러나 스무 살에 결혼하여 방학 때 잠깐씩 귀향한 아버지를 친정에서 한두 번씩 만나곤 한 것이 전부였던 어머니의 신혼생활은 그조차도 짧았다. 2년도 채 되지 않은 해에 아버지가 그만 병으로 유학지, 서울에서 돌아가셨기 때문이다. 그것은 어머니의 꽃다운 나이 22세, 나를 임신하신 지 4개월째 되는 가을이었다.

아버지의 죽음은 돌연했다. 당시 경성을 휩쓸던 전염병 때문이었다고 한다(일제 총독부는 전염병의 확산을 막기 위해 유족과 아무런 상의 없이 시신을 제멋대로 화장해 처리해 버렸으므로 나에게는 아버지의 산소가 없다). 그리하여 나는 넉 달 유복자로 본가에서 태어나, 100일 만에 다시 외가로 돌아온 후 성인이 될 때까지 이 외가에서 자라게 된다. 그것은 남편 없는 시가(媤家) 살림을 원치 않으셨던 어머니의 뜻과, 딸의 박명을 애통해하신 외조모님의 연민과, 청상과부 며느리를 거느리시기가 불편하셨던 조부님의 관용이 한데 어우러진 결과였다.

어머니는 원래부터가 병약하셨다. 그런데 내가 고등학교에 다닐 즈음부터는 심장판막증까지 앓으시다가, 만년의 5, 6년 동안은 심한 이 병의 합병증으로 고생하셨으며 내가 28세 되던 해 봄(1970년 4월 20일), 서울에서 돌아가셨다. 여러 가지 이유에서, 특히 당시 내가 총각 신세였던 까닭에 어머니를 편히 가시도록 간병해드리지 못한 것이 내 평생의 한으로 남아 있다.

이 무렵 친가는 2, 3백 석을 추수하는 부농이었다. 하지만 외가는 —외중조부 때까지 대지주였다고 하나— 당시 50석 정도의 추수에 그치고 있었다. 내가 외가로 돌아간다고 하니 조부께서는 어머니에게 내 몫의 유산으로 논 열여섯 마지기를 떼어주었다고 한다. 그러므로 나는 내 몫의 전답을 갖고 이후 외가살이를 하게 된 것이다. 비록 대지주들이 많은 곳이라고는 하지만 이 정도의 추수는 전라도에서도 그리 작은 편은 아니어서 내 유년 시절의 경제 사정은 별로 궁핍하지 않았다. 그러나 여덟 살 되던 해(초등학교 3학년) 발발한 6·25는 우리 민족 모두에게 그랬던 것처럼 내게도 참담한 시련을 안겨 주었다. 외가가 좌익운동에 연루된 이모부와 외재종조부로 인해 갑자기 날벼락을 맞듯 몰락해버렸기 때문이다.

전쟁 중 외조부가 돌아가시고 국군의 파르티잔 토벌이 시작되자 외가가 처한 내외의 사정은 흉흉해지기 시작했다. 그래서 외조모는, 집안의 남자들만큼은 어떻게 해서든지 살려내야 한다는 일념으로 당시 광주 서중을 다니던 이 집안의 유일한 남자 외숙과 초등학교 학생이던 나를 그 지역의 큰 도시 광주로 피신을 시켰다. 그런 이유로 나는 광주의 수창초등학교에서 4, 5학년을 수학하였다. 이후 외조모는 외종조부(당신의 시동생)를 의지해 다시 전북의 전주로 이사를 하게 되었고 나는 거기서 초등학교 1년(완산초등학교 6학년)과 중고등학교 6년(신흥중고등학교)의 다감한 사춘기 7년을 전주에서 보내게 된다.

그러므로 나의 전주 생활은 —대학을 졸업한 후 내가 2년간 전주의 기전여자고등학교에서 교편을 잡은 기간까지 합칠 경우— 통산 만 9년이 되어 나는 전주에 대해 소중한 추억들을 많이 지니고 있다. 내 유년 시절의 고향이 장성이라면 청소년 시절의 고향은 바로 전주인 것이다. 내가 잡지나 기타 나를 소개하는 글에서 다소 장황하지만 다음과 같이 밝히는 것도 이 때문이다.

전남 영광 출생. 전남의 장성, 광주, 전북의 전주 등지에서 성장.

이렇게 적어 넣어도 인쇄된 지면에는 종종 뒷부분이 생략되어(아마도 편집상의 이유이리라) 단순히 '영광'만으로 발표되는 경우가 적지 않다. 나로서는 좀 섭섭한 대목이다.

전쟁을 겪으면서 외조부가 돌아가시고 당국에 의해 재산이 몰수되자, 양반댁 규수로 자란, 그래서 기본적인 생활능력조차 갖추지 못한 외조모는 대가족을 먹여 살리기가 힘들었다. 이리저리 객지로 떠돌아다니는 신세가 되었다. 그러는 가운데 외가는 철저하게 몰락해버려 한국전쟁 이후부터 내 나이 32세, 그러니까 내가 대학교수(충남대학교)가 되던 해(1974년)까지의 23년여 동안은 참으로 고통스러운 시련의 연속이었다.

2

초등학교 시절의 내 성적은 별로 좋지 못했다. 반에서 겨우 20등 내외를 오르내리는 학생이었다. 철이 들지 않았다고나 할까, 공부에 별 취미가 없었다. 아니 공부를 해야 하겠다는 의식 자체가 없었다. 전쟁의 물결에 휩쓸려 이곳저곳 쫓기듯 떠돌아다녀야 했던 소년의 처지로서는 아마 그럴 법도 했을지 모른다. 당연히 이 지역의 명문 중학교인 전주 북중(北中)의 입학시험에 떨어지고, 유일한 후기 인문계 사립 중학교인 신흥(新興)중학교에 들어갔다.

입학 첫 학기 초만 하더라도 이 학교에서의 내 성적은 초등학교 때의 수준을 넘어서지 못했다. 그런데 웬일인가. 한 학기가 지나자 내게 예기치 못했던 일이 일어났다. 반에서 20등 내외에 머물던 성적이 나도 모르는 사이에 전 학년(전 학년이라고는 하지만 전체 3학급 180명 내외) 4, 5등이 되더니, 졸업할 때는 전체 석차 2등까지 뛰어오르게 된다. 이 같은 변화는 전적으로 좋은 친구와 훌륭하신 선생님을 만난 덕택이 아니었나 싶다.

친구들 중에 박병오라는 소년이 있었다. 어렸을 때 사고로 오른쪽

정좌(正坐)

팔을 잃은 지체장애자였다. 그런데도 그는 입학부터 졸업까지 줄곧 1 등을 지킬 만큼 두뇌가 명석했고, 건강한 사람 이상으로 모든 운동에도 두각을 나타내는 아이였다. 한쪽 팔로 공을 드리블하면서 농구코트를 휘젓는 그의 모습은 가히 감탄할 지경이었다. 행운이었던지 그런 그가 내가 살던 동네로 이사를 와서 나와 등·하굣길을 같이함은 물론 일상생활을 함께하는 친구가 된 것이다. 그래서 이를 계기로 나는 그로부터 많은 것들을 배웠다. 공부를 잘해야겠다는 의욕과 경쟁심, 무엇보다 공부하는 방법을 깨우쳤다.

다른 한 친구는, 나보다 공부는 좀 뒤졌지만 대신 독서에 광적인 취미를 지니고 있었던 소년, 한상연 군이었다. 웬일인지 그는 나를 유달리 좋아했다. 사춘기를 겪는 또래 아이들의 심리적 진통 같은 것이었을지도 모른다. 그래서 우리는 자연스럽게 같이하는 시간이 많았는데, 그때마다 그는 항상 소설책을 읽고 있었으므로 나 또한 그의 영향을 받아 어느 틈엔가 문학서적을 탐독하는 재미에 푹 빠져들게 되었다. 그러자 내 생활 태도에도 은연중 변화가 일었다. 나도 모르는 사이에 —밖에서 분별없이 뛰어놀기만을 좋아했던— 이전의 철없는 아이가 아니라, 차분히 책상 앞에 앉아서 책을 읽거나 생각에 몰두하는 아이가 되어 있었던 것이다(한상연 군은 고등학교도 나와 같은 신흥고등학교에 진학했고, 고등학교 시절에는 어린 나이로 소설을 써서 여러 대학의 문학작품 현상모집에도 당선된 바 있다. 그래서 후에 문예 특기생으로 선발되어 경희대에 진학했으나 결국 가정의 경제 사정 때문에 문학의 꽃을 피우지 못한 채 시들어버리고 말았다).

내게 영향을 주신 선생님으로는 양영옥 선생님이 계셨다. 회상해보면 내가 대학을 다닐 수 있었던 것도, 문학을 전공해 시인이 될 수 있었던 것도, 대학교수로서 한 생을 살 수 있게 된 것도 모두 양 선생님의 가르침과 보살핌으로 가능한 일이 아니었던가 한다. 당시 그분은 교내 도서관의 사서도 겸하셨는데 내가 양 선생님과 인연을 맺게 된 계기는 이렇다.

그 무렵의 나는 매일 학급 종례가 끝나면 헐레벌떡 2층 도서관으로 뛰어 올라가는 소년이었다. 시간을 아끼기 위해서도 그랬지만 —도서관이 학급 종례시간에 맞춰 개관하는 까닭에— 책 대출 대기자들의 앞줄에 서지 않고서는 읽고 싶은 책을 빌려볼 수 없었기 때문이다. 이뿐만이 아니었다. 폐관 시간인 밤 9시를 넘기면서까지도 열심히 책을 읽었다. 그래서 어떤 때 선생님은 책 읽기에 열중한 내게 차마 도서 반환을 재촉하지 못하시고 내가 독서를 마치기까지 기다려주시는 경우도 종종 있었다.

그러던 어느 날이었다. 이 쪼그마한 아이 —그 무렵 나는 반에서 여섯 번째 내외에 키 작은 아이였다— 의 독서열에 감동하셨던지 한번은 선생님이 조용히 나를 부르셨다. 가서 뵈니 선생님은 "책 읽는 것이 그렇게 좋으냐? 너는 이제부터 읽고 싶은 책은 집에 가져가서 마음껏 읽어라. 네게만은 특별히 대여를 해주겠다."라고 말씀하셨다. 평일의 책 대출은 오직 도서관의 열람실에서만 허락되던 내규를 무시하고……

그런 가운데 어느덧 3년이라는 세월이 흘러 고등학교에 진학할 때가 되었다. 당시 내 졸업 성적 석차는 전교 2등이었다. 따라서 전라도 지방에서는 어느 학교에나 입학이 가능한 수준이었다. 그러나 앞날을 상상컨대 대학 진학이 불가능해 보였으므로 나는 일찌감치 전북 지역의 명문고인 전주고등학교 대신 사범학교를 지원하기로 마음먹었다. 사범학교는 수업료가 거의 면제되다시피 했고 졸업하면 바로 초등학교 교사로 발령이 나, 직업 구하기에 걱정이 없었기 때문이다.

그런 나를 지켜보셨던지, 하루는 양영옥 선생님이 나를 부르셨다. 가서 뵙자 선생님은 동일계인 신흥고등학교를 진학하라고 하셨다. 나로서는 따를 수 없는 권유였다. 그래서 내가 끝내 고집을 꺾지 않았더니 선생님은 더 이상 어찌할 수 없다는 듯 이런 말씀을 남기시며 자리를 뜨셨다. '앞날은 아무도 알 수 없다. 그런데도 미리 희망을 포기한다는 것은 용기가 없어서가 아니냐. 인생의 큰 힘 가운데 하나는 바로 용기이며 도전이란다'.

당시 사범학교 입시는 전기(前期)보다 열흘 정도 빠른 소위 특차(特次)였다(당시 사범학교는 시험을 두 번 보게 했다. 그런데 그 일정을 1차 필기시험은 특차였지만 2차 예능시험만큼은 일반계 고등학교의 전기시험 날짜와 겹치게 해놓았다. 필기시험 합격자가 전기의 다른 고등학교로 빠져나가는 현상을 원천적으로 방지하기 위해서였다). 그래서 졸업반 전체 성적 2위로 전주고등학교와 사범학교 모두 합격권 안에 들어 있었던 나는, 사범학교 입학시험의 1차 필기고사에서 떨어질 만일의 경우를 대비해, 전기인 전주고등학교에도 원서를 미리 제출해둔 터였다. 그러나 운명의 장난이랄까, 결과적으로 나는 특차인 사범학교도, 전기인 전주고등학교도 진학할 수 없는 상황으로 내몰리고 말았다. 사범학교 1차 필기고사에 합격한 내가 불과 10여 명을 떨어뜨린 사범학교의 그 형식적 2차 예능고사에서 그만 낙방해버렸기 때문이다(예능시험은, 음악은 교사의 피아노 음반 터치에 맞추어 두세 번 음정을 발성해보는 것, 미술은 자신의 손가락을 간단히 1, 2분 동안 스케치해 보는 것, 체육은 철봉에 매달려 턱걸이를 가능한 한 많이 해 보이는 것이었다). 하는 수 없이 나는 후기의 유일한 인문계 고등학교이자 내 중학 모교와 동일계인 신흥고등학교로 돌아올 수밖에 없었다.

그런데 요행히 나는 이 후기 시험에서만큼은 전체 수석을 차지하여 입학금과 1분기 수업료를 면제받는 혜택을 누릴 수 있었다. 그러나 이후 다시 1등을 탈환하지 못했다. 항상 2, 3등 내외, 고3 때는 겨우 4등을 했을 따름이다. 대학진학이 불투명해서 공부에 전념하지 않은 탓일 수 있고, 마음에 없는 학교라서 정신상태가 해이해진 탓일 수도 있으며, 내 독서열에서 비롯된 지적 허영 때문일 수도 있다. 아니면 한 번 해본 전체 수석의 허탈감 때문일 수도 있고, 가난한 외가살이와 내 사춘기적 감정의 갈등 때문이었거나, 그때 막 눈을 뜨게 된 이성 문제 혹은 그 무렵부터 서서히 바람이 들기 시작한 문학 열풍 때문일 수도 있었을 것이다. 그럼에도 내 속마음만큼은 '내가 공부를 하지 않아서 그렇지, 뜻을 세워 공부에 몰두하기만 한다면 내 곧 1등'이라는 턱없는 환상에 사로잡혀 고등학교 학창 시절을 보냈다. 그래서 밤낮없이 참고서와 씨름하면서 소설책 한 권 제대로 읽지 않는 공붓벌레 동급생들을 속으로 경멸하기도 했다.

문제는 수업료였다. 성적 저하로 1학년 2분기부터 면제 혜택이 철회되자 그 즉시 학교로부터 수업료 납부를 독촉당하는 처지가 되어버린 것이다. 특히 서무과장이 직접 교실로 찾아와서 일일이 호명해 수업료 미납 학생들을 집으로 돌려보내는 중간시험 기간이나 기말시험 때가 더욱 난감했다. 이렇게 불려나가 하루나 이틀 시험에 임하지 못하면 총점 합산에 그만큼 성적이 뒤지게 되어 기왕에 떨어진 학년 석차가 다시 오르기 힘들었다. 악순환의 반복이었다.

이 같은 학교생활을 이어가기 1년여, 하루는 양영옥 선생님이 부르셨다. 가서 뵙자 선생님께서는 "네가 수업료 문제로 고민을 많이 하는 것 같은데 그러지 말고 나를 좀 도와주렴. 내가 네 수업료를 대신 내

주도록 하겠다."라고 하셨다. 도서관에서 도서를 정리하고 학생들에게 책을 대여하는 일, 즉 도서관의 사서 도우미를 해보라는 권유였다. 듣고 보니 거절할 이유가 없었다. 대학 진학을 염두에 두지 않았으므로 방과 후의 남는 시간을 굳이 학습에 투자해야 할 부담도 없었고, 무엇보다 도서관의 그 많은 책을 내 마음대로 읽을 수 있게 된다니 얼마나 좋은 일인가.

그리하여 나는 고 2학년에 진학한 이후부터는 졸업할 때까지 매일 정규 수업이 끝나는 오후 2시 반부터 밤 9시까지 교내 도서실에 근무하면서 학생들에게 책을 대여하고 도서를 정리하는 아르바이트로 학창 시절을 보냈다.

3

이쯤 해서 나는 이제 대학 진학에 관한 이야기를 해야 할 것 같다.

모교인 신흥고등학교는 인성교육에서만큼은 매우 열성적이었다. 그러나 어찌 된 일인지 학생들의 대학 입시지도에는 거의 무관심했다(아마 학생들의 성적 수준이 다른 명문고보다 낮아서 입시지도 자체를 아예 포기했을지도 모른다). 방과 후의 과외수업이 없는 것은 물론 누구도 대학진학에 대해 구체적인 상담을 해주시는 분이 없었다. 학생들 분위기도 그랬다. 입시 준비 같은 것에 목을 매는 학생들이 거의 없었다. 그런 분위기였으므로 고백건대 나는 고3에 진급할 때까지 '서울대학교'라는 존재를 모르고 있었다. 다만 '고려대학교'가 우리나라 유수의 훌륭한 대학이라는 것은 막연히 알고 있었는데 그것은 이 대학을 외가의 집안에서 설립했고, 6·25 전란에 휩쓸려 행방불명이 된 내 큰 이모의 남편과 제부(弟夫) 즉 두 이모부가 모두 이 대학 출신자들이었기 때문이다.

그러던 중 어언 고등학교 3학년이 되었다. 그런데 웬일인지 그해, 모교에서는 느닷없이 전에 없던 일들을 시도하였다. 처음으로 서울에서 명문대학 출신의 젊은 교사들 몇 분을 모셔오더니 방과 후에는 보충수업이라는 것을 시작한 것이다. 나는 이때 오신 서울사대 수학교육과 출신의 젊은 수학 선생님을 통해서 이 나라의 최고 학부가 서울대학교라는 것을 비로소 알게 되었다.

그러나 이 학교에 다닌 3년 동안, 나 자신은 대학 입시를 위해 의식적인 노력을 해 본 적이 거의 없다. 고3 때 처음 실시되었던 그 학내 보충수업이라는 것은 도서관 아르바이트 때문에, 그 밖에 학원이나 개인 과외는 가정의 경제 형편상 엄두를 내지 못했다. 그러므로 나로서 할 수 있는 유일한 일이 있었다면 그저 집에 돌아와 홀로 책과 씨름하는 것뿐이었다. 그러나 진학이라는 확실하고도 가능한 목표가 없고 또 외숙과 한방을 써야 했던 일상생활의 불편함 때문에 그 역시 제대로 되지 않았다. 설상가상, 당시 우리 집은 전주의 외곽 변두리(중화산동)에 있었다. 전기나 수도가 들어오지 않는 초가집이었다. 가물가물한 석유 호롱불 아래서 책을 읽자면 어느새 코에는 시커먼 그을음이 맺히고 눈은 자신도 모르게 스르르 감기기가 예사였다. 도저히 어찌해볼 재간이 없었던 그 졸음이라니!

나는 사실 28세 때 어머니의 임종에서 받은 충격으로 심한 불면증을 앓고 난 이후 오늘에 이르기까지 제대로 된 숙면을 취해 본 적이 거의 없는 사람이다. 그러나 그 이전에는 아마 지독한 잠꾸러기였던 것

정좌(正坐)

같다. 밤에 공부를 하려고 책을 펼치면 어느새 잠 도둑이 찾아와 내 어설픈 면학에의 의지를 훔쳐가기가 일쑤였다. 확실히 말하거니와 나는 중고등학교 6년을 다니는 동안 밤 10시를 넘겨 공부해본 적이 거의 없다. 그 졸음 때문에……

어찌 되었건 세월은 무심히 흘러 어느덧 3학년 말이 되었다. 주위의 동급생들은 ―평소엔 별 준비도 하지 않았던 것 같은데― 느닷없이 모두 대학에 진학한다며 법석을 떨었다. 서울의 각급 대학에 원서를 낸다, 담임선생님과 진학 상담을 한다, 마지막 학습 정리를 한다, 시험에 대비해서 미리 상경한다 등 교실이 온통 어수선한 분위기였다. 그 서슬에 나도 슬그머니 대학 진학에 관심이 갔다. 그래서 혹시 돈 들이지 않고 공부할 수 있는 대학은 없을까, 내심 뜻을 갖고 유심히 신문의 지면들을 살펴보았더니 몇몇 대학에서 입시 장학생을 뽑는다는 광고가 대문짝만하게 실려 있었다. 지금까지 소홀히 했던 공부가 후회가 되긴 했지만, 밑져야 본전이니 나도 그 선발시험에 한번 응시나 해보고 싶었다.

나는 그 살펴본 신문광고들 가운데서 전주 근교, 익산의 원광대학교(이 무렵 전북에는 국립으로 전북대학교와 사립으로 원광대학교 두 대학이 있었을 뿐이다)와 서울의 국학대학(나중에 교명을 우석대학교로 개명했다가 다시 고려대학교에 합병되어 지금은 없어진 대학이다) 두 곳을 골라 장학생 선발시험을 보았다. 그 결과 양 교 모두에서 이른바 'B급 장학생'으로 뽑혔다는 통보가 왔다. 입학금과 대학 2학년까지의 등록금 전액을 면제해주고 3, 4학년의 등록금도 1, 2학년의 성적에 따라 대줄 수 있다는 조건이었다. 그리하여 나는 이 두 학교 중 일단 국학대학을 선택하기로 하고 등록을 하기 위해 3월 중순쯤(당시의 새 학기는 4월 1일에 시작된다) 상경해서 당시 서울의 정릉에 있던 이 학교를 찾았다.

그 자리엔 마침 다른 대학에 진학할 예정이었던 급우 홍석만 군도 동행하게 되었다. 그는 그날 오후, 자신의 사촌 형이 다니는 연세대학교에서 형과 만나기로 약속이 되어 있었던 터였는데, 홀로 있는 것이 심심하다며 그 오전의 시간을 나와 함께해준 것이다. 그래서 우리는 나의 국학대학교 입학 수속이 끝난 후 다시 연세대학교를 가게 되었다. 나로서는 홍 군과 헤어지는 것이 섭섭하기도 했고, 동행해준 그가 고맙기도 했고, 무엇보다 연세대학교라는 소위 일류대학교의 캠퍼스를 한번 둘러보고 싶은 충동이 강하게 일었기 때문이다.

그런데 처음 보는 연세대학교 캠퍼스는 내게 꿈만 같았다. 아름다운 교정, 고색창연한 교사, 백양로 좌우의 잔디 언덕에 다정히 앉아 혹은 책을 읽고 혹은 누워서 사색하거나 데이트에 여념이 없는 선남선녀들을 보자 나는 이 세상에 천국이 따로 없을 듯싶었다. 촌놈의 눈이 휘둥그레졌다. 아직 교사나 운동장도 채 갖추지 못하고 언덕의 절개지까지 그대로 드러나 길조차 온통 진흙탕 범벅이던, 방금 다녀온 국학대학교의 캠퍼스와는 도처히 비교가 되지 않는 아름다운 학교였다.

연세대학교의 캠퍼스를 보지 못했으면 어떻게 되었을지 모른다. 그러나 이미 이 같은 연세대학교의 아름다운 캠퍼스에 한번 정신을 빼앗긴 나는 이제 도저히 국학대학교에 다니고 싶은 마음이 생기지 않았다. 설령 등록할 수 없거나 진학 후 혹시 중도에서 포기하는 경우가 있다 할지라도 최소한 연세대학교, 아니 이제는 그보다 더 좋다는 서울대학교(아직 구경도 해보지 못한 학교였으나) 같은 소위 일류대학교의 학생이 되고 싶은 생각이 불길처럼 일었다. 거기다 서울에 와서 직접 눈으로 체험해본즉, 일류대학에 입학이 되기만 하면 가정교사 등의 아르바이트를 통해서 나름대로 학비를 벌 수도 있을 것 같았다. 그래서 나는 연세대 캠퍼스의 한 벤치에 앉아 홍 군이 보는 앞에서 오전에 등록했던 국학대학교의 등록서류들을 찢어버렸다.

4

그러나 현실은 가혹했다. 가족이 처한 상황을 생각하면, 학교를 졸업했으니 무엇인가 밥벌이를 해야 했다. 일단 집을 뛰쳐나온 처지에 다시 전주의 외가로 불쑥 돌아가 재수(再修)한다고 틀어박혀 있을 용기도 없었다. 그래서 나는 선뜻 귀향을 하지 못하고 대학에 진학한 친구들의 하숙방, 자취방 등 이곳저곳을 전전하면서 몇 주를 보냈다. 그러다 구한 것이 겨우 숙식만을 제공해주는 입주가정교사 자리였다. 고등학교 때 문학 동아리를 같이했던 한 선배를 우연히 길에서 만난 인연으로, 의정부에 있는, 장차 그의 처남이 될 고등학생의 학습을 도와주게 된 것이다.

그러자 세월이 흘러 어느새 추석이 다가왔다. 주위의 모든 사람들이 귀향을 서두른다며 법석이었다. 나도 문득 전주의 집이 그리워졌다. 병약한 어머니도 걱정이 되었다. 자신을 돌이켜 보았다. 그간 아무런 성취도, 소득도 없었다. 이대로 가다가는 애초에 계획했던 서울대학교 입시도, 다른 어떤 삶의 발전도 기대하기 힘들어 보였다. 그래서 나는 염치없게도 보따리를 싸 들고 다시 전주의 외가로 내려와 버렸다. 되든 안 되든 대학입시공부를 한번 해보자는 심사였다. 그러나 돈이 없어 학원 수강 같은 것은 불가능했고, 집에 쭈그리고 앉아 있자니 식구들의 눈총이 허락지 않았다. 그래서 생각해낸 것이 도서관 이용이었다. 나는 이때부터 매일 전주 도립도서관의 삐거덕거리는 그 목조 계단을 외롭게 오르내리는 단골손님이 되었다. 무작정 홀로 대학입학 시험을 준비하였다.

어느덧 해가 바뀌어 다시 입학 시즌이 다가왔다. 나는 우선 텍스트 삼아 공부하던 영어학습 참고서 —당시 학생들 간에 인기가 있었던— 유진 선생의 『영어구문론』과 『영한사전』을 헌책방(중고서점)에 내다팔아 마련한 돈으로, 우편을 통해서 일단 서울대학교 응시원서를 구입하였다. 그런데 문제는 학과 선택이었다. 법대에 가면 판·검사가 되는 것 정도는 알고 있었으나 애초부터 관심이 없었고, 그 외 상대를 가면 앞으로의 진로가 어떻게 되는지, 공대를 가면 무엇이 될 수 있는지 알 수 없었다. 그래서 나는 당시 심취해 있었던 문학을 전공하기로 일단 마음을 정하고 입시원서의 학과 선택란에서 철학과를 찾아 동그라미를 쳤다. 문학 창작을 위해서는 다른 무엇보다 철학이 본질적이라고 생각했기 때문이다.

그런데 이 역시 운명의 장난이랄까, 엉뚱하게도 나는 본래의 의도와는 달리 철학과가 아닌 국문학과를 지망하게 되어버렸다. 오로지 담임선생님 때문이었다. 학교의 직인을 받기 위해서 찾아간 내가 원서를 보여드리자 선생님이 대뜸 "너, 철학과 졸업하고 굶어 죽을 일 있니? 뭐하러 철학과를 가니? 인마 국문과에 가. 국문과에 가면 졸업 후 취직도 잘되고 문학 공부도 할 수 있어." 하시며 내가 철학과에 친 그 동그라미를 손수 면도칼로 싹싹 지워버리고 대신 그 동그라미를 국문과에 그려 넣으셨던 것이다. '시를 쓰고 싶어서 철학과를 갑니다' 운운하는 내 변명 같은 것은 들을 필요도 없다는 듯……

그런데 그 중요한 시점에 또 한 가지 예기치 못한 시련이 기다리고 있었다. 이 무슨 호사다마던가. 같은 방을 쓰던 룸메이트 외숙이 돌연 외과 수술을 받아야 하는 사건이 발생한 것이다. 문제는 그 질병의 성격상 집안의 남자인 내가 그 간병을 맡아야 했다는 점이다. 그래서 나는 그때부터 입학시험을 보러 상경할 때까지의 그 긴박한 10여 일을 속절없이 외숙의 입원실에 같이 기거하며 그의 병수발을 들어야 했다. 속으로는 애가 탔지만, 별수 없었다.

불운은 그것으로만 끝나지 않았다. 경쟁률 6대 1에 달하는 그 막강한 필기시험을 나름대로 치르고 다음 날 면접고사에 임했을 때였다. 조교의 지시에 따라 내가 지정된 면접실을 노크하고 들어가자, 권위가 태산같이 높아 뵈는 웬 교수 한 분이 정면으로 떡 버티고 앉아 나를 노려보더니 대뜸 "군(君)은 무엇하러 국문과에 왔는가?" 하고 묻는 것이 아닌가. 평소 국어국문학에 대해 무언가 다소라도 아는 바가 있었더라면 교수님의 마음에 드는 적절한 대답을 미리 준비라도 해 두었을 것을…… 엉겁결에 나는 '시를 쓰는 저널리스트가 되려 한다'고 했다. 그런데 그 말이 채 끝나기도 전이다. 노기충천한 그분의 불호령이 떨어졌다. "대학이 뭐 '시 나부랭이'나 쓰는 덴가? 더욱이 서울대학교에서 학문을 해야지 시는 무슨 시, 자네는 서나삘(서라벌)대학으로나 가게." 일갈하시며 그만 내쫓아 버리는 것 아닌가.

이 일로 하여 합격자 발표일까지의 20여 일을 보내는 동안 나는 얼마나 노심초사했는지 모른다. 그래도 결과적으로 이 대학 이 학과에 무사히 합격을 한 것은 내 성적이 하위권은 아니었거나, 혹은 정직하고 우둔한 내 심성을 헤아려 이놈을 조금 키우면 뭔가 되긴 될 것 같다고 판단하신 그 면접관님의 은총이 아니었던가 싶다. 입학한 후 뵈니 그분이 바로 심악(心岳) 이숭녕(李崇寧) 선생님이었다.

어쨌든 가까스로 대학에 입학하긴 하였으나 그때까지만 해도 내게는 아직 모르는 사실이 하나 있었다. 면접고사에서 처음 당한 이 같은 서울대학교 국어국문학과의 분위기야말로 내 일생 지고 가야 할 십자가였다는 것을……

대학에 합격하자 나는 누구보다도 먼저 양영옥 선생님을 찾아뵈었다. 선생님은 당신의 일 이상으로 기뻐하시며 "그래 입학금은 어찌할 것이냐?" 하고 걱정하셨다. 그래서 내가 묵묵부답했더니 선생님은 "알겠다. 입학금의 절반은 내가 마련해 볼 터이니 나머지 절반은 너 자신이 어떻게든 한번 만들어보아라." 하신다.

그때(1961년) 서울대학교 문리과대학 입학금은 5,000원 내외였다. 나는 선생님이 주신 2,500원과 어머니의 화개 장롱을 팔아 마련한 돈 3,000원으로 겨우 등록을 마칠 수 있었다. 그 화개 장롱은 신혼의 어머니가 아버지로부터 받은 귀한 혼수(婚需)였는데, 나는 그것을 중고 가구점에 팔아 달랑 학비로 써버렸던 것이다. 그때 중년의 그 가구상이 내게 시가(市價)보다 더 많은 웃돈을 얹어준다고 자못 생색을 내면서 부디 앞으로 크게 되라고 덕담해주던 것을 나는 아직도 기억하고 있다.

2장 …

운명, 그리고 시

1
—

중학교 2학년 때였다. 하루는 빈 시간에 보강으로 들어오신 양영옥 선생님께서 한 시간 내내 김소월의 시를 읽어주셨다. 나로서는 이제까지 접하지 못한 새로운 정신세계였다. 산문의 그것처럼 상상의 왕국에서 노니는 기쁨이 아니라 마약처럼 감각으로 와닿는 그 우수의 세계.

그리하여 나는 그때부터 시집들을 읽기 시작하였다. 번역된 릴케, 괴테, 하이네, 아폴리네르, 워즈워스, 바이런, 휘트먼 같은 구미 낭만파 시인들의 시집이었다. 멋과 분위기에 도취한 아마도 감상적(感傷的) 차원의 독서였을 것이다. 그럼에도 정작 내 마음을 사로잡았던 것은 기실 이 같은 외국 시인들이 아니라, 오히려 고등학교 2학년이 되면서부터 읽기 시작한 서정주, 유치환, 신석정, 김광균, 박목월 등과 같은 우리나라 시인들의 시집이었다. 이때의 영향인지 나는 —이후에 읽은 정지용의 작품들과 더불어— 아직도 이분들을 내 시의 스승으로 여기고 있다.

나는 언제나 홀로 있었으므로 공상을 즐겨 하였다. 현실이 궁핍하였으므로 미지의 세계를 꿈꾸었다. 거기에는 아름답고 슬픈 사람들이 많았다. 지상의 행복을 버리고 영원을 추구했던 알리사, 삶의 추악 속에서도 천상의 빛을 잃지 않았던 알료샤, 영육(靈肉)의 갈등에 빠져 방황하는 싱클레어, 사랑의 순교자 제인 에어, 관념이 아니라 행동의 아름다움을 가르쳐 준 카츄샤, 일상 삶의 덧없음을 일깨워 준 줄리앙 소렐 등이다. 그 무렵 나는 이들과 대화를 나누고 싶어서, 아니 그들처럼 되고 싶어서 글을 쓰기 시작했을지도 모른다.

그러나 이 같은 독서 열풍 속에서도 그 무엇보다 내 사춘기적 감성을 가장 격정적으로 흔들어 놓았던, 그리하여 내게 막연하게나마 문학적 동경을 심어주었던 작품 하나를 고르라면 중학교 2학년 때 읽었던 앙드레 지드의『좁은 문』과 이태준의『청춘무성(靑春茂盛)』이 아니었을까 한다. 물론, 이 두 작품은 각각 존재론적 문제와 사회적 문제를 다룬 것들이라는 점에서 서로 달랐다. 그러나 관념적 이상세계를 꿈꾸었다는 것만큼은 양자 공통되었다. 알리사와 은심의 사랑 역시 전자가 천상적인 것을, 후자가 지상적인 것을 지향했으나 모두 플라토닉했다. 어떻든 이 무렵의 나는 거의 자폐적일 만큼 홀로 있었으므로, 이들 소설이 보여주는 관념적 유미주의에 그처럼 경도될 수 있었을지 모른다.

내가 언제부터 시를 쓰기 시작했는지는 나 자신도 기억에 없다. 고독했으므로 할 일 없이 홀로 있을 때 마치 낙서처럼, 일기처럼, 편지처럼 쓰기 시작했던 글들이 점차 시간이 지나면서 아마도 막연하게 어떤 시적 형태를 갖추어 갔으리라. 그러나 그것이 타인들에 의해서 인정되고 내게 하나의 자각으로 받아들여졌던 최초의 사건은 고등학교 1학년 때 일어났다. 아카시아 꽃향기가 온 교정을 하얗게 물들이고 있을 무렵, 학교에서는 '아카시아꽃'을 시제(詩題)로 하여 교내 백일장이 열렸고 그때 내가 시 부문에서 장원을 했기 때문이다.

이 '사건'이 계기가 되어 그 후 나는 지방 문화행사의 백일장 같은 글쓰기 대회에 가끔 학교 대표로 참석하는 지방의 학생문사가 되었다. 그리고 종종 상을 받기도 했다. 어느 해 가을인가, 전주의 오목대에서였을 것이다. 전라북도 교육위원회가 주최한 도내 중고등학교 백일장 대회에서 나는 「풍경」이라는 제목의 시를 써서 수상한 적이 있었는데, 그때 심사를 맡으셨던 신석정 선생님이 내 작품 가운데 특히 "유리알 같이 푸른 하늘에 금붕어 한 마리를 풀어놓고 싶다"는 구절을 콕 집어 칭찬해 주신 일이 있었다. 아직까지 기억에 남는다.

이 시절의 에피소드 한 토막.

어느 가을날이었다. 하루는 전북대학교의 최승범 교수로부터 '포플러 동인'이라 불렸던 우리 고등학교 문예학생 동인들(전주 시내 남녀 고교생들의 문학 동아리)에게 전갈이 왔다. 유명한 시인 한 분이 외지에서 오셨으니 모두 당신 댁으로 모이라는 것이다. 가서 뵈니 선생은 중년의 매우 품위 있고 아름다워 보이는 한 여성 문인과 술상을 마주하고 계셨다. 권커니 잣거니 자못 취흥이 도도해 보였다. 우리가 온 것도, 우리가 당신 곁에 앉아 있는 것도 안중에 없으신 것 같았다. 시간이 한참 흘렀다. 그제서야 겨우 정신이 드셨는지 선생은 문득 우리를 돌아보더니 새삼 그분께 인사를 드리라 했다. 이영도 여사였다. 그러나 부끄럽게도 나는 그때까지 사실 '이영도'라는 여성 시조시인의 존재를 모르고 있었다. 그래서 그저 '내가 모르는 아주 훌륭한 여성 시인도 있었구나. 저렇게 예쁘신 분이니 쓰시는 시도 참 아름답겠다'고 생각했다.

2
—

'어떤 동기로 시에 입문했느냐.' 가끔 독자
들이 내게 던지는 질문이다. 그럴 때마다 나는 '무엇 때문'이었다고 그
이유를 콕 집어 이야기할 수 없어 곤혹스러워 한다. 좋은 것에 무슨
이유가 있을 수 있겠는가. 맹목적으로 끌리는 까닭에 그저 '좋다'고 하
는 것 아닌가. 그것은 한 남자가 한 여자를 사랑하게 되는 과정을 보
면 잘 알 수 있다. 여기에 무슨 이유가 있을 것인가. 만일 어떤 이유가
있어 그녀를 사랑했다면 그 여자는 이미 순수한 사랑의 대상이 아닌,
어떤 목적의 실현 도구에 지나지 않을 것이다. 문학을 좋아하는 것, 시
인이 되는 것 역시 마찬가지일 터이다. 그러니 그것은 하나의 우연 혹
은 운명이라고나 해야 하지 않을까.

사실 한 인간에게 있어 우연이라는 것, 달리 말해 운명적이라는 것
보다 더 중요한 실존적 조건은 아마 이 세상에 없을 것이다. 내가 이렇
게 태어난 것, 그리하여 이러이러한 상황에 내던져져 있다는 것 자체
가 하나의 우연이고 운명이 아니겠는가. 가령 어떤 아이는 유년 시절이
매우 가난하였으므로 자란 후에는 돈 버는 일에 몰두한다. 그러나 다
른 아이는 정반대로 돈 버는 일을 혐오하고, 또 다른 아이는 한 생을
돈 버는 일과 무관하게 살 수도 있다. 그것이 인생이다. 그러니 그 운
명이라는 것도 곰곰이 되새겨 보면 자신이 모르는 어떤 필연의 결과일
지도 모른다. 나는 어찌하여 시인이 되었을까?

정좌(正坐)

첫째, 가난하면서도 권력과 부를 경멸할 수 있었던 어떤 자존심, 혹은 지적 오만이다. 어떤 사람은 어릴 때의 가난이 한에 맺혀 성장한 뒤에는 치부(致富)하는 일, 권력을 손에 쥐는 일에 일생을 걸지 모른다. 그러나 나는 오히려 그 반대의 길을 걸었다. 어쩐지 돈이나 권력이 천박해 보였기 때문이다. 그것은 의식적 혹은 비판적 사유에서가 아니라 무의식적 혹은 감정적 충동에서 오는 생각이므로 나 자신도 그 이유를 잘 모르겠다. 솔직히 고백하건대 나는 70을 훌쩍 넘어선 오늘에 이르기까지도 단 한 번 그저 돈을 벌기 위하여 어떤 특정한 행위에 몰두해본 적이 없는 사람이다. 내가 하고 싶은 일, 내가 좋아하는 일을 하다 보니 어찌어찌해서 돈이(그저 생존에 필요할 만큼) 저절로 따라왔을 뿐이다. 이는 나의 문학을 위해서 얼마나 다행스러운 일이겠는가?

둘째, 매우 내성적이고 문약했던 내 성격이다. 지금은 수십 년을 보낸 교사 경력으로 다소 달라지기는 했다. 그러나 아직도 내 본성만큼은 변함이 없다. 어릴 적 나는 친구들과 어울려 밖으로 싸돌아다니기를 싫어했고 흔히 있을 수 있는, 같은 또래들의 싸움질 같은 것에도 겁이 많았다. 그래서 홀로 있기를 좋아했다. 책상 앞에 세계지도를 펼쳐 놓고 가보지 못한 어떤 미지의 세계를 공상하는 일, 명작의 주인공이 사는 곳을 나 자신의 삶과 동일시하는 백일몽 같은 것들을 꿈꾸곤 했다. 집의 후원에서 솟아나는 샘물을 막아 장난감 물방아 놀이를 한다든가, 맨드라미 꽃밭을 뛰어다니며 나비나 잠자리를 잡는다든가, 흰 종이를 펴 놓고 그림을 그리거나 낙서 따위를 끄적거리는 것, 별당 마루 끝에 멍하니 홀로 앉아 황룡강을 끼고 돌아가는 호남선 기차의 하얀 연기를 바라본다든가 하는 것 등이 좋았다.

그러다가 지쳐 눈을 감고 마당 가 감나무 그늘 밑에 누우면 후원의 대숲을 지나는 바람 소리와 사랑채에서 글을 읽는 외조부님의 목소리가 꿈결같이 들려왔다. 바람결에 실려 오는 그 청아한 목소리는 알지 못할 내 미래의 노래였으며, 동경이었으며, 시였다. 후일 내가 가난의 나락에 처하면서도 끝내 권력이나 치부 같은 세속적 가치들의 유혹에서 벗어날 수 있었던 것도 내 귀를 속삭이던 대숲의 그 바람 소리와 외조부님의 글 읽는 소리 때문이 아니었나 생각한다.

셋째, 회상해 보면 나는 태생적으로 실리적 혹은 이지적이라기보다는 감성적이고 심미적인 아이였던 것 같다. 광주에서 잠깐 초등학교에 다니던 시절이다. 담임 선생님은 내게서 어떤 소질 같은 것을 발견하셨던지 당시로서는 구하기 힘든(전쟁 중이었으므로) 크레파스 한 다스와 도화지 공책 한 권을 주시며 그저 아무것이나 마음껏 그리고 싶은 것들을 그려보라고 하셨다. 지금처럼 미술학원이 보편화되어 있지 않았던 시절이다. 그래서 나는 홀로 아무것이나 이것저것 그려 선생님께 보여드리곤 했는데, 그때마다 선생님은 칭찬을 해주시곤 했다. 내가 미술과 연을 끊게 된 것은 그 후 전주로 전학을 하게 되면서부터였지만 실은 가난이 더 근본적 원인이었을 것이다.

중학교 일 학년 때부터 2년간은 학교 합창부에 든 적도 있었다. 스스로 원해서라기보다 음악 선생님이 학생들을 대상으로 한 발성(發聲) 테스트에 뽑혀 반강제적으로 봉사를 하게 된 것이다. 여기서 내가 '봉사'라는 표현을 쓴 것은 모교가 개신교 미션스쿨이어서 성가대를 겸한 합창대의 중요한 임무 중 하나가 매일 아침 전체 예배시간에 찬송 찬양을 하는 일이었기 때문이다. 2학년 때는 〈오케스트라의 소녀〉라는 영화를 보고 이에 감동하여 앞으로 훌륭한 교향악단의 지휘자가 되고 싶다는, 터무니없는 환상을 꿈꾸기도 했다.

정좌(正坐)

넷째는 나의 태생 환경이다. 나는 외롭게 태어나, 외롭게 성장하고 또 외로움을 벗으로 일평생을 살아온 사람이다. 무녀독남 유복자로 태어난 탓으로 사회성이 부족하여 폭넓게 친구들을 잘 사귀지 못하고, 외가의 더부살이로 항상 행동을 조신하게 해야 했기 때문일지도 모른다. 거기에는 언어구사력이 충분치 못한 내 화술(話術) 또한 한몫 거들었을 것이다. 나는 사실 논리적이고 학술적인 이야기, 예컨대 강의 같은 것은 비교적 잘한다는 평을 받지만, 어쩐 일인지 사적(私的) 대화나 유머 감각 같은 것은 생래적으로 부족한 사람이다. 내가 아직까지도 타인과의 교우에서 적절한 화제를 이끌어 가지 못해 항상 전전긍긍하는 이유이다.

나의 유창하지 못한 언어구사력은 제대로 언어 훈련을 받지 못했을 내 유년 시절과 관련이 있을지도 모른다. 어머니는 처녀 시절부터 청력이 다소 약하셨다. 그래서 어린 시절, 나는 어머니와 대화를 나눌 때 조금은 목소리의 톤을 높여야 했는데 그것이 싫었다. 어머니께서 그처럼 청력에 약간의 손상을 입게 된 것은 어린 어머니(어머니는 1남 6녀 중 장녀로 태어나셨다)를 매일 목욕시켜 당신의 무릎에 눕히고 잠재우는 것을 낙으로 삼으시던 외조모께서 심심풀이로 어머니의 귀지를 파주다가 그만 고막을 건드려서 그리되었다고 들었다(어머니의 청력이 다소 약했다는 나의 이 말을 어떤 비평가가 글에서 아예 '귀머거리'였다는 식으로 쓴 적이 있는데 이는 전혀 사실과 다르다).

아마 그랬을 것이다. 이 타고난 외로움이 주어진 환경과 더불어 나의 심미적 천성을 문학적 혹은 시적인 취향으로 키워주는 데 한몫 거들었을지도…… 괴테도 이미 말한 적이 있지 않았던가. "재능은 고독 속에서 길러지고/ 성격은 세계의 대하(大河) 속에서 형성된다"고…… 재능은 본래 타고난 것이므로 고독 속에서 길러질 수밖에 없는 것이다.

다섯째, 내가 성장한 외가가 그 지역의 명망 있는 선비 가문이었고 항상 문장을 숭상했다는 점이다. 내 외조부는 하서(河西)의 12대손이며 내 외할머니는 정송강의 13대손이다. 외가 마을과 인접한 곳에는 외가의 중시조 하서 선생을 배향한 필암서원(筆巖書院)이 자리하고 있었는데, 이곳에서는 자주 선비들이 시회를 열곤 했다. 그뿐만이 아니다. 집의 사랑채에서는 외조부의 책 읽는 소리가 끊이지 않았다. 외조모는 송강의 고향인 담양의 창평(속칭 지실)이 친정이었다. 그래서 유년 시절의 나는 외할머니의 손목에 이끌려 무등산을 넘어 그곳을 자주 찾았고, 때로는 거기서 한 철을 보내기도 했다. 지실마을의 돌담, 식영정, 송강정, 환벽당 등은 내 어린 시절의 꿈같은 세계였다.

여섯째, 내가 다니던 신흥 중고등학교의 분위기이다. 이 학교는 ─적어도 고등학교 2학년 때까지는─ 학습지도는 뒷전이고 대신 인성교육에 열성적이었다. 기독교 학교인 까닭에 매일 있는 채플의 내용, 점심 시간이나 방과 후에 틀어주는 고전음악이나, 각종 문예활동과 사회봉사 활동이 그러했다. 우선 학교가 전주에서도 풍광이 뛰어난 공원 경내에 자리 잡고 있었다. 게다가 교사는(애석하게도 나중에 불에 타 없어지기는 했으나) 100여 년 전 미국의 선교사들이 붉은 벽돌로 지은 고전주의 양식의 양옥집이어서, 가을에 단풍이 물들거나 겨울에 눈이 내리면 마치 크리스마스 카드에서나 봄 직한 동화 속 궁전 같았다.

특히 가을 단풍이 아름다웠다. 2층 교실에서 창밖을 내다보노라면 교정의 노랗게 물든 은행나무 잎들은 또 얼마나 비극적인 아름다움을 연출해 보여주었던가. 나는 수업시간 중에도 공부는 뒷전인 채 몇 분씩 그 광경에 심취하곤 했다. 봄에는 학교를 에워싼 언덕의 숲이 온통

정좌(正坐)

하얀 아카시아꽃들로 옷을 갈아입었다. 교실에 어리는 그 푸른 꽃그늘은 슬프도록 아름다웠다. 그래서 점심시간마다 나는 옆 동산의 아카시아 숲에 홀로 앉아 학교의 스피커에서 울려 퍼지는 클래식 음악을 듣거나 시집 혹은 소설책 같은 것을 꺼내 읽곤 했다. 그러다가 낮잠이 들고 깨어보면 이미 수업이 파한 뒤여서 담임 선생님께 불려가 야단을 맞은 일도 한두 번 아니었다. 그러니 이 같은 분위기에서 내가 공상하고, 상상하고, 꿈을 꾸고, 낙서 같은 것, 편지 같은 것, 일기 같은 것들을 끄적거리게 되었다면 아주 자연스러운 현상이 아니었겠는가.

3

내가 다녔던 학교, 즉 전라북도 전주의 신흥중고등학교는 개교 백 년이 넘는 우리나라 유수의 개신교 미션스쿨이었다. 그러니만큼 학교생활에서 기독교 교육이 철저했다. 지금 와서 생각해보면 후일 성인이 되어 내가 교회를 나가지 않게 된 이유의 하나도 역설적으로 이 강압적인 기독교 교육의 반작용 때문이 아니었을까 한다. 전체 학생들은 ─월요일을 제외하곤─ 매일 아침, 강당에 집합해서 한 시간 이상씩 예배를 보았다. 이는 재학생 수가 적었으므로(중고등학교 매 학년 두세 반씩, 모두 합쳐 전체 600명을 넘지 못했다) 농구 코트로도 겸하던 대강당의 맨바닥에 전체 학생들을 주저앉히면 모두 한자리에 모일 수 있어 가능한 일이기도 했다.

월요일에는 학급예배를 보았다. 학생들 스스로 예배를 드릴 수 있도록 자생력을 길러주고 전날, 그러니까 주일날, 학생들의 교회 출석 여부를 점검하기 위함이었다. 이때 교회에 나가지 않았다는 사실이 드러날 경우, 우리는 담임 선생님에게 불려가 회초리로 손바닥을 맞아야 했다(따라서 학생들은 교회 갔다는 증거로 그 전날 즉 주일의 교회 예배 주보를 등교 시 반드시 지참해야 했다). 그 외에도 일주일에 두 시간씩 있는 별도의 정규 성경 시간에서는 교목(학교 목사)으로부터 기독교 교리를 배우고 학내외 부흥회나 시내 교회의 각종 집회 등에 동원되기도 했다. 이 거듭된 예배시간이 지루해 항상 맨 뒷줄에 쭈그리고 앉아서 소설책을 몰래 들여다보거나 영어 단어를 외우곤 했던 것이 이 시절의 내 자화상이었다.

사실 이 학교에 입학하기 전까지 나는 기독교에 대해 아는 바가 별로 없었다. 크리스마스 때 교회에 가면 미국의 구호물자 —전쟁 시기였으므로— 를 얻을 수 있다는 것 정도 이외에는…… 그런데 입학 첫 성경 시간이었다. 교목이었던 성갑식 목사님은 들어오자마자 공과책(성경의 기본 지식을 주 단위의 문제 형식으로 제시한 교과서)의 첫 페이지를 펴더니 앞줄에 앉아 있는 학생들 몇을 하나씩 호명해 그 장의 주제를 물었다. '어떻게 하면 천당에 갈 수 있는가?'라는 것이었다. 당시 나이 만 12세로 키가 작아 맨 앞줄에 앉아 있던 내게도 같은 질문이 주어졌다. 그래서 나는 자신 있게 "착한 일을 하면 천당에 가지요."라고 했는데, 교목으로부터 되돌아온 대답은 엉뚱하게도 '틀렸다'는 것이었다. "아니다. 예수를 믿어야 천당에 간다."라고 하셨던 것이다.

그러나 그때의 나는 목사님의 이 말씀을 전혀 이해할 수 없었다. 어린 내 상식으로는 착하고 선하게 살아야만 천당에 가야 할 것이었다. 그런데 그렇지 않다니 도대체 이 무슨 억지란 말인가. 그래서 나는 교목님께 "아무리 착한 일을 해도 예수를 믿지 않으면 천당에 못 가고 또 아무리 악한 일을 해도 예수만 믿으면 천당에 갈 수 있습니까?"라고 물었는데, 되돌아온 답 역시 '그렇다'였다. 그래서 더욱 혼란에 빠진 내가 다시 "그렇다면 예수를 모르는 옛날 백제 사람들은 모두 지옥에 갔습니까?" 하고 되물었더니 그 순간만큼은 교목님도 당황하신 듯 한동안 나를 빤히 바라보셨다. 그러다가 한참 만에 하시는 말씀이 "그렇다. 성경에 분명 그렇게 씌어 있다."라는 것이었다.

첫 성경 시간에 일어난 이 사건은 어린 내게 큰 충격을 주었다. 도대체 예수란 무엇이며, 어찌해서 그는 악한 사람도 그처럼 천당에 보낼 수 있다는 것인가. 내 상식적 윤리관으로서는 '착하고 선하게' 사는 것이야말로 삶의 지고지순한 도리였는데 이 세상엔 그렇지 않은 진실도 있다니 이 무슨 일인가. 말하자면 내게 가치관의 혼란이 생긴 것이다. 그러나 당시 단지 중학교 1학년 학생에 지나지 않았던 철부지는 이런 일에 인생을 걸고 고뇌하기에는 아직 너무 어렸다. 나는 곧 이 일을 잊어버리고 말았다.

그런데 여름방학이 끝나고 시작된 1학년 2학기 첫 성경 시간이었다. 점심 시간, 운동장에서 뛰어놀다 5교시 수업시간에 맞춰 막 교실에 들자 예전처럼 성경책과 공과책을 손에 들고 입실하시던 예의 성갑식 목사님이 ―아직 출석도 채 부르시기 전인데― 갑자기 나를 호명해 일으켜 세웠다. 그리고 구약성서 어느 한 부분을 지목하며 읽어보라 하셨다. 유명한 '옹기장이 비유'에 관한 장이었다. 한 옹기장이가 진흙을 구어 그릇들을 만들었는데 어떤 것은 투박하게 빚어 허드레로 쓰고 또 어떤 것은 곱게 꽃병으로 만들어 응접실에 놔두었다. 그런데 어느 날, 그 허드레 그릇이 가만히 살펴보자 하니 주운 쓰레기나 담기는 자신의 처지에 비해 거실의 그 꽃병은 턱없이 주인의 사랑을 받고 있는 것이 아닌가. 그래서 화가 치밀어 오른 그 허드레 그릇은 자신을 만든 옹기장이에게 이렇게 항의하였다. "다 같은 진흙으로 빚어진 그릇들인데 왜 나는 허드레로 만들어 이처럼 천대하고 저것은 고귀한 꽃병으로 만들어 환대하느냐?"

이 대목까지 읽자 교목은 "그만" 하고 제지하시며 내게 물었다. "네 생각에 그 허드레 그릇의 항의가 옳으냐?" 그래서 내가 '그렇지 않다. 피조물인 그릇이 자신을 만들어준 옹기장이에게 항의한다는 것은 이치에 맞지 않는다고 하자 교목님은 그 순간, 마치 그 같은 내 대답을 내심 기다리나 했다는 듯 손으로 탁자를 '탁' 치며 "맞다. 피조물이 창조주에게 불평하는 것은 옳지 못하다. 모든 것은 오로지 창조주, 하나님의 뜻이기 때문이다. 네가 언젠가 학기 초 성경 시간에 예수를 믿지 않은 백제 사람들은 왜 모두 지옥에 가야 하느냐고 내게 물은 적이 있었다. 그래서 그때 나는 네게 성경책에 그렇게 쓰여 있으니 달리 말할 것이 없다고 했는데 네 비록 미심쩍어했겠지만, 이 문제 역시 하나님의 뜻이니 네가 관여할 바가 아니다."라고 하셨다. 교목께서는 1학년 첫 성경 시간의 그 사건을 그동안 잊지 않고 내심 고민하다가 결국 발견한 해답이 바로 그 '하나님의 뜻'이었던 것이다.

그런데도 나는 여전히 왜 착한 사람 모두는 천국에 갈 수 없는지, 왜 백제 사람들은 예수를 몰라서 부당하게 지옥에 가야 하는지 이해가 되지 않았다. 그래서 이 두 번째 사건은 없는 듯 한 번 스쳐 지나가고 말았을 뻔한 소년 시절의 그 화젯거리를 오히려 마음 깊은 곳에 하나의 흔적으로 남겨버렸다. 내 인생관의 화두로 각인이 되어버린 것이다.

이후 물론 나는 성경을 배우면서 교리적 차원에서만큼은 아무리 착

정좌(正坐)

하고 선한 사람이라도 왜 예수께 의지하지 않고서는 천국에 갈 수 없는지를 알게 되기는 했다. 그러나 후자 즉 '백제 사람이 천국에 가거나 가지 못하는 일이 어찌해서 전적으로 하나님의 뜻에 달려 있어야만 하는가' 하는 문제만큼은 오랫동안 이해할 수 없었다. 예수가 존재한다는 사실 자체를 알려주지도 않으면서 다만 예수를 믿지 않았다는 그 이유 하나만을 꼬투리 삼아 모든 백제 사람들을 지옥으로 보내는 하나님이라면, 아무리 생각해도 그 처사가 비논리적이고 가혹했기 때문이다. 나는 대학에 들어가 교회와 발을 끊을 때까지도 이 의문을 풀 수 없었다.

4

그러나 정작 내가 이 문제로부터 무언가 깨우침을 얻은 것은 것은 목사님의 설교나 신학적 해석에서가 아니라 엉뚱하게도 문학이론서를 접하면서였다. 그러한 의미에서 그것 즉, 백제 사람을 지옥에 가게 하거나 가게 하지 않는, 그 '하나님의 뜻'이라는 명제는 이제 신앙의 차원을 넘어 내 문학의 화두가 되어버린 것이었다고 말할 수도 있을 것이다.

대학을 다니면서부터 나는 교회에 나가지 않았다. 세속 교회의 부패와 일부 교직자들의 천박성, 사대적인 미국문화의 수입, 전통문화에 대한 자기부정 등, 당시 한국 기독교가 지녔던 여러 문제들에 대해 의외로 실망감이 컸던 것이다. 그렇다고 해서 내가 그동안 갑자기 무신론자나 혹은 반기독교인으로 변했다는 것은 물론 아니다. 사실을 말하자면 그때나 지금이나 ─궤변같이 들릴지 모르지만─ 나는 교회를 나가지 않는 기독교인, 한국인으로서 내 나름의 성경 해석을 통해 내 나름의 신앙을 지닌 기독교인이다. 그리고 그 하나님은 물론 인간적인 하나님, 인간을 위해 존재하는 하나님이시기도 하다.

그런데 교회와 발을 끊은 지 이미 오래된 대학 4학년 무렵이었다. 사건이라면 사건이다. 우연히 나는 문학도들 사이에서는 이미 잘 알려져 있는 야스퍼스(Karl T. Jaspers)의 저작 『비극론』을 접하게 되었다. '비극'의 본질을 ─서구문학사의 대표적 비극작품이라고 할─ 소포클레스의 『오이디푸스 왕』과 셰익스피어의 『햄릿』, 그리고 구약성서의 『욥기』를 예로 들어 해명한 문학이론서이다. 그 내용의 일부가 된 성서 속의 한 이야기 『욥기』를 먼저 간단히 소개해보기로 한다.

예나 제나 욥은 하나님이 사랑하시는 의인이었다. 그런데 어느 날, 생래적 시기심 때문인지 하늘의 사탄이 하나님께 찾아와 욥을 헐뜯기 시작했다. 욥이 마치 의인인 것처럼 행동해 보이는 것은 하나님으로부터 받은 축복 때문이지 그의 본래 사람됨이 그렇지는 않다는 것, 따라서 지금이라도 만일 하나님이 그에게 베푼 축복을 거두어들인다면 그는 반드시 하나님을 배신하리라는 무고였다. 그리하여 하나님은 욥의 참 사람됨을 알아보시기 위해서 사탄이 간청한 대로 그를 한번 시험해 보라고 허락하신다. 즉 욥은 의인이었던 까닭에 아이러니하게도 사탄의 시험에 들게 되는 운명을 맞은 것이다.

사탄은 먼저 욥이 가진 전 재산 즉 가축과 종들을 빼앗아갔다. 그러나 욥은 흔들리지 않았다. 하나님을 믿었다. 그러자 다음 차례로 사탄은 욥의 자녀들을 모두 태풍에 휩쓸려 죽게 하였다. 이때도 욥은 하나님을 원망치 않고 처음처럼 섬겼다. 그러나 사탄이 자신에게 심한 욕

정좌(正坐)

창을 잃게 하자 결국 욥도 그때까지 참았던 인내심을 그만 잃어버리고 아내와 친구들의 불평에 동조하여 '왜 불의한 사람에게는 축복을 내리면서 자신과 같이 의로운 사람에게는 이 같은 고난을 안겨주느냐'고 하나님을 원망해버리고 만다.

하늘에서 이를 지켜본 사탄이 무릎을 쳤다. 즉시 하나님께 달려가 이렇게 참소하였다. "하나님, 이것이 당신이 의인이라 생각했던 욥의 참다운 실체입니다. 당신이 주신 것들을 거두어들이니 이렇게 당장 당신을 원망하고 배신하지 않습니까? 지금까지 욥이 당신께 순종했던 것은 그가 본래 의인이어서가 아니라 당신이 주신 축복의 대가 때문이었습니다." 그러나 하나님은 욥을 믿으셨다. 좀 더 두고 보자 하셨다.

그래서 사탄은 욥을 더욱 가혹한 시험의 장으로 내몰아 이제는 욥의 목숨까지도 빼앗아버리려 했다. 욥으로서는 죽음 이외의 다른 선택이 없게 된 것이다. 그런데 바로 그 순간이다. 욥에게 전류처럼 와서 꽂히는 진실 하나가 있었다. 이 모든 일은 그 자체가 하나님의 뜻이므로 피조물인 자신이 창조주이신 하나님이 하시는 이 같은 일련의 일에 왈가왈부하거나 반한다는 것은 있을 수도 없고, 있어서도 안 된다는 자각이었다. 그것은 인간의 논리나 이성적으로는 풀 수 없는 오로지 하나님이 섭리하시는 세계의 문제일 터였다.

생각이 이에 미치자 욥의 마음속에는 이제 자신도 모르게 하나님에 대한 원망이나 미움이 사라지고 대신 평화가 깃들기 시작했다. 자신의 내면에 어떤 절대적이고도 새로운 진실의 지평이 열린 것이다. 그래서 욥은 그 즉시 꿇어앉아 하나님께 기도를 올렸다. 목숨까지도 포함해서 자신이 지닌 모든 것은 전적으로 하나님께서 주신 것이니 이 모두 당신의 뜻대로 하시라는 것, 지금까지 이를 인간의 논리로만 판단해서 당신을 원망했던 자신이 얼마나 우매한 존재인가를 비로소 깨우쳤으니 그만 용서해 달라는 고해였다.

그리하여 하나님께서 "너는 대장부처럼 허리를 묶고 내가 네게 묻는 것을 대답할지니라. 네가 내 심판을 폐하려느냐. 스스로 의롭다 하려 하여 나를 불의하다 하느냐?"고 꾸짖자 욥은 꿇어 엎드려 "제가 스스로 깨달을 수 없는 일을 말하였고 스스로 알 수 없고 헤아리기 어려운 일을 말하였나이다. 제가 스스로 한하고 티끌과 재 가운데서 회개하나이다." 하고 참회하였다는 것이다.

이에 감동하신 하나님이 이 모든 시련을 거두시고 마침내는 오히려 욥에게 이전에 누렸던 것보다 더 많은 축복을 다시 내리셨다는 것은 두말할 필요가 없다.

5

야스퍼스는, 비극이란 인간으로 하여금 어떤 절대적 진실에 이르도록 해주는 하나의 기호(Chiffre des Seitern)라고 말한 바 있다. 참다운 진실은 삶의 결정적 난파(Seitern), 즉 어떤 불가역적 좌절 없이 깨우칠 수는 없다는 것이다. 물론 여기서 그가 말한 바 참다운 진실이란 일상적, 과학적 진리가 아닌, 어떤 '비극적인 지(das Tragische Wissen)', 그러니까 총체적이고도 초월적인 삶의 어떤 완전하고도 절대적인 진리를 뜻한다. 그러한 관점에서 욥의 시련은 일종의 '난파'에 해당하며 그로 하여 그가 깨달은 바는 바로 비극적 진실이었다고 말할 수 있을 것이다.

이 '욥적 운명'이라는 야스퍼스의 명제를 통해서 내가 깨달은 것 역시 마찬가지다.

첫째, 이 세계에는 인간의 논리로 해명될 수 있는 진실 이외에 이를 초월해 있는 그 이상의 어떤 다른 진실도 있다는 것. 그것은 아마도 우리가 앞서 『욥기』를 통해 배울 수 있었듯 신 혹은 절대자의 진실이라 할 수도 있을 것이다. 말하자면 유한자인 인간이 절대 절명하게 순종할 수밖에 없는, 예컨대 기독교에서 말하는 바 '하나님의 뜻'이라 부르는, 그 어떤 진실이다. 욥은 물론 일상생활에서 매우 의로운 사람이었던 까닭에 갑자기 자신에게 몰아닥친 이 같은 돌발적인 시련을 이성적인 차원에서만큼은 결코 받아들일 수 없었을 것이다. 인간의 논리로 보면 착한 사람은 항상 복을 받아야 하고 악한 사람은 당연히 벌을 받아야 하기 때문이다. 그러나 하나님의 세계, 그러니까 총체적인 관점(욥이 모르고 있었던 사탄과 하나님 사이에서의 일도 있었으니까)의 세계에서는 꼭 그렇지만은 않다. 그것은 인간의 논리 즉 이성적인 논리로부터 벗어나 전혀 다른 차원에 있는 진실인 까닭이다.

둘째, 인간의 논리로 해명되지 않는 어떤 총체적이고도 완전한 진실이란 이성(理性, Vernunft)과 합리성을 벗어난 진실 즉 모순의 진실이라는 사실. 우리가 진리 혹은 진실이라 부르는 것 가운데는 이렇게 이성에 본질을 둔 것과 ―이성을 초월한― 직관과 모순에 본질을 둔 것의 두 가지가 있다. 굳이 구분하자면 전자는 이성적, 과학적 진실이며 후자는 감성적, 문학적(종교적) 진실이다. 그러므로 앞에서 지적한 어떤 총체적이고도 완전한 진리 즉 절대자의 진리는 후자에 속한다고 말할 수 있다. 자신에게 시련을 안겨 주는 존재를 오히려 사랑하고 순종해야 한다는 것은 분명 앞뒤가 맞지 않는 모순이 아니겠는가.

셋째, 이 총체적이고도 완전한 진실, 달리 말해 '모순의 진실'에 도달하는 길은 '이해(Verstehen, understanding)'가 아니라 '깨달음(realizing)' 혹은 '통찰(insight)'에 있으며 그 깨달음의 계기를 마련해준 것이 바로 좌절 즉 '난파'였다는 것. 욥의 경우에도 욥이 인간적 세계로부터 절대자의 세계로, 논리적인 진실 차원으로부터 모순된 진실의 차원으로 정신적 상승을 기할 수 있었던 것은 바로 그가 비극적 시련을 통해서 겪은 어떤 직관적 통찰에 의해서였다. 그는 총체적이고도 완전한 그 진실을 '이해'로써가 아니라 '깨우침'에 의해서만 다다를 수 있었던 것이다.

그렇다. 나는 야스퍼스가 제시한 이 '욥적 운명'이란 화두를 통해 비로소 어려서부터 가슴 깊이 품어왔던 '하나님의 뜻'이란 명제와 과학과 다른 시적 진실이란 무엇인가 하는 의문을 내 나름으로 막연하게나마 깨우칠 수 있었다. 시 역시 일상세계의 부분적 진실(partial truth) 즉 과학적 진실과 달리 어떤 총체적이고도 모순되는 진실(whole truth)을 통찰케 하는 담론이라는 바로 그 사실이다. 그것은 이렇게 설명된다.

이 세계에는 두 개의 진실이 있다. 하나는 과학적(학문적) 진실이며 다른 하나는 시적(종교적) 진실이다. 그런데 전자가 논리적, 합리적, 부분적인 진리라면 후자는 직관적, 비논리적, 총체적인 진리이다. 그것은 그 자체가 바로 모순인 이 삶이나 세계의 실체를, 전자는 부분적으로, 후자는 전체로 접하는 데서 얻어진 필연적 결과이기 때문이다. 그런 까닭에 시적 진실은 종교적 진실과 동일하게, '이해'를 통해서가 아니라 '깨달음'에 의해서만 가능한 어떤 진실, 그러니까 총체적 진실 바로 그것이다.

그러므로 '시적 진실'과 '종교적 진실'은 원칙적으로 같다. 둘 다 삶이나 세계를 부분적인 것이 아닌 전체적인 것으로 바라보고, 그런 까닭에 그 본질을 이루는 것 또한 모순에 토대한다고 생각하기 때문이다. 한마디로 '모순된 진실'이다. 그러나 우리가 그 한쪽을 종교, 다른 쪽을 문학이라고 굳이 부른다면, 이 양자 사이에 또한 구분이 없을 수 없을 것이다. 그 원칙은 무엇일까.

그것은 바로 그 모순을 풀어주는 주체가 누구냐 하는 점이다. 그 주체가 신이라면 그것은 물론 종교다. 그러나 그 주체가 인간이라면 우리는 그것을 시(詩)로 불러야 마땅하다. 즉 시란 '모순의 진실'에서 그 모순을 인간이 풀어야 하는 어떤 정신세계를 일컫는 용어인 것이다. 문학이 기본적으로 휴머니즘에 토대하며, 필연적으로 도그마적인 신과 신앙으로부터 자유롭지 않으면 안 될 소이연이 바로 여기에 있는 것이다.

대학을 졸업한 뒤 나는 한동안 불교철학에 심취한 적이 있다. 그러면서 나는 나의 이 같은 생각에 보다 확신을 갖지 않을 수 없었다. '무아(無我) 사상'이나 무소설(無所說), 원융무애(圓融無碍)의 평등상(平等相), 불일불이(不一不二)와 같은 불교의 존재론 역시 융이 깨달은 그것과 크게 다르지 않다는 사실을 발견했기 때문이다. 아니 불교의 그것은 기독교보다 오히려 한 차원 더 높은 경지의 세계관을 보여주었다. 그러므로 나는 신이 있는 종교 기독교보다 신이 없는 종교 불교가 훨씬 더 문학적이라고 믿는다.

3장 ...

마로니에 그늘 아래서

1

내가 서울대학교에 입학했던 1961년은 박정희 장군이 군사 쿠데타를 일으킨 바로 그해였다. 고등학교를 졸업한 후, 1년에 걸친 방랑 생활 끝에 입학한 결과 그리되었다는 것은 앞에서 밝힌 바 있다. 그러므로 나는 4·19혁명에 학생 신분으로 떳떳이 참여하지를 못했다. 문단에서 소위 4·19세대의 일원으로 분류되긴 하지만 내가 흔쾌한 마음일 수 없는 이유이다.

모교 은사의 경제적 도움으로 간신히 입학금을 내고 시작한 내 대학 생활은 항상 등록금과 의식주의 해결이 최대 고민거리였다. 그런데 하나님께서 긍휼히 보셨던 것일까, 입학하자마자 내게 행운 하나가 찾아왔다. 1학년 봄 학기의 어느 날이었다. 늦은 오후, 학과장이신 정병욱 교수님께서 급히 부르신다는 전갈이 왔다. 확인해보니 이미 퇴근하신 후였으므로 나는 무슨 일인가 싶어 물어물어 청량리 어느 골목의 선생님 자택을 찾았다.

마침 집에 계시던 선생님은 내 사정을 꼬치꼬치 캐물으셨다. 그러더니 내심 결정하신 듯 "이번에 정부에서 대학생들에게 '대여장학금'을 주는 제도를 마련하고 우리 국문학과에도 두 명의 티오가 배당되었네. 자네가 한번 신청을 해보는 것이 어떤가?" 하신다. 그야말로 복음이었다. 그래서 나는 대학에서도 은사님의 도움으로 기대하지 않았던 장학금을 받게 되었다. 그 장학금은 졸업 후 16년에 걸쳐 그것도 무이자로 갚는 조건이어서 거저 주는 것이나 다름없었다.

등록금 문제가 해결되니 이젠 잠잘 곳, 책을 펼쳐놓고 읽을 수 있는 공간을 마련하는 것이 급선무였다. 당장 가정교사 자리를 구해야 했다.

그 시기의 가정교사에는 세 가지 유형이 있었다. 첫째, 방이나 사무실 같은 것을 하나 얻어 수명의 학생들을 모아 가르치는 가정교사, 둘째, 학생의 집을 방문하여 일정 시간을 정해 가르치는 가정교사, 셋째, 아예 학생의 집에 기숙하면서 그의 전체 생활을 책임지는 가정교사이다. 앞의 두 유형을 시간제 가정교사, 세 번째 유형을 입주가정교사라 불렀다. 이 중 가정교사들은 물론 전자를 선호했다. 후자는 대학의 수강을 제외한 나머지 시간의 대부분을 학생 가르치는 일에 매달려야 했기 때문이다.

방을 얻을 돈도, 별도의 숙박처도 없었던 나는 당연히 입주가정교사를 택할 수밖에 없었다. 그런데 나로서는 거기에도 두 가지 문제가 있었다. 하나는 출생지가 지역적으로 전라도라는 사실이요, 다른 하나는 가정교사로서의 내 자질 부족이다. 시정에선 지금도 전라도 출신 사람들에 대한 편견이 없지 않다고 하는데, 특히 내가 대학을 다니던 1960년대 초반의 경우는 한국전쟁의 상흔 때문인지 그 사정이 더 심각했던 것 같다.

대학생들은 가정교사 직을 대체로 신문의 구직 광고란을 통해 얻었다. 수요가 많아서였던지 당시 중요 일간지들은 지면에 가정교사 구직 광고란을 아예 별도로 마련해둘 정도였다. 광고료도 파격적으로 할인해주었다. 광고는 보통 1단 2행으로 대개 다음과 같은 형식을 취했다.

서울대 장학생 경험 풍부 08)3072-3842

이렇게 광고를 낸 뒤 신문이 배달될 저녁 시간 —그 무렵의 일간지들이 모두 석간이어서— 에 맞추어 해당 번호의 전화기(당시는 가난한 국민경제의 형편상 전화기를 갖춘 집이 흔치 않아 전화기를 빌리는 것 자체가 어려웠다) 앞에서 대기하고 있으면 대체로 당일 저녁이나 다음날 오전까지 열대여섯 통의 문의 전화가 걸려오기 마련이었고, 그중 하나를 고르면 되었다.

전화가 걸려온다. 학부형들은 대개 "고향이 어디지요?"라는 질문으로 말문을 튼다. 나는 "전주입니다."(사실 나의 출생지는 전남 영광이다. 그러나 중고등학교를 전북 전주에서 다닌 나는 전주를 고향으로 여기는 터다)라고 대답할 수밖에 없다. 순간 상대방은 두말없이 철컥 송수화기를 놓아버린다. 한두 건이 아니다.

조금 점잖은 어법도 있다. 직접 고향을 거론치 않고 출신 학교부터 묻는 방식이다. 당시 지방의 입시 명문교들은 —가령 충청도의 대전고등학교나 청주고등학교, 경상도의 부산고등학교나 경남·경북고등학교, 전라도의 전주고등학교나 광주 혹은 광주제일고 같은— 대개 지역명이나 그 지역의 도시명을 취하였고, 일반적으로 서울대 재학생 중 지방 출신 대다수가 이런 지역 명문고 졸업생들이었기 때문이다. 그러나 이미 밝힌 바 있듯 나는 지역 명문고 출신이 아니다. "신흥고등학교입니다."라고 대답할 수밖에 없다. 그러면 곧 두 번째 질문이 이어진다. "어디에 있는 학교지요? 서울에 있는 학교입니까?" "아닙니다. 전라도 전주에 있는 학교입니다." 또다시 철컥 송수화기를 내려놓는 소리.

걸려온 전화 가운데는 이렇듯 문전 박대를 당하는 경우가 절반쯤이다. 그리고 다른 여러 가지 이유로 또 3, 4통이 폐기되면 정작 만나자는 학부형은 대개 대여섯 분쯤 된다. 그리고 이 대여섯 분을 만나서 면접에 통과해야만 비로소 입주가정교사가 될 수 있는 것이다. 그러나 출신 지역 탓인지 아니면 운수소관 때문인지 나는 대학 생활 4년 동안 집안 사정이 좋고(학부모의 경제력이나 교양, 학생의 품성 등), 인심 후한 학부형을 만난 적이 거의 없다.

그리된 이유에는 물론 내 책임이 없는 것도 아니다. 첫째, 사회성이 부족해 남의 비위를 잘 맞추지 못하는 성격이다. 거기다 언변이나 행동거지가 어설프고 학생들의 호감을 살 만한 재주조차 가지지 못했으니 어떻게 학부형의 사랑을 받을 수 있었겠는가. 둘째, 교수 능력의 부족이다. 나름대로 열심히, 정직하게, 성실히 가르쳤지만 웬일인지 학생들의 성적은 잘 오르지 않았다. 한두 번이 아니고 매번 그랬다. 따라서 학부형 입장에서는 그런 가정교사를 집에 오래 둘 이유가 없었을 것이다. 대학을 졸업한 후 회고해보니 4년 동안의 입주가정교사 기간에 나는 새로운 학부형을 무려 11번이나 만났다. 1년에 평균 세 번 가까이 집을 옮겼거나 쫓겨났던 셈이다.

따라서 수입인들 좋을 리 없었다. 주위에서는 가정교사로 고소득을 올린다는 친구, 등록금을 번다는 동창생들이 없지 않았다. 그러나 나는 항상 겨우 숙식을 해결하는 선에서 허둥거려야 했다. 당연히 문학청년 시절의 낭만 같은 것을 즐길 형편이 되지 못했다. 아예 그럴 수 있는 시간이 없었다. 서울대학교를 졸업하고 또 수십 년간 모교의 교수로 봉직한 후 정년을 맞이했음에도 문단에서 내가 소위 서울대 인맥에 끼지 못하는 이유의 일단이 여기에 있다.

그렇다고 내가 당시 문리대 문학청년들과 전적으로 담을 쌓았던 것은 아니다. 후에 한국 문단의 주요 인사들이 된 김현이나 김치수, 김승옥, 김지하, 김화영을 비롯한 문리대의 문학 지망생들과 가끔 어울리기도 했고, 어쩌다 틈이 나면 학교 행사에 참여하기도 했다. 그러나 나는 이들과 함께 어느 한 때도 기탄없이 밤을 새워 인생을, 문학을 토론해 본 기억이 없다. 그럴 만한 정신적 해방감을 누리지 못했다.

2
—

지금도 마찬가지이지만, 모교인 서울대학교 문리과대학 국어국문학과(오늘의 인문대 국어국문학과)에는 나름의 학풍이라는 것이 있었다. 대학은 학문을 하는 전당이니 예술의 한 분야라 할 문예창작 같은 것을 해서는 절대 안 된다는 금기(禁忌), 바로 그것이다. 따라서 누가 분별없이 시 창작 같은 것을 하겠다고 덤벙대면 곧 교수들의 눈 밖에 나는 망동(妄動)이요, 대학 생활 내내 문제 인물로 낙인찍히기 십상이었다. 교수들로부터 호된 꾸지람을 받거나, 조교를 중심으로 한 주류 선배들로부터 왕따를 당하거나, 동학들의 흰눈을 받아 마땅한 존재가 되거나, 대학 생활 4년을 국외자의 처지로 바짝 엎드려 살아야 하는 것 등이다.

서울대 국어국문학과가 초창기부터 이처럼 문학창작을 배제하고 오로지 학문탐구에 그 정체성을 확립하게 된 것에는 아마 다음과 같은 이유들이 있지 않았을까 한다.

첫째, 역사성이다. 원래 1948년에 개교한 국립(지금은 법인)서울대학교의 모태는 일제강점기하 1924년에 설립된 '경성제국대학'이었다. 따라서 현 서울대학교의 국어국문학과 역시 경성제대 법문학부 문과의 조선어문학 전공(1926년 개설)을 계승한 것이라 할 수 있다. 그런데 이 조선어문학 전공에는 애초부터 현대문학이라든가. 문학창작과 같은 개념이 없었다. 오직 고전문학과 우리말 연구(국어학)만이 있었을 뿐이다. 두 가지 이유 때문이다.

하나는 당시 한국문학의 현실적 상황에 비추어 그 시절의 우리 현대문학이 대학에서 일개 학문으로 정립되기가 어려웠다는 점이다. 신문학사(新文學史) 자체가 일천했을 뿐 아니라 무엇보다 문학창작의 질이나 양이 매우 빈약했던 까닭이다(학계에서는 우리 근현대문학이 대개 1894년의 갑오경장 전후에 출발했다고 본다. 그러나 최초의 신소설이라 일컬어지는 이인직의 『혈의 누』는 1906년, 최초의 신시라 일컬어지는 최남선의 「해에게서 소년에게」는 겨우 1908년에 등장했으니 두말할 필요가 없다). 따라서 그 시기 우리 현대문학 작품에 대한 연구는 대학이 아닌 문단적 논의만으로도 충분히 수용될 수 있었다.

다른 하나는 이 대학의 설립 취지와 학생들의 의식이다. 충분히 짐작할 수 있는 일이지만 당시 설립자라 할 일제 조선총독부는 조선어 및 조선문학의 연구를 통해 자신들이 효율적으로 조선을 식민 통치할

실천 방편들을 모색하고자 했다. 그러나 이와 반대로 그 주체라 할 학생들의 입장에선 오히려 그 목적을 민족정신의 탐구에 둘 수밖에 없었다. 즉 '조선어문학의 연구'란 일제 식민통치에 대한 민족의 정신무장 행위이자 민족의 정체성 확립과 반일, 독립 정신을 고취하는 것 이상이 아니었다(민족주의의 키워드라 할 소위 '민족혼(Volk Seele)' 혹은 '민족정신(National Geist)'과 같은 개념은 그 민족의 언어나 구비문학, 고전문학에 있다는 것이 역사학, 정치학의 보편적 견해이다). 그러므로 당대 경성제대 조선어문학 전공 학생들에게는 이 같은 화급하고도 절실한 과제들과 다소 거리가 있던 현대문학 연구나 문학작품 창작과 같은 분야에는 미처 눈을 돌릴 겨를이 없었다고 말할 수 있다. 후에 경성제대 조선어문학 전공 학생들 대부분이 ―문화적인 것이든, 정치투쟁적인 것이든― 필연적으로 민족주의를 지향하는 길로 나아가, 해방이 되자 그 일부가 좌경해서 월북을 감행했던 이유의 하나도 여기에 있었을지 모른다.

그러므로 애초부터 경성제대 법문학부 문과 조선어문학 전공에서의 현대문학은 학문적 관심 밖에 있었다. 문제는 일제강점기하의 이 같은 전통이 대한민국이 건국된 1948년, 국립서울대학교의 국어국문학과가 만들어지는 과정에서도 고스란히 계승되었다는 사실이다.

둘째, 설립 당시 이 학과의 인적 구성을 보면 전임교수진 대부분이 경성제대 출신들이었다는 점이다. 따라서 그 출신 성분답게 그들의 전공은 모두 국어학이나 고전문학이었다. 애초부터 서울대 국어국문학과의 전공 분야에는 현대문학이나 문학창작 같은 것들이 들어설 여지가 없었던 것이다. 한국의 대학 사회에서 보편적으로 현대문학 연구가 정식 학문으로 대우를 받기 시작한 것은 오랜 시간을 기다린 1960년대 중반 이후라 할 수 있다.

정좌(正坐)

어떻든 이 같은 과정을 거쳐 개설된 서울대학교 국어국문학과의 전공 분류와 교수들의 인적 구성은 이후 오랜 세월 국어학과 고전문학이 그 중심에 서고 현대문학은 항상 방계의 위치하며, 문학창작 같은 것은 아예 배제되는 관례를 확립시키게 된다. 그뿐만 아니다. 한국의 다른 모든 대학 국어국문학과 역시 이를 전범으로 하여 오늘에 이르렀다는 것은 다 아는 바와 같다.

이는 물론 유럽이나 미국의 대학 학제와는 판연히 다른 현상이다. 예컨대 미국의 경우 영어학은 영문학과가 아닌 언어학과 소속으로 되어 있으며, 문학창작은 모든 영문학과에 보편적으로 개설되어 있는 강좌들 중의 하나이다. 자타가 세계적인 명문대로 공인하고 있는 하버드, 버클리, 예일, 스탠퍼드가 다 그렇다. 그러한 관점에서 세계 대학의 보편적 규범과 많이 다른 지금의 한국 대학 국어국문학과 전공 분류는 앞으로 개선되어야 할 과제의 하나가 아닐까 생각한다.

물론 오늘의 서울대 국어국문학과에서는 현대문학 역시 여타의 전공과 동등한 지위를 누리고 있다. 다른 분야와 다소 균형 맞지 않는 부분이 없는 것은 아니지만 현대문학 전공 교수도 수 명에 달한다. 설립 당시나 내가 대학을 다니던 시절과 비교해 보면 분명 커다란 진전이라 할 수 있다. 그러나 아직도 개설강좌에 문학창작은 없으며, 문학창작에 대한 교수들의 태도나 학내 분위기는 결코 호의적이지 않다.

물론 앞에서 밝힌 바와 같이, 나로서는 입시 면접고사를 치를 때 서울대 국어국문학과의 이 같은 학풍을 이미 예감하지 않았던 것은 아니다. 그 첫 경험이다. 입학식을 마치고 신입생 오리엔테이션이 있는 날이었다. 예상했던 대로 참석하신 원로 교수님들과 조교가 무엇보다 강조했던 것 또한 '학문의 전당'이라는 말이었다. 서울대학교 국어국문학과는 학문의 전당이니 혹 실수로 문학창작을 하기 위해 이 학과를 지망한 학생들이 있다면 생각을 확실히 고쳐 지금부터는 학문을 하든지, 서울대학교를 그만두고 서라벌예술대학이나 동국대학으로 전학하든지 양자택일하라는 경고였다. 당시 서라벌예술대학 문예창작과(지금 중앙대학교 문예창작과의 전신)나 동국대학교 국문학과는 한국문단의 기라성 같은 문인들이 강의를 맡고 있었고, 실제로 타 대학보다 훨씬 많은 신인 문학인들을 배출해서 명실공히 문학창작의 메카로 자리 잡고 있었기 때문이다.

1학년 수업은 거의 교양과목으로 메꾸어져 있었다. 그런데 그중에서도 눈에 띄었던 것이 유일한 전공 탐색 과목, '국어학 특강'이었다. 그 학과목은 또한 필수이기도 해서 국어국문학과 1학년 학생들이라면 누구나 필히 이수를 해야 했는데, 그 설강 배경이 심상치 않았다. 미리 수강생들의 문학창작 의욕을 일찌감치 꺾어 신입생들로 하여금 가능한 한 국어학을 전공하도록 유도하는 데 그 목적이 있었기 때문이다. 담당 교수 역시 학문적 열정과 학자적 소명감이 가득한 이 학과의 대부 이숭녕 선생이었다. 선생께서는 이 강좌를 듣는 모든 수강생에게 한 치의 틈도 허락지 않고 학문, 그것도 국어학 탐구의 당위성을 의식화시키고자 전념하셨다. 그래서 문학창작에 막연한 환상을 품고 입학했던 신입생들 대부분은 이 과정에서 애초의 생각들을 거두고 국어학이나 고전문학을 연구하는 길로 들어서는 것이 일반적이었다.

나 역시 그랬다. 문학창작에 대한 그간의 동경을 여지없이 내던지고, 대신 학문 즉 국어학의 길에 매진하기로 결심해버린 것이다. 앞날이 불분명한 시 쓰기보다는 국어학을 착실히 전공해서 대학교수가 되는 길이 더 가능성 있어 보이기도 했다. 재능이란 타고나는 것이지만

정좌(正坐)

노력은 누구나 기울일 수 있는 의지의 소산이 아니던가.

3

그러나 나의 이 같은 전공 결정의 배면에는 당시 서울대 국어국문학과의 어설픈 현대문학 강좌도 한몫 거들었을 것이 분명하다. 막상 국어국문학과에 입학해서 보니 현대문학 분야 교수로는 현대소설을 전공하신 전광용 선생님 달랑 한 분뿐이었고, 내가 공부하고 싶어 했던 현대시나 비평론 전임교수는 아예 없었다. 더욱이 유일한 현대문학 전공 교수, 전광용 선생님의 강의는 당신이 발굴하고 연구한 신소설 작품의 줄거리나 그 해설을 수업시간 내내 받아적도록 하는 것이 전부였다. 그래서 아무리 애정을 갖고 공부하고 싶어도 그 갈증을 풀 수 없었다. 더욱이 선생님은 내가 입학하기 2년 전에야 겨우 전임이 되셨으므로 당신 스승들의 권위에 눌려 아직 학과 내에서 현대문학 분야의 영역조차 제대로 확보하지 못한 상태였다.

그래서 2학년 초반이 되기까지 나는 국어학을 공부하는 데 전념하였다. 특히 그 '방법론(methodology)'이라며 일반언어학의 용어를 영어, 불어, 독일어 등으로 화려하게 구사하시던 심악(心岳) 이숭녕 선생님을 나는 전적으로 따르고 존경하였다. 오늘날 내게 일반언어학에 대한 기초적 이해가 다소나마 있다면 이 무렵의 심악 선생님과 이후 전임이 되신 이기문 선생님에게서 배운 지식의 일단일 것이다.

이렇게 장차 국어학자로서의 발판을 굳히려고 노력하기 1, 2년, 나는 비록 국어학과 그 방법론이라 할 일반언어학 공부에 온 정성을 기울이기는 했지만, 머리로 선택한 이 분야의 전공이 정작 가슴으로 와 받아들여지지는 않았다. 세월이 가면 서서히 적응되리라 믿었던 애초의 내 생각도 오산이었다. 의식의 밑바탕에서는 오히려 잊어버리기로 했던 시 창작에의 충동과 문학연구에 대한 동경이 항상 살아 꿈틀거렸다. 마약 중독이 따로 없을 성싶었다. 그래서 나는 하기 싫은 국어학을 꼭 해야 할 이유가 있을까, 마음 없는 학문에 일생을 종사한다는 것이 과연 의미 있는 일일까, 심지어 단순히 대학교수가 되려는 방편으로 국어학을 공부한다는 것 자체가 비윤리적이지 않을까 하는 생각조차 들었다.

그런데 2학년 2학기의 수강신청 기간, 설강 과목을 꼼꼼히 훑어보니 거기에는 그 무렵 우리 문단에서 혜성같이 떠오르던 신예 비평가 이어령 선생의 성함이 올라 있지 않은가. 당시 〈경향신문〉 논설위원으로 계시던 선생이, 전임이 아닌 시간강사 자격으로 자신의 모교인 서울대 국어국문학과에 출강을 하게 되었다는 것이다. 나는 눈이 번쩍 뜨였다. 서울대 국어국문학과 현대문학 강좌로서는 돌발적인 사건이었기 때문이다. 모처럼 새로운 분의 강의를 들을 수 있는 기회라니! 그분이 지닌 명성에도 관심이 갔다. 나는 곧 이 강좌를 신청해 들었다.

그 무렵 선생은 영미 신비평(New Criticism)에 토대를 두고 현상학과 관련하여 주로 시의 이미지 분석과 상상력에 관한 강의를 했는데 그것은 대부분 전기비평, 혹은 텍스트 비평의 수준에서 벗어나지 못했던 당시 국내 대학의 현대문학 강의들에 비추어 한 차원 높은, 신선하고도 독보적인 것이었다. 그리하여 나는 그 비평론 첫 시간을 듣자마자 선생의 강의에 그만 푹 빠져들고 말았다. 문학을 공부한다는 것이 재미있고 감동적이었다. 당연히 머리로 했던 국어학보다는 가슴으로 느끼는 현대문학연구가 훨씬 자연스럽고 좋았다. 아무래도 국어학은 내 적성에 맞지 않았던 것이다. 그래서 나는 다시 전공을 국어학에서 현대 문학으로 되돌리고 말았다.

그 무렵, 서울대학교의 문학청년들 대부분은 실상 이어령 선생의 영향권 아래 있었다. 선생의 강좌가 개설된 국문학과 소속 학생들보다도 다른 학과 학생들이 오히려 더 그랬다. 앞서 이야기한 것처럼 국문학과의 학풍이 현대문학 연구나 문학창작을 금기시했으므로 서울대학 내 문학창작의 열기가 국문학과보다는 외국 문학과나 기타 다른 학과에서 더 뜨거웠기 때문이다. 기억을 더듬어보면 언뜻 불문학과의 김현, 김승옥, 김치수, 김화영, 독문학과의 염무웅, 김주연, 미학과의 김지하 등이 아니었던가 한다. 이런 분위기 속에서 후에 김현, 김치수, 염무웅 씨 등이 모두 이어령 선생과의 인연으로 문단에 등단했다는 것은 잘 알려진 사실이다.

그즈음 문리대의 유명 교수 대부분이 그랬던 것처럼 선생도 휴강을 자주 했다. 그러나 일단 강의에 들면 그 특유한 언변과 수사, 그리고 박식한 이론과 탁견으로 어느 누구보다 학생들의 마음을 사로잡던 선생님이었다. 그런 까닭에 선생의 휴강은 우리를 감질나게 했고 다음 강의에 대한 기대를 더욱 부풀게 만들었다.

당시 문리대는 시설이 낙후했다. 그래서 선생은 본관 옆 —지금 방송통신대학이 자리 잡고 있는— 무슨 공업연구소 연습실 같은 곳을 빌려 강의를 했는데, 목조 건물이어서 그랬던지 걸으면 바닥에서 마룻바닥 삐거덕거리는 소리가 들리곤 했다. 책걸상 60여 개가 어설프게 놓여 있는 흡사 초등학교 교실 같은 강의실이었다. 그러나 매시간 몰려든 수강생들은 항상 만원이어서 미처 자리를 잡지 못한 학생들은 뒤에 서서 듣거나 창밖 복도에서 청강하는 진풍경을 연출하기도 했다.

모처럼 출강하는 날이면, 선생은 그 하루만큼은 온전히 서울대에 바치기로 작정하신 것 같았다. 정해진 강의시간을 초과하는 것은 물론, 끝나면 에워싼 학생들 한 떼를 몰고 대학가 다방을 찾는 것이 관례였다. 당시 동숭동 대학가에는 '학림'과 '대학'이라는 두 곳의 다방이 있었는데 선생이 가는 곳은 항상 대학 다방 쪽이었다. 2층에 자리한 학림에 비해 대학 다방은 1층에 있어 드나들기가 편하셨던 때문이었을 것이다. 여기서 선생은 다시 제2의 강의라 부를 만한 담론을 몇 시간씩 열띠게 펼치곤 했다. 그것은 마치 플라톤의 아카데미 같았다. 이 격식 없는 선생님과의 자유스러운 대화가 전후의 삭막한 대학 풍토에서 그나마 문학을 지망하는 서울대 학생들의 지적 목마름과 호기심을 어느 정도 충족시켜 주지 않았나 싶다.

대학 2학년 때는 국어학 쪽에서도 새로운 신예 학자들이 등장하기 시작했다. 이기문 선생 같은 분이다. 이 선생님은 그때 하버드대학에서 교환교수 활동을 마치고 돌아온 후 고려대에서 막 서울대학교로 전근을 하셨던 참이었다. 그래서 그분에 대한 학생들의 관심이 적지 않았다. 그런데 이런 와중에서 내가 동급생들보다 가장 먼저 선생님과 인연을 맺게 된 것은 의외의 행운이었다. 우연히 그분의 서울대 교수 임용 서류를 만드는 일을 돕게 되어, 전직이었던 고려대 교무처에 심부름을 다녀오게 된 것이 계기였다. 그 학기에 나는 선생님의 첫 강의 '국어음운론'에서 A학점을 받기도 했다. 그래서 나에 대한 동급생들의 부러움이 컸다. 특히 후에 우리나라 유수한 국어학자들이 된 그분의 수제자들이 더욱 그러했다. B학점 이상은 주지 않는 것으로 소문이 난 선생님이셨기 때문이다.

정좌(正坐)

당시 서울대학교 문리과대학은 학생들의 수강신청에 특별한 제한이 없었다. 졸업에 필요한 최소한의 전공과목을 이수하기만 한다면 다른 학과의 강좌는 무엇이든 마음대로 선택해 들을 수 있는 제도였다. 이 같은 자유분방한 학문적 소통이 이 시기의 문리대에 문학적 르네상스를 가져왔는지도 모른다. 그래서 나 역시 타 학과의 강의를 많이 들었다. 김태길 교수의 서양철학사, 이기영 교수의 대승기신론, 송욱 교수의 영미시론, 조가경 교수의 실존주의, 이양하 교수의 영시 강독 등이다.

3학년이 되자 국어국문학과에는 이어령 선생 외에도 새로운 선생님 한 분이 더 출강하셨다. 당시 동덕여자대학교 교수로 재직하시던 정한모 선생님이 '한국현대시론'을 맡게 되신 것이다. 나에겐 이보다 좋은 소식이 없었다. 이때의 인연으로 후에 나는 대학원에 입학해서 정 선생님과 지도교수와 학생이라는 공식 사제 관계를 맺게 된다. 시간강사로 나오시던 선생님이 내가 대학을 졸업하던 해에 이르러서야 비로소 서울대 전임이 되셨기 때문이다.

4

내가 서울대학교에 다니던 무렵, 학내에는 재능 있는 문학청년들이 많았다. 앞서 들었던 학생들 이외에도 철학과의 주성윤, 불문과의 정준, 주섭일, 하길종, 독문과의 김광규, 이청준, 영문학과의 박태순, 미학과의 최민 등이다. 이 중 하길종은 졸업 후 전공을 바꾸어 패기 있는 새 세대 영화감독으로 일가를 이루게 된다.

영문학과의 황동규 씨는 나보다 4년 선배로 당시 이미 문단에 진출해 있었을 터이나, 나로서는 그의 존재를 모르고 있었다. 그와 인사를 나누게 된 것은 훨씬 후인 1970년대 중반의 일이다. 국문학과에는 역시 나보다 4, 5년 선배인 임보라는 필명의 강홍기 시인(후에 충북대 교수가 됨)이 유일하게 《현대문학》의 추천을 통해 등단했다. 그러나 그분도 재학 시절에는 만날 기회가 없었다.

주성윤 씨는 당시 이미 박목월 선생을 통해 《현대문학》의 초회 추천을 받은 —그래서 부르기에 따라서는 시인이기도 했던— 철학과 재학생이었다. 아마 나보다 3, 4년 선배였을 것이다. 그럼에도 그는 오히려 나보다 늦게 졸업을 하게 되었는데, 가난 때문이었다. 그는 일정한 숙박지가 없었다. 그래서 여름철에는 빈 강의실에서 새우잠을 자고 식사는 주로 친구들의 도움으로 적당히 해결하면서 살아가는 식이었다. 눌변에다가 주변머리가 없어 더욱 그랬다. 그의 책가방에는 아예 숙박용 담요와 헌 옷가지들이 항상 비치되어 있었고, 족히 사오백 매가 넘어 보이는 원고 뭉치도 손때가 전 채 들어 있어, 그는 나를 만나기만 하면 그것을 꺼내들고 열변을 토하곤 했다. 주로 하이데거나 휠더린, 라이너 마리아 릴케 같은 독일 철학자 혹은 시인들의 시론이었다.

그는 후에 주간지 기자도 하고 때로는 실직도 하면서 어렵사리 사회 생활을 영위하였는데, 어떤 주간지 지면을 통해서는 당시의 인기 보컬 그룹 펄시스터즈에게 공개 구애를 해서 문단의 토픽을 만들기도 했다. 그러나 문학의 꽃을 피우지도 못한 채 30대 후반, 지병으로 그만 요절해버렸다. 애석할 뿐이다.

어느 가을이었다. 그날도 나는 명동의 한 가정집에서 시간제 가정교사 일을 마치고 급히 귀가하는 중이었다. 밤 10시가 훨씬 넘은 시각

정좌(正坐)

이었다. 예나 제나 서울의 중심지 명동의 밤거리는 활기차고 휘황찬란
했다. 인파가 복작거렸다. 술집들과 카페(다방)의 창 너머로 비치는 정
경이 매혹적이었다. 비록 혼자이기는 했지만, 일과를 끝내고 돌아가는
길이어서 나 역시 대포라도 한잔 기울이고 싶었다. 그런 유혹을 애써
뿌리치며 바삐 골목길을 재촉하는데 문득 "오 형!" 하고 누군지 부르는
소리가 들렸다.

고개를 돌려보니 마침 하길종과 주섭일이 서로 어깨동무를 한 채
나를 쳐다보고 있었다. 술잔을 기울였는지 얼굴들이 불콰해 보였다.
보기에 좋았고 낭만적이기까지 했다. 그들은 문득 어깨에 멘 내 책가
방에 눈이 가자 "오 형은 명동에서도 공부를 하나?" 하면서 핀잔 아닌
핀잔을 주었다. 나는 마치 무슨 잘못을 저지르다가 들키기나 한 학생
처럼 낯을 붉혔다. 이 시기 내 생활의 한 초상이다.

5

요즘과 달리 당시의 대학은 휴강이 많았
다. 특히 문리대(文理大: 요즘의 개념으로는 인문대, 사회대, 자연대가 하나로 통
합되어 있었던 대학. 설립 당시 문리대, 법대, 공대, 상대, 사대, 의대 등으로 구분되
어 있던 서울대학교가 1973년 지금의 신림동 캠퍼스로 이전 통합되면서 문리대는
인문대, 사회대, 자연대로 해체 독립하였다. 당시 대학본부는 동숭동 문리대 캠퍼
스 안에 있었다.)의 유명 교수들일수록 그 정도가 심했다. 그래서 학생들
간에는, 동숭동 캠퍼스에 피는 꽃들을 비유로 이런 농담들을 주고받
았다. '개나리꽃이 피면 수강신청을 해서 아카시아꽃이 피면 개강을 하

고, 마로니에꽃이 피면 종강을 한다.' 개나리꽃은 4월에, 아카시아꽃은 5월, 마로니에꽃은 6월에 피니, 강의 고작 한두 달 만에 학기가 끝나버린다는 풍자였다(원래 동숭동 대학로에는 대학로를 따라 제법 큰 개천이 흘렀고 이 개천의 대학 쪽 언덕에는 개나리가 무성히 자랐다. 그래서 봄이 되면 이 만발한 개나리꽃을 구경하는 것이 당시 서울을 관광하는 나들이 코스 중의 하나였다. 지금은 대학로를 복개 확장하면서 그 개천이 사라져버렸다. 한편 문리대 뒷산에는 아카시아 숲이 우거져 있었고, 캠퍼스 안에는 한국에서는 유일하게 마로니에 나무 몇 그루가 자라고 있어 서울대를 상징했다).

조교를 시켜 미리 휴강을 예고해주는 교수가 없었던 것은 아니다. 그러나 대부분의 교수는 학생들이 기다리든 말든 상관치 않고 당신들 편할 대로 결강해버리는 것이 예사였다. 따라서 20여 분이 지나도록 담당교수가 오지 않으면 이 곧 휴강이었다. 그럴 경우 학생들은 대개 도서관을 찾든지 아니면 삼삼오오 무리를 지어 무슨 일을 꾸미거나 했다. 종로 3가, 태평로의 극장가에서 무료한 시간을 보내든지(당시 대학생들을 염두에 둔 이들 극장은 저렴한 관람료에 아침부터 온종일 각기 다른 영화들을 계속 반복 상영해주었으므로 1회용 표를 끊고 한 번 입장한 학생들은 여러 편의 영화를 보면서 시간을 무한정 보낼 수 있었다), 빈 강의실에 앉아서 책을 보든지 리포트 같은 것을 작성하기도 하면서 시간을 메꾸기도 했다.

3학년 때의 어느 봄날이었다. 그날도 어떤 전공 교수가 휴강을 해버린 뒤끝이었다. 갑자기 할 일이 없어진 학생들은 헤어지기가 서운해서 강의실에 옹기종기 모여 앉아 이것저것 잡담으로 무료한 시간을 보내게 되었다. 그런데 그중 한 학생이 문득 한 가지 제의를 했다. '이 봄날이 너무도 아름다우니 우리가 이처럼 허망하게 시간을 보낼 수는 없다. 숙명여자대학교 국문학과와 교섭을 해서 이 학교의 여대생들과 집단 미팅을 한번 해보는 것이 어떤가?' 창밖을 내다보았다. 아닌 게 아니라 교정의 개나리꽃들이 흐드러지게 피어 있었다. 박수 소리가 일제히 터져나왔다. 그래서 기분이 고조된 우리는 이날 과대표에게 이 문제를 일임하기로 하고 일단 헤어졌다. 즉흥적 발상이었다.

그런데 이 일은 기대 이상으로 잘 성사되었다. 숙대 측과 접촉해본 과대표의 말이 숙명여자대학교 국문학과 학생들도 이를 호의적으로 받아들여 20여 명의 여대생들이 기꺼이 참여하겠다는 의사를 보내왔다는 것이다(당시 사립대학은 청강생 제도라는 것이 있어 학과 재학생은 정원을 훨씬 초과하는 것이 상례였다. 그런데 국립대인 서울대 국문학과 3학년 재학생은 정원이 25명에 지나지 않았으므로 숙명여자대학교 측에서는 이 숫자에 맞춰 그중 20여 명만이 참여한 것이다). 그래서 우리 3학년 국문학과 남학생들은 —지금도 미안한 일이지만 같은 동급생인 여학생 2명을 적당한 이유를 들어 따돌리고— 어느 화창한 봄날 서울 교외, 불광동의 서오릉에서 숙대 국문학과 여대생들과 집단 미팅 행사를 갖게 되었다.

그런데 웬일인가. 이 숙대 여학생 그룹엔 그 무렵 대학생 문단에서 나름으로 꽤 이름을 날리던 신달자 씨가 있지 않은가. 아니 그보다 더 우리의 주목을 끈 것은 그중에 신달자 씨의 고등학교 동창생이기도 했던, 너무도 뛰어난 용모의 미인 여대생이 하나가 끼어 있었다는 사실이다. 그래서 어이없게도 우리 모두는 그 여대생에게 그만 정신을 놓아버렸는데, 그런 촌스러운 꼴이 되었으니 미팅이란 것이 어찌 제대로 진행될 수 있었을 것인가. 그래서 애초의 우리 기대와 달리 그 모임은 속절없이 파탄으로 끝나버렸다. 결과적으로 다른 숙대 여학생들의 심기를 건드려버렸기 때문이었다. 여기에는 물론 우리의 서툰 행사 진행과 준비 부족, 그리고 (가난으로 인해) 우리 사회에 아직 정착되지 못한 놀

이문화도 한몫 거들었을지 모른다.

후일담이다. 그 뛰어난 미모의 여대생은 1년 후 그러니까 대학 4학년 때 당연히 미스코리아로 선발되더니 그해 가을에는 미국에 건너가 급기야 역대 우리나라의 미스코리아로서는 처음으로 미스유니버스가 되어 금의환향을 하게 된다. 1964년 마이애미에서 개최된 세계미인대회에서였다. 그 뒤 그녀는 대학을 졸업하자마자 곧 어떤 실업가와 결혼을 했고, 전공도 국문학에서 의상학으로 바꾸어 미국으로 유학을 떠나더니 학위를 받고 돌아온 후에는 잠시 어느 사립대학교에서 교편을 잡기도 했다. 나로서는 그 무렵 마침 그 대학에 출강을 하던 시절이어서 30여 년이 지난 후 그녀와 다시 해후할 수 있는 행운도 가졌다.

어떻든 나는 그 미팅으로 후에 내 문학 생애에서 가장 친근한 여성 문인 중 한 분이 된 신달자 시인을 처음 만났다. 그리고 이로부터 오늘에 이르기까지 그와 오랜 교유를 갖게 된 것을 소중한 인연으로 생각하고 있다.

정좌(正坐)

4장 …

터널의 끝

1

대학 졸업을 앞둔 1965년 1월 초, 나는 스승이자 당시 학과장을 맡고 계시던 정병욱 선생님께 세배를 하러 갔다. 그동안 선생님은 청량리에서 이사를 해 동숭동 어느 골목 안집에서 살고 계셨다. 선생님은 이것저것 이야기를 하시다가 문득 내게 이렇게 물으셨다. "자네 참 전주가 고향이라지?" 내가 그렇다고 말씀드리자 선생님은 "며칠 전 전주의 무슨 여자고등학교 교장이 과사무실을 찾아와 그 학교 국어교사로 서울대 출신 학생 하나를 추천해달라고 했네. 기왕이면 전주가 고향인 자네가 내려가면 어떨까?" 하셨다.

나는 원래 아버지의 고향인 전라남도 영광에서 태어났다. 그러나 백일 만에 어머니의 고향 즉 외가인 전라남도 장성으로 돌아와 거기서 유년 시절(월평초등학교 3학년까지)을 보내고, 2년의 광주 생활(수창초등학교 4, 5학년)을 거쳐 전주에서 완산초등학교 졸업반과 신흥중고등학교 6년, 도합 7년을 수학했다는 것은 앞에서 밝힌 바 있다. 그러니 선생님께서 내게 전주가 고향이냐고 물으신 것은 내 출신 고등학교를 가리키는 말씀이셨고, 나 역시 자연스럽게 그렇다고 대답했던 것은 전주에 대한 내 마음 자세였을 터이다.

다음 날 나는 선생님이 말씀하신 그 '무슨 여자고등학교'라는 것을 알아보았다. 전주 소재의 '기전여자고등학교'였다. 그래서 나는 망설임 없이 그 학교의 교사가 되기로 마음을 먹었다. 우선 마땅한 취직자리가 없었다. 1인당 국민소득이 100달러 내외였던 그 무렵의 우리나라 경제 사정에서 기업체라는 것은, 오로지 경상계 전공 출신자들에게만 응시 자격이 주어진 몇 개의 은행과 한전, 석공(石公, 대한석탄공사), 유공(油公, 대한석유공사) 같은 두세 개의 국영기업이 전부였던 시절이다. 따라서 이 무렵 인문대 출신 졸업생들이 진출할 수 있는 직장이란 고작 신문사 기자 아니면 중고등학교 교사 정도 이외에는 거의 없었다.

그러나 그 학교는 무엇보다 내게 감성적으로 먼저 다가왔다. 모교인 신흥중고등학교의 자매학교였던 까닭이다. 중고등학교 시절, 나는 기전여자중고등학교 학생들과 접할 기회가 많았다. 예컨대 부활절이나 크리스마스 날, 두 학교는 항상 합동으로 예배를 보았는데 그때마다 나는 기전여중고 합창반과 함께 성가를 부르곤 했다. 고등학교에 진학해서는 기전여고 학생회 간부들과 함께 고아원을 방문하거나, 개척교회 돕기, 여름성경학교 개설 등에 참여했고, 청소년적십자단의 일원으로 같이 사회봉사활동을 하기도 했다.

그뿐 아니다. 기전여중고 학생들 가운데는 더러 사춘기 소년의 가슴을 설레게 하는 여학생들도 있었다. 중학교 때 나는 같은 합창반이었던 기전여고 선배 여학생 하나를 좋아했다. 나의 플라토닉한 감정에 행여 상처라도 줄세라 나를 섬세하게 감싸주던 소녀였다. 고등학교 시

정좌(正坐)

절에는 기전여고의 어떤 여학생 하나가 나를 일방적으로 쫓아다녀 곤란한 처지에 빠진 적도 있었다. 전주 교외의 어떤 작은 교회 목사님 따님이었다.

그런 추억을 지닌 학교이니 내 어찌 쉽게 마다할 수 있었을 것인가. 더욱이 그 무렵 나는 가벼운 폐결핵을 앓고 있어(4학년 1학기 등록할 때 학교 보건소의 검진에서 발견된 경증 결핵이었는데, 나의 불성실한 치료로 인해 6, 7년 끌다가 결국 이차 결핵약을 복용한 끝에 겨우 완치하였다.) 공기 맑고 조용한 곳에서 당분간 정양이 필요했던 시절이었는데……

나는 곧 정병욱 선생님의 추천서를 들고 기전여자고등학교 교장실을 찾았다. 그 즉시 교사가 되는 줄로 알았던 것이다. 그러나 막상 교장을 만나보니 사정이 달랐다. 여러 대학으로부터 '우수한 인재'들을 추천받아 공개시험을 치르게 한 후 그 결과에 따라 임용을 하겠다는 것이다. 그러니까 나는 이제 겨우 그 공개시험을 치를 수 있는 자격을 갖추었던 셈이다.

보름 가까이 지나자 기다리던 시험 날이 왔다. 유별나게도 추운 날씨였다. 나는 서울 유학 시절, 집에서 늘 착용하던 무명 솜바지 저고리 한 벌을 꺼내 입었다. 요즘과 달리 한겨울엔 섭씨 영하 15, 16도를 오르내리던 서울의 추위에 대비해서 전주의 어머니가 사랑하는 아들을 위해 손수 지어 보내신 옷이었다. 투박한 무명천에 이불용 솜을 잔뜩 넣고 누비질한 것이 외양으로만 보면 언뜻 교도소 수의를 연상케 할 만큼 볼품없어 보였지만, 내게는 어머니의 정성과 사랑이 가득 배어 있는 옷이기도 했다.

시험장인 학교로 갔다. 이미 60, 70여 명의 수험생들이 모여 기다리고 있었다. 국어뿐 아니라 다른 학과목의 교사 채용도 있어 그렇게 많다고 했다. 그중 국어교사 지망생들은 열대여섯 명 남짓이었다. 치러야 할 시험과목은 국어, 영어, 수학, 성경 등 모두 4과목. 기독교 학교라서 성경 시험을 보는 것까지는 그렇다 쳐도 국어교사 채용시험에 웬 영어와 수학 과목이 추가되는지는 이해되지 않았으나 나로서는 별로 나쁜 조건이 아니었다. 대학 생활 4년 동안 가정교사로 줄곧 중고등학교 학생들을 가르치면서 다진 수학과 영어 실력이 아니던가. 더욱이 성경이라면 미션스쿨인 나의 모교, 신흥고등학교에서 충분히 익힌 지식이었다. 그리하여 나는 나름대로 이 네 과목의 필기시험을 만족스럽게 치르고 집으로 돌아가려 했다.

그런데 돌발적인 상황이 벌어졌다. 학교 측으로부터 다음날로 예정되어 있던 공개수업시험을 이날 오후 앞당겨 치르기로 했다는 전갈과 함께 수험생 전원에게 점심 도시락이 하나씩 제공된 것이다. 나는 시간을 가늠해보았다. 당시 전주가 아무리 좁은 지역이라고는 해도 주어진 휴식시간에는 도저히 인후동의 우리 집에까지 가서 옷을 바꿔 입고 돌아올 수 있는 시간이 없었다. 하는 수 없이 예의 그 솜바지 저고리 차림으로 공개수업장의 교실 문을 밀치고 들어서야 했다.

이후 고등학교 교사를 수년 동안 하긴 했으나 나는 기실 정교사 자격증을 가진 사람이 아니다. 단지 준교사(지금은 없어진) 자격증이 있을 뿐이었다. 대학 시절, 정부의 문교 정책에 혼란도 있었고 철없는 마음에 졸업 후 교사를 하지 않겠다는 생각에서 교생실습을 아예 하지 않았기 때문이다(대학에서 국문학을 전공한 자는 비록 교직과목의 이수나 교생실습을 하지 않았다 하더라도 누구에게나 이른바 준교사 자격증을 주었던 시절이다). 그러니 어디 학교 수업이나 교수 방법에 대해 제대로 아는 것이 있었겠는가.

정좌(正坐)

공개수업장에 들어가자 대뜸 '우와' 하는 함성, 그리고 손뼉 치는 소리가 내 귀를 요란하게 울렸다. 교단에 무명 솜바지 저고리를 걸친 웬 총각 하나가 어찌할 바를 모르고 엉거주춤 서 있었으니 그럴 만도 하지 않겠는가. 순간 나는 앞이 깜깜했다. 아무것도 눈에 들어오지 않았다. 그래서 흑판 쪽으로 우선 몸을 돌렸다. 시간을 좀 벌어볼 심산이었다. 그러자 '사미인곡'이라고 쓴 흑판의 분필 글씨가 눈에 들어왔다. 정철의 가사 「사미인곡」을 강의해보라는 주문이었던 것이다. 주어진 시간은 20분.

시간이 조금 흐르자 다소 마음이 안정되었다. 그래서 나는 간신히 앞으로 돌아서서 정면을 바라보았다. 어수선한 태도의 여고생들 20여 명과 그 뒷줄에 앉아 있는 교장 그리고 간부로 보이는 10여 명의 교사들이 눈에 들어왔다. 나는 나 자신도 모르는 말을 횡설수설하기 시작했다. 딴에는 대학에서 배운 지식을 유식하게 강의하고 있었던 것이다. 그리고 주어진 시간을 제대로 사용했는지 헤아려볼 겨를도 없이 휑하니 교단에서 내려와 버렸다. 교실 문을 밀치고 나오는 내 등을 깔깔거리는 여고생들의 함성이 여전히 때리고 있었다.

집에 돌아와서 생각해보았다. 그런대로 만족스럽게 본 오전의 필기시험이 오후의 그 당혹스러운 공개수업으로 그만 망쳐버린 것 같았다. 교사가 되기는 이미 글러 보였다. 그래서 그런지 기약한 날짜가 이미 지났건만(합격 여부를 우편을 통해 알려준다 하였다), 학교 측에서는 아무런 소식을 전해주지 않았다. 그래도 아직 미련만은 남아 있었던 모양이다. 나는 마음을 다스리기 쉽지 않았다. 며칠을 더 망설이다가 일단 학교에 찾아가 사정을 알아보기로 했다.

아직 방학 중이라 교정은 텅 비어 있었다. 나는 우선 서무실부터 들렀다. 건물 구조상 교장실의 출입은 필히 서무실을 통해야 했기 때문이다. 직원 하나가 무슨 일로 오셨느냐고 물었다. 나는 단도직입적으로 교장 선생님을 한번 뵙고 싶다고 했다. 그는 안경 너머로 나를 힐끔 쳐다보며 '교장은 지금 출장 중이다. 자신에게 용건을 말해보라'고 했다. 나는 전말을 이야기하고 합격 여부를 알고 싶다고 했다. 그는 이 같은 일이라면 굳이 교장까지 만날 필요가 있겠느냐며 무슨 서류를 뒤적거렸다. 그리고 하는 말이 단번에 "불합격이로구먼" 한다.

이대로 끝났다면 별일 없을 터였다. 그런데 그 뒤에 이어지는 말이 심상치 않았다. 성적은 그중 제일 좋은데 군대를 갔다 오지 않아서 떨어졌으니 안됐다는 것이다. 순간 나는 철없는 마음에 불쑥 화가 치밀어 올랐다. 군대 경력(나는 당시 '부선망독자(父先亡獨子)의 병역면제'라는 병역법에 따라 군 복무가 연기된 상태였다. 그러나 5, 6년 뒤 1년간 방위병으로 소집되어 이 의무를 마쳤다.)이 문제가 될 것이었다면 미리 응시서류를 접수하는 과정에서 걸러냈어야 할 일이 아니었던가. 그럼에도 시험을 보도록 조처를 취해 놓고 이제 와서 군대 경력을 운운한다는 것이 나로서는 우롱당했다는 생각을 지울 수 없었던 것이다. 나는 씩씩거리면서 이는 교장 선생님을 만나 한번 따져볼 일이라고 소리를 질렀다. 그러자 내 위세에 눌렸던지 그분은 알았다면서 며칠 후면 교장이 출장에서 돌아올 터인즉 그때 다시 한번 들러달라고 했다.

그러나 며칠을 기다릴 필요가 없었다. 바로 다음 날 '기전여자고등학교 교장 조세환' 명의의 전보 한 통이 집으로 날아왔기 때문이다. 한번 만나보자는 내용이었다. 찾아가 뵙자 조세환 교장님은 예의 그 인자한 얼굴로 이렇게 달랬다. '새 학기 시간표를 짜다 보니 고등학교 국어 열댓 시간, 중학교의 수학, 영어 몇 시간이 비어 있다. 국어 과목 열댓 시간만으로는 교사 하나를 채용하기 어려우니 중학교의 수학과 영어도 함께 가르칠 수 있겠느냐. 그렇다면 당신을 교사로 채용할 수 있겠다. 당신 답안지의 영어와 수학 성적도 꽤 좋더라.' 그리하여 나는 내 인생 최초의 직장인 기전여자중고등학교에서 국어 선생 겸 수학, 영어 선생으로 일단 발탁이 되었다.

2

기전여고에 부임하자 조세환 교장은 내게, 담임은 고 2학년 특별반(우수반, 그 무렵 기전여고는 각 학년 전체 4학급 중 두 반은 특별반, 두 반은 보통반으로 편성했다.)을, 학과목은 고 2 전체의 국어, 고 3 보통반 두 반의 국문학사, 그리고 중 2의 수학과 영어 등을 맡겼다. 당시 교사들은 대체로 주당 27시간 정도를 가르쳐야 했는데, 이 같은 의무 시간 배정에 내 수업시간의 총량을 맞추다 보니 그리된 것이다.

새 학기가 시작되면 담임 교사는 무엇보다 교실을 환경 정리하는 일이 급선무였다. 여기에는 나름의 원칙이 있었다. 교실 정면의 칠판 위쪽 중앙에는 태극기를, 그 좌우에는 교훈과 급훈을 달아야 하는 것, 교실 양면 좌우 벽에는 각각 성화(聖畫)를 —기독교 학교인 까닭에— 걸고, 후면 벽은 학생들의 학습이나 문예활동에 필요한 자료들의 활용 공간으로 꾸며 놓는 것 등이다. 물론 능력 있는 교사라면 이외의 보다 창의적인 아이디어를 발휘하기 마련이다.

나 역시 이런 기준에 맞도록 교실 환경을 치장하고자 노력하였다.

담임반의 학생들이 성인에 가까운 고 2학년이어서 상당 부분 그들의 도움을 받기도 했다. 그래서 간신히 기본적인 것들은 갖추어 놓았는데 문제는 급훈을 정하는 일이었다. 아무리 생각해도 그럴듯한 급훈이 떠오르지 않았다. 그렇다고 도덕적이거나 교훈적인 명언은 가식적이어서 급훈이 될 수 없었다. 나 자신 별 인격을 갖추지 못했는데 성인군자 같은 말씀을 운위한다는 것이 어쩐지 위선 같아 보여서다. 그리하여 며칠 동안의 고심 끝에 생각해 낸 것이 "너는?"이라는 말이었다. 소크라테스가 그의 아카데미 현관문에 새겨두었다는 "너 자신을 알라(gnothi seauton)"는 잠언의 축약이었다. 이 잠언을 급훈으로 정하고 보니 내 딴에는 이보다 더 정곡을 찌르는 말이 없을 듯했다. 나는 기분이 좋아져 즉시 "너는?"이라는 급훈을 붓으로 써서 교실 정면에 걸어두었다.

그런데 그 몇 주 후였다. 돌연 도교육위원회 장학사의 학내 시찰이 있었다. 그때 그는 내 수업시간도 불쑥 참관한 바 있었는데 방과 후 전체 교사들을 모아놓고 총평을 하는 자리에서 느닷없이 내 교실의 급훈에 대해서 시비를 거는 것이 아닌가? "너는?"이라는 이 추상적이고도 관념적인 급훈이 도대체 이 세상 어느 학교 교실에 있을 수 있느냐는 힐난이었다. 그래서 그가 돌아간 후 나는 교사들의 입질 대상이 되었고. 마침내 교장은 나를 불러 급훈을 새로 개정하라는 명령을 내렸다. 그러나 나로서는 다시 며칠을 더 고민해도 그럴듯한 급훈이 떠오르지 않았다. 그래서 나는 앞서 정했던 급훈을 살짝 그 뉘앙스만을 고쳐 이렇게 바꾸어 버렸다. "너는?"을 "나는?"으로 해버린 것이다. 나는 이전에 써 붙였던 교실 정면의 "너는?"이라는 급훈을 떼어내고 대신 "나는?"이라는 새 급훈을 만들어 걸어놓았다.

내 개성을 존중해주었던 것인지 아니면 공연한 학내 문제를 만들어

평지풍파를 일으키기가 싫어서 그랬던 것인지 이후 조세환 교장은 이를 다시 거론하지는 않았다. 그러나 이 일로 해서 나는 이 학교 부임 두 달 만에 문제교사로 낙인이 찍혀버렸다.

3

　봄날의 기전여자고등학교는 내가 사춘기 시절에 그리던 아름다움과 꿈이 남아 있었다. 특히 5월 들어 아카시아 꽃이 만발하면 교정은 여전히 온통 향그로웠다. 그 꽃밭의 흰 옷깃을 덧댄 자줏빛 투피스의 여학생들은 마치 먼 나라의 공주님들 같았다.

　그 공주님들이 종종 오늘만큼은 실내가 아닌 야외수업을 하자고 떼를 쓸 때가 있었다. 그럴라치면 나는 못 이기는 척 그녀들에게 이끌려 아카시아 숲 언덕으로 내려가곤 했다. 겉으로는 아니 될 일이라고 말하면서도 기실 내 마음 또한 그녀들과 다르지 않아 그랬을 것이다. 그러나 푸른 아카시아 꽃그늘 아래서인들 이 꿈 많은 소녀들에게 내가 가르칠 그 무엇이 있었겠는가. 할 수 있는 일이란 그녀들이 궁금해하는 내 대학 생활의 일화, 첫사랑의 추억 따위를 고백하는 것이었겠으나 난처하기 짝이 없는 이 같은 질문을 피하고자 내가 곧잘 꺼내든 카드는 시 낭송, 노래 합창 등이었다.

　이 시기 내가 가르친 학생들 가운데는 기억에 남는 몇몇이 있다. 후에 소설가로 대성한 최명희와 수필가이자 시인인 이은영, 서라벌예술대학교를 졸업한 뒤 문단에 등단하자마자 요절한 시인 홍정희, 당시 내가 속으로 대단한 문학적 감수성을 지녔다고 생각했던 정옥자 등이다.

정옥자는 경희대학교 국문학과의 문예 특기자로 입학해서 나름대로 창작 수업에 정진하는 것 같더니 어떤 부잣집 며느리가 되면서 그만 문학을 포기해 버린 소녀다.

나는 이때 최명희를 처음 만났다. 그가 소속해 있는 고 3 보통반에서 일주일에 두 시간씩 '국문학사'라는 과목을 가르치면서다. 그녀는 항상 발랄했다. 늘 예쁜 공주들의 중심에 서 있었다. 그녀가 주동이 되어 야외수업을 벌이게 되었고, 그녀가 주동이 되어 방과 후 선너머('서원(書院) 너머'라는 말의 준말, 지금의 중화산동. 당시 이곳은 소나무 숲이 우거진 야산과 밭이 있었다.) 딸기밭에 원정을 갔다. 그녀가 주동이 되어 학생들과 영화관을 갔고, 또 그녀가 주동이 되어 일요일(예배를 보지 않고)에 인근 소양면의 송광사나 덕진 왕릉 등지로 놀러 다녔다. 그녀의 재기 발랄한 감성, 재치 있고 뛰어난 언변, 간드러진 애교, 그리고 돌발적인 행동이 그렇게 만들었다. 예쁘지도 않았고 학교 성적도 분명 상위 그룹은 아니었지만 그녀는 그렇게 항상 이 귀여운 집단의 중심에 서 있었다.

당시 나는 같은 국어 과목을 담당한 이향아 시인과 함께 이 학교 문예반의 지도교사이기도 했다. 그래서 수업시간 이외의 동아리 활동에서도 최명희를 비롯한 문예반 학생들과 접할 기회가 많았다. 그때 내가 지켜본 바에 의하면 최명희의 훗날 문학적 성취는 상당 부분 내 선임(先任) 문예반 지도교사였던 이향아 선생의 열의와 애정으로 이루어진 결과였다고 말할 수 있다. 아무리 질이 좋은 곤륜의 옥도 제대로 갈고 닦지 않고서는 보석이 될 수 없다 하지 않던가.

그러나 사춘기 소녀들의 심리 또한 묘해서 문예반 학생들의 관심은 이향아 선생 쪽보다 오히려 내게 더 쏠리는 것처럼 보였다. 그것은 ─내

정좌(正坐)

면은 모르겠으나 최소한 외면에 있어서만큼은— 최명희도 그러했다. 자주 찾아오기도, 쪽지 편지를 보내오기도 했다. 문예반 학생들을 데리고 남원의 춘향제 일환 중고등학생 백일장이라든가, 익산의 원광대학교 주최 대학백일장 같은 행사에 참여할 때도 그런 분위기였다. 생각해보면 그럴 만도 했을지 모른다. 막 사춘기를 겪는, 혹은 겪었을 여학생들로서는 그래도 내가 명문대학을 나온 총각 선생이었고 나름으로는 현역 시인 아니었던가.

나는 나에 대한 학생들의 이 같은 쏠림 현상이 차츰 부담스러워지기 시작했다. 자유분방한 내 행동이 보수적인 이 학교의 간부 교사들에게 다소 불편하게 느껴지는 것 같기도 했다. 특히 원칙주의자였던 황선현 교감 선생에게서 그런 눈치가 보였다. 나로서는 사소한 일인데 그녀의 간섭은 심하다 싶은 경우도 있었다. 그럴 때마다 나는 이런 분위기를 견디며 이 학교에 굳이 재직해야 할 이유가 있을까 싶었다. 그보다 전주에서는 내 미래의 어떤 청사진 같은 것이 그려지지 않았다. 그래서 만 2년을 기전여고에서 복무한 뒤 직장을 서울의 보성여고로 옮겨버렸다.

4

기전여고 재임 시절, 교내에는 나와 같은 날 동시에 임명된, 시인이자 국어교사 이운룡 씨(이때 그는 《현대문학》 초회 추천을 받은 상태였다.)와 이미 부임해 있던 국어교사 시인 이향아, 수학교사이자 소설가인 오승재 씨 등 문인들이 있었고, 언덕 아래의 내 모교 신흥고등학교에는 시인 허소라 씨가 있었다. 나 또한 이 학교에 취임한 그해 즉 1965년 4월에《현대문학》의 초회 추천을 받게 되어 갑자기 이들과 같은 문사 반열에 올랐다.《현대문학》초회 추천이라면 물론 아직 정식으로 인정된 문인은 아니었으나(3회 완료 추천을 받아야 했으므로), 당시의 우리 문단 인구가 그리 많지도 않았고(내 기억으로는 모든 장르를 포함해 전국적으로 약 200명 정도가 있었다.) 또 좁은 시골 바닥이라서 문인들도 별로 많지 않아 그랬을 것이다.

나는 이분들을 통해서 당시 전북대학에 재직하던 평론가 김교선 교수, 원광대학교의 시인 박항식 교수, 성심여고에 근무하던 백양촌 선생, 시인 이기반 씨 등과도 교류하게 되었는데, 여기에다 내가 고등학교 문학 동아리 활동을 할 때부터 찾아뵈었던 신석정, 김해강, 최승범, 구름재(박병순) 선생 등을 포함시킨다면 이분들이 이 시기 전주에 주거하던 문인들의 전부였다.

그중에서도 가장 인기를 누린 분은 그 무렵『흐느끼는 목종(木鐘)』이라는 수필집을 간행해서 장안의 지가를 올리고 있던 시인 허소라 씨였다. 그래서 그에겐 따르는 팬들이 많았다. 이 무렵 내가 전주의 한 다방에서 그와 '허소라 오세영(吳世榮) 공동 시화전'을 개최한 것도 실은 그 여세에 휩쓸린 것이라 할 수 있다. 이로부터 세월이 많이 흐른 2003년, 나는 서울 인사동 인사아트에서 나와 동명(同名)의 화가 오세영(吳世英) 씨와 시화전을 한 번 더 연 바 있어, 허소라 씨와의 이 공동 시화전은 내 평생 두 번 개최한 시화전의 그 첫 번째에 해당하는 것이다.

그런데 공교롭게도 우리의 시화전은 그 일정이 마침 서울의 김상옥 선생이 전주에 내려와 순회 전시하던 선생의 친필 서예전과도 겹쳤다. 그래서 선생은 우리 시화전도 한번 와 보게 되었는데 반응이 썩 좋지

정좌(正坐)

않았다. 기대와 달리 격려를 해주기는커녕 오히려, 이따위 무의미한 짓은 왜 하느냐는 식의 책망 비슷한 말씀을 하셨기 때문이다.

나는 그때 그분을 처음 만난 뒤 작고하시기까지 개인적으로건 공식 행사로건 단 한 차례도 만날 기회가 없었다. 다만 1990년대 말의 어느 날, 그분의 제자인 시인 허윤정 씨를 통해서 선생이 주관하던 『맥』이라는 잡지의 원고 청탁을 몇 번 받은 적은 있었다. 그러나 이 일은 뜻하지 않은 결과를 초래하였는데, 작품이 발표된 후 어느 날 허윤정 씨의 말이 누구든 『맥』 동인지에 한번 작품이 실리면 그는 그것으로 그 동인지의 동인이 된다, 그래서 이 동인지의 원고 청탁은 아무에게나 하지 않는다고 선언해 버린 것이다. 내가 후대에 기록상 『맥』 동인으로 거론된다면 바로 이와 같은 이유 때문일 것이다. 어떻든 나는 인연들이 겹치게 되면서 후일 김상옥 선생의 후학들이 선생을 기려 제정한 '백자문학상'이라는 것을 그것도 첫 번째로 수상하는 영광을 누렸다.

5

새 부임지인 서울의 보성여고도 전주의 기전여고와 마찬가지로 기독교 미션스쿨이었다. 아시는 분은 아시겠지만, 이 학교는 원래 평안북도 선천에 있던 명문 보성여자고등학교를 6·25전쟁 이후 월남한 이 학교 동창생들과 그곳 기독교계 원로들이 합심해 서울에서 재건한 학교이다. 그래서 여러 가지 종교적 규제가 많았다. 매일 교내 예배가 있는 것은 물론, 기독교 교리에 어긋나는 언행은 일체 허락될 수 없었고 교직자는 의무적으로 교회를 다녀야 하는 것 등이다. 그중에서도 교사의 음주와 끽연은 사적으로든 공적으로든 절대 해서는 아니 되는 첫 번째 금기 사항이었다.

그럼에도 이 학교 교장 김정순 선생은 매우 합리적이고 리버럴했다. 학생들 못지않게 교사들을 아끼시는 분이었다. 학사 행정에 다소의 부담이 된다 하더라도 젊은 교사들의 잠재적 가능성을 발굴하고 키워주는 데 성원을 마다하지 않았다. 박정희 대통령의 유신 통치 시절에는 당국의 압력에 반발하여 교장직을 스스로 물리고 미국에 건너가 민주화운동에 헌신하기도 했다. 현역 교사 신분인 나의 경우도 그분의 도움이 없었더라면 아마 대학원(석사과정) 진학이 불가능했을 것이다. 어떻든 교장 선생님은 가끔 나를 불러 격려도 해주고 여러 바쁜 학내 잡무로부터 해방시켜주었다. 무엇보다 담임을 맡기지 않았다. 그래서 수업만 충실히 할 경우, 나는 교내에서 마냥 자유인처럼 행동할 수 있었다.

그분이 왜 특별히 내게 그처럼 관대했는지는 잘 모른다. 다만 언제인가 나는 교무부장으로부터 내가 이 학교에 오게 된 사연을 다음과 같이 들은 적은 있다. 새 학년이 되어 신임교사를 뽑게 되었다. 그런데 김정순 교장은 하고많은 지원자들 중에서도 하필 나를 뽑겠다고 ─다른 대부분 심사위원들의 견해와 달리─ 고집했다. 그래서 다른 심사위원들이 이유를 물었더니 그는 내 이력서에 붙은 사진을 가리키며 이렇게 개성 있고 리버럴한 청년도 여자고등학교에서는 하나쯤 필요하다고 했다는 것이다. 그때 나는 지원 신청 이력서의 사진 부착란에 ─사진관에서 정식으로 찍은 사진이 없어─ 대학 때 친구들과 소풍 가서 찍은 카메라 사진 속의 내 얼굴 그러니까 와이셔츠에 넥타이를 단정하게 맨 정장의 용모가 아닌 원색 스웨터 차림의 캐주얼한 복장의 모습

정좌(正坐)

을 가위로 오려 붙여 제출했는데 교장이 그 인상을 좋게 보셨다는 것이다.

그런 교장 선생님께 나는 처음부터 한 가지 더 톡 튀는 행동을 해버렸다. 교사 임명장을 받는 날이었다. 식이 끝나자 여선생님들을 제외한 7, 8명의 우리 신임 남자 교사들은 자연스럽게 한 팀이 되어 교문 밖으로 몰려나오게 되었다. 모두 처음 만난 터라 무언가 서먹서먹하고 어색한 분위기였다. 그 어색함을 깨기 위해 무슨 일이든 있어야 할 것 같았다. 그래서 그랬던지 어떤 한 분이 "우리 다방에 가서 차나 한잔 하고 갑시다."라고 했다. 그런데 그때 나는 불쑥 이렇게 선동해버리고 말았다. "차는 무슨 차입니까. 우리 주막에 가서 대포나 한잔 합시다."

그러자 마치 기다리기나 했다는 듯 일행은 "좋소." 하고 나를 따랐다. 내심 그들도 나와 같은 생각을 가지고 있었던 것이다. 그래서 우리는 그날 대낮에 그것도 만취가 되어 헤어졌다. 문제는 며칠 후, 이 모임에 같이 참여했던 신임 교사들 중 어느 한 분이 그 사건을 교장에게 고자질을 해버려 주모자로 몰린 내가 잔뜩 훈계를 들어야 했다는 사실이다. 역설적이지만 아마 나의 이 같은 모습들이 교장에게 강한 인상을 주었을지도 모른다.

나는 보성여자고등학교에서 만 7년을 봉직했다. 그리고 그 기간에 내 인생의 중요한 일들 몇 가지를 겪었다. 《현대문학》 마지막 추천으로(1968년 1월) 문단에 등단을 했고, 첫 시집 『반란하는 빛』(1970년)을 출간했고, 핏줄로는 오직 한 분뿐이었던 어머니를 저세상에 보내드렸고(1970년), 결혼하여(1971년) 첫딸 하린이를 낳았고(1973년), 모교인 서울대학교 대학원에서 석사학위(1970년)를 받았다. 이 모두는 앞으로 그려질 내 인생의 초벌 스케치라 할 수 있는 일들이었다.

당시 이 학교에는 소설가 김용운, 시인 정진규, 서예가 김양동 씨 등도 재직하고 있었다. 김용운 씨와 김양동 씨는 나보다 2, 3년 후 부임해왔는데, 김용운 씨는 그때도 대단한 애주가여서 그와 코드를 맞출 수 없었던 나는 그와의 대작이 항상 부담스러웠다. 어느 날인가는 그의 고집을 꺾지 못하고 이 술집 저 술집에 끌려다니다가 그만 통금시간을 훌쩍 넘기게 되어 하룻밤을 함께 구치소에서 보낸 적도 있었다. 비록 약식이라고는 하지만 내 평생 재판이라는 것을 받아 벌금을 내고 풀려난 두 번의 사건 중 두 번째였다(그 첫 번째는 대학 시절 친구였던 문리대 외교학과의 이부영 군과 함께였는데 이 역시 통금시간을 넘긴 음주 때문이었다. 이부영은 대학을 졸업하자마자 〈동아일보〉 기자를 하다가 소위 '동아 사태'로 해직된 후 유명한 반독재 투쟁인사가 되어 나중에는 대통령 후보 물망까지도 올랐던 정치인이다).

김양동 씨는 부임하던 바로 그해 봄 몇몇, 의기투합했던 교사들(부임 첫날, 같이 음주를 감행했던)과 함께 야유회 겸 돌아가신 내 어머니의 추모 성묫길에서 입사 신고를 톡톡히 치른 적이 있다. 동료 교사들이 장난삼아 그에게 과도한 술을 강권하여 그만 술자리에서 뻗어버린 사건이다. 그때만 해도 그는 술에 좀 약했던 것 같다. 김양동 씨는 이 학교에서 2년 남짓 근무하더니 곧 공립학교 교사 채용시험에 합격하여 다른 곳으로 전출해 가버렸다.

정진규 씨는 내가 이 학교 야간부 교사를 그만둘 무렵에 부임해서 2년 정도 같이 근무한 적이 있다. 그런데 1974년 2월 어느 날인가, 그는 정식 사표를 내지도 않은 채 무단으로 잠적을 해버려 나를 곤혹스럽게 만든 적이 있었다. 교감 선생과 몇몇 동료 교사들이 몰려와 '같은 시인이니 당연히 그 행방을 알 것 아니냐. 수소문해 찾아내라'고 다그치면서 나를 닦달질했던 것이다. 그러나 그는 당시 주간부 교사여서 야간부 교사였던 나로서는 이 일에 별로 아는 바가 없었고, 한 달 후에는 대전의 충남대학교로 직장을 옮겨 버렸던 까닭에 그런 일이 왜 벌어졌는지 그 후 어떻게 해결되었는지, 사건의 자세한 전말은 아직까지 알지 못한다.

이 학교에서 가르친 학생들 가운데는 등단한 문인이 별로 없다. 다만 내가 담임했던(나는 이 학교 근무 7년 동안 한두 번 담임을 한 적이 있었다.) 이규희가 후에 동화작가로 대성했다.

이때 기억나는 한 가지 에피소드가 있다. 하루는 안경을 걸친 한 중년의 신사가 교무실로 찾아왔다. 누구시냐고 물으니 그는 이미 교장을 만나보고 오는 길인데 교장이 전담교사인 나와 상의를 해보라고 보내서 찾아왔다며 무슨 기독교 문학 단체의 회장 겸 《○○문예》의 발행인 황 아무개 목사라고 쓰인 명함 한 장을 내밀었다. 그리고 둘러메고 온 가방에서 《○○문예》라는 잡지를 꺼내더니 그 잡지 수십 권을 문예반 학생들에게 구독시켜 독서 텍스트로 활용해 달라고 했다.

그러나 나는 그의 부탁이 탐탁지 않았다. 무엇보다 명색이 문예반일 뿐 그런 곳에 사용할 예산이 없었고, 편견 때문인지 그가 어린 학생들에게 도서를 강매하려 한다는 생각이 앞섰다. 그래서 나는 불쑥 '문학이면 그냥 문학이지 문학이 한 특별한 종교 이념에 종속된다는 것에는 동의할 수 없다'고 말해 버렸다(이러한 내 생각은 수십 년이 지난 지금에도 변함이 없다). 그러자 그는 갑자기 얼굴이 험악해지면서 태도를 돌변해 내 책상을 주먹으로 쿵 내려쳤다. 그리고는 '당신 같은 자가 어떻게 기독교 학교의 교사로 있을 수 있는가. 내가 당장 교장에게 이야기해서 내치겠다'며 교무실을 뛰쳐나가 버렸다.

그날 교직원 종례가 끝난 다음이었다. 교장이 나를 불렀다. 내가 무슨 일인지를 예감하고 교장실에 가자 교장은 단도직입적으로 "오 선생은 반기독교인이요? 아니면 비기독교인이요?" 하고 물었다. 내가 속으로 '반기독교인도 비기독교인도 아닌 나 자신만의 기독교인입니다.'라고 말하고 싶은 것을 꾹 참고 어물쩍 시간을 끌었더니 ―봉직하고 있는 직장이 기독교 학교이므로― 교장은 스스로 답을 내려 나를 편하게 해주었다. "반기독교적인 생각은 안 됩니다만 지성인이라면 비기독교적인 생각은 가질 수 있겠지요. 아까 황 목사님이 단단히 화가 나셨더군요. 오 선생님이 좀 부드럽게 말씀해주셨더라면 좋았을 것을…… 그냥 돌아가세요." 하셨다. 일은 그것으로 마무리되었다.

6

나는 이 시기에 내 생애 가장 가슴 아픈 일을 겪기도 했다. 다름 아닌 어머니의 영면이다. 다른 지면에서도 종종 밝힌 바 있어 아는 분들은 아시겠지만 어머니는 20세에 출가하여 22세 때 지아비를 잃고 그 여섯 달 뒤에 유복자인 나를 나으신 분이다. 나는 그런 태생적 조건 때문에 외가에서 성장했고, 대학을 졸업한 뒤에야 홀로 어머니를 모시고 살았다. 그런 어머니께서 당신의 연치 51세, 내 나이 28세(1970년)에 저세상으로 가신 것이다.

어머니는 원래 건강이 좋지 않으셨다. 내가 철이 들 무렵부터였다. 그런데 대학을 졸업하고 이제 직접 어머니를 모시면서 보니까 그 증상이 예사롭지 않았다. 의사 진단으로는 심장 판막증이라 했다. 의료기

정좌(正坐)

술이 발전하지 못해 심장 수술이 거의 불가능하다시피 했던 시절이다. 의사는 '목숨을 걸고 수술을 시도해 볼 수는 있으나 몸 상태로 보아 권장할 방법이 아니다. 약물로 증상을 완화시키면서 버티는 것이 최선이다.'라고 했다. 그러나 어머니의 병세는 약물 치료에도 호전되지 않았다. 세월이 갈수록 더 심화되기만 했다. 돌아가시기 전 5, 6년 동안은 극심한 고통까지도 수반하였다. 그런데 그런 어머니를 나는 잘 보살펴드리지 못했다. 스스로 학비를 벌어야만 했던 서울에서의 대학 유학 시절은 나 자신의 앞가림 때문에, 그 이후는 대학원을 졸업해서 대학 교수가 되어야겠다는 내 욕망 때문에 그러했다.

나의 일곱 살 적 어머니는
하얀 목련꽃이셨다.
눈부신 봄 한낮 적막하게
빈집을 지키는,

나의 열네 살 적 어머니는
연분홍 봉선화꽃이셨다.
저무는 여름 하오 울 밑에서
눈물을 적시는,

나의 스물한 살 적 어머니는
노오란 국화꽃이셨다.
어두운 가을 저녁 홀로
등불을 켜 드는,

그녀의 육신을 묻고 돌아선

나의 스물아홉 살,

어머니는 이제 별이고 바람이셨다.

내 이마에 잔잔히 흐르는

흰 구름이셨다.

— 「어머니」

병세가 호전되지 못한 어머니는 설상가상 류머티즘까지 겹치셨다. 통통 부은 몸으로 온 밤을 꼬박 앉아서 세우기가 일쑤였다. 기침과 통증이 끊이지 않으셨다. 구급차에 실려 야간 응급실 신세를 져야 할 때도 있었다. 단칸 셋방에 살림을 꾸린 박봉의 야간고등학교 교사이자 대학원에 적을 두고 있던 학생 신분의 나로서는 경제적으로나 정신적으로 감당하기 힘들었다. 그런 어머니께서 유일한 혈육의 변변한 보살핌 한번 제대로 받아보지 못하고 어느 날 아침 갑자기 저세상으로 가신 것이다. 그래서 나는 하루아침에 천하의 죄인이자 고아가 되어버렸다.

어머니가 세상을 뜨신 후 나는 직장이었던 보성여고 근처의 해방촌 언덕에 방 하나를 얻어 자취 생활을 시작하였다. 방은 오직 숙박용이었고 세 끼 식사는 매번 사 먹는 식이었다. 그렇게 생활하기 일 년 남짓, 어찌어찌해서 대학원 석사학위 논문은 겨우 썼다. 그런데 그 이듬해 5월, 그러니까 박정희 대통령이 유신헌법의 존폐에 대해 국민투표를 실시한 바로 그날이었다. 학위 취득으로 정신적 긴장이 풀린 탓이었던지 투표를 마치고 자취방에 홀로 있자니 돌연 그 전에는 느껴보지 못했던 외로움이 한꺼번에 몰려들었다. 갑자기 어머니가 보고 싶었고 이내 눈물이 쏟아졌다. 몇 시간을 혼자 실컷 울었다. 어머니 살아계실 때 효도해드리지 못했던 것이 가슴 저리도록 마음 아팠다. 죄의식을 떨칠 수 없었다.

바로 그날 저녁부터였다, 내게 불면증이 시작된 것은…… 그것은 거머리같이 집요해서 하루가 가도 이틀이 가도, 아니 열흘이 가도 가시지를 않았다. 가시기는커녕 점점 더 심해지더니 종래는 세상, 아니 삶자체가 불안해지기 시작했다. 만나는 모든 사람, 대하는 모든 사물, 심지어 밥 먹고 물 마시는 것을 비롯해 하루하루를 보내는 것 자체가 무섭고 고통스러웠다. 마침내 사람도 만나기 싫었고 음식도 먹지 못할 지경에 이르렀다. 이제는 죽고만 싶었다. 죽는 것이 행복할 것 같았다. 밤마다 어떻게 죽을까를 고민했다. 약대(藥大)에 진학한 제자에게 부탁해서 실험실의 청산가리 같은 극약을 빼내 오게 할 방법은 없을까 하는 궁리로 밤을 지새우기도 했다.

소녀는 질병을 앓았다.
기울어진 햇빛 속에서
아프리카를 생각하고 있었다.
뜨거운 열사의 지평을 달리는
한 마리 사자,
소녀는 사랑을 꿈꾸었다.
잠 못 드는 밤엔
세계의 끝에서 숨 쉬는
에프 엠을 듣고
병든 지구에 내리는 빗물처럼

울 줄도 알았다.

러브 스토리를 읽으며

인생과 예술이 술잔 속에서

페시미즘에 젖는 것을 보았다.

한 마리 사자가 낮잠을 자는

아프리카 해안의 부서지는

푸른 파도.

소녀는 두려워하지 않았다.

다가오는 죽음을,

다만 하나의 희망이

어떻게 이 지상에 잠드는 것인가를

보고 싶었다.

어둠이 내리는 거리,

사람들이 각기 등불을 켜들 때도

소녀는 꿈을 꾸고 있었다.

꿈속으로 꿈속으로

가라앉고 있었다.

— 「꿈꾸는 병」

　나는 나의 그같은 모습을 가능한 한 숨기고 정상인처럼 보이려 안간힘을 썼다. 하지만 거의 폐인이 되다시피 한 내 행동거지와 핼쑥해진 용모조차 숨길 수는 없었다. 그중에서도 대학의 동기동창으로 내가 끌어서 같은 보성여고 교사가 된 이광호 군(나중에 정신문화원과 국민대학교 교수를 역임했음)의 걱정이 컸다. 그는 처음에 내 신상에 관한 이야기를 조심스럽게 꺼내더니 이건 안 되겠다며 강제로 나를 혜화동의 우석대학 병원(지금의 고려대학 병원)으로 데리고 갔다. 그의 사촌 누나가 그곳의 간호사로 근무하고 있었던 것이다.

병원에서는 몇 가지 검사가 있었다. 그 결과 우울증이라는 진단이 나왔다. 그리하여 나는 이후 거의 1년 가까이 이 우울증과 불면증의 치료로 세월을 보내게 된다. 내 인생 중 가장 어두운 그늘이 드리웠던 시기였다. 그러나 지금 생각해보면 그것을 꼭 불행이었다고 말하고 싶지만은 않다. 많은 아픔과 성찰 그리고 깨달음 속에서 나름대로 내 인생을 한 차원 높이 성숙시켜 준 시련기이기도 했기 때문이다. 어떻든 이 고비를 무사히 넘기면서 나는 그 이듬해 결혼도 하고, 비록 시간강사이기는 했지만 대학에 출강할 기회를 얻었다. 내 시 세계 역시 초기의 아방가르드적인 실험이 인생론적 문제 탐구로 전환 극복되어 오늘에 이르는 계기를 가져다주었다.

어떤 지면에선가 밝힌 것처럼 나는 원래 잠꾸러기였다. 그 졸음 때문에 대학 입시를 앞둔 고등학교 시절조차 밤 10시가 넘도록 공부를 해본 적이 없었다. 그런데 이 사건을 겪고 난 후 다시는 그처럼 편히 잠들지를 못했다. 잠을 잃어버린 사람이 되어버린 것이다.

그러나 이는 물론 자업자득이다. 그 원인의 상당 부분은 어머니에 대한 나 자신의 불효에서 비롯되었다 할 수 있기 때문이다. 어머니께서 심한 병고로 그토록 고통을 받고 계셨을 때 당신의 유일한 혈육이었던 나는 그 무슨 방도를 써서라도 착한 며느리를 하나 얻어 당신의 병수발을 해드려야 하지 않았을까. 그리해서 보다 편안하게 저세상으로 보내드려야 하지 않았을까. 내 평생 가슴 아픈 회한이다.

5장 …
매화 필 무렵

1

        내가 등단할 무렵, 문단의 공식 등용문은 두 개가 있었다. 하나는 지금도 각 일간 신문사에서 시행 중인 신춘문예 현상모집에 응모해서 당선되는 일이요, 다른 하나는 문학 월간지 《현대문학》의 신인 추천을 받는 일이었다. 물론 그 이외에 《자유문학》이나 《문학춘추》에서 신인상을 받는 방법도 없지는 않았지만, 이 경우는 크게 주목을 받지 못했다. 경영난으로 이미 정상적인 발간이 어려운 상태에 있었기 때문이다. 《자유문학》이나 《문학춘추》는 내가 등단한 1, 2년 후 폐간되었던 것으로 기억한다.

  당시 《현대문학》의 시부문 추천위원으로는 박목월 선생 말고도 서정주, 조지훈, 유치환, 박두진, 김현승, 신석초 선생 등이 있었다. 그런데도 내가 왜 군이 목월의 문하를 찾았는지는 나 자신도 잘 모르겠다. 중고등학교 국어 교과서에 작품이 실린 시인들 중에서는 그래도 서정주, 박목월 선생을 특히 좋아했는데, 서정주 선생은 좀 문단적이고 주위에 너무 많은 문인들이 포진해 있어 접근하기가 어려워 그랬다면 혹 이유가 될까? 이에 비해 박목월 선생은 상대적으로 훨씬 소박하고 정결해 보이는 느낌이었다.(어느 산문에선가 나는 별생각 없이 당신의 아들인 박동규 씨가 내 대학의 동문 선배이었기에 그랬던 것 같다고 술회한 적이 있다. 그러나 목월 선생을 찾아뵐 때까지 나는 사실 '박동규'라는 이름을 들어본 적이 없었다).

그러나 나는 목월의 문하를 드나들면서 비로소 알게 된 사실이 하나 있었다. 어차피 《현대문학》 추천을 목적 삼았더라면 차라리 서정주 선생이나 김현승 혹은 박두진 선생 쪽이 더 좋았으리라는 것이다. 그것은 목월 선생의 추천이 다른 어떤 추천위원의 그것보다 훨씬 어려웠다는 것을 그때 비로소 깨달았기 때문이다. 실제가 그러했다. 《현대문학》이 추천제도를 시행했던 기간, 서정주 선생의 추천으로 등단한 시인은 통산 100여 명이 넘는데 목월의 경우는 고작 열댓 명 내외에 지나지 않았다.

대학 1학년 2학기도 다 끝나가던 11월 말쯤으로 기억된다. 마침내 나는 용기를 갖고 오랫동안 벼르던 일을 그만 저지르고 말았다. 원고 한 뭉치를 싸 들고 원효로의 박목월 선생 댁을 처음 찾아갔던 것이다.

대문은 열려 있었다. 내가 낡은 양철 대문을 밀치고 막 마당에 들어서자 한복을 허술하게 입은 한 중년의 신사가 방안에서 마루 건너 밖을 내다보는 모습이 보였다. 대문 삐거덕거리는 소리를 들으셨던 모양인데 사진으로만 뵙던 바로 그 선생님이었다. 나는 마당 가에 선 채 머리를 숙여 존경을 표하고 뵙고 싶어서 왔노라고 했다. 선생은 당황하신 듯 "내가 지금 외부 사람을 만나서는 아니 될 처지인데 다음에 다시 들리면 안 되겠습니까?"라고 존칭을 써서 대꾸를 하셨다. '대학졸업 자격시험'의 출제위원으로 위촉되어 시험문제를 만드는 중이라 타인과의 접촉이 금지되어 있다는 것이다(이 무렵에는 대학생들의 실력이 질적으로 많이 저하되어 있다는 전 국민적 여론에 따라 교육부에서 모든 대학생에게 국가 주관의 졸업시험이라는 것을 보게 해서 이 시험에 합격한 자들에게만 국가 인정 학사학위를 주는 제도가 있었다). 그러나 모처럼 용기를 내 찾아온 나로서는 차마 돌아가기가 아쉬웠다. 그래서 마당의 수돗가 텃밭 무슨 꽃나무 꽃대 같은 것을 만지면서 미적거렸더니 선생은 할 수 없다는 듯 그러면 들어와 잠깐 앉아 있다 가라고 하셨다.

나는 윗목에 앉아, 그간에 쓴 열댓 편의 시 원고 뭉치를 공손히 선생께 드렸다. 선생은 말없이 그중 서너 편을 읽으시며 "그래 어느 학교를 다닙니까?" 하고 물으셨다. 그래서 내가 출생지와 신분을 밝히자 선생은 "그래, 됐습니다. 시 원고가 모이면 가끔 한 번씩 들리세요."라고 하시더니 그만 돌아가라는 눈치를 주었다. 내 시에 대한 말씀은 일절 없었다. 그래서 나는 그 눈빛이 차가워 그만 쫓기듯 집을 나서고 말았다. 선생과의 첫 만남이 그랬다.

이후 나는 대개 두 달에 한 번꼴로 매번 20여 편의 습작시들을 써들고 원효로를 드나드는 목월의 문하생이 되었다. 그러나 나를 맞는 선생의 태도는 종잡을 수 없었다. 어떤 때는 시 원고들을 그냥 두고 가라 하고, 어떤 때는 두세 편을 말없이 읽으신 후 구석에 밀쳐두기만도 하고, 어떤 때는 "이게 어디 시가? 이 시행은 무엇 때문에 이렇게 썼기로?" 하고 타박하시기도 하고, 어떤 때는 가당찮은 내 시의 어떤 표현을 지적하면서 "니 한번 설명해 보거래이." 하기도 하셨다. 이 같은 돌발적인 질문에 당황해서 제대로 말씀을 드리지 못하기라도 하면 선생은 대개 "니도 모르는 것을 독자가 우찌 안단 말이고." 하며 핀잔을 주셨다.

정좌(正坐)

간혹 친절을 베풀어주실 경우도 없진 않았다. 그럴 때면 "니 한번 잘 살펴보거래이" 하신 뒤 시 한 편을 골라 찬찬히 만년필로 불필요한 시행들을 하나씩 지우셨는데, 대체로 써가지고 온 20여 개의 시행들 중 살아남는 것은 불과 4, 5행 정도뿐이었다. 세월이 많이 흘렀지만 어떻든 선생의 이러한 지적이 각인되어 나는 지금도 시에서 언어의 절제를 가장 소중한 덕목으로 지키고 있다. 내가 시작에서 수식어를 거의 사용하지 않는 것, 사변적 요소들을 가차 없이 생략해버리는 것, 의미의 압축을 금과옥조로 삼는 것 등은 모두 이때 선생으로부터 받은 가르침 덕분이라고 생각한다.

그러나 이 종잡을 수 없는 태도에도 하나의 일관성 같은 것은 있었다. 첫째, 칭찬을 절대 하지 않는다. 상대방이 그 어떤 기대도 가지지 않도록 냉철하게 시간을 오랜 끈다. 선생의 이러한 태도는 아마도 '굳이 시를 써야 할 이유가 있느냐. 시를 쓰지 않고 다른 길을 가고 싶다면 빨리 포기하거라.' 혹은 '어디 네가 앞으로 시를 쓸 수 있는 사람인지 어디 두고 보자.' 하는 일종의 시험이었다는 것을 나는 훨씬 후에야 깨달았다. 물론 당시 목월 선생은 한양대학교에 봉직하고 계셨으므로 서울대학교를 다녔던 나로서는 대학에서 그분의 강의를 들은 적은 없다.

둘째, 써온 원고는 절대 돌려보내지 않고 보관한다. 이 역시 후에 짐작한 것이지만 선생은 문하생들이 돌아간 뒤 그 원고들을 꼼꼼히 읽고 그 전에 써온 것들과 대비 평가해서 마지막에 남는 두어 편을 최종적으로 《현대문학》에 추천하시곤 했던 것이다. 1965년 4월에 초회 추천을 받았지만, 나 역시 그 직전 그러니까 한두 주 전까지도 내가 과연 추천을 받게 되는 것인지, 추천이 된다면 추천작은 무엇인지 미리 선생으로부터 들은 바가 없다.

어떻든 나는 이 같은 단련을 햇수로 거의 4년 가까이나 받았다. 그러나 그 사이 내게도 인내의 한계가 있었던 모양이다. 한번은 다음과 같은 사달을 일으킨 적도 있다. 대학을 졸업하고 부임지인 전주로 떠나던 3월 초 어느 날이었다. 내 딴엔 마지막으로 선생 댁을 찾았다. 그런데 그날도 선생은 내가 써가지고 온 원고를 보시자마자 어느 시 한 행을 지적하시며 이 이미지가 다음의 진술과 어떻게 연결이 되느냐고 타박하셨다. 그래서 내가 —항상 주눅이 들어 있었던 터라— 되지 않은 논리로, '서로 모순되기에 일부러 그런 것이다. 시란 원래 그렇지 않으냐'는 식의 설익은 시론을 들먹이며 강변했더니 선생은 "어디 그것이 시가?"라고 일갈하셨다. 꼭 그 때문만은 아니었지만 나는 그날따라 웬일인지 선생께 반항하는 마음을 억누를 수 없었다. 대학을 졸업하고 이제 서울을 떠나는 마당인데 나의 기대를 번연히 아실 선생님이 추천에 대해 아무 말씀을 해주지 않아 더 그랬을지도 모른다. 그래서 나는 그때 평소와는 다르게 얼굴을 붉히며 "선생님, 오늘은 그만 가겠습니다." 하고 자리를 박차고 일어나버렸다.

그 무렵 선생은 원효로 전차 종점 부근의 한 골목 안 서민 주택에서 살고 계셨다. 소박한 2층 양옥이었지만 그래도 건물 앞에는 자그마한 뜰이 있어 봄에는 제법 꽃들이 아름다웠다. 집을 나선 내가 이 뜨락을 거쳐 양철 대문을 밀치고 막 밖으로 문턱을 넘으려는 순간이었다. 갑자기 뒤에서 굵직하면서도 부드러운 선생의 목소리가 들려왔다. "오 군, 이것 좀 보고 가거래이." 나는 깜짝 놀라 뒤를 돌아보았다. 화를 내면서 방을 뛰쳐나온 나를 설마 선생께서 대문까지 뒤따라와 바래다주시리라고는 미처 생각하지 못했던 것이다. 선생은 언제 그런 일이 있었냐는 듯 나를 쳐다보며 미소를 띠고 계셨다. 나는 무심히 선생의 손가락이 가리키는 쪽을 바라보았다. 아, 거기에는 마른 매화나무 가지에 꽃봉오리들이 송이송이 맺혀 있지 않은가. 매화는 활짝 핀 꽃보다 막 벙글어지려 하는 그 꽃봉오리가 더 아름답다는 사실을 나는 그때 처음 알았다. 아마도 뜨락이 아직 황량한 겨울 분위기에 싸여 있어 더 그랬을지 모른다.

그리고 몇 주 후 나는 전주의 한 여자고등학교(기전여자고등학교) 교정에서 엽서 한 장을 받아보게 된다. 목월 선생께서 보내주신 것이었다. 거기에는 두 주 전까지도 묵묵부답하시던 선생님이 당신 특유의 정갈한 만년필 필체로 쓰신 "오 군, 자네 작품 「새벽」 외 1편을 《현대문학》 4월호에 추천했네."라는 문장 하나가 달랑 있었다. 문하에 드나든 지 햇수로 4년째인 3년 6개월 만의 일이었다.

그러자 나는 문득 그때의 일이 생각났다. 선생은 왜 내게 그 매화 꽃봉오리를 보라고 하셨을까? 토라진 제자의 마음을 어루만져주고자 그리하셨을까? 이를 통해 나름의 어떤 의미를 암시적으로 전달하려고 그리하셨을까? 그것도 아니라면 한낱 우연한 행동이었을까? 그러나 나는 이 일을 이렇게 해석하기로 작정하였다. '오 군, 지금은 때가 아니다. 그렇지만 앞으로 곧 꽃피울 날이 있을 것이니 지금까지 잘 참아왔던 것처럼 조금만 더 노력하거라.' 하는 뜻으로……

지금 생각하면 나도 웬만큼 끈기와 집념을 지닌 사람인 것 같다. 그 끈기와 집념이 학문이든 문학이든 별 재능 없는 나를 오늘의 '나'로 만들어준 것이 아닐까. 혹은 편한 길을 버리고 굳이 어려운 길을 선택해 매진할 수 있었던 내 우직함이 일구어낸 결실이 아닐까. 그러한 관점에서 나는 목월 선생을 스승으로 모실 수 있었던 그 긴 세월에 감사드린다.

　내가 박목월 선생의 추천으로 문단에 등단했다면 목월 선생 역시 나보다 25년 전인 1940년 전후 정지용 선생의 추천으로 《문장(文章)》지를 통해 등단하셨다. 그러니 정지용 선생은 나의 할아버지, 목월 선생은 나의 아버지나 다름이 없다. 그래서 나는 한국 시단에서 정지용·박목월·오세영으로 이어지는 시맥(詩脈)을 아주 자랑스럽게 여긴다.

2

　1965년 4월, 초회 추천을 받은 나는 그 뒤 2년 8개월 만인 1968년 1월, 《현대문학》에 3회 완료추천을 받았다 (그러나 나의 마지막 추천은 원래 이보다 5개월이 앞당겨진 1967년 8월로 예정되어 있었다. 현대문학사 편집부에서 내 시 원고를 그만 분실하여 그리된 것이다. 내가 추천 소감 ―마지막 추천에 항상 있기 마련인 추천 소감― 을 제출하려고 현대문학사에 들렀을 때 담당 기자 김수명 씨(시인 김수영의 누이)가 들려준 이야기이다). 비로소 정식 데뷔를 한 것이다. 초회 추천작은 「새벽」 외 1편, 마지막 추천작은 「잠 깨는 추상」 외 1편이었다. 이들 작품은 처녀시집 『반란하는 빛』(현대시학사, 1970)에 모두 수록되어 있다.

　다른 많은 집단에서와 같이 문단이라는 것도 기실 사람들이 만든 사회인지라 가끔 선·후배를 가리거나 발표 지면에서 작품 수록 순서를 정하는 일 등이 생기기 마련이다. 그런데 어떤 때는 분명 나보다 후배인 분들이 종종 선배로 대접을 받는 경우가 있어 살펴보니, 그들이 약력란을 기재할 때 등단 연도를 마지막 추천이 아닌 초회 추천으로 해서 그리되었다는 사실을 알게 되었다. 그래서 나는 요즘, 종전의 '1968 년《현대문학》추천……'이라 하지 않고 '1965~68년《현대문학》추천……'이라는 식으로 그 표기를 바꾸어버렸다.

초회 추천이 등단이 아님에도 —당시는 초회 추천을 받은 뒤 2회 혹은 3회 추천이 되지 않아 등단을 포기한 분들이 적지 않았다— 우리 문단에서 이처럼 초회 추천을 등단 연도로 잡아도 별 거부감 없이 통용될 수 있는 것은 아마 우리 선배들의 불투명한 등단 방식에서 기인한 것인지도 모른다. 사실 우리 선배들 가운데는 일간신문이나 동인지 혹은 잡지 등에 작품 한두 편을 발표한 것으로 등단을 인정받는 경우가 적지 않았다. 이에 비교한다면 그래도 각고의 노력 끝에 받은 권위지《현대문학》의 초회 추천작이 어디 그보다 뒤진다고 생각했을 것인가.

그러니《현대문학》에 일단 추천이 되면 문단에서 누구나 그 이름 석 자 정도는 알게 되어 있었던 시절이다. 지금과 달리 그때의 한국 문단의 문인 수가 장르를 통틀어 200명 내외의 적은 숫자였으니 그럴 법도 했을 것이다. 나 역시 마지막 추천작이 발표되자 몇몇 문인들로부터 축하 엽서들이 답지했다. 한번 만나자는 분도, 같이 동인을 하자는 분도 있었다. 그중에서도 기억에 남는 사람이 작고한 정의홍 형이다.

정의홍 형은 그 2년 전인가《현대문학》을 통해서 이미 문단에 데뷔한 기성 시인이었다. 따라서 나도 그의 이름과 그가 동국대학교 국문학과 출신이라는 사실 정도는 알고 있었다. 그런 그가 전혀 일면식도 없는 나에게 오직 문단 데뷔라는 그 인연 하나만으로 엽서를 보내 축하를 해준 것이다. 내용은 그의 성격답게 단도직입적이었다. '문단에 새로운 바람을 몰고 올 오 형의 작품을 보게 되어 반갑다'는 것과 동인을 함께해 보자는 것, 무엇보다 일단 한번 만나보자는 것 등이었는데, 그는 아예 일방적으로 만날 장소와 날짜까지도 정해서 통보해 왔다.

날짜에 맞추어 나는 그가 정한 장소로 나가보았다. 명동의 어느 2층 다방이었다. 내가 막 문을 밀치고 카운터 앞에서 장내를 두리번거리자, 반대쪽 구석의 너덧 명 되어 보이는 청년들의 무리 가운데 키가 후리후리하게 크고 장발을 날리는 한 사나이가 반외투 차림으로 얼른 일어서더니 나를 향해 뚜벅뚜벅 걸어왔다. 그리고 손을 내밀었다. 추천 소감란의 사진을 봐서 알아보겠더라는 것이다.

그가 끌고 가 그 청년들의 무리에게 나를 소개하였다. 무척 활달하고 허물없어 보이는 또래의 막역지우들 같았다. '해라'체나 하대어를 거리낌 없이 구사하는 어법, 스스럼없이 의기투합하는 모습이 그랬다. 그 중에서도 특별히 내 인상에 남았던 것은 무리 가운데 유독 머리를 빡빡 깎은 한 청년이 있었다는 사실인데, 아마 군 복무 중 휴가를 나온 듯했다. 인사를 나눈 후 알고 보니 그 청년이 홍신선 형이었고 나머지 분들은 박제천, 강희근, 양채영, 문효치 씨 등이었다. 물론 그 외에도 두어 분이 더 있었던 것 같으나 잘 기억이 나지는 않는다. 말하자면 나는 당시 동국대 청년 문사들의 조그마한 시회에 귀한 초대를 받았던 것이다.

그날 우리는 명동 뒷골목의 한 허술한 주점에서 빈대떡과 시단(詩壇)을 안주 삼아 막걸리를 마셨다. 담론의 주제 역시 동인회 결성에 관한 것이었다. 그들은 이미 구상이 다 서 있었던 듯, 앞으로 참여시킬 젊은 신인들의 이야기를 주로 많이 했다. 그 대상 중의 하나가 바로 나였던 모양이다. 그러나 그날 나는 확실한 답을 주지 않고 헤어졌다. 그래서 그 모임의 결과가 어떻게 흘러갔는지 모른다. 혹시 후에 박제천

정좌(正坐)

씨가 주동이 되어 만들었던 '시법(詩法)' 동인이 아니었을까?

3

내 첫 시집 『반란하는 빛』은 1970년 9월에 상재되었다. 마지막 추천이 1968년 1월이었으므로 등단한 지 꼭 1년 8개월 만의 일이다. 하얀색 표지에 제명이 금박으로 새겨진 하드바운드였다. 표지의 제호는 박목월 선생이 친필로 쓰셨고, 출판사는 당시 우리 문단의 유일한 시 월간지 《현대시학》을 발간하던 현대시학사, 편집, 인쇄 출판 등 일체의 작업을 도맡아준 분 역시 이 월간지의 실질적인 발행인이자 주간이던 전봉건(全鳳健) 선생이었다.

전봉건 선생은 이 하얀색 표지에 다시 커버를 덧씌웠다. 폴 클레의 쉬르리얼리즘 그림 한 폭을 천연색 그대로 복사한 것이었다. 자못 호사스러운 양장이었다. 그것은 어쩌면 선생이 이 무렵 내 시의 경향을 묵시적으로 형상화하고자 한 배려였을지도 모른다. 이 시기의 나는 서구 아방가르드적 경향, 그중에서도 당시 우리 '현대시' 동인들이 소위 '내면의식의 탐구'라는 말로 즐겨 부르던 '쉬르리얼리즘'에 경도하고 있었기 때문이다.

내가 현대시학사에서 이렇듯 처녀시집 『반란하는 빛』을 내게 된 것은 순전히 내 오랜 친구 이건청 시인 덕분이다. 그 경위는 이렇다. 《현대문학》의 추천만으로 볼 때는 등단이 나보다 오히려 일 년이 뒤진 이 시인이 이미 이해 봄 먼저 시집을 내더니, 함께 가자는 것인지 자꾸 나더러 시집을 내라고 부추겼다. 그래서 나는 그의 손에 이끌려 자의 반

타의 반으로 그가 몇 달 전에 이미 그의 처녀시집 『이건청 시집』을 상
재한 바로 그 출판사, 현대시학사에 들렀고 또 그의 소개로 전봉건 선
생께 인사를 드린 후 곧 시집을 내게 되었다. 자비출판 1,000부 발행이
었다.

당시의 시집들은 모두 종렬 조판이었다. 지금의 횡렬과 달리 시 한
편이 보통 지면의 두 페이지를 차지하게 되어, 대체로 시 30편 정도면
한 권의 시집이 묶일 수 있었던 시절이다. 그럼에도 나는 그때까지 아
직 그만한 분량의 시 원고를 갖고 있지 못했다. 그래서 일부는 문학청
년 시절에 썼던 것을, 또 일부는 부랴부랴 새로 써서 겨우 31편을 마련
할 수 있었다.

원고가 정리되자 나는 우선 원효로의 목월 선생 댁을 찾았다. 서문
을 받기 위해서였다. 그런데 선생은 대뜸 제명을 어떻게 할 것인지부터
물으셨다. 그래서 애초에 생각했던 대로 '오세영 시집'으로 하겠다고 했
더니 선생은 피식 웃으셨다. 그러면서 하시는 말씀이 '그런 제명을 쓰
기에는 아직 이르다. 다른 제목을 한번 생각해 보아라'고 하신다. 내
딴엔 이건청 시인의 시집 이름이 '이건청 시집'이고, 또 그 무렵 출간된
이성부 시인의 시집 이름 역시 '이성부 시집'이어서 별생각 없이 그들을
따라 그리하려고 마음을 먹었는데, 그만 거기서 제동이 걸리고 만 것
이다.

한편으로 나는 또 이런 생각도 들었다. '건청이도 분명 선생님께 상
의를 드렸을 법한데 어떻게 그는 그런 제목을 사용할 수 있었을까? 건
청이에게는 그런 말씀을 하지 않으셨을까? 혹은 건청이는 선생님의 말
씀 같은 것에 아랑곳하지 않고 그저 저 하고 싶은 대로 해버린 것일
까?' 이는 이후 이건청 시인에게 한번 물어보고 싶었던 의문이었지만,

나이 70에 이르기까지도 마음속으로만 간직하고 있었으니 내 딴엔 그것을 문학청년 시절의 어떤 소중한 비밀로 여기고 있었던 것인지나 아닐지 모르겠다.

서문을 써 주시면서 선생은 난생처음으로 내게 칭찬을 해주시고 덧붙여 훌륭한 시인으로 성장할 수 있으리라는 믿음도 피력하셨다. 선생의 그와 같은 믿음은 "뛰어난 자는 명석한 두뇌의 사고 회선 코일만큼 복잡성을 띄울 수도 있는 것이다. 오 군, 충분히 자신을 가지고 새로운 영역의 개척을 위하여 매진하기 바란다."는 서문의 결구가 되었다. 추천을 받기 위해 뵌 지 7년 만의 칭찬이다.

그때 선생께서는 진정으로 그리 생각하셨던 것일까? 아니 사랑하는 제자의 첫 시집에 들려주는 덕담이었을지도 모른다. 그러나 나는 오늘 한 가지 분명하게 고백할 것이 있다. 비록 그것이 덕담이었다 할지라도 지금까지 나는 선생의 그러한 믿음에 배신하지 않기 위하여 시 창작에서 한결같이 최선의 노력을 기울여왔다는 사실, 그것이다.

어쨌거나 선생님이 적절치 않다고 하신 그 제목 '오세영 시집'을 나는 더 이상 고집할 수 없었다. 선생의 말씀에는 분명 깊은 뜻이 있을 것 같아서였다. 혼자 곰곰이 생각해보니 과연 '오세영'이라는 이름을 당당하게 제목으로 내걸 만큼 이 시집 수록 시들이 나를 대표할 수 있을지 자신이 없었다. 그리하여 나는 첫 시집을 낸 후 50여 년이 넘는 지금까지도 아직 이 제목을 써먹지 못하고 있다.

자취방에 돌아온 나는 그때 마침 놀러 온 이건청 시인과 함께 밤새도록 술을 마시며 시집의 제목을 얻기 위해 고심참담한 노력을 기울였다. 그러나 그것은 실로 한 편의 완결된 시를 쓰는 것보다 더 어려웠다. 아무리 생각을 짜내도 뇌리에 떠오르는 아이디어가 없었다. 그러자 새벽을 알리는 인근 해방촌 교회의 종소리가 무심히 들려왔고, 특별한 이유는 없었으나 날이 밝기 전까지는 어떻든 결말을 보아야 할 일이었다. 그래서 나는 해가 막 떠오를 무렵 자포자기의 심정이 되어 마침내 이건청 시인에게 시집 제목을 '반란하는 빛'으로 하겠다는 선언을 해버렸다. 그 이외에 논의되었던 제목들 중 아직 기억되는 것으로 '황인종의 개'라는 것이 있었는데 이는 후에 이건청 시인이 자신의 연작시 제목으로 사용한 바 있다.

4

시집을 내고 보니 나름대로 그 뒤치다꺼리가 만만치 않았다. 지금 같으면 하지 않아도 될 일이지만, 어쩐지 그때는 출판기념회를 하는 것이 하나의 유행이었다. 그래서 나도 이건청 시인의 뒤를 따라 그의 소개로 그가 출판기념회를 이미 한 적이 있었던 을지로 2가 광교 근처의 그릴, '호수'(제법 깨끗한 서구식 레스토랑이었는데 지금은 이 지역이 재개발되어 사라져버렸다)에서 『반란하는 빛』오세영 처녀시집 출판기념회'라는 것을 열었다. 이후 나는 2007년 서울대학교를 정년퇴임하면서 펴낸 『오세영 시전집』의 출판기념회를 세종문화회관에서 한 번 더 개최한 바 있으므로, 그것은 평생 두 번 해본 출판기념회의 그 첫 번째에 해당하는 것이다.

출판기념회는 나름으로 성황이었다. 목월 선생과 박남수 선생, 전봉건 현대시학사 주간, '6시' 동인 전부와 '현대시' 동인, 목월 선생의 다른 문하생들, 시집의 해설을 김현이 썼으므로 오늘날 소위 '문학과 지성'

의 핵심 멤버들이라고 할 김현과 그의 친구들, 보성여자고등학교 교장 선생님과 간부들, 모교인 서울대학교 국문학과의 스승들, 대부분 후에 대학교수로 봉직하다가 지금은 나처럼 은퇴자가 되어 있는 내 대학 동창들이 다수 참여해서 축복해주었다.

내 처녀시집과 관련된 이야기는 하나가 더 있다. 시집을 발간한 지한 달여가 지난 어느 날이었다. 나는 우연히 한 서점에 진열된 어떤 잡지를 보고 깜짝 놀랐다. 그 표지의 장정이 바로 내 처녀시집을 그대로 베껴낸 것이었기 때문이다. 순간 불쑥 화가 치밀어 올랐다. 불과 한 달 전에 발행한 내 시집의 장정을 고스란히 복사하여 표지로 사용했으니 아마 누구라도 그랬을 것이다. 나는 그 잡지의 제호를 유심히 살펴보았다. 《예술계》, 그러니까 당시 계간으로 발간되던 '예총(대한민국예술문화단체 총연합회)'의 기관지였다.

그 잡지는 문학작품도 한두 편씩 싣고 있어서 나도 그 실체만큼은 진작부터 알고 있었다. 주간이 후에 동국대학교 총장을 지낸 바 있는 문학비평가 '홍기삼' 씨인 것도…… 그러나 어떻든 나로서는 그냥 넘길 문제는 아닐 것 같았다. 이를 어떻게 처리할 것인가. 2, 3일을 고민하였다. 그리고 얻은 결론은 주간인 홍기삼 씨를 만나 한번 따져보자는 것이었다. 그러나 막상 사무실로 찾아가자니 아직 인사를 나누지 못한 그를 홀로 만난다는 것이 좀 민망했다. 누군가 연결고리가 필요했다. 그래서 주위를 살펴보았더니 나와 같은 무렵에 등단한 소설가 이문구 씨가 만만해 보였다. 그와 나는 평론가 김현의 소개로 이미 두세 차례 주석도 함께한 터였고, 그와 홍기삼 씨는 서라벌예술대학교 동기동창이라는 사실을 어디선가 들은 적이 있었기 때문이다.

나는 이문구 씨를 대동하고 세종로의 《예술계》 사무실을 찾아갔다

(당시 《예술계》 사무실은, 지금은 헐리고 세종문화회관이 들어선 예총회관의 한 방을 빌려 쓰고 있었다). 마침 홍기삼 씨는 편집실 책상 앞에 앉아서 무엇인가 원고를 쓰고 있었다. 성질이 급한 나는 이문구 씨의 소개가 채 끝나기도 전에 그를 윽박질렀다. 무엇이라고 항의했는지 기억은 분명하지가 않다. 그렇게 내가 화를 내면서 할 말을 다 하고 나자, 홍 주간은 그 특유의 설득력 있는 어법으로 먼저 내게 사과를 했다. 우연의 일치였지 어떤 의도적인 일은 아니었다는 것이다.

나는 비로소 흥분이 좀 가라앉았다. 그래서 차분히 다시 한번 생각해보니, 그의 말에도 일리가 있어 보였다. 《예술계》는 계간지였으므로 다른 월간지들보다 편집 기간이 길었을 것이고, 표지 장정 역시 미리 계획해서 만든 결과가 우연히 시기적으로 내 시집의 발행 일자와 겹치게 되었을 것이라고…… 아니 그보다 표지화의 원작이 폴 클레의 그림이니 그런 점에서 내 시집의 장정이나 《예술계》의 그 표지나 원작자의 허락을 받지 않고 도용해 쓴 복사품이기는 마찬가지 아니겠는가.

점심 무렵이었던가 보다. 우리 셋은 갑자기 의기가 투합되어 근처의 중국 식당으로 몰려갔다. 그리고 탕수육 한 접시에 각자 짜장면 한 그릇씩을 비웠다. 배갈(중국 소주) 작은 병 두세 개도……

5

당시의 풍조로 시집이 출간되면 으레 문예지의 서평을 얻어야 했다. 나로서는 대단한 시집을 내었으니 문단의 인정을 받고 싶기도 했다. 그런데 어느 술자리에서였다. 마침 동석한 이문구 씨가 자신이 편집장으로 있던 《월간문학》에 서평을 실어주겠다며 누구를 필자로 하면 좋겠는가 하고 내게 물었다. 고마운 배려였다. 그러나 즉시 마땅한 필자가 뇌리에 떠오르지 않아 내가 망설이자 그는 스스로 추천하기를 조태일이 어떻겠냐고 했다. 특별한 생각이 없었던 나는 —사실 그때까지 조태일 씨를 개인적으로 만난 적은 없었지만— 그것도 괜찮겠다 싶어 그러자고 대답해버렸다.

그런데 그다음 달 《월간문학》에 실린 그의 서평이라는 것을 보니 그는 내 시집에 대해 실로 차마 읽기 거북할 정도의 악의에 가득 찬 글들을 쏟아 놓았다. 한마디로 서구의 유행 패션을 뒤집어쓴 반민족적 졸작이라는 것이었다. 긴 글도 아니었다. 서평란 자체가 박스로 처리된 두 페이지에 불과했으므로 길게 잡아 200자 원고지 10매 내외쯤 되는 글이었다. 호평을 기대했던 나로서는 뒤통수를 맞은 격이었다.

물론 시를 보는 견해에는 관점의 차이가 있을 수 있다. 그러나 그때 나는 나를 악의적으로 몰아붙였다고 생각되는 그의 문학적 편향성을 도저히 감내하기가 힘들었다. 그래서 다음 호의 지면에 나름대로 그를 비판하는 글을 올렸다. 방법론적 전제나 작품 분석 같은 것도 없는, 잡문 수준의 글들이 서로 한 번씩 오간 것이다. 그러자 그가 또다시 나를 공격해왔다. 그래서 나도 재반론을 쓰고자 했다. 기회의 공평성을 따져보더라도 당연히 그리했어야 옳았다. 문제를 만든 그가 두 번의 글을 게재했으니 나 역시 두 번의 글은 써야 마땅하지 않겠는가? 그러나 애당초 그의 공격이 논리로써는 해결이 되지 않을 어떤 악의적 의도에서 시작되었다는 것이 뻔해 보였고, 편집장인 이문구 씨가 가운데 들어 적극 만류했으므로 나는 그만 분을 삭이면서 그것으로 일을 마무리 지어 버렸다.

당시 조태일이 선무당 사람 잡듯 그렇게 나를 내친 것은 사실 그 무렵의 문단 상황을 고려하지 않고서는 쉽게 이해될 수 있는 일이 아니다. 왜냐하면 그는 그때 막 창간된 《창작과 비평》을 중심으로 문단의 떠오르기 시작했던 소위 민중문학 그룹의 청년 맹주였고, 그런 차원에서 그는 개인 오세영이 아니라 오세영으로 대표되는 소위 순수문학 신인 그룹을 공격했기 때문이다. 더 좁혀 이야기하자면 그들이 시에서 순수문학을 대변한다고 단죄했던 '한국시인협회'와 그를 배경으로 했던 '현대시' 동인의 시인들, 그중에서도 특히 눈엣가시처럼 보였던 박목월계의 새로운 세대를, 나를 빌미 삼아 공격한 사건이었다. 순수문학이라는 나무의 싹이 크기 전에 움부터 짓밟아버려야 한다는 이 그룹의 문단 전략에 운 나쁘게도 내가 걸려들었던 것이다.

정좌(正坐)

제2부

6장 …
문학 동네 입주신고

1
##

요즘의 젊은 신인들은 생각이 좀 다를지도 모르겠다. 그러나 우리 세대만 하더라도 일단 등단을 하게 되면 으레 동인 활동이라는 것을 해야 하는 줄로 알았다. 선배 문인들에게서 답습한 하나의 타성일지도 모른다. 사실 한국 근현대 시문학사란 간단히 동인지 중심의 전개라 해도 과언이 아니지 않은가. 예외적으로 한용운이나 윤동주같이 홀로 선 시인들이 없었던 것은 아니지만 대개 우리 문단이 그러했다. 예컨대 1920년대의 《백조》나 《폐허》, 30년대의 《시문학》《3, 4문학》《해외문학파》《시인부락》, 40년대의 《청록파》, 50년대의 《후반기》《새로운 도시와 시민들의 합창》, 60년대의 《60년대 사화집》《현대시》 등이다.

이와 같은 동인 활동에는 물론 현실적인 필요성도 한몫했으리라 생각한다. 무엇보다 발표 지면의 부족이다. 내가 등단한 1968년 전후의 상황 역시 그랬다. 우리 문단에 종합문예지라는 것은 《현대문학》

정좌(正坐)

과《자유문학》두 가지밖에 없던 시절인데, 후자는 발행 자체가 여의
치 못해 유야무야 상태에 있었으므로 사실상《현대문학》이 유일했기
때문이다. 시 전문지라는 것도 내가 등단한 1, 2년 후에 창간된《현대
시학》이 있었을 뿐이다. 따라서 이처럼 종합문예지《현대문학》하나를
두고 시, 소설, 드라마, 평론 등 모든 장르의 문인들이 작품발표에 목
을 매고 있으니, 아직 인정을 받지 못한 신인들로서는 어떠했겠는가?

따라서 나 또한 등단하자마자 동인 활동을 하고 싶었고, 그 선망의
대상은 '현대시' 동인이었다. 거기에는 나름대로 몇 가지 이유가 있었
다.

첫째, 편견일 수도 있지만《신년대》《신춘시》《한국시》등 1960년대
에 등장한 우리 세대의 여러 동인지들 가운데서는 그래도《현대시》동
인들의 활동이 돋보였다.

둘째, 나보다 몇 년 앞서 등단했고 그 이전부터 알고 지내오던 두 문
인 친구, 이승훈과 이수익이 이미 '현대시' 동인의 일원으로 활동하고
있었다.

셋째, 신인 시절의 내 문학적 취향이 그들과 맞아떨어졌다. 나 역시
그 무렵《현대시》동인들이 들고 나왔던 소위 '내면의식'의 형상화를
표방하고 있었는데, 그것은 기실 쉬르리얼리즘에 가까운 '무의식의 시
적 반영'이라 할 수 있었다. 아마 요즘의 우리 젊은 신인들이 언필칭 포
스트 모던 혹은 해체 또는 미래파라고 자칭하는, 그런 시류의 대부 격
이었을 것이다.

그러나 무엇보다 각별했던 이유는 내 문학적 스승인 목월 선생께서
내게 '현대시' 가입을 적극 권유하신 데 있었다. 마지막 추천을 받은 해
의 어느 가을날이었다. 인사차 찾아뵙자 선생님은 몇 가지 이야기 끝

에 불쑥 "니 문단에 친구들이나 있노?" 하고 물으셔서, 내가 주성윤(당시 박목월 선생을 통해 1회 추천을 이미 받았던 서울대 철학과 재학생. 앞에서 언급한 바 있다. 3장 「마로니에 그늘 아래서」 참조)과 이건청, 이승훈 이외엔 없다고 하자 선생은 "주변머리 없기로. 그래, 이제는 친구들도 좀 사귀어야 하지 않겠나?" 하시더니 "내 보기에 '현대시'를 하는 아이들이 그중 똑똑해 보이구마. 니하고 연배도 맞고 승훈이도 안다카이 같이 활동을 해 보거래이. 승훈이가 끌어주지 않겠나?" 하셨던 것이다. 그래서 나는 그 시절의 신인 시동인들 가운데서는 그래도 '현대시'가 좀 나아 보인다는 기왕의 판단과 함께 선생께서 은연중 승훈이에게 나의 '현대시' 동인 가입을 간접적으로 부탁하셨을 것 같다는 생각이 들어, 내심 '현대시' 동인이 되기로 마음을 굳혀버린 것이다.

그러나 ─나중에 깨달은 사실이지만─ 선생께서 내게 특별히 '현대시' 동인을 추천한 데는 남다른 이유가 있었다. 그것은 이렇게 설명된다. 원래 우리 근대문학사에서 '현대시'라는 제호의 사화집은 두 개가 있었다. 하나는 한국시인협회의 초대 회장이었던 유치환 선생이 부정기적으로 발행하다가 사라진 이 협회의 준기관지 《현대시》요, 다른 하나는 이 단체의 중견 시인들이 중심이 되어 1961년 6월에 창간, 1970년대 초 통권 26호로 종간이 된 시동인지 《현대시》다. 그런 의미에서 이 양자는 공식적이든 비공식적이든 한국시인협회에 그 뿌리를 두고 있었다. 전자는 시인협회에서 만들었으므로 두말할 필요가 없겠지만, 후자 역시 그 창간 동인들인 유치환(柳致環), 박남수(朴南秀), 조지훈(趙芝薰) (이상 편집위원) 김광림(金光林), 김요섭(金耀燮), 김종삼(金宗三), 박태진(朴泰鎭), 신동집(申瞳集), 이중(李中), 임진수(任眞樹), 전봉건(全鳳健) 등과 이를 계승한 당시의 젊은 시인들 민웅식(閔雄植), 허만하(許萬夏) 등이

정좌(正坐)

모두 시인협회 핵심 멤버들이었기 때문이다.

그 당시 이 후자의 '현대시'는 1940, 50년대 시인들이 주축을 이루고 있었다. 그러나 시간이 흐르고 초기의 문학적 긴장감이 점차 해이해지기 시작하자 그들은 자신들보다 더 젊고 패기 있는 후배 시인들에게 이 모임을 넘겨주지 않는 한, 더 이상 동인의 지속적 발전이 어렵겠다는 자각을 갖게 되었다. 그래서 1964년 11월, 통권 6집부터는 그 무렵의 젊은 신인들이라 할 주문돈(朱文墩), 김규태(金圭泰), 이유경(李裕暻), 김영태(金榮泰), 정진규, 김종해, 이수익, 이승훈, 박의상, 오탁번, 마종하 같은 시인들을 한두 명씩 순차적으로 발탁 영입하고, 대신 자신들은 스스로 물러나는 방식으로 세대교체를 이루었다. 그 결과 내가 막 등단할 무렵의 《현대시》는 이미 1960년대를 대표하는 젊은 신인들의 결집체로 거듭나 있었다. 그런 까닭에 이들 동인은 과거나 현재나 한국 시인협회를 이끌어 온 중심 세력이라 하지 않을 수 없다. 가령 역대 한국시인협회 회장들 가운데서 정진규, 김종해, 오세영, 오탁번, 이건청 등은 모두 '현대시' 동인 출신들이다. 따라서 목월 선생은 이때 앞으로도 현대시 동인이 한국 시단의 중심에 서기를 바라는 뜻에서 나를 그 인맥에 끼워넣으려 하셨던 것이다.

어떻든 일단 그렇게 마음을 굳히자 나는, 같은 목월의 문하이자 나의 몇 안 되는 문단 친구, 이승훈을 만나 내 의사를 솔직히 전달하였다. 그러나 며칠 후에 돌아온 그의 답변은 썩 여의치가 못했다. 심드렁한 표정으로 들려주는 그의 이야기인즉 '안 되겠다. 어쩐지 동인들의 반응이 좋지 않고 그중에서 특히 김영태 씨가 나를 싫어하는데 그 이유는 내가 버릇이 없고 거만하기 때문이다'라는 것이었다.

2007년 작고한, 그리고 나보다 연배가 4, 5세 더 많은 그분과 나 사이엔 실상 당시까지 인간적으로나 문학적으로 아무런 교류가 없었다. 그러므로 나로서는 그때 그가 나에 대해서 가졌다는 그 편견이랄까 오해 같은 것이 이해되지 않았다. 그래서 나는 혹시 승훈 자신이 내 '현대시' 가입에 반대 의사를 가져 도중에 이를 차단해버리려고 동인의 이름을 빌려 내게 거짓으로 이야기하지 않았을까 하는 의심마저 들었다.

그러나 후에 곰곰이 생각해 보니 그분이 그렇게 생각할 수도 있었을 어떤 사건 하나가 불현듯 회상되었다. 그러니까 등단하기 1, 2년 전의 일이다. 나는 앞에서 잠깐 언급한 주성윤 시인과 함께 동숭동 대학가의 어떤 주점에서 술을 마시고 있었다. 그때 주성윤이 불쑥 한 가지 제안하기를 어떤 '멋있는 시인'의 집을 쳐들어가보자고 했다. 매우 충동적인 발상이었다. 그러나 나는 술기운 탓에 그만, 신중하지 못하고 그를 좇아 따라가는 우를 범해버렸다. 누상동인지 누하동인지 인왕산 밑, 복잡한 골목 어귀에 있는 어떤 아담한 한옥, 바로 김영태 씨의 집이었다. 따라서 그때 집주인으로서는 예고 없이 자신의 집으로 불쑥 쳐들어온 나와의 이 첫 만남이 좀 떨떠름했을 것이다.

집안에는 김영태 씨 이외에 아무도 없었다. 차분히 방안의 풍경을 둘러보았다. 예사롭지가 않았다. 언뜻 집주인이 여성과 같은 섬세함과 예민한 감수성을 지닌 인물이 아닐까 하는 느낌이 들었다. 아니 직접 대하고 보니 역시 그는 매우 세련된 댄디였다. 부담스러울 정도였다. 더군다나 그는 불청객이어서 그런지 전혀 말을 걸어주지 않았다. 머무는 동안에도 홀로 계속 오디오를 틀어놓고 음악만을 들었다. 그래서 불편한 마음이 든 나는 곧바로 집을 나오고 싶었는데, 막상 같이 간 주성윤은 그렇지가 않았다. 마지못해 대꾸를 이어가는 듯한 그와의 대화를 계속 끌고 있었던 것이다. 그래서 여러 차례의 눈짓을 보낸

정좌(正坐)

끝에야 겨우 주성윤을 끌고 문밖을 나설 수 있었다. 별로 좋은 기억이 아니었다.

이 일이 회상되자 그때의 승훈의 말이 거짓이 아닐지도 모른다는 생각이 들었다. 등단 이전의 초라한 문학청년이었던 내가 주제넘게도 주성윤을 따라 그의 집을 불쑥 방문한 것 자체가 실수였던 것이다. 그리하여 이승훈 자신의 생각이었든 그분의 적극적인 거부였든, 나의 '현대시' 동인에 대한 짝사랑은 그렇게 끝나버리고 말았다.

2
—

그럼에도 불구하고 동인 활동 그 자체에 대한 집념이랄까 동경을 쉽게 포기할 수 없었다. 어쩐지 홀로 문단에 서기가 불안했다. 그래서 모색한 제3의 길이, 굳이 다른 동인에 가입하려고 애를 쓸 일이 아니라, 나 자신 새롭고 신선한 동인 하나를 만들어보자는 생각이었다. 그러자 문득 같은 목월의 문하인 이건청 시인이 뇌리에 떠올랐다. 나보다 일 년 뒤 나처럼 목월 선생의 추천으로 《현대문학》을 통해 등단한 그 역시 혼자였던 것이다. 그와 함께라면 무엇인가 될성불렀다.

동인을 만들기 위해서는 무엇보다 멤버를 구성하는 일이 급선무였다. 그것도 같은 연배, 같은 경향, 일정 수준 이상의 문학적 평가를 받은 시인이어야 했다. 거기에다 성격이 원만하고 문학적 열정까지도 넘친다면 더 말할 나위가 없다. 요즘과 달리 당시는 동인지 발간에 드는 재정적 부담이나 편집, 책자 배포, 홍보 등에 쏟아야 할 노역, 발품 등 일체의 작업이 만만치가 않았고 이 일을 동인 스스로 감당해야 했기 때문이다.

처음 우리가 점찍었던 후보들로는 정희성, 강인한, 김지하 등이었다. 정희성은 서울대 국문학과의 내 4년 후배로 당시 나와 함께 서울대 대학원에 적을 두고 있었던 신인이었다. 강인한은 그때 전라도 광주의 한 고등학교 교사로 재직 중이었는데, 전주에서 고등학교를 다녔던 나는 일찍이 그가 전북대 재학 시절부터 날리던 문명을 익히 들어 알고 있었다. 그래서 나는 이 두 사람에게 전화를 걸어 동인 창립의 취지를 설명하고 같이 활동하면 어떻겠냐고 권유해 보았다. 그러나 이들은 한결같이 거절했다. 표면적으로는 분명 무슨 그럴듯한 이유가 있었던 것 같은데, 지금으로서는 잘 기억이 나지 않는다.

우리는 마지막으로 김지하를 만나러 갔다. 그는 나보다 한두 살 많은 동년배로 당시 서울대학교 문리대 미학과에 적을 둔 재학생이었다. 학창 시절에는 캠퍼스에서 자주 만나기도, 가끔 술자리를 한 인연도 있던 친구였다. 그런 그가 나보다 1, 2년 뒤인 1969년인가 70년인가, 지금은 작고한 조태일 시인 발행의 《시인》이라는 잡지를 통해서 시단에 등단을 했고, 그 무렵 《사상계》에 「오적」을 발표하여 막 유명해지려는 시점이었다. 우리는 종로 5가 연건동의 어떤 맥줏집에서 대면하였다. 다행히도 그는 우리의 제의에 선뜻 동의해주었다. 기분이 좋았다. 나로서는 처음으로 동인 한 명을 확보한 것이다. 하지만 호사다마라 할까, 공교롭게도 그는 그 「오적」이라는 시 때문에 며칠 후부터 정보기관에 쫓기는 신세가 되었고, 그 뒤의 일들은 익히 세상에 알려진 바와 같다.

이건청과 나는 다시 새판을 짜지 않으면 아니 되었다. 각자가 신인 후보자들을 한 명씩 추천하기로 하고, 그가 먼저 박제천, 조정권, 오규원 등의 카드를 내밀었다. 나는 임보(강홍기), 이시영, 김춘석 등을 천거하였다. 임보 교수(지금은 충북대 명예교수)는 서울대학교 국문학과의 내 4, 5년 선배로 당시 서울예술고등학교에 재직 중이었는데, 《현대문학》의 추천작이 높이 평가되고 있었고, 이시영 씨는 나와 좀 별난 인연을 가진 시인이었다.

그러니까 1965년 봄 내가 대학을 갓 졸업하고 모교의 자매학교인 전주의 기전여고 교사로 있을 때였다. 부임 2년째 되던 해인가, 어느 봄날이었다. 교무실에 무심히 앉아 있는데 사환으로부터 어떤 남학생이 나를 찾는다는 전갈이 왔다. 현관에 나가 보니 교복을 단정히 입은 고3 남학생 하나가 나를, 아니 문예반 지도교사를 기다리고 있었다.

나는 교정의 잔디밭에 자리를 잡고 그에게 앉기를 권유하면서 무슨 일로 찾아왔느냐고 물었다. 대답이 이러했다. '자신은 전주의 영생고등학교 문예반장인데 마침 전주 시내의 남녀고등학교 문예반 학생들과 공동으로 시화전을 개최하려 한다. 그러니 기전여자고등학교 문예반 학생들도 여기에 동참할 수 있도록 허락해 달라'는 것이었다. 요즘 세상에 이 정도의 일이라면 학생들 스스로가 결정하고 실천할 문제이다. 그러나 당시만 하더라도 사회 분위기가 보수적이었다. 학생들의 모든 교외 활동은 학교의 허락을 받아야 했던 시절이다. 그가 구태여 나를 찾아왔던 이유이다. 그런데 그 인상이 좋았다. 운동장을 가로질러 아카시아꽃이 흐드러지게 핀 언덕의 돌계단을 내려가는 그의 뒷모습이 서늘하고 아름다웠다. 그 후 이때의 기억이 떠올라 나는 그의 문단 데뷔를 눈여겨보았고, 마침 동인을 구상하면서 자연스럽게 그 일원으로 생각하게 된 것이다.

김춘석은 나와 특별한 인연이 없었다. 그러나 그 무렵 활발했던 그의 작품 활동에 매료되어 내가 추천한 인물이다. 신대철은, 자신의 연세대 후배라며 김춘석이 나중에 천거하여 동인지 제2집부터 합류한 시인이다.

한편 조정권은 이건청과 양정고등학교 선후배 사이였다. 그것도 그저 예사로운 관계가 아니라 그는 고등학교 문예반 시절부터 이건청을 문학적 스승으로 사사하며 따랐다고 한다.

어떻든 이들 모두는 처음부터 우리의 제의에 전적으로 호응하여 쉽게 동인으로 영입할 수 있었다. 문제는 이건청이 추천한 오규원 씨와 박제천 씨였다.

우리는 먼저 오규원 씨를 만나보았다. 나로서는 첫 대면인 그는 당시 현암사라는 출판사에 재직하고 있었다. 그런데 성격인지 습관인지 말끝이 분명치가 않았다. 뜻이 있는 것 같기도, 없는 것 같기도 했다. 그래서 성질이 급한 나는 그와 헤어진 후 이건청에게 더 이상 그를 마음에 두지 말자고 했는데, 나의 그 같은 예상은 적중해서 그는 우리가 동인지를 발간하기 직전, 《한국시》라는 동인지를 먼저 만들어 문단에 배포해버렸다.

박제천은 몇 가지 조건을 내걸었다. 우리가 별로 관심을 두지 않았던 다른 한 시인(양채영)과 함께해야 한다는 것, 자신만큼은 동인지 발간의 실제 임무에서 자유롭고 싶다는 것 등이었다. 이 역시 나로서는 들어줄 수 있는 조건이 아니었다. 아마 이 무렵의 오규원 씨나 박제천 씨는 문단에서 나름대로 자신들의 뿌리를 내리고 있어서, 나나 이건청과 같은 수준의 시인과는 굳이 함께 동인을 해야 할 이유가 없어서 그랬을지도 모른다.

그러고 나니 남는 신인들로는 결국 나와 이건청, 임보, 조정권, 이시

정좌(正坐)

영, 김춘석 등 여섯 사람뿐이었다. 할 수 없었다. 우리는 더 이상의 동인 확보에 집착을 하지 않기로 하고 바로 동인지 발간의 수순으로 넘어갔다. 그런데 이제는 동인의 작명이 문제였다. 그 무엇이든 존재하는 것들은 우선 이름이 있어야 하지 않겠는가.

우리 여섯은, 지금은 헐려 플라자 호텔의 임시 주차장으로 쓰이고 있는 시청 앞 소공동의 '가화(嘉禾)'라는 다방에서 자주 만나 이 문제를 놓고 고민하였다. 그러나 뾰족한 아이디어가 떠오르지 않았다. 아무리 상상력을 동원해도 동인 모두가 경탄할 만한 그 어떤 이름이 생각나지 않는 것이다. 그리하여 몇 번의 회동이 있고 난 뒤 결국 내가 결정을 내버렸다. 동인지 이름을 '육시(六時)'로 하자고…… 그것은 우리 여섯 명이 매번 오후 6시에 만났다는 데서 힌트를 얻은 것이다. 그런데 추후 신대철이 가담하면서 동인은 한 명 더 불어나 결국 일곱 명이 된다.

이런 전차로 《육시》 창간호는 1970년 5월, 고고의 성을 울렸다. 출판사는 선명문화사, 4·6판의 소박한 장정에 동인 6명이 각각 2편 씩 모두 12편의 작품을 실은 총 32면의 소책자였다. 제자(題字)는 임보 선생의 서울예술고등학교 동료였던 서예가 김서봉(金瑞鳳) 씨가 써주었는데, 참고로 수록된 작품들을 열거하면 다음과 같다.

임보: 「비요일(非曜日)」「단가(短歌)」

김춘석: 「봄날」「월광곡」

오세영: 「도둑」「아시아」

이건청: 「입춘」「기관지염」

이시영: 「늦는 자」「누에」

조정권: 「은행나무 옆에서」「소리」

《육시》 3호를 준비하면서 이제 나름대로 동인이 자리를 잡아갈 무렵이었다. 하루는 예의 그 이승훈이 내게 전화를 걸어왔다. 동인 문제로 상의할 일이 생겼다는 것이다. 만나서 이야기를 들어본즉, 무슨 속내인지는 몰라도 '현대시' 동인들이 지난번의 일을 사과하고, 만장일치로 나와 이건청을 받아들이기로 결정했으니 '현대시' 동인을 같이 하자는 것이었다.

우리는 한참 고민했다. 사리로 따지자면 마땅히 이를 거절하고 《육시》 동인을 지켜야 할 일이었다. 지난번에 보여준 저들의 소행이 괘씸하기도 했고, 또 자신이 만든 동인을 스스로 깨버리는 무책임을 합리화할 수도 없었다. 그러나 이 같은 이성적 판단이 감성적 집착을 떨쳐버리지는 못했다. 나나 이건청의 '현대시' 동인에 대한 미련이 상상 이상으로 컸던 것이다. '시인협회'에 대한 애정과 목월 선생님의 기대도 쉽게 저버릴 수 없었다. 그리하여 우리는 눈을 딱 감고 《현대시》 제25집부터 이 동인에 참여해버렸다. 1971년의 일이다.

가입해 놓고 보니 나의 입회를 반대했다는 김영태 씨와 또 다른 한 분 정진규 씨는 무슨 이유에서인지 이미 동인을 탈퇴하고 없었다. 그 같은 사정을 고려해볼 때, 나와 이건청 시인에 대한 이들의 늦깎이 초대는 아마 그 공백을 메꾸기 위한 작업의 일환이 아니었을까 한다. 그러나 우리에게 닥친 상황은 그다지 좋지 않았다. 창립 10여 년이 넘은 이 동인의 노쇠와 타성이 한눈에 드러나기 시작했기 때문이다. 실제로 '현대시'는 우리가 참여한 지 3년 만에 그만 깃발을 스스로 내려버리고 만다.

이 일은 지금도 내게 후회로 남아 있다. 그때 내가 '현대시' 동인으로 가지 않고 '육시'를 그대로 지켰더라면, 의리라는 측면에서는 물론

정좌(正坐)

내 문학적 처신을 위해서도 훨씬 바람직하지 않았을까.

3

1996년 2월, 내가 미국에서 귀국한 지 한 열흘쯤 되는 때였을 것이다. 박의상 씨가 내게 '현대시동인상' 심사 날 짜가 잡혔다며 후보작 수십 편을 복사해 보내왔다. 도미하기 전에 제정된 상이니 아마 제3회가 아니었나 싶다. 그래서 나는 심사 당일, 약속된 인사동 골목의 이모집이라는 식당으로 갔다. 심사위원은 구(舊)현대시 동인 전원 12명 중 마종하, 김영태 씨를 제외한 10명이었다.

먼저 심사위원들 각자가 2명씩 시인을 추천하여 이 중 다수표를 획득한 예비후보자 서너 명을 고르기로 했다. 그 결과 내가 추천했던 시인은 일차 심사에서 속절없이 탈락해버리고(웬일인지 내가 좋은 시인이라고 생각했던 시인은 아무도 인정해 주지 않았다.) 다른 두세 시인이 결선에 올랐다. 그래서 이제 이분들 가운데 한 명을 수상자로 결정하기 위한, 심사위원들의 토론이 개진되었다.

그런데 내가 가만히 그 과정을 눈치로 살펴보니 심사위원들이 크게 두 그룹으로 나누어진 —평소의 인간적 친분 역시 그랬지만— 것 같았다. 상호 간의 나누는 대화가 그랬다. 두 그룹이 이미 각자 특정한 후보를 내정하고 참석한 것이 틀림없어 보였다. 그래서 나만이 그 그룹에서 소외되어 있다는 생각에 슬그머니 기분이 언짢아졌다. 그뿐만이 아니었다. 기금도 없이 매년 회원 10명이 10만 원씩을 갹출하여 임시변통으로 문학상을 운영하겠다니 이 어찌 오래갈 것인가 하는 회의도

들었다. 그래서 나는 속으로 이 같은 분위기라면 앞으로 관여하지 않으리라 생각했다.

일 년이 지났다. '현대시' 동인의 총무 격인 박의상 시인이 또 그해의 '현대시동인상' 심사 날짜를 통보해왔다. 나는 전번에 이미 마음을 굳힌 바 있어 올해부터는 현대시동인상 운영에 일절 관여하지 않겠노라고 했다. 그러나 그는 완강하게 안 될 일이라 했다. 여러 가지 논리를 펴고 인정에 호소하면서 설득고자 했다. 그래도 내가 끝내 거부 의사를 밝히자 할 수 없었던지 그는 정 그렇다면 올해의 심사에서는 일단 빠지되 내년의 문제는 그때 다시 상의하자는 타협안을 내놓았다. 올해의 경우는 비록 심사에 참여하지는 않는다 하더라도 '현대시'라는 동인의 명예를 지킨다는 뜻에서 이 상의 홍보에 관련된 여러 인쇄물에 — 심사위원 명단에까지도— 내 이름을 올려놓겠다는 조건이었다. 이 역시 거절해야 했을 것이지만 마음이 약한 나는 오랜 세월을 같이한 인간관계로 보아 그 같은 제의까지도 야박하게 거절하기가 쉽지 않았다. 그래서 그만 그리하자 하고 그 문제를 일단 마무리 지었다.

그런데 몇 주 후다. 그해의 현대시동인상을 특집으로 꾸민 《현대시학》 한 권이 내게 배달되어 왔다(당시 현대시동인상의 수상에 관한 전체 내용은 정진규 씨가 주간으로 있던 《현대시학》이 특집으로 다루었고, 수상작과 후보작들로 구성된 문학상 수상작품집은 김종해 씨의 문학세계사가 발행하였다). 그래서 그때 나는 비로소 이 잡지를 통해 그해 수상 시인을 알게 되었고 또 수상작도 처음 읽었다. 그런데 이 웬일인가. 수상작을 읽는 순간, 나는 눈이 휘둥그레졌다. 실린 총 5편의 시들 중 첫 번째 작품 「봄은」이 아무리 보아도 내 시 「서울은 불바다」와 유사했기 때문이다. 정신을 차리고 다시 찬찬히 읽어보았다. 틀림없는 내 시의 표절이었다. 나로서는

정좌(正坐)

그냥 넘길 일이 아니었다.

나는 이 문학상 운영의 중심에 서 있고 그 호의 수상작 특집을 편집한 《현대시학》의 정진규 주간(그는 전에 이미 공식적으로 '현대시'를 탈퇴했는데 어쩐 일인지 어느 날부터 '현대시' 동인들의 모임에 다시 나타났음)을 만나러 즉시 인사동에 있는 그의 사무실을 찾아 나섰다(현대시학사는 당시 인사동의 한 골목에 있었다). 토요일 오후였는데도 그는 사무실을 지키고 있었다. 그는 내가 들고 간 자료들을 꼼꼼히 읽어보더니 "이것 일 났네. 문제가 되겠는데…… 수상작품집은 인쇄가 이미 끝난 상태고 초청장 역시 다 만들어져 지금 발송 중인데 이거 어쩌지?" 하며 당황해 했다. 그러면서 하는 말이 이는 자신이 혼자 해결할 수 있는 문제가 아니니 다음 주 화요일 동인들이 모두 모여 이 수상식 진행 절차를 최후로 점검하는 자리에서 진지하게 한번 논의해보자고 했다. 나는 할 일 없이 그와 헤어져 인사동 골목길을 홀로 터벅터벅 걸어 나왔다. 그런데 오비이락이라 할까, 그때 마침 골목길로 막 접어드는 〈중앙일보〉 문화부의 이경철 기자를 만나게 되었다. 반가운 마음에 우리는 근처의 카페에 들러 이것저것 이야기하다가, 자연스럽게 이 문제를 화제로 올리게 되었다.

다음 월요일이었다. 배달된 〈중앙일보〉 문화면을 보니 예기치 않게 엊그제 그와 만나 나눈 대화가 기사화되어 있었다. 올해의 현대시동인상 수상작이 표절 시비에 휘말렸다는 내용이었다. 그때 나는 이 기자에게 이렇게 이야기했었다. '나는 이 일이 기사화되기를 바라지는 않는다. 그러나 혹간 이를 기사화하고 싶다면 화요일에 있을 '현대시' 동인들의 합의된 의견을 들어본 후 결정하자.' 그런데 이 기자가 성급하게 기사화해버린 것이다. 아마도 당시 신문의 문화면이 월요일판에 있어서 그랬던 듯싶다. 그러자 바로 정진규 씨로부터 항의 전화가 왔다. '당신도 현대시 동인이면서 왜 동인 전체의 의사를 묻지도 않고 이에 반하는 내용을 기사화했느냐. 당신이 이 문제를 언론 플레이 하는 것에 대해 동인 전체가 불쾌하게 생각하고 있다'는 것이었다.

그리고 며칠 후 〈중앙일보〉 지면에는 정진규 씨 이름으로 이 문제에 대한 '현대시 동인의 공식적인 견해'라는 것이 발표되었다. 올해의 현대시동인상 수상자인 이 아무개의 「봄은」이라는 작품은 보도된 신문기사와는 달리 아무 문제가 없고, 물론 표절도 아니라는 내용이었다. 그러나 내 보기에 사실을 애매한 논리로 호도한 것에 지나지 않아 반박문을 쓰지 않을 수 없었다. 그러나 막상 펜을 들자니 그 젊은 시인의 앞날이나, 나 자신이 몸을 담고 있는 동인의 명예나, 현대시동인상이 처한 막다른 상황을 감안할 때 그 '공식적인 견해'라는 것을 단호하게 몰아붙이기가 차마 어려웠다. 그래서 온건한 태도로 적당히 절제하는 선에서 글을 쓰는 것으로 이 사건을 마무리 짓고 말았다.

내가 지적한 그 '현대시동인상이 처한 막다른 상황'이란 만일 그 수상작품을 표절로 공인할 경우 그에 따라 야기될 여러 필연적인 난제들을 가리키는 말이다. 첫째, 문학상과 그것을 주관한 《현대시학》의 권위 손상이다. 둘째, 이미 발간된 수상작품집의 회수에 드는 비용과 수상식에 소요될 일체 경비의 손실이다. 셋째, 수상식 철회에 따르는 혼란이다. 그러한 관점에서 당시 '현대시' 동인들은 어떤 방법이라도 수상식만큼은 원만히 치러내지 않으면 아니 될 상황에 직면해 있었을 것이다.

또 한 해가 흘렀다. 전년도에 있었던 일을 잊었던지 박의상 씨에게서 다시 내게 그해의 현대시동인상 심사 요청이 왔다. 나로서는 당연히 거절할 수밖에 없었다. 그럼에도 그는 동인상 심사위원 명단에 내 이름이 빠져서는 안 된다며 작년에 약속한 일을(그때가 되면 다시 한번 의논을 해보자고 미루었을 뿐인데) 실천하라고 압박했다. 그러나 가만히 생각해보니 지금까지 보여주었던 그의 고집으로 미루어 이는 더 이상 대화(말)로 해결할 문제 같지가 않았다. 나는 '현대시동인상' 운영에는 더 이상 관여하지 않겠다는 내용을 문서로 작성해서 박의상 씨에게 팩스로 보내버렸다. 아무래도 기록으로 남겨두어야 할 것 같았기 때문이다.

그러자 박의상 씨에게서 반응이 왔다. 화가 났는지 그는 '이제부터 당신은 '현대시' 동인이 아니다'라고 했다. 그러나 나는 그때 그의 이 같은 단언이 과연 '현대시' 동인의 공적인 결의인지 박의상 씨 개인의 의견인지를 아직까지 확인해보지 못했다. 분명한 것은 이후 '현대시' 동인들은 내게 그 어떤 연락이나 요청도 일절 해주지 않았다는 사실이다. 이것이 2000년 전후 내가 자의 반 타의 반으로 현대시 동인을 떠나게 된 전말이다.

그러나 나로서는 아직까지 이해되지 않은 부분이 남아 있다. '현대시동인상'에 관여하지 않으면(이 상은 10년여 지속되다가 결국 없어지고 말았지만) 동인의 자격이 자동적으로 상실되는 것인가? 동인으로서 동인상에 관여하지 않을 수 있는 자유는 없다는 것인가? '현대시동인상' 운영에 관여하는 것이 동인이 되는 본질적 조건이라도 된다는 것인가? 다만 여기서 나는 확실히 해둘 것이 하나 있다. 내가 그때 '현대시' 동인들에게 비록 이 상의 운영에 관여하지 않겠다는 의사는 밝혔을망정 탈퇴하겠다는 말은 분명 하지 않았다는 사실이다.

참고로 다음 페이지에 인용된 두 작품을 읽고 표절 여부는 독자 스스로 판단하기 바란다.

서울은 불바다 1

오세영

적 일 개 군단
남쪽 해안선에 상륙,
전령이 떨어지자 갑자기 소란스러워지는
전선(戰線),
참호에서, 지하 벙커에서
녹색 군복의 병정들은 일제히 하늘을 향해
총구를 곧추세운다.
발사!
소총, 기관총, 곡사포, 각종 총신과 포신에
붙는 불,
지상의 나무들은 다투어 꽃들을 쏘아 올린다.
개나리, 매화, 진달래, 동백……
그 현란한 꽃들의 전쟁,
적기다!
서울의 영공에 돌연 내습하는 한 무리의
벌 떼!
요격하는 미사일
그 하얀 연기 속에서
구름처럼 피어오르는 벚꽃.

122

정좌(正坐)

봄은 전쟁인가,
서울을 불바다로 만든
이 봄의 핵 투하.

봄은

이○○

조용한 오후다
무슨 큰 일이 닥칠 것 같다
나무의 가지들 세상 곳곳을 향해 총구를 겨누고 있다
숨 쉬지 말라.
그대 언 영혼을 향해
언제 방아쇠가 당겨질지 알 수 없다.
마침내 곳곳에서 탕,탕,탕,탕
세상을 향해 쏘아대는 저 꽃들
피할 새도 없이
하늘과 땅에 저 꽃들
전쟁은 시작되었다
전쟁이다.

7장
나와 시인협회

1

　　나는 문학단체와 별 상관이 없는 사람이다. 성격 자체가 무리에 끼는 것을 싫어하고, 사회성이 부족한 탓이기도 하지만, 그보다 문학단체에 들어 별로 덕 볼 것이 없다는 좀 이기적인 생각을 갖고 있기 때문이다. 그런 나도 명목상으로는 '한국시인협회' '국제펜클럽' '한국문인협회' '한국작가회의' 등 네 개의 문학단체 회원으로 되어 있다.

　'국제펜클럽'은 아주 오래전 그러니까 한 40여 년 전, 내가 처음으로 외국에 나가 그 나라 문인들과 교류를 해야 할 일이 생겼을 때 이 단체의 누군가가 펜클럽 회원이라는 자격이 있으면 여러 가지 편리한 점이 있다고 권유해서 가입한 단체이다. 문인협회의 경우는 ―아마도 1971, 72년경의 일이니 어떻든 아직 작가회의라는 단체가 등장하기 이전이다― 회원들의 직접투표에 의해서 김동리 선생과 조연현 선생 두 후보 중 어느 한 분을 문인협회 이사장으로 선출하는 일이 문단 초미의 관

　　　　　　　　　　　　　　　　　　　　　정좌(正坐)

심사였을 때, 한쪽에서 슬그머니 내 이름을 회원 명단에 올려 오늘에 이르게 되었다. 선거에서 자신들의 표수를 늘리는 방법의 하나였던 것이다.

작가회의는 원래 그 모태가 된 '자유실천문인협회'가 1970년대 초에 만들어졌고(내 기억이 맞는다면 1974년의 일일 것이다), 이때 나는 이미 그 발기인 중 한 명이었으므로 굳이 따지자면 그 인연의 뿌리가 깊다(9장 「벼랑의 꿈」 참조). 그러나 이후 나는 이 단체와 별다른 관련 없이 지내왔다. 그런데 김영삼 정부 시절인지 김대중 정부 시절인지 군부세력이 물러나고 소설가 이문구 씨가 이 단체의 이사장으로 막 취임한 때였다. 하루는 그로부터 연락이 왔다. 그는 이 단체의 자문위원으로 내 이름을 올리겠다며 덧붙이기를 '이제는 민주화가 달성되었으니 문단도 하나로 화합해야 하지 않겠느냐, 작가회의 역시 앞으로는 정치투쟁에서 발을 빼 순문학 운동을 하는 단체로 거듭날 터이니 자신에게 힘을 좀 보태달라'고 했다. 내가 서류상 이 단체의 회원이 된 전말이다.

한국시인협회와의 인연은 아주 오래다. 문단에 갓 등단한 1960년대 후반의 일이니…… 어느 날, 목월 선생이 부르셔서 가 뵈었더니 대화 중 선생께서 문득 '나를 좀 도와줄 일이 있다'면서 내게 한국시인협회의 간사 일을 맡아달라고 하셨다. 그 무렵 선생은 이 단체의 회장이셨던 것이다. 그래서 선생의 추천 시인이자 20대 후반의 젊은이였던 나는 '간사'라는 보직으로 당시 같은 젊은 시인들이었던 이건청, 박의상, 김종해, 이탄, 허영자, 김후란 씨 등과 더불어 이 협회의 궂은일들을 도맡아 하는 일꾼이 되었다. 이 역할은 1974년 봄, 내가 충남대학교 교수가 되어 대전으로 이사를 하면서 면했으니 통산 5, 6년여 동안 했던 것 같다.

등단하자마자 이렇게 한국시인협회의 간사가 된 나는 그후 평의원으로 봉사하기까지 이 단체에서 모두 다섯 차례의 직무를 맡았다. 앞서 언급한바, 내 나이 30세 전후 5, 6년 동안 했던 간사, 40대 중반 2년 동안 했던 사무국장, 50대 초반에 1년간 했던 상임위원장, 50대 후반 2년간 했던 심의위원장, 그리고 60대 중반에 맡은 2년 동안의 협회장 등이다. 이렇게 보면 나는 누구보다도 시인협회와 생을 같이한 사람이라 할 것이다.

간사를 하는 동안 나는 시단의 여러 가지 일들을 겪었다. 그중에서 기억나는 것 몇 가지 일들을 회상해본다. 우선 지금까지도 관례화되어 있는 '시인협회 가을세미나'의 원조, '1971년 가을세미나(제2회)'를 대전 근교 계룡산의 동학사에서 개최하는 데 미력이나마 힘을 보탰다. 내가 굳이 이 일을 들먹이는 것은 이 세미나가 시협 사상 처음으로 지방에서 열려 이후 시협의 정기세미나는 항상 지방에서 개최되는 선례가 되었기 때문이다. 그때 나는 하루 전 대전에 파견되어 그곳의 최원규, 박용래, 임강빈, 조남익 선생 등과 함께 이 일을 준비했는데, 훗날 공교롭게도 내가 대전의 충남대학교 교수로 부임한 뒤 이들과 더 깊은 교유를 나누게 된다.

매년 봄에는 '시협 신춘시화전'이 열렸다. 물론 출품 시인들 대부분은 중견 이상으로 나 같은 젊은 시인들이 참여할 기회는 없었다. 장소는 지금의 프레스센터가 자리한 어떤 큰 문화공간(아마도 '동방살롱'이 아니었나 싶다)이었던 것으로 기억하는데, 회장인 박목월 선생의 영향 때문인지 항상 상당수의 출품작들이 팔려나가곤 했다. 회고해 보면 아마도 목월 선생은 시협 운영의 경제적 궁핍을 이런 수익사업을 통해서 얼마간 해결하시지 않았나 싶다. 시화전이 열리게 되면 물론 나는 시

정좌(正坐)

화 설치(디스플레이)와 액자 배달 등, 여러 잔심부름에 동원되었다. 특히 작품들을 청산하게 될 때가 더 그러했다. 무거운 액자를 하나씩 어깨에 걸머지고 출품 시인들이나 구매자들에게 일일이 전달하는 일은 간단치가 않았다.

그러나 육체적인 노동보다 더 힘들었던 것은 나를 대하는 출품 시인들의 태도였다. 땀을 뻘뻘 흘리면서 시화 액자들을 그들의 직장이나 주거지에 배달해도 제대로 고맙다는 인사를 해준 시인은 드물었다. 문밖에 세워두고 닦달하는 경우가 적지 않았다. 왜 판매대금의 전부를 돌려주지 않고 절반을 떼가느냐는 ―내가 책임질 일들이 아닌데― 불평이었다(판매대금 일부는 시인협회의 수익이었다). 이 중 기억나는 사람으로는 지금은 작고했지만 당시 큰 신문사의 문화부장으로 재직하고 있었던 어떤 시인이다.

이 시기의 시협 행사들 가운데에는 우리가 특별히 기록해 두어야 할 사건도 하나 있다. 엄밀히 말하자면 목월 선생 개인이 주도한 일이어서 형식상으로는 협회와 무관한 것이었다고 할 수 있으나 이 무렵 선생이 시협 회장을 맡고 있어 실질적으로는 시협의 일이다시피 했던 사업 즉 한국 출판 사상 처음으로 시도된 시리즈 형식의 시집 발간이 그것이다. 이에 대해서 내가 목월 선생으로부터 들은 이야기는 다음과 같다.

1961년 5 · 16 군사쿠데타를 일으켜 후일 대통령이 된 박정희 장군은 ―아마도 그가 군인 출신이어서 더 그랬겠지만― 그 직의 수행에 있어 나름으로 인문 교양 습득의 필요성을 느꼈던 것 같다. 그래서 사적으로 국사(國史)의 이선근, 철학의 박종홍, 문학의 박목월 선생 같은 분들을 청와대로 초청해서 인문학 강의를 듣고자 했다. 이 일은 곧 실천으로 옮겨져 초반엔 나름대로 잘 진행되는 것 같았다. 그러나 오래 가지를 못하고 곧 영부인 육영수 여사를 위한 사숙(私塾)으로 변질되어버렸다. 대통령의 바쁜 일정 때문이었다.

그런데 이 강좌가 끝나갈 무렵의 어느 날이었다. 목월 선생과 대통령은 함께 점심을 먹는 마지막 만남을 갖게 되었다. 이 자리에서 대통령이 목월 선생에게 말을 건넸다. 청와대 들어오는 분들은 대개 무슨 부탁을 하나씩 하기 마련인데 혹시 선생께서도 원하시는 일이 있으면 한번 말씀해보시라는 것이었다. 이에 목월 선생은 '현재 한국의 출판계는 시집 간행으로 흑자를 내는 경우가 드물어 대부분의 시인들이 자비로 시집을 내고 있다. 가난한 시인들도 쉽게 시집을 출판할 수 있도록 도와달라'고 했다고 한다. 이후 목월 선생의 은행 계좌에는 매달 육영수 여사로부터 일정 금액이 송금되어 왔고, 이로써 앞서 언급한 시리즈 시집의 출판이 가능해졌다는 것이다. 이는 이 시리즈 시집 후면 안표지의 "이 사업을 위하여 물심으로 염려해주시고 도와주신 '어느 고마운 분'에게 깊이 감사를 드립니다."라는 사사(謝辭)에도 충분히 암시된 내용이기도 하다.

이 기금으로 목월 선생은 당시 두 개의 시집 시리즈를 간행하였다. 1968년 김종길, 김종삼, 이승훈 씨 등 24인의 시집을 낸 전기(前期)의 『오늘의 한국시인집』(三愛社)과 1970년 김윤성, 박재삼, 이형기, 김종해 씨 등 29인의 시집을 낸 후기(後期)의 『현대시인선집』(文苑社)이 그것이다. 물론 여기 포함된 시인들 모두가 시인협회 회원들은 아니었다. 그러나 시협 회원들이 주류를 이루었던 것만큼은 분명해서 여기 초대받지 못한 다른 문인들, 특히 후에 《문학과지성》파와 《창작과비평》파를 주도하게 되는 시인·평론가들로부터 냉담한 비판을 받았고, 종래

정좌(正坐)

는 목월 선생의 청와대 출입, 육영수 여사 전기 집필과도 맞물려 애꿎게 '한국시인협회'가 어용단체로 몰리는 명분을 제공하게 된 것도 사실이다.

그러나 여론이야 어찌 되었건 출판으로서의 이 사업은 나름의 성공을 거두었다. 이를 지켜보던 출판계의 관심이 컸고 곧 몇몇 출판사의 벤치 마킹이 뒤따랐다. 그 첫 주자는 민음사였다. 기왕에 간행하던 세계시인선집시리즈에 실험적으로 고은 씨 등 몇몇 국내 시인들을 한두 명씩 끼워 넣더니 거기서 어떤 가능성을 발견했던지 마침내 국내 시인만의 독립된 시집 시리즈를 본격적으로 간행하기 시작한 것이다. 그리고 그후 창작과비평사, 문학과지성사 등이 차례로 뛰어들면서 우리 출판계에서는 오늘날 우리가 여실히 보듯 국내 시인들을 위한 시리즈 형태의 시집 출판이 일대 유행을 일으키게 된 것이다.

이처럼 시협에서 시리즈물로 시집들을 간행하게 되자, 간사인 나는 —같은 세대라 할 이유경, 주문돈, 이승훈, 김종해, 박의상, 이수익 씨 등과 달리 나 자신은 이 시집 시리즈에 끼지 못했음에도— 덩달아 바빠질 수밖에 없었다. 때로는 시집들을 어깨에 떠메고 가서 서점들에 배포할 때도 있었고, 수금도 해야 했으며, 영수증 처리 따위로 출판사, 서점 측과 다투는 일도 종종 있었다.

사적이지만 이 시절의 에피소드 하나를 더 이야기하고자 한다. 시협일로 내 결혼식 날짜를 연기한 사건이다. 원래 나의 결혼식이 예정된 날짜는 1971년 12월 둘째 주 토요일 오후 두 시, 장소는 종로 2가에 있었던 종로예식장이라는 곳이었다. 그런데 갑자기 그 며칠 전 목월 선생으로부터 그해의 시인협회 정기총회를 공교롭게도 바로 이날, 즉 내 결혼식이 예약된 날 개최한다는 통보가 왔다. 심의위원들이 그렇게 결정했다는 것이다. 그래서 나는 부득이 내 결혼식 날짜를 조정하지 않을 수 없었다. 이 무렵 한국시인협회의 궂은일들은 모두 내가 도맡아 하고 있었으니 나 없이 총회를 치르기란 현실적으로 어려웠기 때문이다.

그러나 막상 결혼식 날짜를 바꾸려 하자 토, 일요일 낮 시간은 이미 다른 분들에게 예약이 되어 있었다. 그래서 나는 다른 선택의 여지 없이 ─하례객들의 편의를 참작하여─ 그다음 주 어느 비어 있는 평일 오후 6시에 식을 올리기로 했다.

당일 예식을 치르고 밖에 나서자 밤하늘에서 펑펑 함박눈이 쏟아지고 있었다. 이를 보고 하객들이 덕담들을 해주었다. 이처럼 하얀 눈이 소복하게 쌓이는 것을 보면 신랑·신부는 분명 앞으로 잘 살 것이라고…… 다소나마 위로가 되었다.

2

나의 두 번째 시협의 직책은 1986년 3월부터 1988년 3월까지의 2년, 회장인 김춘수 선생의 부탁으로 맡은 사무국장이다. 사무차장에는 권택명 씨 그리고 사무국 간사들로 박상천, 이사라, 서경온, 원구식, 하재봉 씨 등이 도움을 주었다. 특히 권택명 씨는 명석한 두뇌와 어느 누구와도 비할 수 없는 성실성 그리고 책임감으로 사무국장을 대리해서 모든 일을 명쾌하게 처리해주었다. 지금도 감사하게 생각한다.

김춘수 선생은 회장이면서도 협회 일에는 별 관심이 없는 분이었다. 경상비가 바닥나 사무국이 위기에 처할 때도 남의 일 보듯 했다. 간사들이 누구인지, 그 하는 일이 무엇인지, 협회가 어떻게 돌아가는지 상관하지 않았다. 대부분의 간사들이 자원봉사 형식으로 직장 시간을 축내면서 밤늦게까지 협회 일에 몰두해도 단 한 번 찾아와 격려를 해 주거나 고마움을 표시한 적도 없었다. 그것은 그 자신이 회장을 그만두고 떠나는 날, 즉 사무국이 해체된 마지막 정기총회 때도 마찬가지였다. 자연히 협회의 모든 일은 내가 책임을 질 수밖에 없었고, 내가 책임을 진다는 것은 곧 권택명 씨의 일이 그만큼 많아진다는 것을 뜻했다.

새 회장이 부임하고 사무국이 구성되면 관례적으로 하는 첫 행사가 있다. 신구 임원의 상견례라는 것이다. 전임회장 때의 회장단과 사무국 간사들 그리고 새 회장이 새롭게 구성한 임원들이 함께 모여 점심을 들면서 서로 인사를 나누고 환담하는 모임이다. 나는 당연히 이 일을 미리 준비하여 회장께 보고드렸다. 회장은 먼저 그 경비(회식비)는 누가 대느냐 하는 것부터 물었다. 당시 시인협회에는 경상비라는 개념이 없었다. 그만큼 궁핍했다. 모든 운영비는 회장이 책임져야 할 일이었다. 그래서 나는 간단히 회장님이 알아서 처리하실 일이라고 대답해 버렸다. 그 순간이다. 선생은 내게 버럭 화부터 냈다. '회장이 뭐, 돈 내는 사람이냐'는 것이다. 그래서 내친김에 나는 앞으로 시인협회에서 해야 할 일들을 하나하나 설명해 드렸다. 그랬더니 회장은 이제 자신은 회장을 하지 않겠노라고 선언해 버리신다. 회장이 임명한 사무국장이 회장의 사표를 받아야 할 처지가 된 것이다. 이것으로 끝이었다. 이후부터 나는, 직책은 비록 사무국장이었으나 실제로는 회장이나 다름없는 역할을 하면서 협회를 이끌어가게 된다.

어떻든 이 상견례는 무사히 치러졌다. 그러나 이 일로 미루어 나로서는 앞으로 2년간 협회를 어떻게 끌고 나갈 것인가 하는 걱정이 앞섰다. 경비 조달이 막막했기 때문이다. 그러던 어느 날이었다. 나는 우연히 길에서 옛 '6시' 동인이자 당시 문예진흥원에 봉직하고 있던 시인 조정권 씨를 만나게 되었다. 그래서 그에게 그 같은 나의 고민을 솔직히 털어놓았다. 그는 한참 동안 곰곰이 무언가를 생각하는 듯했다. 그러더니 아이디어 하나를 주었다. 각 공단의 기업체 순회 시낭독회나 문학 강연, 혹은 창작 지도 같은 것을 프로젝트로 만들어 문예진흥원에 경비 지원 신청을 한번 해보라는 것이다. 이 문예진흥원의 후신인 오늘의 문화예술위원회가 아직도 지역 및 직장 순회 문학행사 같은 것을 지원하고 있다면 아마 이때 처음 시작된 일일 것이다.

후에 알고 보니 당시 당국의 이 같은 문화예술 지원 프로그램은 이 무렵에 들어 한층 격화되기 시작한 노동자들의 반정부 투쟁과 노동 쟁의를 문화 예술의 차원에서 순화시키려고 기획했던 일종의 선무공작이었다. 어떻든 그의 예견은 적중해서 내가 신청한 프로젝트는 곧 문예진흥원의 허가를 받았고 나는 이를 통해 어느 정도의 경상비를 축적할 수 있었다. 이 프로그램에 출연한 협회 회원들이 자진 헌납한 강연료 혹은 시 낭독료의 일부가 당시 시협 운영의 경상비로 쓰였던 것이다.

업적이랄까, 이 무렵 사무국장으로서 내가 이루어낸 일로는 두 가지가 더 있다. 하나는 '시협상 운영에 관한 규약'을 만들어 놓은 일이요, 다른 하나는 '시의 날'을 제정 선포한 일이다. 전자부터 이야기하기로 한다. 다 아는 바와 같이 시협상 즉 '한국시인협회상'은 상금이 없는 상으로 유명하다. 그래서 그런지 오히려 더 순수해 우리나라 문학상들 가운데서는 비교적 권위를 인정받고 있는 상들 중의 하나이기도 하다.

정좌(正坐)

그럼에도, 그때까지의 시협상 운영에는 어떤 정해진 규약 같은 것이 없어 수상자 결정은 오로지 심사위원들의 상식적 판단에 따랐다. 수상자도 두 사람씩 나오는 경우가 많았다. 그런데 그것이 문제가 된 것은 바로 내가 사무국장으로 임명되기 직전의 임기에(1986년 3월) 수상자가 무려 세 분이나 나오는 파행을 겪으면서다.

당연히 회원들 간에 말이 많았고 결국 후임 사무국장이 된 내가 그 뒤치다꺼리를 떠맡지 않을 수 없게 되었다. 바로 '한국시인협회상 운영에 관한 규약'을 제정하는 일이다. 나는 소정의 절차에 따라 ─거의 사문화되다시피했던─ 상임위원회라는 것을 새삼 개최하고 총회의 인준을 받아 명실공히 어디 내놓아도 부끄럽지 않은 '시인협회상 운영 규약'을 제정해놓았다. 그 주된 내용은 다음과 같다. 첫째, 후보자는 문단 등단 10년 이상의 시인으로 한다. 둘째, 당해 연도에 발간된 시집을 대상으로 한다. 셋째, 회장단(회장, 심의위원장, 상임위원장 등)과 사무국 임원들은 수상 후보도, 심사위원도 될 수 없다. 넷째, 수상자는 한 명 이상이 될 수 없다. 다섯째, 전년도 수상자는 필히 당해 연도 심사위원으로 위촉되어야 한다는 것 등이다. 이후 '시협상'은 이와 같은 원칙에 따라 성실히 운영되었고, 단 한 번도(회장이 이 규약을 미처 몰라 실수로 저지른 3, 4년 전의 한 예를 제외하고) 복수 수상자를 낸 적이 없다.

다음은 '시의 날' 제정이다. 그 경위는 다음과 같다. 1987년 겨울 어느 날 나는 우연히 당시 〈소년한국일보〉 사장이었던 김수남 씨 그리고 〈한국일보〉 편집국장이었던 김성우 선생과 함께 점심을 먹는 자리를 갖게 되었다. 그때 어느 한 분이 불쑥 '시의 날'을 제정하면 어떻겠는가 하는 말을 꺼냈다. 생각해보니 참신한 제안이었다. 그래서 우리는 의기투합해서 그 즉시 한국시인협회와 한국일보사가 공동주관하여 '시의 날'을 제정하기로 일단 합의하고 바로 그 날짜를 언제로 할 것이냐 하는 문제부터 토론하기 시작했다.

처음 고려한 날짜는 11월 1일이었다. 우리나라 최초의 신체시(新體詩), 최남선의 「해에게서 소년에게」가 발표된 잡지 《소년》 창간호의 발행일이 1908년 이날이었기 때문이다. 그러나 우리는 최남선의 후기 행적, 그중에서도 특히 그의 친일 행위가 마음에 걸렸다. 그래서 그 대안으로 우리 문학사의 대표적 시 작품들인 월명사의 「제망매가」, 정철의 「사미인곡」이나 윤선도의 「오우가」 혹은 황진이의 시조 등과 관련된 날짜들을 찾아보기로 했다. 그러나 그 역시 문헌상의 기록이 전혀 없어 허사였다. 며칠간 머리를 싸매도 마찬가지였다. 그래서 논의는 다시 원점으로 돌아갔고, 여러 고심 끝에 결국 처음 생각했던 대로 이날(《소년》 창간호의 간행일인 11월 1일)을 '시의 날'로 제정하는 외에 달리 방도를 찾을 수 없었다.

그런데 이 과정에서 우리는 한 가지 간과한 것이 있었다. 국내 시단에는 한국시인협회 말고도 현대시인협회라는 단체가 하나 더 있었다는 사실이다. 시의 날 제정에 박차를 가하고 있던 어느 날이었다. 갑자기 김수남 씨가 나를 부르더니 한국의 시인 단체가 '한국시인협회' 말고 또 다른 것도 있느냐고 물었다. 그래서 내가 무심코 '현대시인협회'도 있다고 하자 그는 조심스럽게 이 일에 현대시인협회도 참여시키면 어떻겠냐고 내 동의를 구했다. 이 단체의 회장인 권일송 씨가 엊그제 항의를 해왔다는 것이다. 나는 그가 언론인이기도 해서 전부터 김수남 씨와도 자주 교류가 있었다는 사실을 모르고 있었던 것이다. 나는 아차 했다. 범시단적 행사가 되면 더 좋을 일이었다. 이후 일은 순탄하게 추진되어 결국 우리가 오늘날 보듯, 매년 한국시인협회와 현대시인협회가 번갈아 주관해서 기념하는 '시의 날'이 제정되었다.

선포식은 1987년 11월 1일 문예진흥원 강당에서 한국일보사의 후원 아래 한국시인협회와 현대시인협회 공동으로 엄숙히 진행되었다. 그리고 이날 오후에는 세종문화회관에서 한국일보사와 시인협회가 주축이 된 '현대시 60주년 기념사업회' 주관으로 '시인만세'라는 축전이 성대하게 열렸다. '시의 날' 선포, 시 낭독, 시 가곡 연주 등 알찬 내용이었다. 그러나 공교롭게도 이 '시의 날' 제정의 장본인들 가운데 하나였던 나는 정작 이 식전에 참석하지는 못했다. 이해 8월부터 이듬해 2월까지 6개월간 미국에서 개최된 아이오와대학교 '국제 창작프로그램(International Writing Program)'에 참여해야 할 일이 있었기 때문이다

'시의 날' 제정에 결정적인 도움을 주신 김수남, 김성우 두 분은 누가 무어라 해도 우리나라에서 가장 시를 사랑하는 사람들 중 한 분들이다. 예컨대 김성우 편집국장은 한국 신문 사상 최초로 〈한국일보〉 1면에 매일 시 한 편씩을 수년 동안 소개하는 일을 했고, 김수남 사장은 어느 때 어느 장소에서나 한국의 대표시 200여 편을 줄줄 암송할 수 있는 분이었다. 그뿐만 아니다. 그들은 우리나라 최초로 시낭송가협회를 창설하여 전문적인 시낭송가들을 제도적으로 배출시켰는가 하면, 문화예술계의 여러 지식인, 다양한 장르의 인사들을 망라한 시낭송회를 정기적으로 꾸준히 개최하여 우리 시 보급에 큰 역할을 담당하기도 했다. 한마디로 한국현대시의 열렬한 후원자들이라 할 수 있는 분들이다.

이 같은 이유에서 이 행사가 성공리에 끝난 뒤 한국시인협회는 이 두 분에게 우리 문단 사상 처음으로 '명예시인'이라는 영예를 안겨드렸다. 김수남 사장은 이미 작고하셨는데, 현재 한국시인협회의 명예시인

들로는 이 두 분 외에도 그 후에 옹립된 서예가 김양동 씨, 대산재단 이사장 신창재 씨(광화문 광장의 시 현수막 제정과 시인 단체 지원 등의 공로), 재능교육회장 박성훈 씨(시 낭송 보급 등의 공로) 등이 있다. 김양동 씨는 개인적으로 내 젊은 시절의 직장(보성여고 교사) 동료이기도 한데, 조병화 회장 때부터 매번 시인협회상 상장의 문안을 손수 서예로 써주어 우리 협회와 깊은 인연을 맺어온 분이다. 지금도 마찬가지이지만 상금이 없었던 '시협상'의 특징은 바로 상장의 문안이 이처럼 서예가의 친필로 쓰였다는 데 있었다.

또 하나 서울 지하철역 벽면에 지하철역 사상 처음으로 한국의 명시들을 액자로 만들어 걸어놓은 일이다. 이 사업은 1986년 서울지하철본부의 홍보과에서 내게 지하철역 벽면의 빈 곳을 어떻게 활용하면 좋겠는지 그 아이디어를 문의해 온 것이 발단이 되어 이루어진 것으로 당시의 작품 선정은 모두 나 홀로 했다. 그때 나의 의도는 원래 작고 시인만이 아닌 생존 시인들의 작품도 일정 부분 포함시킬 계획이었다. 그러나 작성된 명단의 일부가 사전 누설이 되면서 원안대로 추진하지를 못하고 작고 시인들의 작품만을 대상으로 한정하여 전시하는 것에 만족해야 했다. 이 명단에 끼지 못한 시인들의 반발이 의외로 거셌기 때문이다. 그 후 이 사업은 여러 형식의 우여곡절을 겪기는 했지만 —가령 생존 시인 작품이나 서울 시청이 주관한 시민 공모 작품 등의 게시— 꾸준하게 계승되어 오늘에 이르렀다. 다른 나라에서는 찾아볼 수 없는, 문화민족으로서 우리만의 자랑이 아닐까 한다.

정좌(正坐)

3

원래 한국시인협회는 부회장 없이 회장과, 심의위원장 상임위원장 등 두 위원장 제도로 운영되고 있었다(여기에 김종길 회장 때에 중앙위원장, 이형기 회장 때에 기획위원장, 김종해 회장 때에 사무총장, 국제교류위원장이라는 직책이 추가되었다. 김종해 회장 때에는 고문이라는 제도도 도입하여 고은, 신경림, 황동규, 그 후 최동호 회장 때 황금찬, 유안진 씨 등을 영입하였다). 그리고 이들은 관례적으로 회장과 함께 회장단으로 불려왔다. 따라서 이 무렵 회장단의 일원, 상임위원장이 된다는 것은 회원들의 주목을 받기에 충분한 일이었다. 그런데 1994년 봄이다. 그 회장단이라는 직책을 그동안 1950년대 시인들이 계속 맡아오다가 세월이 흘러, 드디어는 소위 60년대 시인들에게도 주어지는 시기가 도래했다. 그리고 그 최초의 기회가 나에게 떨어졌다.

당시 회장은 고 이형기 선생, 사무국장은 고 임영조 형이었다. 선생은 회장이 되자마자 나를 불러 상임위원장을 맡아달라고 했다. 그러나 나는 고사했다. 비록 60년대 시인들이라는 반열에 올라 있기는 하지만, 나는 한국시인협회의 동 세대 다른 분들에 비해 문단 등단도 상대적으로 늦고 나이도 두세 살 어렸기 때문이다. 내가 한사코 사양을 했더니 이형기 선생은 '그러면 누가 이를 맡았으면 좋겠냐'며 내게 대안으로 다른 사람을 한번 추천해보라고 했다. 그래서 나는 어떤 시 전문 월간지의 주간으로 있던 분과 내 나이와 같은 또래의 대학교수 한 분을 천거하였다. 그러나 이 선생은 두 분 모두 안 된다고 손을 저었다. 전자는 잡지를 가진 까닭에 아니 되며, 후자는 한 번도 시협에 봉사한 경험이 없어 아니 된다는 것이다. 그러면서 부연하기를 ─둘러댄 변명이었는지는 모르겠으나— 한국시인협회 전통엔 잡지사 발행인이 회장 단에 든 적은 한 번도 없었다며 그 예로 돌아가신 전봉건 선생을 들었다. 나는 이처럼 잡지사 발행인이 회장단에 끼어서는 아니 된다는 이 회장의 말씀이 무엇을 뜻하는 것인지 알 수 있을 것 같기도, 모를 것 같기도 했다. 그러나 선생의 완고한 고집을 꺾을 수도 없어 결과적으로 원치 않게 '상임위원장'이라는 감투를 쓰게 되었다.

그런데 이 직책은 곧 벗어버릴 기회가 왔다. 1995년 8월 갑자기 내게 미국 버클리대학의 초청이 있어 이 대학에서 1년간 강의를 해야 할 일이 생기게 된 것이다. 그리하여 나는 출국을 며칠 앞둔 어느 날, 병원에 입원 중인 이형기 선생을 찾아가 사표를 냈다(그 몇 달 전 이형기 선생은 뇌졸중으로 쓰러져 병원에서 재활 물리치료를 받던 중이었다). 그러나 선생은 내 사표를 반려하셨다. 상임위원장이라는 것이 명예직에 가깝고 특별하게 할 일이 있는 직책도 아닌데 굳이 사표까지 낼 이유가 있느냐, 과거 정한모 선생은 회장이면서도 외국에 1년씩이나 머문 선례도 있다고 했다. 그러나 내가 한사코 버텼더니 할 수 없다는 듯 그는 그러면 후임으로 누가 좋겠냐고 또 물었다. 나는 다시 앞서 거론했던 한 시 전문 잡지사의 주간, 정진규 씨를 적극 천거하였다. 그러자 그때만큼은 이형기 선생도 —아마 이 무렵엔 아픈 몸이라 마음이 다소 약해져 있어 그랬던지 그 전에 보여주었던 고집을 꺾고— 마지못해 하면서 내 의견을 받아들이겠다고 하셨다. 그리하여 나는 가벼운 마음으로 1년간 미국에 체류할 수 있었다.

정좌(正坐)

4

    네 번째로 내가 한국시인협회에서 맡았던 직책은 부회장 격인 심의위원장이었다. 2000년 3월부터 2002년 3월까지의 2년간이다. 회장은 성신여자대학교의 허영자 교수.

    한국시인협회는 1957년에 창립된 단체이다. 그러나 허영자 회장이 임기를 맡은 2000년까지, 사실 사무실이라는 것이 없었다. 무려 45년이나 되는 긴 세월 동안이다. 그래서 역대 회장들은 사적으로 자신과 인연이 있는 출판사에 시협 전용의 전화기 한 대를 갖다 놓고 회원 간 연락을 취하면서 적당히 임시방편으로 사무를 보곤 했다. 초창기의 시협은 회원이 고작 1, 2백 명 선을 넘지 못했고 행사라는 것도 봄 야유회, 가을 세미나 그리고 총회 때의 문학상 시상 정도가 고작이어서 가능했던 일인지도 모른다. 그래서 사무실을 하나 얻는 것은 협회 수십 년 동안의 소망이었다.

    그런데 2000년대에 들어서자 사무실의 확보는 보다 절실해졌다. 회원 수가 1,000여 명으로 급격히 늘어나면서 그에 부수되는 일들이 기하급수적으로 많아졌기 때문이다. 사무실 없이는 도저히 단체를 유지할 수 없는 시기가 도래한 것이다. 그래서 허영자 회장은 다수 회원들의 열망과 지지를 바탕으로 —총회의 인준을 받아— 사무실 하나를 구입하기로 결정하였다. 문제는 기금 확보였다. 예나 제나 가난한 시인들의 성금만으로는 불가능한 일이었기 때문이다. 그래서 역대 회장들도 미처 엄두를 내지 못했던 사업이 아니었던가.

    이 일은 김남조 선생이 익명으로 상당한 금액을 희사하면서 시작되었다. 이어서 회장인 허영자, 심의위원장인 나, 그리고 이근배, 이건청,

신달자, 유안진, 박무웅 씨 등과 몇몇 시협 핵심 회원들을 중심으로 각각 크게는 500만 원 작게는 100만 원 이상을, 일반회원도 각자 3만 원에서 50만 원 내외를 성심껏 출연하였다. 이 모두 협회에 대한 회원들의 애정 없이 이루어질 수 있는 일이 아니었다. 회장 개인의 능력으로 모금한 돈도 상당액에 달했다. 기업체 및 각 기관에서 지원받은 행사비를 절약해 쓰고 남은 경비 등을 조금씩 저축한 것이다. 그 같은 각고의 노력을 기울이기 1년 가까이, 비로소 조그마한 오피스텔 한 채를 구입할 수 있는 기금이 걷혔다. 그래서 회장은 곧 계약을 서둘렀고 이 기쁜 소식을 보고하려고 평의원회의를 개최하였다. 평의원이란 회장을 역임했던 시인협회의 원로 시인들이다.

그러나 의외였다. 인사동 골목의 한 음식점, 선천집에서 열린 이 보고회에서 평의원들 대부분이 보여준 반응이 기대와 달리 싸늘하고 냉담했기 때문이다. 그간 회장이 기울인 노고에 마땅히 했어야 할 격려와 칭찬 대신 오히려 왜 굳이 사무실 같은 것을 구해서 평지풍파를 일으켰느냐고 나무라는 말이 대세였다. 이 기이한 이날의 풍경을 기록으로 남기고자 나는 일단 이날 참석한 평의원들의 명단부터 열거해두기로 한다. 김춘수, 김종길, 홍윤숙, 김남조, 김광림, 성찬경(이형기 시인은 병고로, 정진규 시인은 개인 사정으로 참석치 못했음) 씨 등이다. 이 중에서도 특히 김춘수, 홍윤숙 두 분은 마치 미리 서로 약속이나 하고 온 듯 담합하여 회장의 사무실 구입을 극구 비판하였다. 그 일을 당장 중단하라고 다그쳤다. 내가 그 정경을 보아 하니 김종길 선생은 오불관언 하는 태도로 일관했고 성찬경, 김광림 선생은 무슨 이유에선지 ─물론 밝힐 수 없는 나름의 이유가 있었겠지만─ 선배 평의원들의 싸움에 눈치만 보면서 묵묵부답이었고 유일하게 김남조 선생만이 홀로 이에

정좌(正坐)

맞서 회장의 시협 사무실 구입을 옹호하느라 고군분투하였다.

　그런데 김춘수 선생의 반대는 한결 더 강경했다. 그는 거기서 한 발짝 나아가 '지금의 시인협회라는 단체는 옥석을 가릴 수 없는 잡석들로 구성되어 있다. 이참에 아예 '옥(玉)'에 해당하는 회원 20여 분만을 끌고 나와 새로운 단체를 만들고 지금의 시인협회는 해체해 버리자'고 했다. 홍윤숙 선생 역시 다르지 않았다. 시인협회에 왜 부동산이 필요하냐고 했다. 어떻든 김춘수, 홍윤숙 두 선생과 김남조 선생 사이에 불거진 이 같은 분란은 시간이 지나면서 점점 더 격화되어 갔다. 그런데 바로 이때였다. 누구인지 밖에서 회장을 찾는 목소리가 들렸다.

　사무국장인 이상호 교수가 문을 열자 마당엔 웬 청년 하나가 엉거주춤 서 있었다. 현대시학사에서 편집 일을 도와주는 사람이었다. 그는 현대시학사 정진규 주간의 심부름으로 왔다면서 편지 봉투 한 장을 내밀었다. 정 주간은 지금 몸이 불편해서 평의원 회의에 나올 수 없는 처지라(당시 현대시학사는 평의원 회의가 개최되고 있던 선천집과 같은 골목의 엎어지면 코 닿는 거리에 있었다.) 이 편지로 당신의 의사를 분명히 밝히는 것이니 그대로 실천해야 한다는 것이었다. 어안이 벙벙해진 사무국장이 편지를 받아들면서 '알았으니 돌아가라' 했다. 그래도 그는 가지 않고 머뭇거렸다. 정 주간이 명령하기를 이 편지를 평의원들에게 읽히고 그 증거로 꼭 협회의 직인을 찍어 반환해 오라고 했다는 것이다.

　그래서 이상호 국장은 평의원들이 보는 앞에서 하릴없이 이 편지를 낭독하고 편지에 시협의 직인을 찍어 이 청년을 겨우 돌려보낼 수 있었다. 세월이 흘러 나는 지금 그 편지 내용의 자세한 디테일은 잊었다. 그러나 요지만큼은 대체로 이러했다. '시인협회는 시인들의 순수한 친목단체이다. 지금까지 사무실 없이도 잘 운영되어 왔다. 그런데 이제 사무실과 같은 부동산을 소유하게 되면 그 재산 때문에 분란이 생길 가능성이 크다. 그러므로 나는 협회의 사무실 구입을 절대 반대하니 이 같은 자신의 의사에도 불구하고 만일 사무실을 구입하게 된다면 자신은 그날로 시인협회를 탈퇴하겠다는 것이었다.

협회 사무실 구입은 총회가 이미 인준한 사업이다. 그러므로 아무런 의결권도 지니지 못한 평의원들이 나서 총회가 인준한, 그것도 이미 성사가 다 된 사업을 그 막바지에 와서 이처럼 반대하며 왈가왈부하는 것은 분수에서 한참 벗어나는 일이었다. 그래서 심의위원장 자격으로 이 현장을 지켜본 나로서는 평의원들 간에 벌어진 이 같은 분란을 도저히 이해할 수 없었다. 어떤 단체나 협회도 그것이 설립되면 운영을 위해서 마땅히 우선 사무실 하나를 마련하는 것이 급선무이며 또 그리하는 것이 정상 아니겠는가. 그런 까닭에 나는 지금도 그분들이 차마 말로써는 표현하지 못할 그들만의 어떤 피치 못할 사정을 이 같은 명분으로 포장해서 반대하지 않았나 생각한다. 어떻든 정진규 씨는 그후에도 편지 내용과 달리 시협을 탈퇴하지는 않았다.

정좌(正坐)

8장 …
시간의 쪽배

1

내가 생애 처음으로 강의를 맡았던 대학은 1971년 2월 「이미지 구조론」이라는 논문으로 서울대학교에서 석사학위를 취득한 바로 그해 출강하기 시작한 인천 소재의 인하공대였다 (당시는 인하대학교가 종합대학이 되기 이전이어서 공식 명칭은 인하공대였다).

강의 첫날이다. 이 대학의 유일한 국문학 전공 전임교수인 교양학부의 성기열 교수님은 내게 인하공대는 곧 종합대학으로 승격할 예정이고 국문학과 없는 종합대학이란 있을 수 없으니 조만간 좋은 소식이 있을 것이라고 격려해주었다. 앞으로 개설될 이 대학 국문학과의 첫 번째 신임 교수는 바로 내가 될 것이라는 말씀이었다. 아닌 게 아니라 일년이 지나자 인하공대는 종합대학이 되었고 ─비록 아직 국문학과나 국어교육과가 생기지는 않았지만─ 재학생 수의 증가에 따라 자연히 교양학부 국어 전담 전임교수의 정원도 하나 더 늘어나게 되었다. 그래서 나는 내심 이 대학의 전임이 되기를 은근히 기대했는데 그 예상은 곧 빗나가버리고 말았다. 엉뚱하게도 대학본부에서 국어학 전공의 중앙대학교 남광우 선생을 그만 사범대학 학장으로 영입해버렸기 때문이다.

성기열 선생은 낙심하지 말라고 위로해주었다. 기다리면 다시 좋은 기회가 있으리라는 것이다. 예측대로 다음 해에는 사대에 국어교육과가 생겨 당연히 교수도 하나 더 뽑게 되었다. 그래서 나는 이번만큼은 현대문학 전공인 내 차례가 되겠지 하고 느긋하게 생각하고 있었다. 일반적으로 대학의 국어국문학과 전공분류는 국어학, 고전문학, 현대문학의 세 분야 나뉘는데, 국어학(남광우)과 고전문학(성기열) 전공 교수는 이미 확보되어 있어 남은 분야는 오직 현대문학이었기 때문이다. 그러나 이 역시 수포로 돌아가버렸다. 성 선생이 '오 선생은 나이도 젊고 앞으로도 이 대학 국어과는 계속 전임을 확보해야 할 처지라 다음에 또 기회가 있을 터이니 이번 한 번만 내 사정을 좀 들어달라. 나와 고향이 같은 내 죽마고우이자 같은 서울대학교의 동기 동창 정기호라는 분에게 그 자리를 양보해주면 어떻겠느냐. 그가 국내 대학에서 자리를 잡지 못해 임시로 일본의 천리대(天理大)에서 고생하고 있는 것을 친구로서 보기에 안타깝다'고 하셨기 때문이다. 그런 선생의 말씀에 일리가 있었고, 내 마음대로 우겨서 될 일도 아니어서 나는 흔쾌히 '이번만은 그 현대문학 자리를 고전문학 전공인 정기호 선생께 드리자'는 선생의 뜻을 따르겠노라고 했다.

그런데 그해 여름방학 기간이었다. 하루는 서울대학교 문리대 학장이었던 고병익 선생님(동양사학자)으로부터 급히 학장실에 들르라는 전갈이 왔다. 고 학장님은 자신의 막역한 친구이기도 한 대전의 박희범 충남대학교 총장이 이 대학 국문학과 현대문학 분야에 사람을 한 명

추천해달라고 하니 나더러 내려가보라 했다. 그리해서 나는 고 학장께서 써준 추천서 한 장을 달랑 손에 들고 대전에 내려가 충남대 총장 공관에서 박희범 총장을 뵈었다. 첫인상이 다소 무뚝뚝하고 독선적으로 보이는 분이었다. 총장은 내가 들고 온 추천서를 꼼꼼히 읽어보더니 "좋구먼. 고병익 선생이 어련히 골라 보내셨으리라고. 그래도 시험은 치러야 하는데?"라고 하셨다.

고병익 선생님의 추천이라면 그냥 채용될 줄로 알았던 나로서는 의외의 주문이었다. 그래서 좀 얼떨떨해진 내가 말없이 쳐다보자 총장은 느릿하게 "이미 신문에 공채 광고를 내서 지금 각 대학으로부터 우수한 인재들의 응모를 받는 중이라네. 서울대학 출신에다 고병익 학장의 추천까지 받은 사람인데 그까짓 경쟁시험에서 당연히 합격할 테지." 하며 내게 교양영어, 전공영어, 제2외국어 그리고 전공 등 4과목의 시험을 쳐야 한다고 했다. 그것은 서울대학교 대학원 석박사과정의 입학 및 졸업논문 제출 자격 시험과 동일한 시험과목들이었다. 그리하여 나는 그 2, 3주 뒤인 8월 중순쯤 다시 대전에 내려가 충남대학교 본부에서 그 채용시험이라는 것을 보게 되었고, 이때 선택한 제2외국어는 불어였다.

그러나 충남대학교에서는 시험을 치른 열흘 뒤쯤 합격 여부를 통지해주겠다던 애초의 공지와는 달리 보름이 지나도, 스무 날이 지나도, 아니 한 달이 지나도 아무 소식이 없었다. 그렇게 세월을 보내던 어느 날이다. 그 몇 년 전 춘천에서 개교하여 교육계의 비상한 주목을 끌고 있던 신설(新設) 성심여자대학교(이 대학은 후에 부천으로 캠퍼스를 이전했다가 지금은 가톨릭대학에 흡수된 가톨릭계 여자대학이었다) 국문학과의 학과장인 이석래 교수가 나를 찾았다. 비록 전공이 다르긴 해도 내게는 대학

4, 5년 선배가 되신 분이다. 선생은 긴말 없이 '성심여대 국문학과에서 한국현대시를 전공하는 교수 한 명을 채용하게 되었으니 함께 근무하자'고 했다.

고맙기 그지없는 말씀이었다. 이 황금 같은 제안을 거절해야 할 이유가 없었다. 나는 앞뒤 가리지 않고 덜컥 그러겠노라 우선 승낙부터 해버렸다. 그러나 집에 돌아와 곰곰이 생각해보니 아무래도 충남대학교 교수 공채에 추천을 해주신 고병익 학장님과 그 밑에서 치의예학부장(부학장)으로 보좌하고 계신 은사 전광용 선생님 두 분께는 미리 양해를 구해야 할 것 같았다. 나는 먼저 전광용 선생님부터 찾아뵙고 말씀을 드렸다.

선생님은 먼저 "충남대학 문제는 어떻게 되어가느냐?"고 물으셨다. 내가 공채 시험은 이미 한 달여 전에 치렀지만 아직까지 가타부타 소식이 없다고 하자 선생님은 내 말이 채 끝나기도 전인데 예의 그 카랑카랑한 북한식 어투로 벽력같이 고함을 지르셨다. "사내자식이 한번 뜻을 세우면 끝장을 보아야지, 도중에 자신에게 좀 이로운 일이 생겼다고 해서 하던 일을 헌신짝처럼 버려? 그건 안 될 일이야. 충남대학교 교수 공채의 결말이 나기 전까지는 절대 안 되네." 한마디로 충남대학교 공채에 합격하게 되면 애초의 뜻대로 당연히 충남대학교로 가야지, 아직 합격 여부도 발표되기 전인데 미리 변절해서 성심여자대학으로 간다는 것은 있을 수도, 있어서도 아니 되는 일이라는 것이다.

나는 이석래 교수께 그런 사정을 말씀드리지 않을 수 없었다. 죄송하지만 전번에 승낙했던 제 뜻을 거두어 달라고 했다. 그러나 선생은 웃으면서, 잘 알겠다며 어떻든 당신 학교의 인사 문제는 당신이 시간을 끌대로 끌어볼 터이니 가능한 한 빨리 충남대 문제부터 해결하라고 했

정좌(正坐)

다. 이리되자 정작 다급해진 사람은 나였다. 만일 충남대학교에서 교원 공채 결과를 차일피일 미루다가, 그동안 성심여대에서 다른 사람을 이미 채용하고 난 뒤 내게 불합격이라는 통지서를 보내온다면 나로서는 이도 저도 아닌 처지가 될 것이 뻔했기 때문이다.

나는 더 이상 서울에서 한가하게 미적거릴 수 없었다. 다음날, 부리나케 대전으로 내려가 충남대 국문학과의 최원규 교수를 만나 뵈었다. 당시 대전을 대표하는 시인들 중 한 분이었던 최 교수는 그 2, 3년 전쯤 내가 시인협회 간사로 이 협회의 동학사 세미나를 준비할 때 한 번 만나 뵌 적이 있어, 그래도 막연하나마 충남대학 교수 가운데서는 유일하게 안면을 튼 교수였기 때문이다. 최 교수는 당시 충남대 교양학부에서 불어를 가르치던 송재영 교수를 동반하고 다방에 나왔다. 나는 최 교수께 내 사정을 자초지종 설명드리고 공채 시험의 결과가 어떠한지 좀 알아달라고 부탁드렸다.

최 교수는, '그 인사 문제는 국문학과 교수들의 의사와는 아무 상관 없이 총장 자신이 직접 관장하는 일이라서 나나 국문과 교수 어느 누구도 그 돌아가는 사정을 모른다. 그러나 대학본부에 알고 있는 직원이 있으니 한번 물어나 보겠다.'며 전화부스로 가서 직접 누군가에게 전화를 걸었다. 그리고 한참 만에 자리로 돌아와서 하는 말씀이 본부의 총무과장에게서 들은즉 오 선생은 전체 성적 2등이어서 떨어졌다고 한다.

그럼에도 나는 그 말에 그다지 신경이 쓰이지 않았다. 마음은 이미 충남대가 아닌 성심여대에 가 있었기 때문이다. 당시 내 거리 감각으로 대전은 서울에서 꽤 먼 지역에 자리 잡고 있었지만, 춘천은 바로 서울의 턱밑, 교외인 것만 같았다. 그래서 나는 같은 값이면 거리가 먼 충남대학교보다도 모교의 선배도 계신 성심여대 교수가 되고 싶었다. 그 무렵 통근버스로 그 대학에 자주 출강을 하시던 은사들이 이를 마치 즐거운 소풍놀이쯤으로 여기면서 재미있게 나누던 여러 일화들을 조교였던 내가 곁에서 귀동냥한 것도 한몫했을지 모른다. 솔직히 말하면 나는 그때 충남대의 교원 공채에서 빨리 낙방해 성심여대로 가기만을 바라고 있었다.

그래서 나는 최 교수께 "그렇다면 잘 되었습니다. 이제 가벼운 마음으로 성심여대에 지원할 수 있겠군요. 다만 공식적으로 불합격했다는 통지서를 하나 만들어 주실 수는 없나요?" 하고 물었다. 그러나 그는 아니 될 일이라 했다. '몇 가지 해결되지 않은 문제들이 걸려 있어 아직은 공식적인 발표를 할 단계가 아니다. 어쩐 일인지 총장이 확실한 결정을 미루고 있다'는 것이다. 그래서 나는 결국 별 소득 없이 서울로 돌아가게 되었다.

그런데 다방 문을 막 나서려는 순간이었다. 갑자기 한 가지 궁금증이 일었다. 그렇다면 대체 누가 일등을 했다는 말인가. 하직 인사를 하려던 나는 돌아서서 최 교수께 물어보았다. 최 교수는 총무과장에게서 듣기로 김 아무개라는 사람이라고 했다. 그러나 나로서는 그 말이 엉뚱하게 들렸다. 20여 명 남짓 되는 응시자들 중에는 그런 이름을 가진 사람이 없었기 때문이다.

그날 시험장에는 총장이 참석하지 않았다. 무슨 병환인지 모르지만 대학병원에 입원해 있었고, 대신 본부의 총무과장이 그 행사를 주관했었다. 그러나 그는 정해진 시간, 오후 2시가 다가와도, 2시 반이 되어도 아니 3시가 되어도 시험을 치를 기미를 보이지 않았다. 그래서 참다못한 어떤 응시자 한 사람이 항의를 하니까 돌아오는 대답이 이랬다. '김 아무개라는 어떤 수험생 한 분이 시험을 치기로 되어 있는데 그 분이 아직 오지 않아서 그러니, 조금만 더 기다려 달라.'는 것이었다. 그러나 그 김 아무개라는 사람은 4시가 되어도 5시가 되어도 끝내 나타나지 않았고 기다림에 지친 우리는 하는 수 없이 오후 6시쯤 ─그를 제외한 채─ 시험을 치르기 시작해서 밤 11시에 간신히 끝낼 수 있었다. 그 총무과장 감독 아래서였다. 나로서는 그때 서대전역에서 우동 한 그릇을 사 먹고 자정 전후 서울로 상경했던 기억이 또렷하게 남아 있었다.

그래서 나는 최 교수에게 "그 무슨 말씀입니까? 그는 우리와 같이 시험을 친 분이 아닙니다."라고 했다. 그러자 최 교수는 흠칫 놀라는 표정으로 "그럴 리가 있습니까?" 하더니 다시 다방 한구석의 전화부스로 달려가는 것이었다. 그리고 한참 만에 돌아와서 하는 말씀이 또한 이랬다. 본부의 총무과장 말이 그 사람이 늦게 온 관계로 우리가 시험을 친 뒤에 별도의 시험을 홀로 치렀다는 것이다. 그래서 나는 "아니 또 그것은 무슨 말씀입니까? 우리가 시험을 끝마친 시간이 밤 11시인데 그러면 그분이 자정에 그것도 혼자 시험을 쳤다는 뜻입니까?" 하고 물었다. 최 교수는 '그 참 이상하네' 하고 중얼거리면서 다시 다방의 전화부스를 찾는다.

최 교수는 한참 만에 돌아왔다. 그리고 하는 말이 "오 선생의 말이 맞기는 맞는군요. 그 사람이 결국 그날 오지를 않고 다음 날 와서 혼자 시험을 쳤답디다." 한다. 그래서 내가 "아니 시험이란 같은 시간, 같은 조건에서 함께 쳐야지 그렇게 홀로 시험을 쳐서 1등을 했다면 누가 그것을 어떻게 인정할 수 있겠습니까?"라고 했더니 최 교수의 변명 아닌 변명이 또 이랬다. 비록 혼자 시험을 쳤다 하더라도 문제가 누설되지는 않았으므로 실력을 평가하는 데에는 아무 영향이 없다는 것이 총무과장의 답변이라는 것이다.

　이렇게 되자 나는 더 이상 할 말을 잃었다. 무슨 의도를 지닌 억설이지 말이 되는 소리가 아니었기 때문이다. 거기다가 이미 충남대 교원이 되고 싶은 생각을 저버린 나로서는 다만 필요했던 것이 하루라도 빨리 내 불합격 통지서를 얻는 것뿐이었으므로 오히려 잘되었다 싶었다. 그래서 나는 최 교수께 "아무튼 좋습니다. 가능하면 빨리 불합격 통보를 해주도록 선생님께서 좀 주선해 주십시오."라고 부탁한 후 당일로 귀경해버렸다.

　충남대학교 교원 공채의 결과는 그 뒤에도 한 달, 두 달이 넘도록 아무 소식이 없었다. 궁금해서 간간이 전화로 문의해보면 항상 '좀 기다려 달라'는 말 뿐이었다. 그러나 나로서는 나를 위해 이석래 선생이 붙들고 있을 성심여대의 그 전임 자리가 혹 다른 분에게 돌아가지나 않을까 노심초사하는 마음뿐이었다. 그래서 이석래 선생께 전화를 드리면 선생은 '내년 2월까지라도 자리를 확보하고 있을 터이니 너무 걱정하지 말고 충남대 문제나 잘 해결하라'고 했다. 그러자 무심히 시간이 흘러 어느덧 시간은 해가 바뀐 1월 31일이 되었다. 충남대 교원 공채 시험을 본 지 거의 6개월 가까이가 지난 것이다. 외출했다가 밤늦게 귀가하니 아내가 불쑥 종이 한 장을 내밀었다. 충남대학교에서 날아온 전보였다.

　나는 총장 명의로 된 그 전보용지를 읽어보았다. 다음날 즉 2월 1일, 총장의 면접이 있으니 오전 10시까지 총장부속실로 급히 출두하라는 내용이었다. 나는 순간적으로 이렇게 생각했다. '아 이제야 겨우 결정이 났나 보다. 그러니까 '면접'이라는 용어를 썼겠지. 2등을 했다는데

정좌(正坐)

이 어찌 된 일일까? 비록 내가 충남대에 합격해서 가고 싶었던 성심여대를 놓치기는 하지만, 이만하면 그래도 다행 아닌가. 기다린 보람이 있었구나. 그런데 이석래 선생께는 이제 와서 무엇이라고 변명을 드리지?'

나는 다음 날 새벽같이 대전행 고속버스에 몸을 실었다. 그러나 이 웬일인가? 막상 총장 부속실에 가보니 어젯밤 상상했던 일들은 모두 환상에 지나지 않았다. 거기에는 그때 시험을 함께 친 응시자 전원과 이제는 1등을 했다는 그 김 아무개 씨까지도 와 있었던 것이다. 내가 마지막으로 입장하자 총장은 기다렸다는 듯 우리 모두에게 이렇게 말씀하셨다. '몇 달 전 병원에 입원 중일 때 내가 사무처 사람을 시켜 공채 시험을 주관토록 지시한 바 있었다. 그런데 후에 퇴원해서 들은즉 여러 가지 좋지 못한 소문들이 있어 그때의 시험은 모두 무효로 하고 이 자리에서 다시 시험을 치르도록 하겠다'(나중에 들은 이야기로 일등을 했다는 김 아무개 씨는 충남대 총무과장이 충남대로 전출되기 이전 교육부 관리로 있을 때 부하로 데리고 있었던 국어과 편수관이라 했다). 그리고 덧붙이기를 '나는 국문학에 대해서는 아무것도 모른다. 따라서 이번 시험만큼은 전공은 아예 제외하고 영어와 제2외국어로만 하겠다'고 선언해 버린다.

그리하여 20여 명 남짓 되는 응시자들은 총장 부속실에서 총장 감독하에 그것도 총장이 직접 비서를 시켜 타자한 시험문제로 다시 2시간 가까이 시험을 치르고 결국 나와 김병욱 두 사람이 최종적으로 합격을 했다. 애초에는 1명의 교수만을 뽑을 계획이었던 공채 과정이 반 년을 넘기면서 이 대학 국문학과의 교수 한 분(채훈 교수)이 마침 숙명여대로 자리를 옮기는 일이 생기게 되자 자리 하나가 더 비게 되었기 때문이다. 어렵사리 내가 생애 처음으로 대학의 전임교수가 된 전말이다. 1974년 2월, 그러니까 내 나이 만 32세 되었을 때의 일이다.

첫 직장인 기전여고 교사도 그랬지만 이렇게 대학교수도 공채 시험으로 합격을 하고 보니 나로서는 세상 모든 일의 결정에 있어 시험처럼 깨끗하고 확실한 방법은 없는 것 같았다. 다소의 부작용이 있을지언정 내가 지금도 어떤 일에서든 무엇보다 시험을 신봉하는 이유가 여기에 있다.

2

대전으로 주거지를 옮겼지만 나는 대전 문인들과 별로 어울리지를 못했다. 지방에 있어도 마음만큼은 서울을 버리지 않아서 그랬을 수도 있고, 사회성이 부족한 내 성격 탓일 수도 있고, 약간은 배타적인 이 지역의 분위기 때문일 수도 있었다. 그러나 보다 중요한 이유는 시간의 부족이었다. 충남대학교 교수로 발령을 받은 바로 그해에 나는 또한 서울대학교 대학원 박사과정에도 입학을 했던 것이다. 당연히 매주 한 번은 필히 상경해서 대학원 강의를 받거나 세미나에 참석해야 했다. 1974년 3월 이 대학에 부임해서 이직하기 1년 전까지, 그러니까 서울대학교에서 박사학위를 받은 1980년 2월까지의 6년은 내게 온전히 대학교수라는 직책과 대학원 박사과정 학생이라는 신분이 겹치는 기간이었다. 그러니 느긋하게 대전의 인사들과 교류할 시간적, 정신적 여유가 있을 리 없었다.

대전으로 이사를 하자 이 학과의 최원규 교수는 시내의 한 음식점에서 몇몇 대전 시인들을 불러 나를 따뜻하게 환영해주었다. 확실한 기억은 없으나 임강빈, 한성기, 박용래, 조남익, 송재영, 이가림 씨 등이 있었던 것 같다. 그중 내가 알 만한 시인으로는 서울의 문학 행사장에서 한두 번 만나 본 적이 있었던 이가림 정도였는데 사실 그때까지도 나는 그와 제대로 친교를 튼 사이가 아니어서 엄밀히 말해 나로서는 모두 처음 뵙는 분들이었다. 우리는 저녁 식사를 끝내고 모두 2차로 어느 술집을 가게 되었다. 이때 누구보다도 재빠르게 내 옆자리를 차지한 분이 있었다. 박용래 선생이었다.

주석의 분위기가 좋았다. 권커니 잣거니 술잔들이 돌아가고 대화가 무르익었다. 그런데 느닷없이 옆자리의 박용래 선생이 울기 시작했다. 나는 무슨 영문인지를 몰라 그와 좌중을 번갈아 살펴보았으나 아무도 그의 울음에 관심을 가진 분은 없는 듯했다. 모두들 그러려니 하는 표정으로 자신들의 대화에만 열중하는 것이었다. 나는 그 묘한 분위기에 어리둥절해서 '홍래 누나…… 운운' 하는 박 시인의 한탄 아닌 한탄 같은 것에 귀를 기울이고 있었다. 그런데 그 순간이다. 박 시인이 내 손을 주무르더니 갑자기 뺨에 키스를 해대기 시작한 것은.

나는 기겁했지만 혹 그가 민망해 하지나 않을까 싶어 그때마다 소리 없이 그의 손을 밀쳐내곤 했다. 그런데 점점 더 적극적으로 나오는 그의 스킨십이 속된 표현으로 장난이 아니었다. 나는 당황해서 주위를 돌아보았다. 어느새 시간이 흘러 주석은 파장이었다. 나는 갑자기 정신이 또렷해졌다. 이게 아니다 싶어 벌떡 일어섰다. 그러자 박 선생도 뒤따르더니 이제는 3차를 가야 한다고 떼를 썼다. 싫다는 나의 소매를 굳이 붙잡고 끌었다. 술기운이기도 했지만 초면이었던 데다 마음조차 약한 나는 하는 수 없이 또 끌려가게 되었다.

그러나 그 세 번째 술집에서 나는 더 이상 인내심을 시험하기가 힘들었다. 그래서 한두 잔 마시는 척하다가 화장실을 간다는 핑계로 그만 뺑소니를 쳐버리고 말았다. 통행금지 예비 사이렌이 이미 울린 후였다. 이것이 내가 처음 박용래 시인을 만난 날의 풍경이다. 그런데 나는 그 후 비로소 알았다. 왜 술자리에선 그 누구도 가능한 한 박용래 시인 옆자리에 앉지 않으려 하는지를.

다시 박용래 선생과의 일화로 돌아간다. 당시 박용래 선생은 우리 집과 그리 멀지 않은 거리의 서대전 오류동에 살고 있었다. 걸어 십 분도 채 걸리지 않는, 서대전 삼거리, 대전 유성 간의 큰길 가까운 어느 골목집이었다. 그래서 직장 없이 늘 한가로웠던 선생은 생각이 날 때마다 불쑥 우리 집에 찾아오곤 했다. 여름에는 허술한 삼베 모시 적삼 차림에 슬리퍼를 끌고 살살 부채질을 하며…… 그때마다 하시는 말씀이다. "세영아, 술 한 잔 사다고. 너는 부자 아니냐".

그 첫 번째 경험이다. 어느 늦은 오후, 집으로 선생이 찾아왔다. 나는 선생을 내 공부방(명색이 서재)으로 들어오시게 해서 약국 일로 바쁜 아내를 시켜 나름대로 격식을 갖춘 술상을 내오게 했다. 그런데 그때 나는 알았다. 선생이 술의 종류 가운데서 오직 막걸리나 소주만을 마시고 안주는 거의 들지 않는다는 것을…… 한 잔, 두 잔, 술을 들던 선생은 웬만큼 주기가 오르자 —그 첫 대면에서 그랬던 것처럼— 혼자 한탄하다가, 울다가, 누구에겐지 손가락으로 허공을 윽박지르다가 하면서 나를 붙잡고 놓아주지를 않았다.

시간이 흘러 저녁 식사도 했고 이제 잠자리에 들 시간이 되었다. 그런데도 선생은 일어날 기미를 보이지 않았다. 나는 다음날의 강의 준비를 미처 끝내지 못해 슬슬 조급해지기 시작했다. 그래서 암시적인 표현을 써가며 조심스럽게 집에 돌아가주시기를 은근히 권유하였다.

그러나 선생은 내 뜻을 아는지 모르는지 요지부동 시간만 질질 끌더니 드디어 방에 드러누워 버렸다. "세영아, 나 여기서 잘란다."

나는 안방에서 밤을 지새우고 다음날 아침 일찍 서재의 선생을 살펴보았다. 아직도 취침 중이었다. 출근을 해야 했던 나는 일부러 소리를 내가며 책가방을 정리했다. 그러자 그 수선스러움에 잠이 깼던지 선생은 잠자리에 누운 채 반쯤 실눈을 뜨더니 이제는 이렇게 중얼거리는 것이다. "세영아, 학교에 잘 다녀와. 나는 조금 더 잘란다." 시간에 쫓긴 나는 하는 수 없이 선생을 내 방에 홀로 남겨둔 채 출근하지 않을 수 없었다. 그러나 그것으로 끝난 것이 아니었다. 내가 오후 늦게 퇴근해서 보니 그는 여전히 내 방에 누워 있었다. 그리고 또 술을 마시고 싶다 했다. 어제와 똑같은 상황이 다시 되풀이되었다. 이렇게 꼬박 이틀을 내 방에서 보낸 선생은 그다음 날이 되어서야 비로소 자리를 비워주었다. 퇴근해서 보니 어딘가로 표연히 사라져버렸던 것이다.

그 뒤부터 나는 선생이 집에 찾아올 때마다 결코 방으로 모시지를 않았다. 골목의 포장마차나 선술집에 소주 두 병과 간단한 안주를 시켜놓고 한두 잔 대작하다가 적당히 기회를 포착해서 도망쳐 버리는 수법을 터득한 것이다.

3

최원규 교수는 대화술이 탁월한 분이었다. 같은 내용이라도 그분이 이야기해야 모두 즐겨 웃었다. 그래서 주위에 항상 사람들이 따랐는데 그분에게는 독특한 습성 하나가 있었다. 주석에서 취기가 어느 정도 오르면 일행을 끌고 불쑥 자신이 좋아하는 사람의 집을 아무 때나 습격하는 일이었다. 그래서 나도 가끔 그분의 내방을 받곤 했다. 그날의 일행에는 최원규 교수를 비롯하여 불문학 전공의 송재영 교수(당시는 충남대에 불문학과가 개설되기 이전이어서 교양학부 소속 교수였다), 의대 손기섭 교수, 박용래, 한성기, 임강빈, 조남익 시인 등이 있었다. 곧 술상이 차려지고 즐거운 대화들이 이어졌다. 그 와중이었다. 한성기 선생이 갑자기 손기섭 박사더러 노래 한 곡조를 부르라고 했다.

내 생각으로는 돌발적이었다. 말씀하시는 태도 역시 부드러워 보이지 않았다. 평소에도 어투가 좀 무뚝뚝한 편이기는 했지만, 그날따라 더 심해 보여 권유라기보다는 차라리 명령에 가까운 뉘앙스였다. 당황한 손기섭 박사가 점잖게 사양을 했다. 그러자 한성기 선생은 오히려 더 강하게 채근을 했다. 난처해진 손 박사가 정색을 하며 자기는 만성 후두염이 있어 노래를 부르지 못하니 양해해달라고 했다. 그래도 한성기 선생은 막무가내였다. 분위기가 좀 이상하게 돌아가는 듯싶었다.

그런데 그 사이에 불쑥 박용래 선생이 끼어들었다. 한성기 선생을 꾸짖듯, 비아냥대듯 무슨 말인가를 중얼거렸다. 아마도 선생의 태도가 고깝다는 표현이었을 것이다. 그 순간이다. 벽력같은 고함과 함께 한성기 선생이, 들고 있던 자신의 사기 술잔을 박용래 선생에게 던진 것은…… 요행이 그것은 박용래 선생의 머리를 간신히 비켜 그가 기댄 등 뒤의 벽에 맞고 산산이 깨져버렸다. 그러나 파편 하나가 애꿎게도 송재영 교수의 이마에 상처를 냈다. 피가 흘렀다.

나는 지금도 그렇게 된 맥락을 이해하지 못하고 있다. 당시 한성기, 박용래 두 선생 사이에 어떤 심리적 갈등 같은 것이 있지는 않았을까?

정좌(正坐)

손 박사야 그럴 만한 이유가 없었겠지만, 교수이자 대학병원장으로서 당시 대전 시단의 막 떠오르던 신인 손 박사에 대한 한성기 선생의 어떤 미묘한 감정 같은 것은? 그래서 나는 그분들이 우리 집에 오기 이전의 회식에서 사소한 말다툼 같은 것들이 있지 않았을까 하고 추리해 본다. 어떻든 지금 생각해 보면 한성기 선생과 박용래 선생은 성격상 여러 면에서 서로 맞지 않았던 것 같다. 한성기 선생이 남성적이고, 투박하고, 선이 굵은 분이라면 박용래 선생은 여성적이고, 섬세하고, 선이 가녀린 스타일이었다. 풍모 자체가 그러했다.

4
—

이 시절 내가 대전에서 만난 사람들 가운데 가장 기억에 남고 또 훌륭하다고 생각했던 분은 손기섭 박사이다. 나는 그분을 충남대에 부임한 바로 그해 5월, 처음 만났다. 무슨 일이 있었던지 ─당시 그는 의과대학 외과 교수이자 학장이었으므로 대학본부의 무슨 회의 같은 것에 참석하고 돌아가는 길이었을지도 모른다─ 국문학과 사무실에 들른 그를 학과장인 최원규 교수가 굳이 나를 불러 인사를 시켰던 것이다. 단아한 감청색 싱글에 경상도 억양의 표준말을 쓰는, 눈이 서글서글한 호남이었다. 나보다는 십오륙 세가 더 많아 보이셨다. 그런데도 겸허하고 부드러운 그 첫인상에 나는 대번에 호감이 갔다. 그때 그분은 두세 달 전 《한국문학》을 통해 시인으로 등단했노라고 했다.

이 만남이 계기가 되어 한번은 손 박사가 나를 의대 학장실로 초청해 주신 적이 있다. 충남대 의대 학생들의 문학동아리로 '필내음'이라는 것이 있는데 자신은 학교의 보직 때문에 일이 바쁘니 대신 나더러 지도교수를 좀 맡아달라고 했다. 그래서 나는 수년 동안 이 동아리의 지도교수가 되어 의과대학을 들락거렸다(이 '필내음' 출신들은 후에 모두 훌륭한 의사로 성장하였다. 그중에서 내과의 주영만, 외과의 송세헌, 조석현 씨 등은 시인으로도 등단하여 지금도 활발하게 작품활동을 하는 분들이다). 그런 가운데 지켜본 손 박사는 한 사람의 자연인으로서나 인술을 펴는 의사로서나, 학생들을 가르치는 교수로서나 어느 한 군데 나무랄 데 없는 사람이었다. 정의로운 생각, 약자에 대한 연민, 뚜렷한 소신, 직무에 대한 성실성과 책임감, 거기다가 의사로서의 소명감과 문학에 대한 순수한 열정까지…… 나는 곁에서 그분이 가난한 환자들을 위해서 얼마나 헌신하시는지를 똑똑히 지켜보았다. 물론 몸이 불편해서 찾아온 문인들이라면 더 말할 필요가 없었다.

손 박사에 대한 내 감정도 마찬가지였지만 손 박사는 나를 좋아하셨다. 그래서 틈만 나면 초청해주시곤 했다. 음주를 하지 않는 분이어서 우리는 당신의 사무실인 학장실이나 병원장실이 아니면 주로 시내의 카페에서 만났다. 물론 특별한 화제가 있었던 것은 아니었다. 그러나 나는 그분과의 만남이 항상 즐거웠다. 타지(他地)여서 학내 교수 이외엔 별로 상대할 사람이 없었고, 무엇보다 외로워서 그랬을 것이다. 그분은 특히 우리 가족이 아플 때 신경을 많이 써 주셨다. 아무리 바쁜 일이 있어도 만사 제폐하고 달려와 도와주셨다. 그런 분이었으므로 나는 그분께 자주 폐를 끼치는 것이 부담스럽기도, 미안하기도 했다. 그래서 가족의 사소한 질병에는 가능한 한 그분의 신세를 지지 않으려고 노력하였다.

정좌(正坐)

어느 날인가 아침 식사를 하던 중, 세 살 된 첫딸 하린이가 뜨거운 국물을 엎질러 손목에 경미한 화상을 입은 사건이 있었다. 피부가 빨갛게 부풀어오르기는 했으나 내 보기에 별문제가 될 것 같지 않았다. 그러나 아내의 생각은 달랐다. 혹시 화상 자국이 남으면 처녀가 되었을 때 큰일이라고 호들갑을 떨었다. 나는 아내의 성화에 몰려 하는 수 없이 딸을 데리고 충남대 병원의 외과 외래 진료실을 찾았다. 그러면서 마음속으로 부디 손 박사와 마주치지 않기를 빌었다. 당시 손 박사는 병원장이셨으므로 외래를 지킬 이유도 없었다. 다행히 손 박사는 보이지 않았다. 그래서 임상의에게 간단한 치료를 받게 되었는데 그 순간이다. 밖에서 벽력같이 누굴 나무라는 소리가 들렸다. "누가 내게 알리지도 않고 이 환자를 보느냐?" 아마 수련의(레지던트)였을 담당 의사가 기겁하여 하던 일을 멈추더니 뒤를 돌아보았다.

출입문이 활짝 열려 있었다. 그런데 거기에는 손 박사가 스태프진 7, 8명을 거느리고 우리를 쳐다보고 있지 아니한가? 모든 간호사 역시 부동자세로…… 제자 의사들을 데리고 입원환자들을 회진하다가 우연히 나를 발견, 외래로 들어오셨던 것이다. 손 박사는 내 눈과 마주치자 왜 당신에게 먼저 알리지 않았느냐고 면박 아닌 면박부터 주시더니 담당 의사에게서 핀셋을 빼앗다시피 해 손수 딸아이를 치료해주었다. 간단히 알코올로 소독하고 무슨 크림 같은 것을 상처에 도포하는 수준의, 나로서는 별것 아닌 것처럼 보이는 치료였다. 그러나 병원장이 이처럼 진지하게 손수 임상에 응하자 그분을 따르던 스태프진들은 어떤 대단한 수술에서 무언가를 배우기나 하듯 두 손을 깍지 끼고 엄숙하게 이를 참관하는 것이 아닌가. 나에게는 그 정경이 한편으로는 미안하고, 한편으로는 고맙고, 또 한편으로는 코믹해서 아직도 잊지 않는 추억의 한 장면으로 남아 있다.

5

원래 약대 출신이었던 아내는 그 무렵 처음으로 대전 시내 오류동의 어느 골목 어귀에다 조그마한 약국을 차렸다(아내의 약국은 7, 8년 후 내가 상경해서 서울대학 교수가 된 뒤 접게 되었다). 집 뒤로 호남선 열차가 지나는 길목이었다. 그 철로에는 수시로 기차들이 오갔다. 그 때마다 집이 흔들리면서 레일 위를 달리는 기차바퀴의 덜컹거리는 소리가 들렸다. 그 리드미컬한 소리는 귀를 먹먹하게도 했지만 때로는 유년기의 향수 같은 것을 떠올리게 만들기도 했다. 그래서 갓 돌을 넘긴 큰딸 하린이가 새근새근 잠이 든 한밤중, 내가 시라도 한 편 쓸 요량으로 그 옆 앉은뱅이책상 앞에 정좌하고 있으면, 야간열차의 그 기적 소리는 묘하게도 어떤 우수의 감정 같은 것들을 자아냈다.

아내가 약을 파는
밤 10시,
나는 시를 쓴다.
바닷가로 떠나는
밤 열차의 기적 같은 슬픔이
하이얀 원고지를 적시고
구겨진 빵세, 아빠의 시집을 든 채

정좌(正坐)

하린이는 쌔근쌔근 잠이 들었다.
흰 물새를 타고
너의 바다로 떠난 어린 딸아
물새가 날지 않는 어느 날,
너는 알게 되리라.
젊은 아빠의 번민을,
안개 낀 밤의 불면을,
밤 10시
안정제를 권유하는
아내의 피곤한 목소리를 들으며
시를 쓴다.
먼 파도 소리를 듣는다.

—「밤 10시」

가정부가 있어도 아내는 약국 일에 항상 바빴다. 그래서 나 역시 틈
나는 대로 그녀를 도와주어야 할 일들이 적지 않았다. 아침저녁으로
점포의 셔터를 여닫아준다든지, 짬짬이 약품 배열하는 일을 도와준
다든지, 실내 청소를 해준다든지 하는 것 등이다. 그중에서도 곤혹스
러웠던 것은 아내가 피치 못할 사정으로 외출을 하게 될 경우 대신 빈
약국을 홀로 지키면서 매약을 하는 일이었다(그 시절은 요즘과 달리 약사
가 아니더라도 조제약이 아닌 한 매약 정도는 종업원이 할 수도 있었다).
어느 날 내가 약국을 지키고 있자니 한 손님이 들어와 무슨 감기약
을 달라고 했다. 그런데 나는 그 약병이 진열장 어느 자리, 어느 구석
에 배열되어 있는지를 알 수 없었다. 같은 약이라도 제약회사에 따라,

약의 성분에 따라, 그 함량과 포장의 크기에 따라 수십 종이 있기 때문이다. 그래서 나는 그를 판매대 앞에 세워둔 채 이것저것 약품을 찾노라 진땀을 흘리고 있었는데 이를 지켜보던 그가 ―어딘지 내 행동이 서투르고 답답해 보였던지― 이렇게 툭 쏘아붙였다. "이 사람, 약사가 아닌가 보네?" 미안한 마음에 내가 솔직히 그렇다고 하자 그는 피식 웃으며 "이 사람 복도 많네? 어떤 사람은 마누라 벌어먹이느라 한가할 틈이 없는데." 내 직업을 알 리 없는 그로서는 강의가 없는 날 이렇게 약국을 도와주는 내가 마누라에 기대 얹혀사는 건달로 보였던 것이다.

재미있는 일화도 있었다. 하루는 감기약을 달라는 손님에게 실수로 포장이 비슷한 소화제를 준 적이 있었다. 그런데 며칠 후 그가 일부러 약국에 들러, 그 약(소화제)을 먹고 감기가 깨끗이 나았다고 사의를 표하지 않는가. 질병의 치료엔 소위 플라시보 현상이라는 것이 있다고 들었는데, 병이란 꼭 약으로 낫는 것만이 아니라는 사실을 나는 그때 체험적으로 알았다. 그 사람의 병은 약이 아니라 사실은 건강에 대한 자신의 믿음이 낫게 해주었을 것이 틀림없었기 때문이다. 이 세상 모든 일이 그렇지 않겠는가. 자신이 하는 일에 믿음 없이 어떤 일에 성공을 거둘 수 있을 것인가.

정좌(正坐)

9장 …

벼랑의 꿈

1

내가 근무할 무렵의 충남대학교는 명색이 대학이었지 편의시설이 전무했다. 교수 연구실이 없는 것은 물론 강의실조차 태부족이었다. 교사(校舍)라는 것도 폐기 직전의 옛 농업고등학교 건물이 전부였다. 아예 대학 캠퍼스라는 개념 자체가 없었다. 교수들은 서너 명씩 한데 어울려 베니어합판으로 벽을 막은 빈 강의실의 반쪽을 사무용 공간으로 빌려 썼다. 마치 1950, 60년대의 시골 면사무소 풍경 같았다.

교수들은 휴게실 혹은 대기실 같은 이 공간에 둘러앉아 잡담을 나누다 시간이 되면 강의실에 들락거리는 것으로 하루하루를 소일했다. 도시 책을 읽거나, 글을 쓰거나, 하여간 학교에서 무슨 연구 같은 것을 한다는 것 자체가 난센스였다. 이 같은 불편이 해소되기 시작한 것은 1980년, 대전 근교의 유성에 새로운 대학 캠퍼스가 일부 조성되어 문화동 구(舊) 캠퍼스의 문리과대학이 먼저 이곳으로 이전한 이후부터였다. 따라서 나는 이 대학에 봉직한 7년 가운데 마지막 한 해를 제외한 통산 6년을 이렇게 연구실이 없는 대학에서 교수 아닌 교수 생활을 근근이 영위하였다.

교수들이 책을 두고 공부할 서가(書架), 무언가 사색할 공간을 가지지 못하니 대학이 무슨 대학다운 기능을 하겠는가? 지금 생각하면 차라리 코미디였지만 이 같은 상황을 견디지 못한 당시 문리과 대학의 송병학 학장(영문학과 교수)은 나름대로 아이디어를 하나 짜냈다. 문리대 교정에 버려져 있던 옛 농업고등학교 시절의 축사(畜舍)를 연구실로 꾸미며 사용해보자는 계획이었다.

각고의 노력 끝에 송 학장은 ―본부로부터 다소의 예산을 확보하여― 이 허술하고도 비좁은 단층 목조 시설을 초라하나마 연구실로 개조하는 데 일단 성공을 거두었다. 유리창이 비뚤어지게 달리고 출입문이 제대로 여닫히지 않는, 맨 시멘트 바닥의, 벽지도 바르지 않은 벽에 전화기도 세면대도 없어 마치 개집 같은 방이었다. 그래도 교수들은 그나마 자신들만의 공간이 생겼다면서 좋아했다. 천덕꾸러기로 나뒹구는 집안의 책들을 전부 옮겨놓고 실내 집기도 각자 개인 부담으로 사들였다. 다들 뿌듯한 마음이었다. 그러나 이 무슨 변고던가. 그렇게 어렵사리 얻은 이 개집 같기도, 닭장 같기도 했던 연구실이 입주 한 달도 안 된 어느 날 새벽, 갑자기 누전 사고로 그만 몽땅 불타버린 것이다. 나 역시 이 화재로 애지중지 그동안 사 모은 소장 도서들의 태반을 잃어버렸다. 이후 교수들은 연구실 같은 것에 대해서 다시 말을 꺼내지 않았다.

내가 충남대학에 봉직했던 기간은 1974년 3월부터 1981년 2월까지의 7년이었다. 내 나이 만 32세부터 39세까지였으니 인생의 30대를 오

정좌(正坐)

로지 그곳에서 보낸 셈이다. 그러나 그 재직 기간 중, 나는 '한국현대시론'이나 '시인론' 같은 내 전공과목들은 한 번도 강의해본 적이 없다. 선배 교수들이 가르치기를 꺼려하던 '희곡론'이나 '영어원서 강독' '국문학사' 같은 것들이 내 몫이었다. 전임강사로 임명되어 조교수, 부교수로 승진하고 나중엔 박사학위까지 받았건만, 대학원 강좌 역시 단 한 번 맡아보지 못했다. 학과 분위기가 그랬다.

그러나 젊은 치기에 나는 되지 않은 실력을 뽐내기도 했고, 과도한 열정으로 학생들을 괴롭히기도 했다. 그래도 학생들은 잘 따라와 주었다. 아마도 지방 소재의 대학이라 당시 젊은 서울 출신의 교수들을 쉽게 접할 수 없었기 때문이었을지도 모른다. 그래서 학생들과는 비교적 잘 어울렸다. 어떤 때는 대전 인근 계룡산이나 대둔산을 함께 등반하기도 하고, 대전에서 금산의 칠백의총까지 지방도로를 따라 바이킹을 즐기기도 했다. 여름방학에는 매년 답사를 떠났다. 충남 일원 특히 대청댐 수몰예정지구를 대상으로 설화, 방언, 민요, 고문헌 등을 채집했다. 초등학교의 빈 교실을 숙박처 삼아 버너와 코펠로 직접 밥을 지어먹고 뙤약볕 아래서 온종일 이 마을 저 마을 헤매고 다니는 것은 보통 피곤한 일이 아니었다.

그럼에도 나와 학생들은 항상 즐거웠다. 아름다웠던 내 청춘 시절의 단편들이다. 운이 좋아 총명한 학생들을 만났던지 이들 중엔 후에 대학교수가 된 이들이 적지 않다. 꼽아보면 용인대학의 박미령, 대전대학의 정순진, 공주대학의 송재일, 공주정보문헌대학의 양애경, 충청대학의 임관수, 두산공과대학의 서종학, 충남대학의 손종호 그리고 세부 전공은 다르지만 같은 충남대학의 황인덕(민속학), 경일남(국어학) 교수 등이다. 타 학과 학생들로서는 후에 시인이 된 김백겸(경영학과), 평론가가 된 임우기(독문학과) 씨도 기억에 남는다. 손종호, 양애경, 서정학, 김 백겸 씨 등은 모두 지금 우리 시단을 떠받치는 기둥들이기도 하다.

2

학생들과의 관계가 이처럼 원만했음에도, 내 학내 생활이 항상 편안했던 것만은 아니었다. 어찌 된 일인지 이 학교 복무 7년 동안, 신경을 써야 할 사건들이 끊이지 않고 일어났던 것이다.

부임한 지 채 두세 달도 되지 않았을 무렵이다. 서울대 대학원 박사과정 수강 때문에 전주(前週)의 금요일에 상경했다가 일요일에 귀가해서 월요일 아침 막 출근을 하니 총장 비서실에서 전갈이 왔다. 총장이 긴급 호출을 한다는 것이다. 나는 무슨 일인가 싶어 허둥대며 총장실로 달려갔다. 그런데 총장은 보자마자 대뜸 "오 교수, 시말서를 쓰시오." 하는 것 아닌가.

당황한 내가 "총장님, 무슨 일입니까?" 하고 묻자 총장은 "교수가 이렇게 학생지도에 무심할 수야……" 끌끌 혼자 혀를 찼다. 그리고 옆에 배석한 교무처장에게 그 내용을 설명해 드리라고 한다. 들어본즉 내 지도 여학생 하나가 대전 시내의 어느 맥주홀에서 아르바이트를 한다는 사실을 지도교수인 내가 아직껏 모르고 있으니 이는 분명 학생지도의 소홀로 징계대상이라는 것이었다. 분위기가 위압적이었다. 그래서 나는 경황없이 그 시말서라는 것을 한 장 쓰고 총장실에서 풀려나왔다. 내 40여 년의 공직생활 이력에 처음이자 마지막 흠집 하나를 남

정좌(正坐)

긴 것이다(그러나 뒷날 서울대학교 교수 임용서류를 갖추는 과정에서 충남대학교 경력증명서를 떼어보니 공무원 기록카드 어디에도 그 시말서를 썼다는 기록은 없었다. 그때는 몰랐지만 아마도 총장은 내게, 아니 충남대학교 교수들에게 과시용으로 엄포를 놓았던 것 같다).

돌아와 곰곰이 생각해보았다. 억울하기도, 창피하기도, 후회스럽기도 했다. 그래서 여러 경로를 통해 그 사건의 전말을 알아보았더니 ── 나는 서울을 오르내리느라 그동안 이 도시의 사정을 잘 모르고 지내왔으나 ── 그즈음 대전 시내에서는 '여대생이 접대하는 맥주홀이 있다'는 소문이 자자하게 나돌았다고 한다. 지금의 시점으로는 별 뉴스거리가 되지 못할 일이었지만, 1970년대 초 지방 도시 대전에서는 상당히 흥미로운 사건이었다.

내가 시말서를 쓰기 며칠 전의 일이었다고 한다. 충남대학교 문리과대학의 사학과 교수들이 회식을 마치고 하필이면 바로 그 맥주홀을 찾아갔다. 여기에는 전 교무처장이었던 원로 교수도 끼어 있었다. 그런데 가서 보니 그곳에는 정말 아르바이트를 하는 충남대 재학의 한 여학생이 있었다. 교수들은 그녀와 함께 술을 마시며 이것저것 그녀의 신상을 캐물어보기도 하고, 나름의 격려도 하고 돌아왔다. 문제는 그들 중 하나가 학교에 돌아온 뒤 무슨 생색 나는 정보라도 되듯 이를 총장에게 악의적으로 고자질했다는 점이다. 상상되는 바가 전혀 없진 않았지만, 나로서는 아직까지 그들이 왜 그런 행동을 저질렀는지 정확한 이유는 잘 모르겠다(지금도 마찬가지이지만 그때도 학내에는 학문에 정진하는 일보다 보직을 맡기 위해 술수를 부리는 교수들이 많이 있었으므로 나는 이 사건을 그런 맥락에서 이해하고 있다).

일은 그것으로 끝나지 않았다. 며칠 지난 뒤, 총장이 대학의 전체 교수들을 강당으로 소집시켰다(대학 사회에서는 극히 예외적인 일로 후에 23년 간을 봉직한 서울대학교에서는 단 한 차례도 그런 사달이 없었다). 그리고 그 자리에서 그는 모두 발언을 통해 지금부터 한국의 대학들은 예전의 타성에서 과감하게 탈피하여 심기일전, 새롭게 거듭나지 않으면 아니 된다는 사실을 강하게 역설하면서 무엇보다 학생지도가 중요하다고 했다. 지금까지의 교수 임무는 학문 탐구와 교수(가르치는 일), 두 가지 일밖에 없었지만, 앞으로는(유신통치 이후부터는) 여기에 학생지도가 하나 더 추가되며 이 업무야말로 다른 무엇보다 교수를 평가하는 잣대가 된다는 것이었다.

그런데 그는 한 가지 더 부연하기를 잊지 않았다. '우리 학교에서는 아직도 구태를 벗어나지 못해 여전히 학생지도를 소홀히 하는 교수가 몇 분 있다. 대표적으로 국문학과의 오세영 교수가 그런 사람이다. 그래서 내가 불러 엊그제 시말서를 쓰게 했는데 여러 교수들도 각별히 조심해야 할 일이다. 앞으로 우리 대학에서는 절대로 오세영 교수같이 학생지도에 무심한 분은 나와서는 아니 된다.' 이렇게 말을 마친 그는 술집에 나간 그 '오세영 교수의 지도학생'에 대해서는 여러 교수들이 수위 높여 징계하여 그 결과를 자신에게 보고하라고 명령한 뒤 횅하니 자리를 박차고 나가버렸다.

당시 한국 대학의 이 같은 비상식적 분위기는 유신통치 시대를 경험해보지 못한 분들에겐 잘 이해되지 않는 부분일 것이라 생각한다. 따라서 이 무렵 국내 대학이 처한 내외 상황을 간단히 소개할 필요가 있다. 내가 부임하던 바로 그해, 정부에서는 전국의 모든 대학에 소위 '교수 재임용제'라는 것을 실시하였다. 임용 후 일정 기간이 지난 교수들

정좌(正坐)

의 업적과 자질을 평가해서 수준이 미흡한 교수들을 대학에서 퇴출시키는 제도이다. 여기에는 물론 좋은 취지가 없었던 것도 아니다. 문제는 그 숨겨진 의도가 이와 다르게 교수들의 목을 틀어쥐어 학생들의 반독재, 반유신 투쟁을 막아보려는 데 있었다는 점이다. 재임용 평가의 가장 중요한 잣대가 바로 '학생지도'이고 여기서 학생지도란 학생들의 반독재, 반정부 데모를 저지시키는 일을 의미하는 용어이기 때문이다. 박정희 대통령의 두터운 신임으로 정부의 여러 요직을 두루 거친 뒤 잠시 충남대에 파견된 박희범 총장이라면 더 말할 나위가 없었을 것이다.

그리하여 그해 봄, 이 제도는 사상 처음으로 전국의 모든 대학에서 전면적으로 실시되었다. 정부의 지침에 따라 전체 교수들을 하나하나 평가해서 상당수의 교수들을 대학에서 축출하기 시작한 것이다. 그런데 그중 유급 조교 및 교수들을 30여 명이나 탈락시킨 충남대학교의 사정이 가혹했다. 그 충격으로 탈락한 교수들 중 어떤 분은 자살을 했고, 또 어떤 분은 암에 걸려 세상을 뜨기도 했다.

박희범 총장 역시 그 역풍을 맞았다(탈락자들의 반발과 지방 민심의 악화 및 야당의 정치 공세 등). 전임자들과 달리 일차 임기가 끝난 후 다시 재임을 하지 못한 채 한동안 대구의 한 사립대학 석좌교수로 내려가 있더니 설상가상 병환까지 겹쳐 그만 그곳에서 허망하게 세상을 등지는 불행을 당하고 만 것이다. 여기에는 당시 전 국민을 충격으로 몰아넣은 순애보도 있었다. 불치의 간암으로 생존의 희망이 사라진 박 총장 스스로가 요구하여 의사였던 그의 재혼한 부인이 총장을 약물로 안락사시킨 뒤, 자살을 감행해 버렸던 그 희대의 정사 사건 말이다.

총장이 자리를 박차고 떠나자 그 여대생에 대한 징계 문제는 교무처장의 주도로 갑론을박이 계속되었다. 그러나 총장이 요구하는 징계의 수준이 너무 높았다. 그래서 총장의 눈치를 보는 교수들의 분위기가 점점 부정적으로 흘렀다. 나는 발언권을 얻어 '비록 여학생의 행위를 바람직하다고 말할 수는 없다 하더라도 가정 상황(알고 보니 실제로 그 여학생은 결손가정의 피치 못할 경제적 사정 때문에 아르바이트를 한 것이다)을 고려할 때 퇴학은 너무 심한 징벌이라는 것과 교육적 지도라면 오히려 장학금을 주어 학업을 이을 수 있도록 도와주는 것이 도리가 아니겠냐는 취지의 주장을 여러 차례 했다. 그러나 내 말에 귀를 기울이는 교수들은 이미 별로 없었고 오히려 총장의 뜻에 따르자는 의견이 대세를 이루더니 결국 여론몰이식 지탄의 대상이 되어버린 그 여학생은 속절없이 퇴학을 당하고 말았다. 30여 년의 교수 생활에서 내가 입은, 씻을 수 없는 상처 가운데 하나이다.

3

부임한 지 일 년이 지난 이듬해 2월, 대학 입학 시즌이었다. 나는 학교 도서관에서 다른 교수들과 함께 답안지 채점에 골몰하고 있었다. 그런데 옆 사람 몰래 내 어깨를 살짝 건드리는 사람이 있었다. 채점 장소에는 들어올 수 없는 본부의 여자 사무직원이었다. 그녀는 말없이 무슨 쪽지 하나를 내게 들이밀었다. 교무처장이 보낸 것으로 급히 만나자는 전갈이었다. 들어올 수 없는 사무직원이 채점장에 들어왔다는 것, 대학으로서는 매우 중요한 입학시험 답

정좌(正坐)

안지 채점 시간에 교무처장이 부른다는 것이 예사롭지 않았다. 그래서 나는 답안지철을 한구석에 밀쳐두고 허둥지둥 교무처장실을 찾았다.

소파에는 검은색 신사복을 단정히 입은 한 사내와 교무처장이 함께 앉아 심각한 얼굴로 나를 기다리고 있었다. 그 사내는 마치 심문이나 하듯 내 신분을 확인하더니 어딘가로 같이 좀 가자고 했다. 정보기관에서 온 사람이었다. 나는 주춤거리며 교무처장을 흘깃 쳐다보았다. 그는 별일이 아닐 거라는 표정을 지으며 잠깐 다녀오라는 눈짓을 했다. 나는 그의 사무실로 끌려갔다. 이유인즉 현행법상 국가공무원은 정치행위를 할 수 없도록 규정되어 있는데 국립대학교수인 내가 정치행위를 했으니 위법이라는 것이었다(국립대학교 교수는 국가공무원 신분이다). 그리하여 나는 그가 바라는 대로 '국가공무원으로서 앞으로 다시는 정치에 참여하지 않겠다'는 서약서 한 장을 써주고서야 비로소 풀려날 수 있었다.

그 시기 서울에서는 '동아사태'라는 것이 발발하였다. 〈동아일보〉 기자들이 당국의 언론탄압에 맞서 일제히 신문제작을 거부한 사건이다. 이때 많은 국민들이 물심양면으로 이들을 성원했는데, 문인들 또한 예외일 수 없어 마침 그 무렵 비밀리에 결사해 있던 '자유실천문인협회'라는 문인 단체도 1975년 2월 어느 날인가 〈동아일보〉 지면에 〈동아일보〉 기자들의 언론 투쟁에 대한 문인들의 지지 성명서'라는 것을 공표하였다. 문제는 그 성명서에 공개된 60여 명의 발기인 명단 가운데 국립대학교 교수인 내 이름도 끼어 있었다는 사실이다(이 문인 단체는 후에 확대 개편되어 '민족문학작가회의'가 되고 근래에 들어서는 다시 '한국작가회의'로 그 명칭을 바꾸었다).

나는 아직까지도 이 '공무원의 정치행위'라는 것에 대해 법적 개념이

나 범주 또는 기준이 무엇인지를 잘 모른다. 그러나 당시 기관원의 말을 따르자면 내가 〈동아일보〉 기자들의 언론 투쟁 지지 문인 성명서'에 이름을 올린 것은 공무원의 정치행위금지법에 위배되는 것으로 처벌받아 마땅할 일이었다. 그러나 '초범'인 까닭에 이번만큼은 용서해주는 것이라고 했다. 다행히 그 문제는 더 이상 비화되지 않았다.

4
—

1974년 어느 가을이었던 것 같다. 나는 그때 서울의 단국대학교에도 출강을 하고 있어 그날 마침 강의를 끝낸 뒤 대학 캠퍼스의 언덕길을 부산히 내려오던 중이었다. 그런데 문득 한 사내의 긴가민가하는 목소리. "거, 오 형 아니오?"

내가 바쁜 걸음을 멈추고 두리번거리자 뒤에서 다시 들려왔다. "오 형이 맞구먼. 내 그럴 줄 알았지." 내가 소리 나는 쪽을 향해 돌아보았더니 거기엔 고은 선생과 소설을 쓰는 박태순 씨가 나를 지켜보고 있지 않은가. 반가워하며 내가 웬일이냐고 하자 박태순 씨의 말인즉 '요즘의 어지러운 시국과 관련하여 학생들과 상의할 일이 있어서 왔다. 그런데 당신은 문단에서 벌어지고 있는 민주화 운동을 아느냐'고 물었다.

지금도 마찬가지이지만 그때도 문단이라는 곳과 별 교류가 없었던 나는 항상 내심 소외감을 느끼고 있었던 터라, 박태순 씨의 그 말이 비수처럼 가슴에 와서 꽂혔다. 그래서 내가 잔뜩 호기심을 가진 눈빛으로 그 말에 관심을 보이자 그는 요령 있게 내용을 일러주면서 그 일에 같이 참여하면 좋지 않겠느냐고 은근히 종용하였다. 그 '참여'가 바로 그 무렵 비밀리에 창립을 서두르고 있던 '자유실천문인협회'라는 단체의 발기인이 되는 일이었다.

다 알고 있다시피 이때는 박정희 대통령이 소위 '유신헌법'에 근거하여 우리 역사상 유례를 찾아보기 힘들 정도의 독재정치 즉 '유신통치'로 전 국민을 옥죄던 시절이었다. 따라서 국민이라면 그 누구든 민주주의의 회복을 열망하지 않은 사람이 없었지만 또 어느 누구도 감히 이를 입에 올리거나 행동으로 나서기 힘든 시절이기도 했다. 무엇보다 초헌법적인 소위 대통령 긴급조치 9호 혹은 13호가 두려웠기 때문이다. 그런데 용감하게도 이에 맞서 문인들이 먼저 반독재 민주화 투쟁의 횃불을 높이 치켜든다니, 내게 그것은 한편으로는 놀랍고, 한편으로는 가상하고, 한편으로는 두렵고, 한편으로는 희망찬 사건이었다. 역시 '문인은 문인이다'라는 생각이 들었다. 그래서 나는 갑자기 용기가 백배해져 앞뒤 가리지 않고 그만 그에게 내 이름도 발기인 명단에 넣어달라고 부탁을 했는데 이것이 내가 후에 '민족문학작가회의'의 모태가 된 '자유실천문인협회'의 발기인 중 한 사람이 된 전말이다.

그러나 그뿐, 나는 주거지가 대전이었고 여전히 문단과는 별 교류 없이 지내고 있었던 터라 서울에서 벌어지는 이 일의 구체적 진전에 대해서는 별로 아는 바가 없었다. 다만 작고한 조태일 시인이 가끔씩 전해주는 단편적 소식들을 통해 그 동향만을 어렴풋이 짐작하고 있었을 뿐이다. 그런데 그해 가을이든가, 앞서 언급한 소위 그 '동아사태'라는 것이 터지고 만 것이다. 유신 권력이 광고주들에게 〈동아일보〉에는 일체의 광고를 주지 않도록 교묘하게 압력을 행사한 언론탄압 사건이었다. 그것은 동아일보사를 고사시키겠다는 위협이자, 그 경영주에겐 그러니 당면한 사태를 알아 스스로 잘 해결하라는 협박이기도 했다. 사정이 이렇게 돌아가므로 당시 〈동아일보〉는 꼼짝없이 광고 없는 신문을 발행할 수밖에 없게 되었고, 매일매일 배포되는 지면의 광고란은 문자 그대로 하얀 백지상태였다.

그러자 이를 지켜보던 국민이 가만히 있지를 않았다. 수많은 독자들이 익명의 후원금을 동아일보사로 보내기 시작한 것이다. 순식간에 〈동아일보〉 빈 지면은 언론탄압에 대한 국민의 비판과 민주화 투쟁을 지지하는 성명서 형식의 광고물들로 넘쳐났다. 그러자 수면 아래 잠재해 있던 '자유실천문인협회' 내부에서도 자신들의 숨은 실체를 밖으로 드러내야 하지 않겠느냐 하는 여론이 비등했다. 그런 상황에서 이 단체가 다음 해 2월 〈동아일보〉 지면에 공표한 것이 '유신체제에 대한 우리의 입장'이라는 광고 형식의 성명서였다.

나중에 알아보니 그 성명서 발기인 명단 가운데는 공무원이랄 수 있는 분이 꼭 세 사람 있었다. 모두 국립대학교 교수들이다. 당시 공주사대에 재직 중이던 평론가 유종호 선생, 목포교육대학에 몸담고 있었던 소설가 송기숙 교수 그리고 나였다.

5

시국과 관련해서 나는 또 이런 어처구니없는 일도 당한 바 있다. 아마도 그 '동아 투쟁 지지 성명서' 사건이 있은 지 2, 3년 뒤에 맞은 어느 4·19혁명 기념일 무렵이었을 것이다. 나는 그때 대학신문사(충남대학교)로부터 4·19 기념시 한 편을 써달라는 청탁을 받고 이에 응한 적이 있었다. 4·19혁명을 찬양하는 내용이니

정좌(正坐)

의당 '혁명' '자유' '독재' '투쟁' '승리' 같은 자극적 단어를 구사하지 않을 수 없는 시였다.

그런데 며칠 뒤의 일이다. 조교 신분의 편집장(후에 대전의 어느 사립대 국사학과 교수를 지낸 분이다)이 헐레벌떡 내 집을 찾아왔다. 큰일이 났다는 것이다. 들어보니 이러했다. 법대 교수이자 대학신문의 발행인이기도 한 학생처장 정 아무개 교수가 불시에 대학신문사를 순시했고, 그 과정에 우연히 나의 4·19 기념시 원고를 읽게 되었다. 순간 그는 화를 벌컥 냈다. 그리고 하는 말이 '이런 자가 어떻게 충남대 교수로 있을 수 있느냐. 긴급조치 13호 위반이 분명하니 이를 당국에 고발해야겠다'며 그 원고를 압수해 갔다는 것이다. 즉 내가 쓴 그 4·19 기념시를 유신독재를 간접적으로 비판한 내용으로 해석해 이 같은 일을 저질렀다며 '이를 어떻게 수습하면 좋겠느냐'고 죄송하다는 말뿐이었다.

그가 돌아간 뒤 나는 이 문제를 어떻게 처리해야 할지 궁리해보았다. 당장 마땅한 해결책이 떠오르지 않았다. 한편으로는 그가 미친개처럼 정말로 당국에 나를 고발이라도 하면 어찌할 것인가 하는 불안도 엄습해왔다. 그 시절의 소위 '대통령 긴급조치'라는 것은 그 어떤 것에도 비할 바 없는 초헌법적인 대통령의 훈령이어서 '자유' 혹은 '독재'라는 말 한마디만 잘못 건드려도 몇 년씩 옥살이해야 했던 시절이었기 때문이다. 그런데, 내 들기로 그 정 아무개라는 법대 교수는 일찍이 유신헌법을 제정하는 데 관여한 어용학자이자 그 무렵은 교수회나, 민방위 혹은 예비군 훈련의 정신교육, 기타 사회단체의 모임 등에서 유신통치를 앞장서 적극 선전, 비호하고 다니던 사람이기도 했다.

나는 몇 시간을 답답한 심정으로 보냈다. 그러다 퍼뜩 떠오르는 사람이, 당시 나를 좋아했던 의과대학 부속병원장 손기섭 교수였다. '옳지, 그분에게 한번 부탁해보자.' 그분도 정 모 학생처장과 대학의 같은 보직교수이니 무언가 해결의 실마리가 풀릴 듯싶었다. 그래서 나는 부리나케 전화를 걸었다. 손 박사는, 그가 병원 일로 자신에게 개인적 신세를 진 적도 있고 사적으로도 자신과 좀 아는 관계이니 잘 타일러 보겠노라면서 크게 걱정하지 말라고 했다. 마음이 좀 놓였다. 과묵하신 분이라 그 뒤 손 박사는 그 사람과의 사이에 어떤 대화가 오갔는지 내게 구체적인 말은 해주지 않았다. 그러나 손 박사의 개입으로 그 일은 일단 '발표 불가(不可)'라는 선에서 겨우 해결이 되었다. 나는 그때 생각했다. '일제강점기하의 지식인 훼절도 그래서 가능했겠구나.' 광기로 가득 찬 암흑의 시대였다.

6

이제는 충남대학 시절에 내가 당한, 그로 인해 직장을 서울로 옮겨야 했던 마지막 사건 하나를 이야기할 차례가 된 것 같다.

시국은 점점 경직되어갔다. 유신통치를 거부하는 학생들의 저항역시 시간이 갈수록 격렬해졌고, 이를 막아보려는 당국의 노력 또한 극단으로 치달아, 교수들에 대한 유신세력의 압박은 가히 필설로 표현하기 어려울 지경에 이르렀다. 지도 학생들을 감시 평가해서 보고하라는 명령, 수상한 학생들의 집을 수시로 가정방문하라는 주문, 특별한 날에는 문제 학생들을 데리고 멀리 여행을 떠나라는 압력, 이로 인해 비상사태가 발발하면 재임용에서 탈락시키겠다는 협박…… 그뿐만이 아

　　　　　　　　　　　　　　　　　　　　　　　정좌(正坐)

니었다. 소위 '짭새'라 불리던 사복 기관원들의 학생과 교수들에 대한 감시, 학내에 상주해 있던 정보요원들의 공공연한 학사행정 및 교수 활동에 대한 간섭 등이 공공연하게 자행되기 시작하였다.

학기 중에 받아본 수강생들의 리포트에는 학생 신분으로 가장해서 제출한 기관원의 협박성 편지들도 종종 끼어 있었다. 수강생들 틈에 몰래 숨어 감시하던 기관원이 정부를 비판적 시각으로 이야기한 교수들의 강의 내용을 고스란히 채록한 뒤 그 말미에 '이렇게 가면 재미없다'는 식의 협박성 글을 올린 것들이다. 그뿐만이 아니다. 사태가 더 악화되자 당국은 이제 교수들에게까지도 야간 숙직을 세우는 일이 벌어졌다. 반정부 학생들의 은신처가 학교이고 그들이 대체로 밤에 투쟁방식을 모의하는 만큼 이를 사전에 발견 예방하라는 조치였다.

이처럼 막가던 상황은 다 아는 바와 같이 1979년 끝내 10·26사태를 불러일으키고 같은 해 12월 12일 전두환의 신군부 세력이 주도한 쿠데타는 마침내 정부를 전복시켜 국가권력을 탈취하기에 이른다. 이처럼 군부독재로 가는 이 새로운 집권 세력의 정체가 서서히 그 마각을 드러내자 이제 전국 각지에서는 반독재 민주화를 요구하는 국민적 저항운동이 요원의 불길처럼 타오르기 시작했고, 그 선봉은 대학이 섰다. 그리고 전국의 대학가에서는 마치 막힌 둑이 터지듯 민주정부 수립을 위한 교수들의 양심선언과 이를 지지하고 따르는 학생들의 시위가 연일 끊이지 않았다.

지방 대학인 충남대학에서도 서울에서 벌어지는 이 같은 뉴스는 시시각각 전달되어 왔다. 몇몇 젊은 교수들 사이에서 우리도 서울의 대학교수들과 행동을 같이해야 하지 않겠느냐 하는 자성(自省)의 분위기가 감돌았다. 자연스럽게 나를 포함한 몇몇 젊은(대학 사회인지라 당시 만

38세였던 나는 물론 젊은 교수에 속했다), 그리고 외지에서 온 교수들이 한 자리에 모였다. 구체적인 행사계획을 모의하였다.

드디어 이를 실천에 옮긴 1980년 4월 하순, 우리는 대강당에서 충남대학교 전체 교수들의 중지를 모아 임시 교수총회를 열었다. 그리고 미리 짜인 각본에 따라서 차례차례 단상에 올라 이 모임의 취지를 밝히고 서울의 대학교수들이 그러한 것과 같이 우리 충남대학 교수들도 반독재, 반군부 투쟁의 대열에 동참해야 하지 않겠느냐고 호소하였다. 그 결과 우리는 충남대학교 교수 전체의 명의로 민주정부 수립을 촉구하는 지식인 양심선언을 채택하는 데 성공하였다.

그러나 그 2, 3주 후 5월 18일이었다. 광주에서 시민혁명이 일어났다는 소식이 전해졌다. 신군부 측은 이를 북한이 사주한 불순분자들의 책동으로 몰아붙이더니 곧 전국에 계엄령을 선포하고 모든 대학들을 일시에 폐쇄해버리는 조치를 취했다. 뒤이어 민주화를 선언한 교수들과 반정부 인사들의 체포라는 회오리바람이 거세게 불어닥쳤다. 서울에서 들려오는 풍문은 온통 나쁜 소식들뿐이었다. 대전에서도 신군부의 집권에 반대하는 인사들의 검거가 시작되었다. 교수 사회 내부가 흉흉했다.

상황을 지켜보던 나는 일단 이 고비를 넘겨야 할 것 같았다. 어차피 대학은 휴교 상태이므로 소장하고 있던 도서들 중 혹시 오해의 소지가 될 만한 것들 —월북 작가들의 작품이나 비평서 그리고 마르크스주의 문학론— 을 동료인 김차균 교수에게 맡기고 나는 당시 국민대학에 재직하고 있던 대학 동창 조희웅 교수의 서울 집으로 피신을 했다. 그리고 거기서 가끔 대전의 아내에게 연락을 취해보았다. 두세 차례 정보기관의 전화가 있었다고만 했다. 그러나 시간이 흐르면서 곰곰이 생각해보니 이렇게 피신만을 해서 해결될 일은 아닐 것 같았다. 설사 이 좁은 한반도에서 숨어 지낸들 얼마나 오래 버틸 수 있을 것이며 대학과 가정은 또 어찌할 것인가. 파렴치한 범법 행위도 아닌데 이처럼 숨어 지내는 것 또한 자존심이 상했다. 친구에게 신세를 지는 것도 미안했다. 될 대로 되어보자는 심경이 되었다. 그래서 피신 열흘 만에 나는 다시 대전으로 내려와버렸다.

귀가한 바로 다음 날 아침 7시쯤이었다. 어떻게 알았던지 기관으로부터 전화 한 통이 걸려 왔다. 정중하게 어디 갔다가 이제 오셨느냐고 제법 안부를 묻더니 '8시쯤 모시러 간다. 준비하고 기다리라'고 했다. 그리하여 나는 그날 아침, 검은색 지프에 실려 '충남기업사(보안사 충남지부)'의 지하 취조실에 구금되는 신세가 되었다. 맨 시멘트벽으로 된 두세 평 남짓한 방이었다. 한쪽 구석엔 천으로 된 야전용 침대, 반대쪽엔 간단한 세면 시설, 중앙엔 작은 목조 간이용 탁자 하나가 덜렁 놓여 있고 바로 그 위의 천장에는 희미한 백열등이 긴 전선에 대롱대롱 매달려 있는 구조였다.

그들은 오전 8시에 불려간 나를 한동안 그대로 방치해두었다. 그러더니 점심때가 되자 사복 취조관을 시켜 설렁탕 한 그릇을 들여보냈다. 다시 홀로 내버려두었다. 어느덧 저녁식사 시간이 되었고 또 간단한 한식이 배달되었다. 아무런 조치가 없었다. 나는 그 같은 분위기가 불안하고 답답, 초조해서 그 적막감을 견디기가 어려웠다. 그런 가운데 밤 10시쯤 되자 비로소 한 취조관이 백지 몇 장과 볼펜 한두 자루를 손에 쥐고 나타났다.

그는 그것을 테이블 위에 던지듯 내려놓고 내가 마치 무슨 경험 많은 전과범이나 되듯 백지에 그저 뭔가를 '쓰라'고 했다. 어안이 벙벙해진 내가 "무엇을 씁니까?" 하고 물으니 그는 퉁명스럽게 "아무것이나 생각나는 대로 써요." 한다. 그러나 나는 그 또한 무슨 말인지 이해할 수 없어 "글쎄 무엇을 쓴단 말이오?" 하고 재차 물은즉 그는 '별수 없는 사람이군' 하는 눈빛으로 나를 바라보다가 탁자를 쿵 치면서 "그러니까 과거에 어떻게 살아왔으며, 누구를 만났으며, 존경하는 사람이 누구이고, 국가에 대해 어떤 생각을 가지고 있는지 무작정 써보라는 것입니다." 했다. 그리하여 나는 무언가를 생각나는 대로 개발새발 써댔다. 그러자 자정 무렵이 되었고 취조관이 와서 그것을 거두어 갔다.

다음 날 아침이 되었다. 그날은 취조관이 일찍 나타났다. 역시 백지 몇 장과 어제 내가 썼던 종이를 들고서였다. 그는 내 글을 읽어보았더니 불성실하고 내용에 빠진 것들이 많아 다시 써야 한다고 했다. 그래서 그날도 나는 오전 내내 그 무엇인가 '나도 모르는 내 인생'에 대해 글을 썼고 오후엔 그가 또 회수해 갔다. 몇 시간이 지나자 그가 다시 들어왔다. 그의 손에는 내가 앞서 쓴 두 편의 글들이 들려 있었다. 그는 그 두 개의 글들을 비교 분석하면서 '왜 이 부분은 누락했느냐, 왜 이 부분은 첨가했느냐, 왜 이 사람을 존경한다고 했느냐, 왜 이 부분의 기술 내용이 두 장 각기 다르냐, 존경하는 정치가에 대해서는 왜 쓴 것이 없느냐'고 꼬치꼬치 캐물었다. 그리고 무언가를 메모하더니 한 장 더 자세히 쓰라고 명령한 뒤 나가버렸다.

세 번째 날이 밝아왔다. 똑같은 일이 반복되었다. 그런데 그 과정에서 나는 어렴풋이 마음에 집히는 게 하나 있었다. 그들은 내가 재야인사, 특히 김대중 씨나 그 계열의 정치인들과 무슨 선이 닿지 않는지를 조사하는 것 같았다. 아마도 내가 전라도 출신이었기 때문에 더욱 그랬을지 모른다(나중에 석방되고 나서 상황을 정리해보니 그때의 내 생각이 옳았

　　　　　　　　　　　　　　　정좌(正坐)

던 것 같다). 그러나 나는 본질적으로 정치와는 담을 쌓은 사람이다. 김대중 씨와는 악수 한번 해본 적이 없고 그가 관계하는 일과 전혀 무관한 사람이었으니 아무리 캐려 해도 캐낼 일이 없었을 것이다. 그리하여 어언 열흘 가까이가 흐르자 그들도 지쳤던지, 아니면 다른 무슨 정치적 고려가 있었던지 그만 석방하겠다고 했다.

나는 충남기업사 사장(보안사 충남지부장) 앞으로 끌려나갔다. 20대 후반 아니면 30대 초반으로 보이는 사람이었다. 나중에 알고 보니 모두 현역 군인들로 나를 취조했던 사람은 육군 상사였고 사장은 육군사관학교 출신의 젊은 대위였다. 사장실에는 나와 함께 충남대 지식인 양심선언을 주도했던 다른 다섯 분이 이미 불려와 있었다. 사회학과의 황성모, 이종수, 경제학과의 전철환, 불문학과의 김기봉, 국문학과의 김병욱 교수 등이다. 사장은 신병을 인수해갈 보호자로 충남대 문리대 학장을 불러 증인으로 세우더니 그 앞에 서서 일장 훈시를 늘어놓았다. 그리고 우리에겐 일절 정치활동을 하지 않겠다는 것과 이곳에서 벌어진 일에 대해서 절대 함구하겠다는 서약서를 쓰게 한 뒤 마침내 석방시켜 주었다.

그러나 결과는 썩 좋지 않았다. 사회학과 소속의 두 분 즉 황성모, 이종수 교수가 숙정(당시 신군부의 용어로 직장에서 강제 추방하여 사회와 격리시키는 징벌)되어 충남대를 떠나게 되었기 때문이다. 이 두 분의 대학 퇴출을 보는 나머지 우리도 그들에 대한 일종의 죄의식이 느껴져 심경이 착잡했다. 그 뒤 황성모 교수는 당시의 권력 실세이자 문교부(오늘의 교육부) 장관이던 이규호 씨의 비호 아래 곧 정신문화원 부원장으로 발탁되어 갔다. 그러나 이종수 교수만큼은 복직하기까지 수년 동안 많은 고생을 했다는 이야기를 나중에 서울에서 들었다.

이 사건과 관련해서는 아직 의아스럽게 생각되는 일도 하나 남아 있다. 이렇듯 신군부에 저항적이던 전철환 교수가 어찌하여 그 후 전두환 정권의 품에 안겨 금융통화위원(차관급)이라는 고위 관직에 올랐는가 하는 점이다. 전 교수는 김대중 정권 시절에도 한국은행장을 역임한 바 있다.

7

충남기업사에 불려갔다가 돌아오니 대학 분위기가 이상스럽게 바뀌어 있었다. 교수들 사이에 서로를 의심하는 눈초리가 만연해 보였다. 사석에서도 솔직한 대화가 사라져버린 것 같았다. 특히 나를 대하는 교수들의 태도가 그러했다. 마치 위험 인물이나 되듯 접근을 피하는 눈치들이었다. 그래서 나는 이 같은 지식인의 나약성에 자존심이 상했고, 그럴수록 그런 분위기에서 되도록 빨리 해방되고 싶었다. 직장을 서울로 옮기는 것이 상책일 것 같았다. 생각이 이에 미치자 나의 뇌리에는 문득 두 곳이 떠올랐다. 하나는 인하대학교요 다른 하나는 단국대학교였다.

내가 충남대학교에 재직하고 있는 동안에도, 앞서 이야기했던 인하대학교의 성기열 교수는 가능한 한 나를 당신 곁으로 끌어올리려고 무척 애를 쓰셨다. 그래서 어느 해인가는 그분에게 인하대학교로 옮기겠다는 구두 약속까지도 했었는데, 이를 알게 된 지도교수의 만류로 그만 주저앉아버린 적도 있었다. '아직 대학의 전임자리를 구하지 못해 고생하고 있는 네 동급생 하나가 그곳에 공을 들이고 있으니 이미 전임이 된 네가 그만 그것을 양보하는 것이 좋겠다'는 전화가 걸려왔기 때문이다. 그러나 이제 사정이 이렇듯 역전되고 보니 나로서도 그곳을 외면할 수 없었다. 마침 자리가 있었던지 성기열 선생은 잘 생각했다며 혼쾌히 오라고 허락해주셨다.

그러나 나는 먼저 단국대학교를 노크해 보았다. 근무지로서는 통학버스나 전철을 이용해야 하는 인천보다 그래도 편히 나들이할 수 있는 서울 시내가 나을 성싶어서였다. 당시 단국대 부총장은 고전문학이 전공이신 김석하 교수님이었다. 나의 은사 정한모 선생과 절친한 사이였고, 전임이 되기 전에는 내가 잠간 그 대학에 시간강사로 출강한 적이 있어 그 인연 때문인지 나를 많이 아껴주시던 분이었다. 그래서 나는 그분의 사랑에 기대어 응석 부리듯 무작정 단국대학으로 데려다주십사고 부탁을 드렸다. 그랬더니 그분 또한 쉽게 "너 정말이지?" 하고 다짐을 받은 뒤, "그래 알았다. 이력서 한 장을 써서 일주일 내에 학과장에게 갖다 드려라."라고 하신다.

그 당시 단국대 국문학과 학과장은 국어학을 전공하는 전광현 교수였다. 내게는 서울대 4년 선배가 되는 분이다. 나는 부총장이 이르신 대로 이력서를 한 장 써가지고 전광현 교수를 찾아갔다. 그런데 내 이력서를 본 그의 반응이 시큰둥했다. "이게 뭐야?" 하며 집어던져 버렸기 때문이다. 내가 단국대로 직장을 옮기려 한다고 해도 그는 "누구 맘대로?" 하고 핀잔부터 주었다. 일이 좀 이상하게 풀리는 듯싶었다. 그래서 다시 부총장님과 다 상의가 된 일이라고 했지만 이 역시 그는 듣는 둥 마는 둥 그건 안 될 일이라며 우선 내 말문부터 막아버리고, '국문과에서 만일 사람을 한 사람 더 써야 한다면 전공 서열로 보아 당연히 국어학 교수를 쓸 차례이지 현대문학 전공 교수는 더 이상 필요가 없다'고 했다.

할 수 없다 싶었다. 나는 부총장실로 전화를 걸어 수화기를 전 교수에게 넘겨주었다. 그러자 두 분 사이에 몇 마디 대화가 오갔다. 그리고 차츰 언쟁으로 비화하는 듯싶었다. 급기야는 전화가 끊기고 벼락같이 부총장님이 들이닥쳤다. 그러더니 내 면전에서 전광현 교수를 설득하기 시작했다. 그래도 전광현 선생이 계속 자신의 주장을 굽히지 않으니까 마침내 부총장님은 이렇게 고함을 질렀다. "야, 전광현! 내가 너를 전북대학에서 이곳으로 끌어올 때도 무슨 전공 티오가 있어서 그런 줄 알아? 지금 성장 단계에 있는 우리 대학은 실력이 있는 사람이라면 전공 관계없이 무작정 일단 채용을 하고 보자는 주의야. 잔말 말고 써!" 하고 문을 박차고 나가버렸다. 과정은 좀 미안하게 되었지만 어떻든 나는 이 같은 사달을 일으키며 결국 단국대학교 교수가 되었다. 서울캠퍼스 국문학과 부교수로 임명을 받은 것이다. 1981년 3월의 일이다.

이렇게 되자 나는 인하대학교로 오라는 성기열 교수의 두 번째 제의도 결국 내 편의에 따라 거절한 결과가 되어버렸다. 나는 미안한 마음이 들어 그분께 내가 사양한 자리에, 인천이 고향인 후배 한 사람을 추천해 드렸다. 후에 이 대학의 전임으로 온 이분도 지금은 정년을 맞아 퇴직했겠지만 내가 그 속사정을 아직까지 이야기한 적이 없었으니 아마도 자신이 어떻게 인하대학에 오게 되었는지 그 과정을 잘 모르고 있을 것이다. 성기열 선생은 이젠 이미 고인이 되셨지만 나는 그 후 항상 이 일로 그분께 감사하고 또한 죄송한 마음이었다.

정좌(正坐)

10장
생의 한가운데서

1

1981년 봄, 단국대학교 교수로 부임하면서 나는 주거지를 대전의 오류동에서 서울의 봉천동으로 옮겼다. 서울로 돌아오니 잃어버린 고향 집을 다시 찾은 듯한 느낌이었다. 대전 시절의 긴장이 풀리고 마음도 한결 밝아졌다.

그즈음 단국대학은 막 발전의 도약기를 맞고 있었다. 총장(장충식) 이하 모든 교수가 의욕에 넘쳐 보였다. 나로서는 특히 국학(國學)을 숭상하는 이 대학의 학풍이 마음에 들었다. 당시 단국대학교는 한국의 어느 대학도 감히 넘볼 수 없는 수준의 국학 연구소, '동양학연구소'가 설립되어 있던 학교이기도 해서 인문학의 경우 학내 교수들 간은 물론 타 대학교와의 학문적 교류도 매우 활발했다.

국문학과에는 서울대 출신 선배들 이외에 이 대학이 배출한 교수들도 적지 않았다. 그러나 존경받는 학자이자 그들의 수장이라 할 황패강 선생이 인정하고 또 따뜻하게 받아주었으므로 나로서는 특별히 신경을 써야 할 일이 없었다. 충남대에 비해서 지내기도 한결 편안했다. 그저 내 일 하고 내 학문적 업적을 쌓으면 그뿐이었다. 그래서 나는 국립대학교라는 허상에 집착하여 지방에서 한 세월을 보냈던 것이 후회스럽기조차 했다. 충남대 교수 시절, 직장을 서울로 옮길 기회가 전혀 없었던 것이 아니었지만, 그때마다 모교 은사들이 '대학이라는 것은 국립대학교가 좋은 법이다. 왜 군이 사립대학으로 가려 하느냐'면서 극구 만류하셨던 바람에 몇 번 포기한 적이 있었기 때문이다.

정신적으로 안정이 되자 나는 갑자기 시 창작에 대한 의욕이 일기 시작했다. 오랜만에 시인으로 돌아와 그동안의 내 성과물들을 돌아다보았다. 참으로 한심하기 그지없었다. 31편의 작품으로 처녀시집을 낸 1970년 이후 10년 동안, 시라고 쓴 것이 겨우 60편 내외에 불과했다. 다른 젊은 시인들이라면 이미 여러 권의 시집을 펴낼 수도 있었을 세월을 나는 다른 일들로 소일해 버렸던 것이다.

그러나 시작(詩作) 이외의 측면에서 보면 꼭 그렇지만은 않았다. 그 기간에 대학원 박사과정에 입학하여 학위를 취득했고(1980), 또 그것을 『한국 낭만주의 시 연구』라는 제명의 저서로 발간해 학계에서도 나름의 인정을 받았다. 그리고 이는 후일 내가 모교 교수로 발탁이 될 때 한 발판이 되어주기도 했다. 그러한 의미에서 이 시기의 나는 시인이라기보다는 차라리 학자였다.

그 무렵이다. 우연히 어떤 출판사가 간행한 평론집 한 권이 내게 배달되어 왔다. 기억이 틀리지 않았다면 안수환 씨의 저서 『60년대 시인론』이었을 것이다. 1960년대를 대표한다는 시인 열대여섯 명을 골라 쓴 작품론이었다. 그런데 그 책을 들춰보니 나에 대해서는 —작품은커녕— 이름조차 거론되어 있지 않았다. 얼굴이 화끈 달아올랐다. 좀 섭

　　　　　　　　　　　　　정좌(正坐)

섭하기도 하고, 굴욕적이기도 했다.

그러나 당연한 귀결이었다. 내 비록 1960년대 후반에 등단이라는 것을 했다고는 하나 이후 10여 년이 지나는 동안 이룩해 놓은 것이 과연 무엇이었던가. 돌이켜보면 내 무능, 나태, 불성실을 탓할 일이었다. 그래서 그때 나는 마음을 다잡았다. 잃어버린 그 10년을 되찾자. 더 많이, 더 열심히, 더 치열하게 시 창작에 몰두하리라. 그리 생각하니 이 기간에 쓴 60여 편의 작품들은 어떤 식이든 일단 정리, 청산을 해야 할 것 같았다. 나는 이 작품들을 시집으로 묶기로 하고 이곳저곳 출판사들을 알아보았다. 마음같이 되지가 않았다. 요즘처럼 시집 출판이 활성화되지 못한 탓도 있었겠지만 그보다 내 문단적 위상이 확실치 못했던 것이다.

그런데 일이 잘 풀리려고 그랬던지, 마침 그때 이어령 선생이 주간으로 계신 월간 《문학사상》 편집부로부터 연락이 왔다. 앞으로 《문학사상》에서도 시집 시리즈를 기획 출간할 예정인데 작품이 있으면 보내달라는 것이다. 아마 이어령 선생님의 배려였으리라 생각한다. 이런 전차로 나는 1982년, 예전에 써둔 60여 편에 근작시 10여 편을 덧붙여, 가까스로 제2 시집 『가장 어두운 날 저녁에』를 펴낼 수 있었다. 1970년에 처녀시집 『반란하는 빛』을 발간했으니 12년 만의 일이었다. 당시 실무를 맡은 분은 이 잡지사 편집부의 시인 홍영철 씨였다.

시집이 출판되자 문단의 반응이 그리 냉담하지만은 않았다. 한국시인협회는 내게, 생애 첫 문학상인 제15회 '한국시인협회상'을 주었다. 마음 한구석에서 문단이 나를 아주 잊은 것은 아니었구나 하는 안도감이 생겼다.

2
—

     단국대학교에 부임한 지 만 4년째 되어가는 12월 초순께였다. 우연하게 신문을 보니 모교인 서울대학교에서 내 전공이기도 한 한국현대문학 분야에 교수 한 명을 공채한다는 공고가 나붙었다. 이는 정년퇴임을 하시게 된 은사 전광용 선생님의 뒷자리를 채우는 것으로, 이미 예견된 상황이기도 했다. 나는 마음이 솔깃해져서 지도교수인 정한모 선생님을 성북동 자택으로 찾아뵙고 상의를 드렸다. 그런데 그때만큼은 선생님도 예전과 달리 반대를 하지 않으시고 공채서류를 한번 내보라 하셨다.

     여기서 선생님의 '반대'라는 것은 몇 년 전에 일어났던 한 사건을 가리키는 말이다. 그러니까 1981년, 내가 충남대학교에서 단국대학교로 옮기기 1년 전의 일이다. 서울대학교 국문학과에서 느닷없이 이 학과 창설 전무후무하게 신임 교수를 4명이나 대폭 증원하는 사건이 있었다. 국문학과뿐이 아니었다. 서울대학교의 모든 학과 나아가서, 전국의 모든 국공립, 사립대학도 같은 사정이었다.

     그렇다면 예년에는 없었던, 그리고 앞으로도 있을 수 없을 이 같은 대폭적인 신임 교수 충원이 왜 그때 전국의 각 대학에서 일제히 일어났을까.

     1980년 12·12 군사쿠데타를 일으켜 정권을 잡은 전두환 신군부는 다음 해에 봉기한 광주시민의 5·18 민주화혁명을 무자비하게 진압한 뒤 표면적으로는 그런대로 권력을 장악하는 듯 보였다. 그러나 실상은 달랐다. 오히려 범국민적 민주화 의식과 반정부 투쟁의 열기는 날로

          정좌(正坐)

뜨거워지고 있었기 때문이다. 특히 그 선봉에 섰던 대학생들에게서 그 러했다.

이 같은 상황에 직면하자 신군부 세력으로서는 무엇보다 정권 유지가 다급해졌고 무슨 수를 써서라도 이에 대처하는 방법을 강구하지 않을 수 없었다. 그래서 ―당시 '제5공화국(전두환 신군부의 통치체제)'의 정치철학을 담당했던 이규호 교육부 장관이 그 나름의 묘안이라고 생각해서― 들고나왔던 것이 소위 대학의 '졸업정원제'라는 학사 개편안이었다. 입학 사정 때에 정원보다 30% 이상 더 많은 학생을 선발해 수강시킨 뒤, 졸업할 때는 학생 개개인의 성적을 평가해서 이 30%를 다시 탈락시키는 제도였다. 이렇게 묶어두면 졸업 시의 탈락을 두려워할 학생들이 반정부 데모를 포기하고 대신 학내 수업에만 전념할 줄 알았던 것이다(그러나 이 제도는 학생들에게 반정부 투쟁 이외에도 졸업정원제 철폐라는 또 다른 저항의 명분을 하나 더 제공해줌으로써 오히려 학생운동을 격화시키는 역효과를 가져왔다. 그래서 시행 3, 4년 만에 유야무야 사라지게 된다).

어떻든 이처럼 각 대학의 입학 정원이 30%나 증원되자 당국으로서는 이에 비례해서 국공립, 사립을 망라해 전국의 대학교수 정원 또한 늘려 주지 않을 수 없게 되었다. 그래서 모든 대학들이 일시에 교수들을 충원하게 된 것이다. 물론 대학으로서는 그때까지 적체되어 있던 박사학위 소지자들을 대거 대학으로 진출(전임교수 임용)시킬 수 있는 좋은 기회가 되기도 했다. 실제로 이 시기는 공급이 수요를 미처 따르지 못해 가령 중문학과나 불문학과 같은 경우는 전임교원을 확보하는데 상당한 어려움을 겪었다. 그래서 심지어는 박사 아닌 학·석사학위 소지자를 대학교수에 임용하는 경우도 없지 않았다. 이런 전차로 서울대 국문학과에도 4명의 신임 교수 티오가 주어졌고 그중 하나가 내 전 공인 한국현대문학 분야의 몫으로 떨어졌던 것이다.

나는 대문짝만하게 실린 중앙 일간지의 그 서울대학교 교원공채 모집 광고문안을 자세히 들여다보았다. 순간, 눈이 휘둥그레졌다. 응모자격으로 제한된 30대 이하의 박사학위 소지자는 아무리 헤아려보아도 모교 출신으로서는 나밖에 없었던 것이다. 당시 나는 비교적 이른 나이에 박사학위를 받아, 39세 이하의 동문들 가운데서는 아직 학위 소지자가 없었기 때문이다. 40대 이상 동문들 중에서도 박사학위 소지자가 그리 많지 않았던 시절이었다. 그러니 이 교수 공채 광고야말로, 문안대로만 해석하자면 오직 나를 위한 것일 수밖에 없었다.

나는 그 이전까지 평소, 나 자신 서울대학교 교수가 된다거나 그럴 만한 자격이 있다고 생각해본 적이 거의 없었던 사람이다. 진실을 말하자면 누가 됐든 어떤 훌륭한 학자만이 서울대학교 교수가 되어야 한다는 생각을 막연하게 했을 뿐이다. 그런데 바로 그 교수 공채 광고가 공교롭게도 나로 하여금 서울대 교수가 될 수 있지 않을까 하는 동기를 유발시켜 준 것이다. 정신을 차린 나는 다음날 급히 상경하여 지도교수인 정한모 선생을 찾아뵈었다. 그런데 나를 대하는 선생님의 태도는 의외로 냉담하셨다. 교수 공채에 관해 아무런 언급을 하지 않으셨다.

그래서 나는 한동안 딴전을 부리다가 선생님께 슬그머니 그 문제를 꺼내보았다. 선생님은 피식 웃으시더니 이렇게 말씀하셨다. "이번에는 네 차례가 아니다." 나는 선생님의 그 말씀 한마디에 더 이상의 집착을 끊어버리고 바로 대전의 집으로 내려오고 말았다. 다만 후에 풍문으로 광고문안의 자격 조건에는 미달하는, 그러니까 학위를 받지 않은 30대

정좌(正坐)

이하나 학위를 받은 40대의 동문 여럿이 이에 응모하여, 그중 아직 학위를 받지 못한 30대 중반의 한 똑똑한 후배가 발탁되었다는 사실을 알았다. 그래서 기왕에 난 광고문안이 무시되었다면 40대 이상의 선배보다는 그래도 30대의 젊고 발랄한 소장학자가 서울대 전임으로 오는 것이 학과 발전을 위해서 보다 바람직하지 않을까 하는 생각을 했다.

그러나 이 돌발적인 사건을 통해서 내가 거둔 소득 또한 전혀 없었던 것은 아니다. 정한모 선생님의 '이번에는 네 차례가 아니다'라는 말씀이 아무래도 내 귀에 무언가 예감처럼 못박혔기 때문이다. 이 말씀을 곰곰이 음미해보면 다음 차례는 나도 서울대 교수가 될 수 있다는 뜻으로 해석될 여지가 있었기 때문이다. 그 예감은 적중해서 4년 후 은사이신 전광용 선생님이 정년퇴직을 하시자 나는 그 후임으로 별 문제 없이 서울대에 입성할 수 있었다. 아무런 경쟁 없는 초빙 형식으로……

당시 국립대학교의 교수 직위에는 총장 발령의 전임강사, 교육부 장관 발령의 조교수와 부교수, 그리고 대통령 발령의 정교수 등 네 가지 직급이 있었다. 그런데 막상 발령을 받고 보니 교수 경력 11년의 내 직위가 고작 조교수였다. 조교수란 일반적으로 박사학위 소지자일 경우 대학교원 초임자나, 박사학위가 없을 경우 전임강사 3년의 경력자에게 부여되는 직급이므로 이는 무언가 잘못되어도 크게 잘못된 인사였다.

더욱이 나는 같은 국립대학교인 충남대학교에서 이미 5년 전에 부교수였고 전직인 단국대학에서는 그해 정교수 승진이 내정된 상태였으므로 더욱 그러했다. 제대로 인정을 받자면 단국대의 결정에 따라 정교수로 발령을 받아야 마땅할 일이었다. 그런데 전임강사, 조교수, 부교수를 거친 교수 생활 11년차의 내가 부교수도 아닌 교원 경력 3년 미만의 조교수로 발령받았으니 얼마나 부당한 처사인가.

나는 속 보이는 일 같아 지도교수에게는 그에 관한 말씀을 드리지 못했다. 다만 다른 선배 교수들에게 물어보니 서울대학교 인문대학은, 타 대학에서 전입해온 교원은 무조건 한 등급 낮추어서 발령하는 것이 오랜 전통의 하나라고 했다. 내 경우도 이 같은 관례에 따라 비록 단국대학교에서 정교수 승진이 내정되어 있었다지만 서류상으로는 직위가 아직 부교수로 되어 있으니 여기서 한 등급을 강등시킨 결과 그리되었다는 것이다. 나는 억울한 심정에 그만 모든 것을 없던 일로 돌리고 다시 단국대학교로 돌아가고 싶었다. 그러나 일류대학이라는 명성, 모교라는 애교심 때문에 차마 그리하기가 힘들었다. 그래서 꾹 참고 이를 조용히 받아들이기로 했다. 이 일로 학내를 시끄럽게 하면 그렇지 않아도 보수적인 대학 사회에서 문제교수로 낙인찍힐 염려가 있었고, 요즘과 달리 당시는 직급의 차이에 별다른 불이익이 없었기 때문이다.

결국 나는 다시 세월을 기다려 그 9년 뒤인 1994년에야 비로소 정교수로 승진할 수 있었다. 교수 경력 20년 만의 정교수였다. 세상일 모든 것이 속화되어가는 요즘에도 서울대 인문대가 아직 그런 관행을 고집하고 있는지 궁금하다.

3

앞 장에서도 언급한바, 나의 충남대 시절
은 나름대로 내 학문의 기초를 닦는 수련기였다. 당연히 시 창작에 몰
두하거나 문단 활동에 관심을 기울일 여력이 없었다. 그러나 지나친
욕심이었을까, 막상 서울대학교 교수가 되고 보니 이제 양자 모두에
승산을 걸어보고 싶었다. 지금 와서 돌이켜보면 이 과분한 욕심이 일
상인으로서 내가 자초한 불행이었던 것을…… 이후의 내 삶이란 시 창
작과 학문 사이의 길항이라는 이 시시포스적 회초리로 끝없이 매질을
당하면서 살아야 하는 한 생이 되어버린다. 이후부터 내게는 더 이상
일상인이 누릴 수 있는 행복의 달콤함 같은 것이 찾아와주지 않았다.

사실 우리 근대시 100년의 역사 어디를 살펴보아도 시 창작과 학문
연구, 이 두 분야에 복무하면서 양자 모두에 일가를 이룬 문인의 예란
찾아보기 쉽지 않다. 시인이자 교수로 한 생을 산 정지용, 양주동, 서정
주 같은 대문호조차도 그렇지 않았던가? 평범한 사람이라면 둘 중 어
느 한 가지의 길만을 매진해도 골라인(goal line)에 도달하기에 힘든 것
이 인생사의 필연이다. 따라서 이 두 가지를 모두 이루겠다는 내 젊은
시절의 욕심은 누가 보아도 치기가 아닐 수 없었다. 나는 바보가 아닌
까닭에 그 같은 깨달음에 이르렀지만, 또한 바보였던 까닭에 그것을 쉽
게 포기하지 못하고 일생을 그 같은 허상에 매달리며 살게 된다.

한 사람이 서울대학교 교수가 된다는 것은 곧, 그 능력이나 실현 가
능성 여부와는 별개로 한국 최고 수준의 학자가 되어야 한다는 국민
적 소명에 부응하는 일이자 마땅히 그 같은 소명의식으로 즐겁게 한
생애의 멍에를 걸머져야 할 일일 것이다. 이 나라 최고 영재들을 모아

가르치는 것을 업으로 삼는 사람이라면 당연히 그런 태도, 그런 신념으로 학문에 매진해야 하지 않겠는가.

4
一

'시나부랭이'라는 말은 내가 서울대학교에 봉직하는 동안 학과 내에서 숱하게 들은 비어(卑語)들 중 하나였다. 이 말이 지닌 뉘앙스처럼, 서울대학교 국어국문학과는 교수들이든 학생들이든 학내에서의 문학창작을 금기시(禁忌視)하였다. 대학은 학문을 하는 곳이니 예술의 한 분야라 할 문학창작은 결코 해서는 아니 될 행위라는 것, 만일 학내에서 창작 분위기가 진작되면 그 자체가 학문탐구에 방해가 될 것이므로 아예 그 싹부터 제거해 버려야 한다는 것이 전체 구성원들의 묵시적 생각이었다. 교수의 업적 평가에서도 물론 창작은, 같은 대학의 다른 학과나 타 대학교와 달리 일체 제외되었다.

그러니 그 누구도 학생들에게 창작을 권유할 수 없고 또 어떤 학생이라도 다른 학우, 혹은 교수와 함께 공공연히 창작을 토론할 수 없었다. 뜻이 있으면 각자 자신의 방식대로 알아서 해야 할 일이었다. 물론 그것은 교수 사회에서도 예외가 아니어서 당시 25명으로 이루어진 국문학과 페컬티(faculty) 중 유일하게 창작을 업으로 삼는 나 역시 이 같은 중압감으로부터 자유로울 수 없었다. 그러므로 서울대 국문학과에서의 나는 결코 시인이어서는 아니 되었다. 그것은 어떤 기회, 어떤 평가에서든 불이익이 되기는 할망정 이익이 될 수 있는 호칭이 아니었다.

그래서 나는 어떤 글에선가 이렇게 쓴 적이 있다. 대학에서는 '네가 무슨 학자냐 시인이지', 문단에서는 '네가 무슨 시인이냐 학자지' 하는 비아냥을 받고 살아온 일생이었다고…… 그러나 그런 대우를 받았던 까닭으로 나는 오히려 대학에서는 보다 더 많은 학문적 업적을, 문단에서는 더 많은 창작을 남기려 부단히 노력하였다.

5

서울대 국어국문학과의 경우, 학생과 교수의 관계는 대학원 과정에 와서야 비로소 친밀해진다. 학생들도 대학원에 입학해야만 교수를 스승으로 받아들이고 교수 역시 대학원에서 만난 지도 학생들만을 제자로 인정하는 분위기이다(여기서 나는 편의상 '제자'라는 말을 쓰고 있지만 엄밀한 의미에서 그것은 학생 스스로가 자신을 제자라고 자인하거나 공언할 때 혹은 허락할 때만이 통용될 수 있는 용어이다. 본인은 그렇게 생각하지 않는데 단순히 가르쳤다는 사실 하나만으로 어떻게 스승이 되며, 단순히 배웠다는 것만으로 어떻게 제자가 되겠는가. 그러한 관점에서는 비록 내가 대학원에서 지도했던 학생들이라 할지라도 물론 제자가 아닌 혹은 제자가 될 수 없는 학생들도 있을 수 있다).

이유는 아마 여러 가지 있을 것이다. 대학이 학문하는 곳이라 할 경우 진정한 학문의 탐구란 학부에서가 아니라 대학원에 와서 비로소 이루어진다는 것, 교수들도 학생들을 학문으로 만나야 진정한 제자라고 여긴다는 것, 교수들의 바쁜 학내외의 활동 때문에 학부에서는 교수와 학생들 간 상호 접촉이 그리 많지 않다는 것 등이다. 그뿐만이 아니다. 당시의 대학 분위기가 또 그러했다. 학부 학생들 모두의 관심이 교수보다도 운동권 선배들에게 더 쏠려 있었다는 것, 시국 문제로 학생들과 교수 사이에 눈에 보이지 않는 벽이 생겼다는 것, 국문학과의 오랜 학풍 또한 그랬다는 것 등이다.

부임 1년이 되니 학부 시절의 지도학생 하나가 대학원에 진학해서 자연스럽게 내게도 대학원 지도학생 하나가 생겼다. 소위 '문제학생(운동권 학생)'으로 분류된 탓에 선배 교수들이 서로 기피하여 그저 만만한 신임 교수인 내게 떠밀려온 학생이었다. 운동권 특유의 고집이 있었지만 나무랄 데 없이 똑똑하고 정의로운 학생이었다. 그 학생은 물론 내 지도 기간 법정에 서기도 했고 수시로 당국에 연행되기도 했다. 그때마다 나는 본부의 지침에 따라 그의 집을 방문하거나 예견되는 비상 상황에서는 특별한 관심을 가져야 했다.

그런데 가정방문을 통해서 나는 그가 그렇게 될 수밖에 없었던 가족사적 사정을 알게 되었다. 당시 그의 부친은 노령과 병환에 시달리는 비전향 장기수였다. 해방 시기에 좌익운동을 주도하다가 우여곡절 끝에 대한민국에서 수십 년의 수형 생활을 마치고 이제 막 풀려나 가정으로 돌아온 분이라고 했다. 눈에 보이는 현실적 생활환경도 그랬지만, 이로 미루어 그와 그 가정이 겪어야 했을 그동안의 참담한 세월이 짐작되었다. 나로서는 무슨 말로 그와 그의 부친의 삶을 어루만져주어야 할지 몰랐다.

파란이 많았음에도 그는 다행히 석사과정을 그런대로 무사히 마쳤다. 그의 학위 논문은 어찌 보면 당연히도 그의 사상적 성향과 당시 국문학과의 시류에 잘 맞는, '프롤레타리아 시인 임화의 문학사적 업적'을 연구한 것이었다. 그러나 나로서는 내심 그 주제가 마땅치 않았다.

정좌(正坐)

그것은 내가 임화를 그리 높게 평가하지 않는다는 점에서도 그랬고(사실 나는 임화의 문학을 별로 인정하지 않는 사람이다. 그에게서 배울 점이 있다면 일종의 반면교사로서의 의의라고나 할까), 그의 그 같은 학문적 성향이 그의 환경 즉 마르크스주의적 용어를 따르자면 당파성이나 계급의식에서 비롯한 것이 아니었을까 하는 염려에서도 그랬다. 내 생각에, 진정한 지식인이라면 누구라도 자신이 처한 계급적 이익과 상관 없이 만일 그것이 옳다면 그 옳은 길을 걸어가야 할 일이었기 때문이다.

역설적으로 그것은 마르크스주의의 대부 엥겔스가 지적한 소위 '발자크의 문학적 승리'라는 말로 설명될 수 있을지 모른다. 일찍이 엥겔스는 영국의 여류 소설가 마거릿 하크니스에게 보낸 편지에서 "발자크는 당시 계급적으로는 프랑스 귀족에 속했지만 그가 작품 속에 보여준 이상은 자신의 계급적 이익과는 정반대라 할 '새롭게 도래할 계급(프롤레타리아 계급)'의 비전에 있었으며 이야말로 모든 작가가 지향해야 할 지식인의 양심이라"고 선언했기 때문이다. 즉 엥겔스는 지식인이란 자신이 처한 계급에 속박되지 않고, 비록 자신의 계급적 이익에 반하는 경우가 있다 하더라도 만일 그것이 옳은 길이라면 그 옳은 길을 향해 나아가야 한다고 말했던 것이다.

대학의 전체 교육과정에서 볼 때 석사과정을 졸업하면 자연스럽게 박사과정에 들어가는 것이 순리다. 현실적으로 대학원이란 학부를 졸업한 후 대학의 교수가 되기 위해 거치는 학문적 수련 과정인데, 박사가 아닌 석사학위만으로는 대학교수가 될 수 없기 때문이다. 그래서 나는 짐짓 그를 불러 박사과정에 입학할 것을 권유하였다. 내 속된 생각으로는 집안 형편이 그러하니 하루바삐 박사학위를 취득해서 교수가 되면 좀 사정이 나아질 것 같아서였다. 그래서 내 주위에 다른 많은 입학 지원자가 대기하고 있었음에도 나는 특별한 배려 차원에서 나에게 배정된 그 한 명의 티오에 그를 선택했던 것이다.(지금과 달리 당시 서울대 박사과정은 입시 경쟁이 매우 치열해 입학하기가 아주 어려웠다).

그러나 그는 나의 그 같은 제의를 한마디로 거절해버렸다. 이 시대는 대학에서 학문을 탐구하는 것보다 사회참여에 뛰어드는 것이 더 가치 있는 행동일 뿐만 아니라 거기서 오히려 배울 점이 더 많다는 것이었다. 이 말을 들은 나는 한편으로 당혹스럽기도 하고 다른 한편으로 무안하기도 해서 한동안 마음이 어지러웠다. 그는 자신의 운동권적 신념에 비추어 나의 보살핌 같은 것은 역겹다고 생각한 것이었을까? 나에게서는 더 이상 배울 것이 없다고 생각한 것이었을까? 나와 사상적으로 가는 길이 다르다고 생각한 것이었을까? 혹 인간적으로 내게 실망한 것이 있어 그런 것은 아니었을까? 그것도 아니라면 기존의 제도권을 무너뜨릴 어떤 사회적 일대 변혁이 곧 일어나 닥칠 것이라는 믿음에서 그랬던 것이었을까?

그 뒤로 그에게서는 연락이 없었다. 그런데 2, 3년이 지난 후였다. 그가 돌연 다시 내게 나타났다. 심경의 변화가 와서 이제 박사과정을 이수하고 싶다는 것이다. 나는 이유를 묻지 않았다. 그리고 곰곰이 생각해보았다. 그와 나는 여러 면에서 맞지 않은 것 같았다. 대학원 박사과정의 입학이 그렇게 내 마음대로 되는 것도 아니었다. 그래서 나는 그를 포기하기로 작정하고 당시 스스로 좌파적 성향의 학문을 지향한다고 주장하던 한 선배 교수에게 그를 맡아달라고 부탁을 드렸다. 내가 보기에 그로서는 존경할 만한 분이었던 까닭이다. 그 후 그는 그분을 지도교수로 모시고 몇 년은 면학에 열중하는 듯했다. 그러나 지켜보던 내 기대와는 달리 끝내 학업을 지속하지 못했다. 학점만을 겨우

정좌(正坐)

이수하더니 어느 날 표연히 행방을 감춰버린 것이다. 가끔 운동권에 발행하는 간행물에 필명으로 글을 발표하는 것 이외에……

그와 같이 대학원에서 공부했던 그의 동료들은 지금 대부분 사회에 진출하여 대학교수로 왕성히 학문 활동을 하고 있다. 당연히 똑똑했던 그도 조금만 참고 노력을 기울였더라면 그리되었을 것이다. 그런데도 그 열린 길을 스스로 포기한 채 그만의 어려운 삶을 군이 선택한 이유는 무엇이었을까? 그의 이념이 옳든 옳지 않든 지금의 나로서는 다만, 그가 선택한 행동이 자신이 처한 사적(私的) 환경에서 비롯된 것이 아닌, 자신만의 이성적 혹은 객관적 신념에서 우러나온 것이었기만을 바랄 뿐이다. 역설적이지만 엥겔스가 말한 바로 그 '발자크의 문학적 승리처럼' ……

6

그러나 내게는 학과의 이 같은 분위기만이 아닌, 또 다른 구조적 문제가 하나 더 있었다. 문학의 여러 분야 가운데서도 내가 하필 한국현대시를 전공한다는 바로 그 사실이다. 왜냐하면 같은 문학이라 하더라도 산문문학인 소설이나 드라마와 달리 시는 본질적으로 사회성이나 정치성과는 거리가 먼 문학 장르여서, 시 자체를 포기하지 않는 한, 시를 통해 이 같은 학내외적 정치의식을 반영시킨다는 것이 거의 불가능하기 때문이다. 즉 산문문학인 소설이나 드라마가 어느 정도 정치의 도구가 되는 것은 가능해도 원천적으로 시가 그리될 수는 없다는 점이다.

상식적이지만 시는 물론 산문(소설)과는 다른 문학 장르이다. 산문의 언어는 정보전달의 도구이지만, 시의 언어는 존재 그 자체의 의미를 지닌 언어 즉 사물의 언어이기 때문이다. 따라서 시란 어떤 사상이나, 이념, 정보 등의 전달을 목적으로 쓰일 경우 ──『시론(詩論, poetics)』에서는 언어의 전달적 기능이라고 한다── 더 이상 시라 부를 수 없는 결과에 이를 수밖에 없다. 예컨대 그것은 같은 진흙(언어)으로 만들어진 용기(容器)이기는 하지만 그 용도에 있어 밥그릇(산문문학)과 청자기(시)가 서로 다른 것과 비유될 수 있다. 그런 까닭에 일찍이 '참여(engagement) 문학'이라는 개념을 처음 만들어 제시한 사르트르(그는 마르크스주의자로서 죽을 때까지 한국전쟁은 남한의 북침으로 시작되었다는 주장을 굽히지 않은 프랑스 실존주의 철학자이다)조차도 그 자신이 주장한바 문학의 사회 혹은 정치참여란 산문문학에 국한해서 하는 말이지 시가 그렇다거나, 시도 그렇게 해야 한다는 뜻으로 하는 말이 아니라는 것을 그의 평론집『문학이란 무엇인가』에서 확실히 전제해 두지 않았던가.

그러므로 문학을 가르치는 교수 중에서도 소설이나 드라마를 전공으로 하는 교수는 당시의 시류에 동조할 수 있는 학문적 여지를 상대적으로 많이 지니고 있었지만, 시를 전공으로 하는 교수는 애초부터 그리할 수 없는 처지였다. 시의 본질을 강조하면 시의 정치참여가 불가능해지고 시의 정치참여를 강조하면 시의 존재성이 부정되는 까닭이다. 그것이 당시 대학에서 시학(詩學)을 전공하는 교수들이 처한 딜레마였다. 그러나 학문은 학문이고 정치는 정치 아니겠는가. 그 정치적 입장이야 어떻든 학문의 전당에서는 학문을 강조해야 하지 않겠는가.

물론 이는 나만이 아닌, 시를 연구하고 또 그것을 학생들에게 사실 그대로 가르쳐야 하는 그 시대의 시학 교수들 모두에게 해당하는 명제이다. 그럼에도, 그 시기 문단이나 대학에서 그토록 시의 정치참여나 사회참여를 외치던 시학 교수들이 많았던 것은 시대가 시대이니만큼 학문보다는 정치가 우선해야 한다는 시국관을 가졌거나, 원천적으로 그 같은 학문적 본질에 무지했기 때문은 아니었을까? 그도 아니라면 학문 외적 처신 혹은 시류적 이득을 위해 이를 의도적으로 이용했기 때문은 아니었을까?

제3부

11장 …

문학과 저항

1

　　내가 서울대학교에 부임할 무렵의 국내
정치 상황은 신군부의 독재에 대한 국민적 저항이 최고조에 달했던 때
였다. 대학은 학문보다 정치가, 사색보다 행동이, 대화보다 투쟁이, 사
실보다 이념이 지배하고 있었다. 시대의 양심이 짓밟히고 인권이 압살
되고, 역사가 암흑 속에 갇혀 있으니 어찌 그리하지 않을 수 있었겠는
가. 학교는 학생들의 민주화 투쟁으로 밤낮 영일이 없고, 이를 진압하
고자 하는 당국의 대학 유린 또한 필설로 말하기 힘들었다.

　이 시기, 매일 반복되는 대학의 일과는 다음과 같았다. 오전 10시
학내 스피커의 행진곡과 투쟁가요 방송, 11시 선(先)행사, 12시 광장 집
회, 오후 1시 학내 및 학외에서의 반정부 시위 돌입, 그 즉시 대기하고
있던 장갑차와 군용트럭의 학내 진입, 사복 기관원과 데모진압 기동대
의 작전 개시, 정보수집용 헬기와 정찰기의 저공비행, 최루탄 가스 살
포, 이로부터 이후 밤을 새우기까지의 집단적 혹은 산발적으로 전개되

는 투석전과 백병전, 아우성, 함성, 비명과 총포 소리, 유리창 깨지는 소리, 진압경찰의 강의실과 교수 연구실 수색, 끌려가는 학생들의 다급한 절규, 교수들의 항의, 복도를 울리는 군화 발자국 소리, 집기 부서지는 소리, 무엇인가 무너지는 꽝음 등으로 대학은 일대 아수라장이 된다. 이틀 걸러 하루가 아니다. 하루 걸러 하루도 아니다. 매일매일이 그러했다. 거기다가 종종 발생하는 학생들의 투신자살, 외부 민주투사들과 노동자들의 학내 점거와 농성까지 겹쳐 대학은 이미 학교라고 할 수 없는 일종의 민중혁명전선, 아니면 전투지역이었다.

오후가 되면 모든 강의가 중단되다시피 했다. 학생 대부분이 집회에 참석하므로 수강률 자체가 저조했고 그마저도 불시에 들이닥친 운동권 지도 선배들에 의해서 밖으로 끌려나가기 예사였다. 따라서 소신 있는 몇몇 교수가 억지로 끌고 간다 해도 그저 형식적인 것이었을 뿐, 실질적으로 강의를 진행한다는 것은 불가능했다.

국내의 정치·사회적 상황이 그러했고 학내 사정이 이 모양이니 학교로서의 대학이 제대로 기능할 리 없었다. 우선 학사(學事), 교수(敎授), 강의(講義)에 대한 당국의 주문, 감시, 간섭이 강화되었다. 교수들의 최우선 임무는 무엇보다 학생지도(반정부투쟁 저지)였다. 문제 학생들의 신상을 주시해 그 행동을 관찰하는 일, 상담을 통해서 그들을 교화시키는 일, 그들의 가정을 방문하는 일, 함께 반강제적으로 동반 여행을 하여 특별한 사태에 미리 대비시키는 일들이 의무화되었다. 물론 이를 실천하지 않을 수 없게 하는 제도적 장치도 있었다. 기왕에 실시되고 있던 교수 재임용제도의 활용은 물론 기타 여러 유형의 불이익과 사법적 차원의 제재 등이다. 따라서 '학문의 전당'이라고 하지만 언어와 행동에 재갈이 물린 교수가 제대로 진실을 이야기하기 힘들었고,

진실을 말하지 못하는 교수들을 존경하거나 신뢰할 학생들은 드물었다. 한마디로 한국의 모든 대학사회가 일시에 붕괴되어 버린 것이다.

사태가 이처럼 점점 악화되자 이제 근근이 유지되던 교수들의 합법적 강의라는 것도 하나의 허상이 되어버렸다. 학생들이 이를 졸업학점 취득을 위한 요식행위 이상으로 생각하지 않게 되었기 때문이다. 그리하여 그들은 강의실 밖에서 오직 운동권 선배들이 지도하는 독서토론과 이념 주입에만 몰두하였다. 간단히 말하자면 이 시기 대학에서의 '참다운 강의'란 운동권 선배들의 의식화 교육 이외에 다른 것은 없었다.

새내기들이 대학에 입학하게 되면 먼저 운동권 선배들이 나서서 이들을 장악한다. 으레 있기 마련인 워크숍과 엠티(MT, Membership Training), 친목 모임 등을 통해서다. 그리하여 어느 정도 선후배 간의 유대의식이 깊어질 때가 되면 반강제적으로 '학회' 또는 '독서회'라 불리는 이념 동아리에 가입시키고 뒤이어 예정된 시간표에 따라 본격적인 의식화 교육에 들어가는 것이다. 그러므로 이 시기 운동권의 의식화 교육은 명실공히 대학의 정규교육을 대신한 실질적 대학 교육이었다. 말하자면 학과는 학회, 교수는 운동권 선배, 교재(敎材)는 운동권에서 필독서로 규정한 이념 서적들, 강의 형식은 독서토론과 선배 운동권에 의한 세뇌 교육이었다.

그 무렵 우리 문단은 비평가 백낙청 씨가 중심에 자리한 소위 민중문학론자들이 지배하고 있었다. 그리고 대부분의 문학 전공 학생들은 앞서 지적한 것처럼 대학에서의 순수 면학보다 민중문단의 영향에 더 많이 휩쓸렸다. 그 결과 대학 강단에서도 진정한 의미의 '문학의 학(學, Literature Wissenschaft)'은 사라지고 그 대신 문단에서 논의되는 잡문 수준의 시류 비평이나 문학 저널 차원의 정치 담론이 그 빈자리를 메꾸었다.

대학가에선 운동권이 규정한 소위 필독서와 금서라는 것도 있었다. 전공 학문에 따라 부분적 변용이 없었던 것은 아니었으나, 대체로 좌파 사회과학도서들이나 이를 방법론으로 차용한 인문계 도서들은 전자에, 어용으로 몰리거나 우파적 자본주의 노선을 지향하는 도서들은 후자에 속했다. 문학의 경우 역시 마찬가지였다. 마르크스주의 문학이론서들이나 소위 '현실주의'라는 용어로 호도된 '사회주의 리얼리즘(socialist realism, 엄밀히 번역하면 '사회주의자 리얼리즘')' 지향의 서적 또는 프롤레타리아 문학 비평서들이 홍수를 이루었다.

그러므로 소위 '학회'에서의 토론 대상이 된 텍스트 역시 이와 다르지 않았다. 일제강점기하의 프롤레타리아 문학작품들, 조세희의 「난장이가 쏘아올린 작은 공」이나 박노해, 박무산, 김남주 같은 사회주의 지향적 노동해방 문학, 반제반미(反帝反美), 민족 혹은 민중시인으로 평가받던 고은, 신경림, 김지하 등의 작품, 대표적 참여시인으로 숭모되고 우리 문학사 '전무후무한 대시인'으로 칭송되던 김수영의 시, '통일시' 혹은 '분단시'의 전형으로 손꼽힌 신동엽, 김광섭, 김규동의 작품들이 그것이다.

우리 문학사에서 이미 폐기되다시피 했던 프롤레타리아 시인 임화(林和)가 느닷없이 새롭게 조명되어 우리 근현대문학 최대 시인으로 부각되는 촌극이 일어난 것도 이 무렵이다. 이 연장선의 극단에 소위 주사파(主思派, 김일성 주체사상 신봉자)가 등장했고 그 영향 아래서 「피바다」「꽃 파는 처녀」 같은 북한 문학작품의 독서 열풍이나 '집체창작(集體創作)' 같은 북한식 주체 창작이론이 일대 유행을 탔던 것은 잘 알려진 사실이다.

2

　　　　　　　　　　　이런 분위기였으니 물론 강의가 제대로
될 리 없었다. 새 학기가 막 시작된 어느 봄날 학부 2학년의 전공필수
'한국현대문학 강독' 시간이었다. 우리 현대문학사의 대표적인 시인, 작
가들의 작품들을 하나씩 선택해서 해독하고 그 문학적 가치를 토론하
는 형식의 강의였다. 이미 주어진 실라버스(syllabus, 강의계획서)에 따라
내가 서정주의 시 「자화상」을 읽고 막 토론의 실마리를 열려는 순간이
었다. 한 학생이 벌떡 자리에서 일어나 제동을 걸었다. 그는 "교수님(나
는 사실 학생들이 나를 '선생님'이라 부르지 않고 '교수님'이라고 부르는 호칭이 딱 질
색이다. '교수'란 스승을 뜻하는 말이 아닌 '가르치는 사람'이라는 단순한 직책을 일
컫는 말이기 때문이다), 왜 하필 서정주의 시를 배워야 합니까?" 하고 항의
조로 물었다. 아차, 내가 운동권 학생들이 규정한 금서목록에, 그것도
앞 순위에 서정주가 들어 있다는 사실을 간과했던 것이다.

　이 돌발적인 질문에 당황한 내가 "왜라니, 서정주라면 한국을 대표
하는 우리나라 현대 시인이 아닌가?" 하고 반문했더니 학생의 대답이
즉시 "아닙니다. 서정주의 문학은 문학도 아닙니다."라고 일갈해버린다.
그래서 내가 "왜 그런가?" 하고 묻자 그는 자신 있게 ─소크라테스적
반어법으로─ 다음과 같은 논리를 전개하였다. "교수님, 문학은 삶의
반영이 아닌가요?" "그렇다." "그런데 서정주는 일제와 전두환을 위해
어용 시 창작을 하지 않았나요?" "그렇다." "그러면 서정주의 삶은 잘못

　　　　　　　　　　　　　　　　　　　정좌(正坐)

된 것이 아닌가요?" "그렇다. 서정주에게 인간적 허물이 전혀 없는 것은 아니다." "따라서 잘못된 삶이 반영된 서정주의 문학은 당연히 잘못된 문학이 아닌가요?" "……" 내가 그 논리정연(?)한 주장에 미처 명쾌한 답변을 하지 못하고 미적거리자, 갑자기 수강생들의 우레 같은 박수 소리가 터져 나왔다. 학생이 교수와의 토론에서 이론적으로 이겼다는 환호성, 자신들의 문학적 견해가 옳다는 승리감의 표현인 것이다.

물론 그 학생의 견해에는 논리적으로 소위 '비약'과 '단순화' 혹은 '일반화'라는 함정이 숨어 있다. 그러므로 이에 대한 해명을 위해서, 나는 우선 첫째, '문학'이란 무엇인가를 이야기해야 한다. 둘째, '삶'이라는 말과 '반영'이라는 말의 철학적 의미를 설명해야 한다. 셋째, '사실적 반영'이 아닌 '문학적 반영'이라는 말의 뜻이 무엇인가를 밝혀야 한다. 거기에는 당연히 미학과 철학과 문학의 상호관계에 대해서도 충분히 논의되어야 한다. 그런데 이 많은 내용을 몇십 분 안에 이야기한다는 것은 본 강의의 본질도 아닐뿐더러 그 같은 상황, 그 짧은 한정된 시간에서는 불가능한 일이다. 최소한 몇 시간 정도의 강의를 통해서만이 겨우 맥락을 짚어 줄 수 있을 내용들이기 때문이다.

그뿐만이 아니다. 아마 그는 이미 반독재 투쟁을 선동하는 시류적 문학론에 깊이 감염되어 있었거나 아니면 '학회'에서 가르친바, 운동권 선배의 정치주의적 문학론에 충분히 의식화된 학생이었을 것이다. 그 학생만이 아닌 다른 대부분의 수강생들 역시 마찬가지였겠지만……그러나 여기에는 보다 근본적인 문제가 하나 더 도사리고 있었다. 애당초 그 같은 시국의 학생들에겐 교수의 강의 따위 같은 것엔 이미 귀를 기울일 자세가 되어 있지 않았다는 사실이다. 그러니까 그 학생의 주장에 동조해서 그 같은 박수와 환호가 터져 나왔던 것 아닌가. 소위 명문대로 공인된 대학 강의의 지적 분위기조차 그러했으니 당시 다른 한국의 대학들이 처한 상황은 또 어떠했을까 추측하는 것은 그리 어렵지 않을 것이다.

바보가 아닌 까닭에 물론 나도 잘 알고 있었다. 그 시간에 내가 — 그 시절 대부분의 시학 교수들이 그러했던 것처럼— 금서에 든 서정주나 박목월 같은 시인이 아니라 필독서에 든 김수영의 「풀」, 신동엽의 「금강」, 김지하의 「오적」이나 김광섭의 「성북동 비둘기」, 더 나아가서 당시 민중시를 대표했던 고은, 신경림, 박노해, 김남주 같은 현역 시인들의 작품을 강의하거나 칭송했더라면 아마 절대적 호응을 받을 수도, 인기를 누릴 수도 있었다는 사실을……

어떻든 대부분의 학생들은 이처럼 교수와의 토론에서 승리했다고 믿은 그 운동권 문학의 논리를 하나의 신조처럼 지니고 졸업 후 사회의 각 분야에 진출하였다. 그리고 그 같은 문학관으로 우리나라 대부분의 신문사 문화부, 출판사 편집부, 문학잡지사, 비평계, 후에는 대학의 국문학과 교수 자리를 모두 장악하였다. 문단에서 소위 '민중문학'의 위세가 날로 커지게 된 이유들 가운데 하나이다.

3

그 시절이 항상 그러했듯 그해 겨울도 불안하고 불길하기는 마찬가지였다. 등교한 학생들은 애초부터 강의 같은 것에는 별 관심이 없었다. 앞서 이야기했듯 강의가 가능한 시대 상황도 아니었다. 책 배낭은 일단 동아리방에다 팽개쳐 둔 채, 그들 모두는 아크로폴리스 광장(학생들이 그렇게 부른, 대학본부와 중앙도서관 사이에 있는 계단식 광장)에 삼삼오오 모여들었다. 그리고 누가 먼저랄 것도 없이 함께 〈님을 위한 행진곡〉 〈오월의 노래〉 〈아침 이슬〉 같은 민중가요들을 열창하자 무리는 순식간에 수천 명으로 늘어났다. 이윽고 연구실 안의 내 귀청을 때리는 반독재·민주화 투쟁을 외치는 절규, 고함, 비명, 통곡, 총포 화약이 터지는 소리, 무언가 깨지는 금속성, 둔탁하게 부딪히는 돌멩이의 굉음, 다급히 쫓고 쫓기는 발자국, 발자국, 소리, 소리들……

출근하면서 이미 수백 혹은 수천 명의 경찰 기동대가 장갑차를 앞세우고 완전무장에, 한 손으로는 몽둥이를, 다른 손으론 방패를 든 채교문 주위에 진을 치고 있는 광경을 목격한 터였다. 드디어 그들의 데모진압 작전이 개시된 것이다. 우왕좌왕 허겁지겁 강의실, 도서관, 동아리방, 화장실, 식당, 교내 서점, 창고 등에 숨어 있던 학생들이 하나씩 붙잡혀 끌려 나오고 뭇매를 맞는 것이 틀림없어 보이는 그 처연한 비명, 연구실의 방문을 구둣발로 걷어차고 들이닥쳐 학생들을 내놓으라 윽박지르는 사복들의 험상궂게 흘겨보는 눈의 핏발, 캠퍼스는 물론, 온 건물의 내부에 자욱하게 낀, 매캐하고도 지독하게 쓰라린 최루탄 연기, 그 아수라장.

물론 교수 연구실이라고 해서 예외는 아니었다. 바로 아크로폴리스 광장과 면해 있는 방이라서 더 그랬겠지만 그렇지 않아도 눈물, 콧물을 훔치며 간신히 책장을 넘기고 있는 내게 와장창 난데없이 유리창을 깨트리며 방안으로 날아든 최루탄도 있었다. 순간 쓰리고, 아프고, 어지럽고, 토할 것 같은 내장을 움켜쥔 채 황급히 밖으로 뛰쳐나가야 했던, 그 암담하고 비참했던 기억은 30여 년이 지난 오늘에 이르러서도 가시지 않고 있다.

밖으로 나가봤자 별수 없었다. 다른 동료 교수실이 아니면 찾아갈 데가 없었지만 그 동료인들 또 어찌할 수 있었을 것인가. 대학본부에서 긴급 상황 시에 필요하다고 굳이 고집을 부리며 교수 연구실 벽마다 반강제로 설치한 스피커가 아무래도 신경이 쓰이는 것이었다. 수강생을 가장한 기관의 요원들이 버젓이 학생들과 함께 강의실에 앉아 교수들을 감시하고, 또 학생들의 것으로 위장 제출한 리포트를 통해 수시로 협박을 일삼는 것이 일상화되어 버린 학내 상황에서, 교수 연구실 벽마다 걸려 있던 그 검은색 스피커를, 스피커 아닌 도청장치로 여길 수밖에 없었다는 것은 어찌 보면 지극히 자연스러운 상상이 아니었겠는가? 더욱이 일부 대학에서 사실로 드러나고 있었음에랴. 그 시절의 대학 캠퍼스에는 어느 누구와도 속 깊은 대화를 나눌 수 있는 공간조차 아예 없었던 것이다.

시대 상황이 이러하므로 교수와 학생들은 자연스럽게 좌편향될 수밖에 없었다. 마르크스주의 철학이 유행병처럼 번졌다. 스스로 마르크스주의자 혹은 그 후계자임을 자처하는 교수들이 등장하여 대학 언론을 지배하고 학생들의 우상이 되어가기 시작했다. 당연히 그렇지 않은 교수, 침묵하는 교수들은 어용 내지 역사의식에 반하는 사이비 학자로 내몰렸다. '매판자본주의'에 기생하는 '반통일세력(당시 유행했던 용어 즉 민족 통일을 반대하는 세력)'으로 규탄되기도 했다. 드디어 김일성 주체사상이 대학가를 휩쓸었다.

문제는 물론 학생들에게만 있었던 것이 아니다. 교수사회에서도 ── 그분들의 신념이라고 믿고 싶지만── 보기에 따라서는 그런 시류에 편승한 분들이 적지 않았다. 일제강점기하의 프롤레타리아 문학을 우리 문학사의 주류로, 임화와 같은 프롤레타리아 시인을 우리 문학사 최대 문인으로 우상화시킨다든가, 스스로 헤겔의 제자를 자처한다든가, 좌파 문학이론의 우월성을 남달리 강조한다든가, 「난쏘공」(당시 운동권 학생들의 필독소설이었던 조세희의 소설 「난쟁이가 쏘아 올린 작은 공」) 같은 작품들을 통해 반제국주의(反帝國主義) 문학의 전위를 담당한다거나 또는 담당한 체해 보인다든가 하는 따위의 처신이다. 물론 이러한 입장을 취한 교수들은 다수 학생들의 갈채를 받았고 또 독보적 존경의 대상이 되었다.

내가 소속된 국어국문학과도 예외는 아니어서, 학생들은 마르크스주의나 사회주의 리얼리즘의 방법론에 기초를 두지 않은 학문은 학문으로 취급하려 들지를 않았다. 문학사에서는 1920, 30년대의 프롤레타리아 문학, 당대 문학으로는 사회주의 리얼리즘에 토대해서 창작한 소위 '민중문학'이 아니면 진정한 문학이 아니었다. 그런 분위기였으므로 당시 대학에서 이 같은 시류를 거슬러 본격 시학(詩學)을 강의하는 교수들은 ―시학의 본질 자체가 그러한 까닭에― 산문문학을 강의하는 교수들에 비해서 대체로 학생들에게 인기가 없었다. 아니 어용이나 반민중으로 내몰리기 십상이었다. 나로서는 참으로 외롭고, 고달프고, 갈등이 많았던 시절이었다.

에피소드 하나.

그 무렵 나는 전통적으로 문예창작을 금기시하는 봉직 대학의 학과 분위기가 하도 답답해서 어느 사립대학 문예창작학과에 출강을 한 적이 있었다. 학생들에게 자신들이 써온 시작품을 읽히고 토론을 통해서 창작 기법을 습득시키는 것이 주가 되는 강의였다. 그러나 실제 임해보니 애초의 내 기대와는 전혀 달랐다. 처음부터 실망스럽기 그지없었다. 수강생들이 써온 시라는 것들도 한결같이 당시 우리 문단에서 유행병처럼 번지고 있던 소위 '민중시' 혹은 '통일시(분단시)'라 불리는 것들이었다. 나는 그들 사이에서 비교적 잘 쓴다고 평가를 받던 학생 하나를 지목해 작품을 골라 읽혀보았다. 당장 남북통일을 해야 한다는 주장이었으나, 시로서의 구성요건이 제대로 갖춰져 있지 않았다. 내용 역시 그랬다. 대체 어떻게 '당장' 통일을 할 수 있다는 말인가. 그래서 내가 '통일도 좋지만 우선 시(詩)부터 되어야 하지 않겠느냐'고 했더니 나의 그 지적이 불쾌했던지 그 학생, 자리에서 벌떡 일어나 하는 말이 '교수님은 '반통일 세력'이라 그렇게 보지를 않느냐, 통일에 반대하는 입장이니 자신의 시가 시로 보이지 않은 것이다'라고 한다.

이후 전개된 그와의 토론(?) 내용이다.

"내가 왜 반통일 세력인가?" "가진 자이니까 그렇지요." "내가 무엇을 가졌다는 것인가?" "교수님은 서울대 교수라서 봉급이 많잖아요?"(예나 제나 서울대 정교수의 봉급은 대기업의 과장, 혹은 유명 사립대학의 3분의 2 수준이다) "그런데 왜 내가 통일을 반대한다고 생각하나?" "통일이 되면 서울대학교는 없어지고 교수님은 실직해야 하지 않겠습니까?" "자네 별말을 다 하네. 남한만을 가지고도 그렇게 부(富)를 축적한 정주영 회장도 만일 통일이 되면 자신의 재산을 그 두 배로 늘릴 기회를 가질 것이고, 지금 한반도 반쪽만의 대통령인 노태우 씨도 통일이 되면 한반도 전체의 대통령이 될 것이고, 나는 서울대만이 아닌 김일성대학의 교수까지도 겸할 수 있을 터인데 왜 통일을 반대하겠는가?"

학기 중이었음에도 나는 그 일로 너무 마음의 상처를 입어 그만 그 대학의 출강을 포기해버리고 말았다. 그리고 집으로 돌아와 다음과

정좌(正坐)

같은 시 한 편을 썼다.

고려연방제가 무엇인지 모르지만
통일은 우선
교류부터 시작해야 한다고 말했더니
한 학생이 불쑥 일어나
나더러 반통일 세력이라고 한다.
부동산투기를 근절하기 위해서 만일
국가가 모든 토지를 국유화한다면
나의 유일한 부동산인 집 한 채를
기꺼이 국가에 헌납할 생각이 있는 나인데
통일을 위해서라면 대학교수직도
기꺼이 물러설 수 있다고 생각하는 나인데
25년 교직 경력, 150만 원 월수는
이제 가진 자가 되었구나.
그렇다. 나는
가진 자이다.
집에 가면 나의 사랑하는 강아지 '왈패'가 있고
브람스의 음악이 있고
그보다는 아직 티브이의 멜로드라마를 보면서 찔찔
흘릴 눈물이 있다.
학생들이 떠난
빈 강의실,
홀로 남아 분필을 추스른다.

소월(素月)의 허무주의처럼 흑판은

텅 비어 있는데

가만히 새겨 보는 그대 이름, 아니

산산이 부서진 나의 이름.

— 「소월(素月)을 강의하며」

　이런 시대적 어둠과 학내 분위기, 그리고 그에 따른 학생들의 압박에 떠밀리는 상황에서 나는 더 이상 머뭇거릴 수 없었다. 무언가를 선택 혹은 결정하지 않으면 아니 되었다. 시도 학문도 버리고 행동으로 현실에 뛰어들 것인가, 아니면 학생들의 비난을 감수하면서 현실과 거리를 둔 채 상아탑에 칩거할 것인가. 성격상, 나로서는 그도 저도 아닌 모호한 태도로 시류에 편승하여 한세월을 그럭저럭 보낸다는 것이 부끄러웠다. 당시 대부분의 지식인이 그랬던 것처럼 정보기관에 불려가지 않을 정도의, 불려가더라도 며칠 구치소 신세를 지다가 풀려나올 정도의 좌편향적 현실비판의 제스처를 그럴 듯하게 취하면서 적당히 기회주의 처신을 할 수는 없었다. 만일 행동으로 현실 참여를 해야 한다면 1970년대의 김지하가 보여주었던 바로 그것처럼 해야 할 일이었다. 그러나 불행히도 나에겐 김지하가 지녔을 그 같은 용기가 없었다.

　그러니 결국 답은 하나, 현실에 온몸을 던져 행동으로 저항할 용기가 없다면 차라리 후자의 길이라도 성실히 걸어야 하지 않겠는가? 할 수 있다면 나는 열정을 바쳐 이 어두운 시대를 학문과 창작으로 불 밝히리라. 구백여 년 전 몽골이 고려의 전 국토를 유린하던 그 암흑한 시절에도 어떤 이는 세상과 등지고 묵묵히 목판에 불경 한 글자 한 글자

　　　　　　　　　　　　　　　　　　　　정좌(正坐)

를 새기지 않았던가. 그리고 그 새겨진 팔만대장경이 후대에 위대한 민족유산으로 남아 길이 살아 숨 쉬지 않던가. 변명 같지만 당시 나는, 어찌 보면 창을 들고 전장에 뛰어들어 몽골 군사 몇 사람을 죽이는 일보다 팔만대장경을 각인하는 일이 민족 생존에 보다 기여하는 일이 될 수도 있을지 모르겠다는 생각이 들었다. 세계사에서 보듯 비록 국가와 국토를 잃어버리는 그 최악의 비극적 상황에 처할지라도 문화와 언어의 정체성을 올바르게 지켜낸 민족은 오히려 시대를 초월해 영속할 수 있었기에 하는 말이다.

이 같은 합리화는 어떤 측면에선 앞 장에서 이미 지적했던바, 내 전공 학문, 즉 시학(詩學)의 기본 전제를 시대와 거리를 둔 채 눈을 딱 감고 받아들인 것이라고도 말할 수 있다. 현실비판이나 사회고발 같은 내용은, 비록 산문문학 경우에서는 나름의 성공을 거둘 수 있을지 모르나 시에서는 어차피 문학적 성공을 거두기 힘들다는 바로 그 이유 때문이다. 1920, 30년대 우리 문단을 휩쓸었던 소위 프롤레타리아트 문학이 바로 그 실질적 증거가 아니던가. 그러나 다른 한편으로는 수년 전 내가 아직 대전의 충남대학교에 봉직하고 있었을 당시, 전두환 신군부의 쿠데타에 반대하는 교수민주화선언의 주동자로 몰려 한 열흘 '충남기업사(보안사 충남지부)' 지하 취조실에서 겪어야 했던 고통도 하나의 트라우마로 작용했던 것이 사실이다. 그래서 나는 그때 이렇게 생각했다. 어설피 민중시의 조류에 휩쓸리기보다는 차라리 문학(언어)이라도 순수하게 지키자.

나는 그해 어느 겨울방학, 소란스러운 속세를 떠나 책 몇 권을 보따리에 싸 들고 당시 정휴(正休) 스님이 주지로 있던 치악산의 구룡사에 찾아들었다. 그리고 한 철을 그곳에서 보냈다. 어떤 때는 일찍 기상하여 새벽예불에 참석하기도 하고, 어떤 때는 시자와 더불어 법당 앞마당을 쓸기도 했다. 어떤 때는 멍하니 요사채 마루에 걸터앉아 햇빛 공양을 즐기기도 하고, 어떤 때는 팔베개를 하고 누워 계곡의 얼음장 밑을 흐르는 물소리나 솔가지를 흔드는 바람 소리를 듣기도, 어떤 때는 눈밭에 찍힌 짐승 발자국들을 쫓아 온종일 숲속을 헤매기도, 어떤 때는 시를, 내 정신의 반란을 말씀으로 옮기기도 했다. 《창세기》에서도 신(神)은 이 세상을 말씀으로 창조하셨다 하지 않았던가?

한 철을 치악(雉岳)에서 보냈더니라.
눈 덮인 묏부리를 치어다 보며
그리운 이 생각 않고 살았더니라.
빈 가지에 홀로 앉아
하늘 문 엿보는 산까치같이,

한 철을 구룡(龜龍)에서 보냈더니라.
대웅전 추녀 끝을 치어다 보며
미운 이 생각 않고 살았더니라.
흰 구름 서너 짐 머리에 이고
바람길 엿보는 풍경(風磬)같이,

그렇게 한 철을 보냈더니라.
이마에 찬 산그늘 품고,
가슴에 찬 산자락 품고
산 두릅 속눈 트는 겨울 한 철을

깨어진 기와처럼 살았더니라.

— 「속구룡사시편(續龜龍寺詩篇)」

그럼에도 불구하고 어떤 이 있어 "너는 왜 그 당시 군중 앞에서 저항의 칼날을 높이 빼 들지 않았느냐?"고 내게 돌멩이를 던진다면 할 수 없는 일이다.

4

나는 그 무렵부터 겨울방학 땐 으레 산사(山寺)를 찾아 짧게는 열흘, 길게는 한 달 가까이 요사채에 머물며 정신적 안정도 취하고 학기 중에 시도하지 못했던 시 창작에 몰두하기도 했다. 치악산의 구룡사, 달마산의 미황사, 설악산의 백담사, 금강산의 화암사, 두타산의 삼화사 등이다. 시 창작을 터부시하는 학과 내의 분위기, 시대가 주는 압박감으로부터 벗어나고 싶어서였다. 일종의 현실도피였다. 그래서 나는 눈치 보이는 대학이 아니라 산사(山寺) 같은 데 숨어서 조용히 시 창작을 하는 것이 훨씬 마음 편했다. 다행히 내겐 절집을 찾을 때마다 편의를 제공해주시는 큰스님 한 분이 곁에 계셨다.

산사에 기거하고 있으면 가끔 대학원의 내 지도학생들이 찾아오기도 했다. 그런 날은 인적 끊긴 요사채의 외진 구석방에서 밤을 지새우며 술자리도 벌이고 사제지간에 평소 하지 못했던 이야기들을 격의 없이 나누기도 했다. 하얗게 눈이 쌓인 계곡의 얼음장 아래로 돌돌돌 흘러가는 물소리, 어디선가 문득 적막을 깨뜨리고 부러지는 설해목(雪害木)의 비명, 바람 소리, 산짐승의 울음소리 등이 한데 어울려 아름답고 낭만적이기까지 한 밤들이었다. 평소에는 미처 깨닫지 못했지만 '교수'라는 직업이 참 행복하다는 생각조차 들었다.

백담사에 머무르고 있을 때였다. 나는 내 제자라는 학생들을 한번 시험해보고 싶었다. 저들이 진정 나를 인간적으로 좋아하고 있는 것일까? 혹시 나를 이해관계로써 접근하고 있는 것이나 아닐까? 그래서 나는 그들에게 이렇게 운을 떼었다. '대학원을 다닌다는 것은 후에 학자가 되기 위한 수련 과정이고 미래에 교수라는 직업을 가지겠다는 뜻이다. 여러분도 언제인가는 모두 교수가 될 것이다. 그런데 그 교수 가운데서도 모교의 교수가 된다는 것은 영광이다. 여러분 모두가 원하는 일일지도 모른다. 예컨대 내가 정년퇴임을 하게 되면 아마도 여러분들 중 어떤 특정한 누군가가 나의 뒤를 이을 것이다. 그래야만 한다. 그렇다면 어느 누가 그렇게 될 것인가?'

내친김에 나는 다시 이렇게 말을 이었다. '첫 제자라고 해서 그럴 수는 없다. 나와 개인적으로 더 가깝다고 해서, 나와 연구 프로젝트를 함께 나누어 고생했다고 해서, 내 방을 지키면서 나를 많이 도와주었다고 해서, 인간적으로 훌륭한 덕성을 지녔다고 해서 그럴 수도 없다. 그렇다면 그는 누구인가. 나는 어떤 조건도 따지지 않겠다. 다만 학문적으로 누구에게서나 인정을 받는 사람, 적어도 밖에서 서울대학교 교수라는 이름에 부족함이 없다고 평가를 받는 그런 학자가 내 뒤를 이어 주었으면 한다. 여러분 가운데 그럴 만한 자격을 갖춘 사람이 없다면 물론 타교 출신이 와야 할 것이다. 나는 학벌, 지역, 인연, 인간관계를 따지는 사람이 아니다. 앞으로 시간은 충분히 있다. 그러니 서로 경쟁

정좌(正坐)

하면서 학문에 매진했으면 한다.'

　나의 이 같은 생각은 평소 내 소신이기도 하다. 그래서 나는 이 발언을 통해 무슨 세속적 이해관계로 나를 가까이하려는 자가 있다면 일찌감치 내 곁을 떠나버리라는 메시지를 전하고자 했던 것이다. 그 후 유증이던가. 그 후 몇몇 학생들의 나에 대한 태도가 달라졌다. 특히 그 스스로 수제자라고 생각했을 첫 번째 지도학생(실제는 두 번째 지도학생이지만 앞에서 언급한 그 첫 번째 운동권 학생이 나를 내치고 학문의 세계로부터 뛰쳐나가 버렸으므로)이 그러했다. 그는 그 후 수년 동안 내 연구실에 발길을 끊었다. 대학원을 졸업하고 학위를 취득한 뒤의 강사 시절에도, 대학교수가 된 이후에도 다른 교수들의 연구실은 다 찾을망정 나에게는 오지 않았다. 그래서 나는 서울대학교 교수로서 제자 농사를 지으며 첫 번째, 두 번째의 경작에서 이처럼 보기 좋게 실패하고 말았다.

5
—

　　　　　　나는 비록 불교를 좋아하고 또 절집을 자주 찾기는 하지만 나 스스로 불자(佛子)라는 생각을 가져본 적이 없다. 이 말은 한 사람의 신도라 하기에는 자신이 없다는 뜻이다. 일반적으로 종교란 믿음의 세계일 터인데 불교는 그 세계가 너무 크고 깊되 강력한 의지처 같은 것이 없어 내게 어떤 초신비적인 체험 같은 것을 불러일으키지 못하는 까닭이다. 그래서 나는 불교를 종교라기보다 하나의 철학으로, 하나의 세계관으로, 하나의 사유 형식으로, 삼고 있는 터이다. 그런데 불교는 서구 신학적(神學的) 견지에서는 '신'이라는 개념이 없어 그 자체 종교일 수 없다고 하니 나의 이러한 태도는 역설적으로 나 자신 넓은 의미의 불자임을 고백하는 말이 될지도 모르겠다.

나는 전라북도 전주의 한 역사 깊은 미션계 중고등학교를 다녔다. 그래서 청소년기엔 기독교의 영향을 많이 받았다. 교회도 열심히 다녔고 ─내용을 잘 이해하지도 못하면서─ 신·구약을 여러 차례 통독하기도 했다. 중학교 3학년 때엔 세례를 받기 위해서 학습까지 이수했으나 바로 세례의식이 있는 주일날 공교롭게도 교회에 갈 수 없는 사정이 생겨 그만 작파해버린 적도 있었다. 지금 생각하면 그 모든 것이 운명의 장난이었는지도 모른다. 그래서 지금도 내겐 기독교에 대해서 아련한 어떤 동경 같은 것이 남아 있는 것도 사실이다.

그러나 나는 고등학교를 졸업하고 대학을 다니면서 교회 다니는 일을 그만 작파해버렸다. 이에 대해서는 앞서 잠깐 언급한 바 있지만, 그 빌미는 내 게으른 성격에서 비롯된 것이었다고 할 수 있다. 가난한 대학생으로서 학비와 생활비를 벌기 위해 나날이 쫓기는 일상을 보내다가 모처럼 하루를 쉬게 되는 일요일, 교회 가는 일이 부담스러웠던 것이다. 그래서 처음 한두 번씩 교회 출석을 거르기 시작한 것이 결과적으로 그렇게 되어 버렸다. 그러나 그것은 겉으로 드러난 계기가 그랬을 것이고 필시 내 마음속 깊이에선 무엇인가 기독교에 대한 본질적 회의 같은 것도 있었을 것이다.

지금 생각해 보면 그것은 대개 두 가지로 정리되는 문제이다. 하나는 ─지금은 물론 많이 달라져 있겠으나─ 당대의 한국 기독교가 우리 고유의 전통 또는 우리 삶의 양식으로부터 무엇인가 좀 어긋나는 길, 예를 들어 친미(親美) 사대주의로 가고 있지 않나 하는 내 개인적 비판 의식이고, 다른 하나는 보다 근원적으로 기독교의 구원관 ─가

정좌(正坐)

령 가롯 유다는 죄인인가 의인인가, 백제 사람은 천국에 갔는가 혹은 지옥에 갔는가 하는 따위— 에 대한 회의였다. 그런데 하필이면 그 같은 정신적, 육체적 방황을 겪는 시기에 나는 불교에 관한 서적들을 접하게 되었다.

그러한 관점에서 나의 불교 입문은 무슨 신앙이나 법회의식 같은 것을 통해서가 아니었다. 무슨 큰스님의 법문을 들어서도 아니고, 어떤 영적인 인도나 체험을 받아서도 아니고, 누군가의 권유로 그를 따라 사찰에 동반 출입하면서도 아니었다. 그저 홀로 책상 앞에 앉아 불교 관련 서적들을 읽는 가운데 저절로 교화되었다고나 할까.

그 무렵 나는 작고하신 정병욱 선생으로부터 신라 향가에 대한 강의를 듣고 있었는데 그런 어느 날이었다. 선생이 향가의 하나인 「제망매가(祭亡妹歌)」를 해석해오라고 하신 적이 있었다. 그런데 나로서는 그 이두(吏讀)식 표기 가운데서도 생경한 한자 단어 '미타찰(彌陀刹)'이라는 불교 용어가 무슨 뜻인지를 알 수 없었다. 그래서 나는 (오늘날처럼 불교학에 관한 서적들이 흔치 않은 시대였으므로) 이것저것 도서관의 책들을 뒤지게 되었다. 그뿐 아니다. 다 알고 있듯 우리 고전 문학 작품은 크든 작든 대부분 불교의 영향 아래 쓰였다. 그런 까닭에 내 전공 학문상 이런 일들을 자주 반복적으로 겪으면서 나는 자연히 불교라는 한 거대한 철학과 마주치게 된 것이다.

이렇게 나름대로 불교에 관심을 가졌건만 그때까지만 해도, 아니 대학을 졸업한 수십 년 후까지도 나는 스스로 절을 찾은 적도, 무슨 법회나 불교 행사에 참여한 적도 없었다. 그런데 1984년 어느 봄날, 정말 우연하게도 어떤 스님의 법명으로 된 불교 문학상 하나를 받은 것이 계기가 되어 나는 스님 한 분과 인연을 맺었다. 2018년에 열반하신 신홍사 문중의 조실, 오현 큰스님이다.

그 같은 인연으로 스님은 이후 내가 원할 경우 언제나 절집에 머무를 수 있도록 배려해주셨다. 그리하여 나는 겨울방학 때마다 절에 머물며 홀로 방에서 뒹굴거나, 자빠져 낮잠을 자거나, 계곡을 흐르는 물소리, 바람 소리를 무연히 듣거나 아니면 시를 쓰는 것으로 한 철을 보내곤 했다. 내 전집에 수록된 시들의 상당수는 아마 이때 쓴 것들일 것이다.

그러한 의미에서 나의 불교행은 나도 모르는 어떤 인연 때문이 아니었을까 싶다. 혹 수천 년 전부터 우리 민족의 유전자로 정착 계승된 어떤 불가항력적인 힘일지도…… 요즘 나는 나이가 들면서 그런 엉뚱한 생각을 해보곤 한다. 그러다 보니 문득 회상되는 일이 하나 있다. 내유년 시절의 영상이다. 초등학교 입학하기 전이니까 아마 내 나이 너댓 살 때 일일 것이다. 나는 태어나 백일이 지난 뒤부터 성년이 되기까지 외가에서 자랐다. 그러므로 나는 나를 지극 정성으로 사랑해 주셨던 외할머니에 대한 유년 시절의 추억이 많다. 그중에서도 선명하게 떠오르는 기억 하나가 있다. 외할머니께서 인근의 조그마한 산중 암자를 자주 드나드시던 장면이다.

그 암자에는 외가와 밀접한 관계를 맺고 있었으리라고 짐작되는 어떤 나이 든 비구니 한 분이 계셨다. 외할머니께서 집안의 대소사가 있을 때마다 초청해 조언을 듣고는 하시던 스님이다. 그 스님이 오시면 —꼭 그분한테만 그랬던 것은 아니었지만— 외할머니는 항상 어린 나를 당신 곁에 조신하게 앉히고 대화의 서두를 이렇게 꺼내시곤 했다. "스님, 이 아이를 한번 보세요. 하늘에서 뚝 떨어진 아이랍니다." 나에 대한 외할머니의 이 알 듯 모를 듯한 칭찬이, 형제 없이 그것도 유복자

정좌(正坐)

로 태어난 내 기구한 운명을 비유적 혹은 역설적 어법으로 표현하신 말씀이라는 것을 나는 훨씬 세월이 흘러 성년이 된 뒤에야 비로소 깨우쳤지만, 그때 그 스님이 외할머니께 답하신 말씀만큼은 지금도 생생하게 기억하고 있다. "아무렴요, 이 아이는 하늘이 내린 남다른 애랍니다. 앞으로 큰 인물이 될 거예요. 이 잘생긴 이마랑 귀를 보세요."

어떻든 나는 이 두 어른의 이 같은 말씀에 의식화되어 어린 마음이지만 그 한구석에 이렇게 새기고 한 생을 살아왔다. 큰 인물이 되지 못한다면 이 곧 내가 아니라고……

회상해보면 내 생애에 맺은 불교와의 인연은 이때부터 시작된 것이 아니었을까.

12장 …

그래도 아름다웠던

1

강좌 중에는 기초교양과목이라는 것이 있었다. 대학 차원에서 각 학과의 강좌 몇 개를 선택해 어떤 규제나 조건 없이 누구나 졸업할 때까지 의무적으로 이수케 하는 과목들이다. 그러므로 이 강의는 내용이나 형식에 따라 수강 학생들의 숫자가 천차만별했다. 어떤 강좌는 10여 명 안팎, 어떤 강좌는 2, 3백여 명이 넘었다.

수강자가 많이 몰리는 경우는 대개 그 강좌가 학생들의 현실적 필요(예컨대 구직이나 자격증 획득)에 맞아떨어지거나, 당시의 시국과 관련된 것이거나, 강의 내용이 쉬우면서도 실제 생활에 유용하거나, 담당 교수가 인기인이거나 하는 경우가 대부분이었지만 항상 그렇지만도 않았다. 학점을 잘 주는 것으로 소문이 나 있거나, 강의 형식이 코믹해서 재미가 있거나, 휴강이 많으면서도 과제물을 거의 부과하지 않는 강의도 이에 해당했다. 어떤 교수는 한 강좌를 주당 이틀에 걸쳐 3시간 해

226

야 한다는 학사규정(한 강좌는 3시간이다)을 무시하고 하루에, 그것도 쉬는 시간 없이 연속하는 것으로 시간표를 짜, 실제로는 한 시간 반 정도에서 해치워 버리기도 했다. 그런 강의일수록 많은 수강생들이 몰렸고 정작 당사자인 교수는 매스컴이나 정치 캠프에 자주 얼굴을 내밀곤 했다.

그 같은 현상이 일어나는 데에는 나름의 이유도 없지 않았다. 학생들의 입장에선 쉽게 좋은 학점을 빨리 딸 수 있다는 점, 커피 브레이크 타임처럼 다른 진지한 전공 수강과목들과의 연결고리에서 잠시 휴식을 취할 수 있다는 점 등이다. 실제로 이들 강좌의 수강생들은 사법고시나 행정고시 혹은 취직 공부에 몰두하는 수험생들이거나, 아르바이트 같은 일로 시간에 쫓기거나, 졸업성적을 높이려는 학생들이 대부분이었다.

물론 국문학과에도 이 같은 기초 교양강좌가 두세 개 개설되었고 이 중 '한국현대시의 이해'라는 과목 하나가 내게 돌아왔다. 그런데 어찌 된 일인지 첫 강의임에도 수강생이 150여 명이 넘쳤다. 그래서 나는 우선 비좁은 강의실을 강당으로 옮겨야 했다. 토론 형식의 강의도 불가능했다. 행정실에 연락해서 휴대용 스피커를 사용하기는 했지만 혼자 두세 시간씩 스피치를 할 수밖에 없으니 기력이 쇠해져서 뒷좌석에 앉은 학생들은 내 목소리가 작아 듣지 못하겠다는 불평을 늘어놓았다. 목이 아팠다. 평생 고질로 달고 다니던 만성후두염 때문이었다.

나는 원래 목소리가 작은 사람이다. 타고난 내 성대가 약했다. 그런데 20대 후반의 고등학교 교사 시절이었다. 직업이 직업이다 보니 나는 수업 중에 항상 많은 말을 해야 했다. 국어교사여서 특히 더 그랬다. 당연히 성대에 무리가 왔다. 어느 봄날, 가벼운 잔기침이 시작되더니 잘 낫지 않았다. 일주일이 가고 한 달이 가도 마찬가지였다. 나중에는 성대에 무슨 이물질 같은 것이 붙어 있는 듯한 불쾌감마저 지속되었고 더불어 목이 쉬었다. 끝내는 발성 자체가 제대로 되지 않았다.

말을 시원스럽게 하지 못하니 수업에 지장이 생기고 그 때문에 우울증까지 겹쳐 왔다. 할 수 없이 병원의 이비인후과를 찾았다. 그런데 후두경으로 한참 내 목구멍을 들여다보던 의사의 말이 내 성대에 작은 결절이 생겼다고 했다. 급성후두염이라는 것이다. 그래서 나는 매주 2회씩 한 달 가까이 통원치료를 받았다. 그러나 열흘이 가도, 보름이 가도 병세는 호전되지 않았다. 이처럼 시간을 끌게 되자 그 의사 선생님은 좀 미안했던지, 어느 날 내게 영어원서로 된 미국의 의학 교재 한 권을 보여주며 '후두염이란 최소 두 달은 말을 하지 않고 성대에 휴식을 주어야 낫는 병이다. 당분간 목을 좀 쉬어라'고 당부했다. 내 처지와는 한참이나 동떨어진 주문이었다. 교사가, 그것도 성격 급한 국어 교사가 어떻게 수업시간 내내 입을 다물 수 있다는 말인가.

그래서 나는 그 '급성후두염'의 치료를 그해 여름방학 때까지 임시방편으로 질질 끌었는데, 정작 방학이 되자 그것은 마치 기다리고 있기나 했던 것처럼 이미 만성후두염으로 변질되어버린 후였다. 이젠 치료 자체가 불투명해진 것이다. 물론 이 같은 사태에 이르기까지에는 다른 이유도 없었던 것은 아니다. 당시 나는 어머니를 여읜 뒤 홀로 자취를 하면서 식생활을 부실하게 했던 탓에 몸의 면역력이 약해질 대로 약해져 있는 상태였다. 그런데 공교롭게도 그 후두염이 그때까지 앓고 있던 내 경중 폐결핵과 그만 맞물려버렸기 때문이었다.

그래서 수십 년이 지난 지금도 내 성대는 정상이 아니다. 성대를 구

정좌(正坐)

성하는 두 개의 떨림판 중 하나가 일부 살점이 도드라진 채 굳어버려, 발성할 때 마찰이 섬세하게 이루어지지 않는 것이다. 그래서 이후 나는 평생 지긋지긋하게도 그 만성후두염을 달고 살아왔다. 중학교 학창 시절에는 그래도 합창부원으로 뽑히기까지 했던 내가 성인이 된 뒤 제대로 노래 한 곡조 시원하게 부르지 못하고, 사적인 대화나 토론에서 항상 남에게 뒤처져 미적거리다가 곧잘 말할 기회를 놓치는 이유도 여기에 있다.

평생 후두염을 앓다 보니 이런 에피소드가 있기도 했다. 아내가 외출하고 혼자 집을 지키고 있을 때다. 전화가 걸려온다. 내가 수화기를 들고 "여보세요." 하면 전화선을 타고 대뜸 망설임 없이 울리는 목소리, "엄마 좀 바꿔라". 나를 아내의 아들로 착각한 아내 친구의 목소리인 것이다. 그러나 직접 대면해서 대화를 나누는 것도, 가족 구성원을 소개하는 일도 아닌데 굳이 내 신분을 밝혀 서로 민망한 장면을 연출할 필요가 있으랴. 나는 그 당혹스러운 순간을 대체로 이렇게 정리해 버린다. "어머니는 지금 외출 중입니다. 무어라고 전해드릴까요?" 변질된 내 목소리가 그렇게 젊어 보였을까? 어떻든 목소리만을 듣고 나를 아직 젊은 사람으로 보는 사람도 있으니 나로서는 고질인 그 만성후두염을 그리 나쁘게만 생각할 일만도 아닐 것같다.

강의의 어려움은 물론 내 불완전한 목소리 때문만도 아니었다. 한 학기 서너 번씩 부과되는 과제물의 처리는 가히 중노동이라 할 만했다. 한 학생이 한 학기 동안 최소 200자 원고지 15매(A4 용지로 두 장) 정도를 써 온다고 할 경우, 내가 읽어야 할 총 분량은 통산 3,000매가 넘기 때문이다. 매 학기 두세 권의 긴 장편소설을 읽는 것과 같다. 그러나 소설이란 재미도 있고 읽은 후 홀가분하게 내던져버려도 좋지만, 학생들의 과제물 처리를 그리할 수는 없지 않겠는가. 내겐, 그 개개 과제물들의 내용을 진지하게 독파한 뒤 평점을 매기고 또 일일이 그 사유를 밝혀 되돌려주어야 할 의무가 있는 것이다.

그뿐 아니다. 중간고사나 기말고사의 채점, 성적 산출에 들이는 공력을 한번 생각해보라. 중간고사, 기말고사의 답안지 평점에 과제물 결과, 출석 점수, 평소의 학습 태도 평결까지도 수치로 환산하여 모두 합산, 평균을 내서 또 그것을 A, B, C, D, E, F의 6단계 학점(여기다가 같은 ABC 학점이라 해도 플러스, 마이너스, 제로라는 세 가지 분류가 다시 첨가되니)으로 배점한다는 것이 어디 그리 쉬운 일인가. 더구나 나는 그 학과목만을 맡은 것이 아니다. 내겐 보다 중요한 학부의 전공과 대학원 강의에 쏟아부어야 할 노고가 또 별도로 기다리고 있는 것이다.

따라서 나로서는 '한국현대시의 이해'라는 그 교양과목에 몰리는 수강자들을 그대로 방치해버릴 수가 없었다. 어떻게든 숫자를 줄여야만 했다. 무슨 좋은 방책이 없을까? 수년간의 경험을 토대로 생각해낸 묘안이 다음과 같은 것들이었다. 가능한 한 학습 부담을 가중시켜 학생 스스로가 지쳐 수강을 포기하도록 유도하는 것이다. 그래서 나는 강의 첫 시간에 실라버스를 나누어 주면서 다음과 같은 성적 평가 기준을 제시하였다. ①결석 세 번은 퇴출시킨다. ②종강 시 노트 검사를 한다. ③과제물의 길이는 최소한 A4 용지 3매 이상으로 하되 한 학기에 네 번 제출해야 한다. ④상대평가를 실시하며 하위 25%의 학생은 C학점 이상을 주지 않는다. ⑤학기 중 최소 한 번은 발표를 해야 한다. ⑥헤어 다이(머리 염색)를 한 학생은 수강신청을 받지 않는다.

이로써 문제는 어느 정도 해결이 되었다. 150여 명이나 몰리던 수강생들이 이후 약 70명 내외로 대폭 줄어든 것이다. 그래도 마이크를 사용하기는 마찬가지였으나 이후 내가 이 강의에 쏟아부어야 할 노고를 그만큼 반감시킨 것만큼은 사실이다.

2

        강의 중에는 또 이런 사건도 있었다. 1990년대 후반의 일이다. 이 무렵 우리 젊은이들 사이에는 미국의 소위 힙합문화가 일대 유행을 일으키고 있었다. 힙합 음악이나 힙합 춤은 기본이지만 용모에 있어서도 힙합바지(엉덩이가 처진 바지)를 착용하고, 머리를 헤어 다이(hair dye, 머리카락을 염색하는 것), 헤어 랩(hair wrap, 실가지를 넣어서 머리를 땋는 것) 등으로 꾸미거나, 한쪽 귀에만 귀걸이를 하는 것(이는 미국에서 동성애자가 자신의 존재를 알려 상대 파트너를 구하는 표시이다) 등이다. 지금은 한물갔지만, 이는 원래 미국의 흑인 불량 청소년들 사이에서 유행하던 대중문화가 무분별하게 유입된 것이라고 할 수 있다.

    편협한 가치관 때문일까? 아직 이런 미국의 대중문화가 한국에 유입되기 이전 이미 현지에서 이를 목도한 바 있었던 나로서는 그것을 평상심으로 받아들이기가 힘들었다. 내가 보기에 미국의 백인사회에서도 기품 있고 건강한 가정 출신의 자녀들은 그러하지를 않았다. 원래 힙합바지의 착용이란, 대개가 뚱보인 미국의 하층민, 그중에서도 특히 흑인 빈민층의 젊은이들이 제 나이의 규격 바지를 제대로 입을 수 없는 고충에서 하나의 편법으로 만들어낸 일종의 비정상적 패션이기 때문이다. 즉 배가 볼록 나온 몸매로 기성복을 억지로 입자니 바지를 허리까지 미처 끌어올릴 수 없어 그것을 엉거주춤 엉덩이에 걸치고 바짓가랑이 역시 땅에 질질 끌릴 수밖에 없는 패션을 고안해낸 것이다. 헤어 다이 역시 마찬가지다. 미국의 주류사회에서 소외된 유색인들, 특히 히스패닉계들의 백인 금발에 대한 콤플렉스가 머리에 물감을 들이는 유행을 낳았기 때문이다. 따라서 이 같은 풍조는 한마디로 제 민족의 정체성을 버리고 백인으로 편입되기를 갈망하는 미국 마이너리티의 자기부정 이외 다른 것이라고 말할 수 없다.

생각이 이에 미치자 나는 공연히 이 나라를 대표하는 서울대학생들조차 —다른 대학에 비해서는 그래도 정도가 조금 덜하기는 했지만— 그런 유행을 좇는다는 것에 슬그머니 자존심이 상했다. 내 판단으로는 우리가 아무리 글로벌한 시대에 살고 있다 하더라도 지킬 것은 지키고 배격할 것은 배격해야 했다. 혹 연예인이나 거리의 젊은이들이라면 모른다. 그런데 지식인에 속해야 할 대학생들, 그것도 한국을 대표하는 명문대 학생들이 줏대 없이 그런 시류(서구의 문화론자들조차도 이 힙합 문화를 제3세계의 수탈을 위한 다국적 자본주의의 문화적 침략이라고 비판한다)에 휩쓸린다는 것이 어디 될 말인가.

우연하게도 마침 기회가 찾아왔다. 어느 봄 학기 초, 그러니까 개학해서 두어 주쯤 지날 무렵이었다. 그 역시 교양과목의 하나인 작문 시간이었다. 수강자 수가 100여 명이 넘었다. 나로서는 우선 그 많은 학생들의 이름을 매시간 하나하나 호명하는 것 자체가 고역이었다. 아직 수업 준비가 되어 있지 않은 강의실의 소음, 이중 대답, 들락거리는 학생들의 소란스러움, 곁에 몰려와서 출석체크를 확인해 달라고 조르는 지각생들의 투정 등등…… 나는 갑자기 신경이 예민해져서 잠시 호명을 중단하고 학생들을 정면으로 바라보았다. 그때다. 내 면전에 내가 그렇게 싫어하는 힙합바지를 입고 빨간색 헤어 다이를 한 남학생 하나가 서서 떠들고 있지 않은가.

미처 앞뒤를 가릴 겨를이 없었다. 나는 나도 모르는 사이에 그만 버럭 고함을 질러버렸다. "저기, 그 학생 밖으로 나가요. 그리고 다른 강의를 들어요. 이 시간부터 출석부의 명단에서 이름을 지워버립니다." 깊게 생각해서 한 말이 아니었다. 돌발적이었다. 순간, 그 학생은 어리둥절한 표정으로 주위를 돌아보더니 갑자기 엄숙해진 강의실 분위기에 압도되었던지 슬그머니 자리에 주저앉아버린다.

그래서 나는 다시 그를 불러 세워놓고 이런 취지의 이야기를 했다. '지금 이 시간은 우리 모국어를 공부하는 시간이다. 나는 국문학과의 교수다. 국문학과 교수의 가치관으로는 그 '힙합'이라는 미국의 대중문화를 받아들이기가 힘들다. 내 교육철학이기도 하다. 그러니 자네는 우선 용모를 정상으로 되돌리고 와서 강의를 듣든지 아니면 내 강의를 취소하든지 둘 중 하나를 택해라.' 그 말을 들은 학생은 한동안 말없이 나를 노려보았다. 그러더니 '당신 강의 아니면 어디 다른 들을 강의가 없겠느냐'는 듯 벌떡 일어나 당당하게 밖으로 나가버렸다. 뒤이어 '꽝' 하고 발로 걷어차는 듯한 문소리. 그 서슬에 헤어 다이를 한 다른 학생들 열댓 명도 그 뒤를 줄줄이 따랐다. 이로써 내 강좌에 헤어 다이를 한 수강생들은 자연스럽게 정리되었다.

나도 사실은 나 자신을 잘 모른다. 하지만 스스로 판단컨대, 비록 낭만적 기질이 전혀 없는 것은 아닐지라도 나는 본질적으로 보수적이고, 원칙적이고, 고전적인 사람일지 싶다. 문학적 경향에서도 내가 실험적인 난해시나 포스트모던하다고 주장하는 의식 해체적인 시들에 결코 호감을 갖지 못하는 이유의 일단도 아마 여기에 있을지 모른다.

3

　　　　　　　서울대 대학원 국어국문학과에는 유학생들이 꽤 있었다. 그중에서도 내가 가장 안타깝게 생각했던 학생은 조 우드(Joe Wood)라는 백인 학생이다.

그는 미국의 와이오밍주에서 온 모르몬교도였다. 대체로 모르몬교 신자들은 젊은 시절, 신앙생활의 한 수련과정으로 해외선교라는 것을 해야 한다. 그래서 그는 고향의 한 고등학교를 졸업한 뒤 모르몬교 학교인 유타주의 브리검영대학에서 간단한 한국어를 익히고 그 후 한국에 파견된 것인데, 그 같은 인연이 결국 그를 서울대학교 학부 국문학과에 입학을 한 최초의 미국인 학생이 되도록 만든 것이다.

물론 서울대 국문학과에는 그 이전에도 미국인 유학생들이 적지 않았다. 그러나 모두 대학원 학생들이어서 이렇듯 학부 1학년으로 정식 입학한 미국인 학생은 전례가 없었다. 더욱이 그는 한국어가 유창했고, 전화로만 상대하면 누구도 그가 외국인인지 모를 지경이었다.

그 무렵은 미국의 대학들에 막 한국학 프로그램이 생기기 시작하던 때였다. 그럼에도, 국내 대학 국문학과 졸업자로서 미국의 대학들을 도와줄 수 있는 인재(미국 대학에서 한국문학이나 언어를 가르칠 전공 교수)는 찾기 힘들었다. 영어를 잘하면 전공이 부족했고 전공이 훌륭하면 영어가 모자랐다. 따라서 그 최초의 미국인 학부 유학생에게 거는 국문학과 교수들의 기대는 컸다. 모두 자신들의 전공을 계승한 그가 후에 미국의 대학에서 교수 요원으로 활동하기를 바랐다. 나 역시 그랬다. 그런 그가 요행히 학부 2학년이 되면서 내 지도학생으로 오더니 대학원까지 진학해 한국현대시를 공부하게 된 것이다.

나는 어떻게든지 그가 낙오하지 않고 학위를 무사히 취득할 수 있도록 백방으로 도와주었다. 장학금도 소개해주고, 필요한 자료도 제공해주었으며, 대학원의 여러 학사 일정마다 그를 특별히 챙기곤 했다. 그 역시 잘 따라와 주었다. 학습 능력도 다른 학생들보다 그리 뒤지지 않았다. 친구들과의 관계도 원만했다. 한국 음식 역시 가리지 않아, 심지어는 보신탕까지도 잘 먹었다. 피부 색깔만 다를 뿐, 동기생들 누구도 그를 미국인이라고 생각하지 않았다.

그러나 세상일이란 항상 제 뜻대로 되지 않는 법, 평탄하게 대학원 과정을 이수할 줄 알았던 그에게 갑자기 불행이 닥쳤다. 고향에서 농기구 회사 존디어(Jhone Deer)의 대리점을 경영하던 그의 부친이 어느 날 교통사고로 갑자기 세상을 떠나버린 것이다. 그러자 한 학기를 간신히 버티던 그가 마침내 그만 고향으로 돌아가 집안 살림을 책임져야겠노라 했다. 부질없는 일이었지만 나는 그런 그의 결심을 나름대로 되돌리려 노력해 보았다. 서울에서 공부를 지속할 수 있도록 별도의 장학금을 마련해볼 터이니 결과를 좀 기다려 보자고도 했다. 그러나 그는 귀향해서 2, 3년 가족들을 돌본 뒤 다시 학업을 계속하겠노라는 약속만을 남긴 채 어느 날 표연히 사라져 버렸다. 미련 때문이었던가, 그래도 나는 그의 말을 믿어보기로 했다. 미국의 대학에서는 경제적 어려움에 처한 학생들이, 종종 휴학과 복학을 거듭하면서 학업을 끝마치는 경우도 적지 않다고 들었기 때문이다.

그러나 조 우드로부터는 그 뒤 전혀 소식이 없었다. 그리고 세월이 흘렀다. 그의 존재도 희미하게 잊히기 시작했다. 그런데 갑자기 내가 미국에 체류할 일이 생겼다. 1995년 가을부터 1년간 버클리대에서 강의를 맡게 된 것이다. 가서 보니 버클리가 위치한 샌프란시스코에서 와이오밍주 그의 고향까지는 미국의 거리 개념으로 그다지 먼 곳이 아니었다. 그래서 어느 날 나는 옐로스톤 국립공원도 여행할 겸 시간을 내서 공원 입구의 잭슨홀 근처 그의 집을 찾아가보기로 했다.

그는 마침 휴가로 집에 머물고 있었다. 유타주 솔트레이크에 있는 무슨 회사의 신입 영업사원으로 취직되어 업무 훈련을 받고 있는 중이라고 했다. 그래서 나는 그의 가족들과 함께 재회의 기쁨을 나누고 (조 우드의 서울대 학부 졸업식 날 그의 부모가 한국에 와서 내가 그들을 집으로 초대한 적도 있었으므로) 더불어 다시 한국으로 돌아와 학업을 마치겠다는 그의 약속도 재확인하였다. 그러나 그것으로 끝, 그는 결국 서울대에 다시 돌아오지 않았다.

그런데 그 몇 년 후의 일이다. 어느 날 외출했다가 연구실에 들어오니 조교가 내게 메모지 한 장을 건네주었다. 조 우드라는 미국인에게서 전화가 왔었다는 것이다. 나는 그 무렵 그가 미국의 유명 화장품회사인 뉴스킨의 한국 지점장으로 서울에 부임해와서 활동하고 있다는 풍문을 어디선가 간접적으로 들은 바 있었으므로 반가운 마음에 전화를 걸었다. 사실이었지만 그는 부재중이었다. 비서로 보이는 여직원은 내 신분을 묻더니 내게서 전화가 왔다는 메모를 지점장에게 전해주겠노라고 했다. 그러나 하루가 가고 이틀이 지났건만 그에게서는 다시 연락이 없었다. 나는 그에게 전화를 한 번 더 할까 망설이다가 그만두었다.

백인문화의 사제관계란 그저 그런 것이어서 그랬을까? 어떻든 요즘

정좌(正坐)

도 미국의 각 대학들이 한국문학 전공 교수들을 구하지 못해 쩔쩔매고 있는 현상을 목도하면 문득 그가 생각나고 그의 낙오가 안타깝기만 하다.

$$4$$

　　　　　　일본인 유학생들은 매우 조신하고 예의가 발랐다. 대체로 내성적이었다. 우선 한국 학생들과 잘 어울리지 않았다. 수강에는 매우 성실하지만 토론이나 발표 같은 것에는 지극히 소극적이었다. 항상 냉철하게 관찰하고 기록하고 제삼자적 시점으로 조용히 경청하는 스타일이었다. 자리에는 있되 없는 것 같은 존재였다. 그러나 치밀하고 빈틈이 없었다. 특히 자료조사나 문헌 해독 같은 경우가 그러했다.

　새 학기가 시작된 지 2, 3주째 되는 어느 봄날이었다. 강의를 마치고 내가 막 복도로 나설 때였다. 뒤에서 황급히 따라와 부르는 학생이 있었다. 돌아보니 내 강의를 듣는 일본인 남학생이었다. 그는 서툰 한국말로 선생님께 드릴 것이 있다며 곱게 치장한 작은 포장 상자 한 개와 워드로 작성한 무슨 프린트물 몇 장을 내밀었다. 나는 연구실에 들어와 우선 그 포장 상자부터 풀어보았다. 일본인들의 인사가 항용 그러하듯 거기에는 일본 전통과자 한 상자와 일본산 녹차 봉지 몇 개가 들어 있었다.

　다음으로 그가 건네준 프린트물을 들여다보았다. 순간 얼굴이 화끈 달아올랐다. 그 강좌의 텍스트로 사용하고 있던 내 저서 『20세기 한국시 연구』의 오자(誤字)와 탈자(脫字)의 정오표(正誤表) 목록이 정연하게 기록되어 있었던 것이다. 그뿐만 아니었다. 잘못 쓰인 한자(漢字), 그리고 일본어까지도…… 일본인 학생이 한국인 교수의 한국어 구사의 잘못을 이렇듯 족집게로 집어내듯 들춰낸 것이다.

그 같은 실수는 물론 내가 책을 간행할 때 시간의 촉박에 몰려 제대로 원고 교정을 보지 못한 데 원인이 있다. 그러나 근본적으로는 덜렁거리는 내 성격과 무관치 않다. 예컨대 나는 어떤 일을 할 때, 보다 중요한 것, 중심적인 것, 핵심적인 것에 대해서는 비교적 치밀하면서도, 사소하다고 생각되는 것들에는 별로 신경을 쓰지 않는 편이다. 그래서 저술에서도 내용이나 논리 같은 것의 전개에는 실수를 범하지 않으려 노력했지만 맞춤법이나 어휘 구사, 표기 같은 것에는 크게 신경을 쓰지 않았던 것이 사실이다. 무엇보다 한자리에 쭈그리고 앉아 수백 페이지에 달하는 지면들을 공들여 교정보는 일 자체가 무언가 시간적 손해를 보는 것 같아 싫었다. 변명컨대 나는 그것이 다른 외국인, 특히 일본인과 비교할 때 —나만이 아닌— 우리 민족의 공통된 특성일지도 모른다고도 생각한다. 우리 기업들이 같은 품목의 수출 경쟁에서 퀄리티보다 제품의 끝마무리 때문에 외국의 그것에 밀린다는 세간의 지적도 사실은 이 범주에 드는 것이 아닐까?

일본인이 지닌 그 같은 장점을 나는 전에도 다른 한 사건을 통해서 경험한 바 있다. 20여 년 전의 일이다. 어느 날 나는 일본에서 온 소포 하나를 받았다. 뜯어 보니 도쿄(東京)에 있는 어떤 출판사가 간행한 잡지 한 권과 영문 편지 한 통이 들어 있었다. 이 잡지의 다음 호에 내 작품 「연꽃」을 게재하도록 허락해 달라는 내용이었다. 그 몇 달 전인가, 「연꽃」을 포함한 내 작품 몇 편이 일본어로 번역되어 일본의 한 잡지에 소개된 적이 있었는데 그들은 아마도 그것을 본 것 같았다.

자세히 살펴본즉 그 잡지는 '연(蓮)'에 관한 것만을 전문적으로 다루는 월간지였다. 제호 자체가 《蓮の花》였다. 연에 관한 것이면 그 무엇이든, 그러니까 연을 식물학, 문학, 역사학, 인류학, 종교학, 지리학, 미학 등으로 접근한 일체의 글, 더 나아가서 연을 대상으로 창작한 예술 작품까지 모두 다루는 잡지였다. 전 지면이 아트지로 되어 있어 한눈에 고급스러워 보였다. 나는 외국인이, 그것도 정중히 예를 갖춰 부탁했으므로 —자신들이 알아 싣든 말든 평소 같으면 귀찮게 생각되어 무시해버릴 만한 일이었음에도— 이를 허락한다는 답신을 영문으로 써서 보내고 그만 그 일을 잊어버리고 있었다. 그런데 그 몇 달 후였다. 그 출판사로부터 다시 소포가 하나 날아왔다.

거기에는 놀랍게도 다음과 같은 내용물이 동봉되어 있었다. 우선 내 시가 게재된 그달의 잡지 두 권과 자신들의 출판사를 홍보하는 브로슈어, 연꽃 그림이 인쇄된 카드 한 세트, 그리고 고맙다는 친필 편지와 희고 정갈한 봉투 하나였다. 내가 마지막으로 그 내장된 봉투를 뜯어 보았더니 거기엔 깨끗하고도 빳빳한 100달러짜리 미화(美貨) 두 장이 들어 있지 않은가.

그때 문득 나의 머리에는 떠오른 것이 하나 있었다. 독도를 국내외에 널리 홍보하겠다고 만든 우리 정부의 어떤 동영상물에 내 시 「독도」를 무단으로 게재, 사용하고서도 그것을 항의하자 '그것이 무슨 문제가 되느냐, 당신의 작품을 널리 알리지 않았느냐'며 오히려 당당해하던 우리나라 문화부 실무자의 답변이었다. 오늘의 일본을 만든 힘 가운데는 아마도 이 같은 그들의 성실성과 책임감이 밑바탕을 이루지 않았을까?

5

내가 체코에서 유학 온 이바나 그로베로
바(Ivana Gruberova)라는 여학생과 인연을 맺게 된 것은 당시 우리 정부
의 초청으로 국제교류재단의 기숙사에 머물고 있던 하이델베르크대학
교수 로스케조(Roske Joe, 한국명 조화선(趙華仙). 서울대 철학과를 졸업하고
1960년대 초 독일로 건너가 하이델베르크대학 동양학 교수가 된 교포 학자이자 시
인. 내 시집을 포함해 한국문학 작품을 독일어로 번역 출판하는 데 많은 기여를 하
신 분이다) 선생 때문이다. 아마 1992년 전후의 일이 아니었던가 싶다.
선생에게서 어느 날 만나고 싶다는 연락이 왔다. 그래서 찾아뵈었더니
선생은 내게, 키가 늘씬하고 머리카락이 곱다란 금발의 백인 처녀 한
분을 소개해주었다. 요즘 자신과 같이 국제교류재단의 기숙사에 머물
고 있는 우리 정부 초청의 단기 연수생인데 마침 본인이 서울대 국문
학과에서 공부를 하고 싶다 하여 데려왔으니 가능하면 좀 도와달라는
부탁이었다.

그녀는 우리가 편의상 프라하(Praha)대학이라고 칭하는 체코의 까렐
대학교(Karlova Univerzita, 영어로는 Charles University) 한국문학과에서 학
부와 대학원을 이수하고, 북한의 김일성대학에서 1년간 교환학생으로
공부를 한 적도 있는 재원이었다. 까렐대학에서는 우리의 고전 『구운
몽』을 연구한 논문으로 석사학위를 받았다고 했다.

나는 무엇보다도 그녀의 유창한 한국어 구사가 마음에 들었다(냉전
시대의 북한은 특별히 체코의 까렐대학 한국어문학과에 많은 관심을 가져 이 대학
의 한국학과는 이미 전 유럽에서 가장 높은 학문적 성과를 이룬 것으로 정평이 나
있다). 그녀는 서울대학교 대학원 국문학과에 입학하여 차분하게 석사

240   정좌(正坐)

과정부터 다시 한국현대문학을 공부하는 것이 소원이라고 했다. 그래서 나는 그녀를 서울대 대학원 석사과정에 입학시키고 당시 동유럽과 막 국교를 트려는 당국의 정책에 힘입어 국제교류재단의 장학금도 얻어주었다.

일반적으로 세계 어느 나라 대학이든 학위는 ─자연계는 모르겠으나 인문계나 사회계의 경우는─ 자국 학생들보다 외국 유학생들에게 보다 수월하게 수여한다. 학문적 성과 이외에도 그에 부수되는 여러 정치적 필요성을 감안하기 때문이다. 가령 그 나라에 대한 정보를 얻는다든지 자국을 사랑하는 외국 지식인을 한 사람이라도 더 확보하여 국가 이익을 도모하는 등 활용할 가치가 많기 때문이다. 그런데 이바나는 당시 최초로 동구권에서 한국에 유학을 온, 그래서 우리 국익에 충분히 도움이 될 가능성이 있는 학생이었다. 그러므로 나는 그가 서울대학에서 제대로 공부를 하고 돌아간 뒤 모국의 교수 요원이 된다면 한국과 동구의 문화 내지 학문적 교류에서 중요한 역할을 담당할 수 있으리라는 생각에 기대가 컸다.

그녀는 그런대로 학교생활에 잘 적응하고 착실하게 공부하였다. 학생들과 교수들 사이에서의 평판도 그리 나쁘지 않았다. 그런데 그 역시 뜻대로 되지 않아 2학기 말 성적에서 그만 파탄이 나버렸다. 한 교수가 그녀에게 평점 F학점을 주어버린 것이다. 학부가 아닌 대학원의 경우는 더 말할 필요가 없지만 일반적으로 대학 사회에서는 흔히 있을 수 있는 일이 아니었다. F학점을 준다는 것은 곧 학교를 그만두라는 통보나 다름없는 까닭이다. 관례로 보아서도 대학원 성적은 대개 A+에서 A-의 범주를 벗어나지 않는다. 따라서 학생들의 입장에서는 B를 맞아도 충격을 받기 마련이다. 그럼에도 이바나의 경우 F학점을 맞았으니 그 결과가 어떠했을까.

그녀가 귀국하기 전 나는 지도교수로서 그녀와 몇 차례 상담을 해보았다. 그러나 나도 본인도 왜 그런 결과가 나왔는지 이해할 수가 없었다. 그녀의 말로는 담당 교수가 요구한 리포트 제출은 물론 출석도 성실히 했으며, 토론이나 세미나에서도 다른 학생들에 뒤지지 않았다고 했다. 내가 보기에도 무엇보다 그녀는 한국어가 유창했다. 일본이나 중국에서 온 동양권 유학생들 이상이었다. 나는 같은 교수의 입장에서 동등한 학점 평가권을 가지고 있는 그 선배 교수에게 얼굴을 붉히며 차마 학생 편을 들어 항의하기가 힘들었다. 그리하여 그녀는 울면서 서울대학교에서의 유학을 포기한 채 귀국해버리고 말았다. 다니고 싶어도 그 성적으로는 더 이상 장학금 수혜가 불가능해져 버렸기 때문이다.

그 후 그녀는 체코에 귀국한 후 모교인 까렐대학 한국어과 대학원에서 다시 학업을 이어 결국 「만해 한용운 연구」로 박사학위를 취득하였다. 그리고 지금은 모교와 그의 남편이 있는 말레이시아(내가 반대했음에도 그녀는 서울대학 재학 시 언어학과에 유학 온 중국계 말레이시아 청년과 연애를 하더니 결국 결혼하였다)의 한 대학에서 한국문학을 강의하며 많은 한국문학 작품들(한용운, 서정주를 비롯한 한국의 현대시집, 서산대사의 『선가귀감』이나 선시 같은 불교 전적과, 『구운몽』 같은 우리 고전)을 체코어로 번역, 출판하는 일에 몰두하고 있다. 2003년 내가 까렐대학교의 방문학자로 프라하에 체류하면서 살펴보니, 그녀는 체코의 TV나 라디오에 자주 출연하여 한국의 문학과 문화를 소개하는 데 남다른 열정을 기울이고 있었다. 예컨대 나는 그녀가 2004년 1월 25일 오전, 체코의 국영 Vltava Radio의 제3방송(Cesky Rozhlas 3 교양문화방송)의 정규프로그램 〈조화(Souzvuk)〉에 출연하여 '당신의 음성은 침묵입니다(Mlceni jetvym hlasem) ── 한국의 불교시인 만해 한용운의 시(Poezie Korejskeho buddhistickeho mnicha Manhe Han Jongun)'라는 제목으로 한용운의 문학과 불교 및 한국의 시에 대해 이야기하는 것을 시청한 적이 있다.

훌륭한 학자로 키워 귀국시키면 동구에서 한국의 국익에도 크게 기여할 수 있었을 그녀를 그 교수는 왜 뚜렷한 이유 없이 학교에서 퇴출시켜 버렸을까? 왜 아예 싹부터 잘라버렸을까? 그녀를 몹시 아끼시던 서정주 선생은 후에 내게 그렇게 한탄하신 적이 있다. '그 사람이 평론을 한답시고 내 시는 근대시가 아니라고 하더니, 결국 일을 저질러 아까운 인재 하나를 버렸다'고…… 어쨌든 정년퇴직한 지 10여 년이 되어가는 지금까지도 나에게는 그 일이 하나의 미스터리로 남아 있다.

그녀의 집안은 체코 공산정권하에서 심하게 핍박을 받은 내력이 있었다. 아버지가 사회주의 리얼리즘을 거부하고 순수회화를 고집한 화가였던 까닭이다. 그래서 그녀는 서울대 대학원에 다니면서 당시 이 땅의 좌경화된 운동권 학생이나 주사파들을 이해하지 못했다. 공개적으로 거리낌없이 비판하기도 했다. 혹시 헤겔의 제자 혹은 스스로 좌파를 자처했던 그 교수는 당시의 운동권적 시류에 영합하여 그랬던 것일까? 아니면 동구에서 온 그 첫 유학생이 당신 아닌 후배 교수를 지도교수로 선택한 것이 못내 마땅치 않게 생각되어서 그랬던 것일까?

13장
바람이 들려주는 이야기

1

서울대 교수 시절, 내게는 크고 작은 사건들이 많이 있었다. 어떤 것은 내 불찰로, 어떤 것은 내 소신 때문에, 또 어떤 것은 내 학문적 입장 때문에 생긴 일들이었다.

1990년대 후반의 어느 날이었다. 혼자 책을 읽고 있는데 조용히 내 연구실을 노크하는 사람이 있었다. 60대 중반쯤 되어 보이는, 좀 허술한 신사복 차림의 사내였다. 자리를 권하고 찾아온 용건을 물었다. 그는 간절한 음성으로 부탁이 하나 있다며 꼭 들어주십사고 했다. 교수란 권력도, 돈도 없는, 그래서 세상 물정과 거리를 두고 사는 사람인데 무슨 일로 이렇게 찾아왔는지 사양치 말고 말씀해보시라고 했다.

그는 자신과 가족의 내력부터 소상히 소개하였다. 일제강점기와 해방 전후의 격동기에 잡지도 간행하고 꽤 활발하게 시작 활동을 하면서 문단에 영향을 끼쳤던 어떤 시인의 본처 장남이었다. 그는 오랜 공직 생활을 했지만 모두 접고 지금부터는 돌아가신 선친의 삶을 선양하는 일로 여생을 바치고 싶다 했다. 그래서 우선 선친의 문학전집부터 간행하고 이어 선친에 대한 연구서도 편찬코자 하는데 거기에 내가 쓴 논문들을 수록코자 하니 양해해 달라는 것이었다. 거절할 이유가 없었다.

그러나 그다음이 문제였다. 그는 들고 온 가방에서 무슨 인쇄물 한 묶음을 꺼내더니 어느 지면을 펼쳐 내게 보여주며 "교수님, 이 부분을 좀 고쳐주시면 어떻겠습니까?" 하고 애잔한 눈빛으로 나를 쳐다보았다. 일제강점기 말 문학적으로 친일 어용의 선봉에 섰던 그분의 선친에 대해 내가 쓴 몇 편의 비판적인 글 중 일부였다. 그는 돌아가신 아버지의 명예를 지키기 위해서라면 자식 된 도리로 무슨 일인들 하지 못하겠느냐며, 이번 전집에 교수님의 글은 꼭 들어가야 하는데 내용이 이러하니 죄송하지만 이처럼 부탁을 드릴 수밖에 없다고 했다. 고쳐주시면 그 은혜를 잊지 않겠다고도 했다.

그러나 아무리 인간적인 연민을 보인다 하더라도 학자로서 사실을 왜곡할 수는 없는 일이 아니겠는가. 그것은 이미 학계에 발표된 논문이기도 했다. 그래서 나는 그의 부탁을 거절하며 그만 돌아가시라고 했다. 그러나 그는 자리에서 일어서지를 않았다. 한 시간여 넘게 앉아 버티면서 때로는 하소연을 하고, 때로는 눈물을 보이기도 하고, 때로는 변명 아닌 변명을 늘어놓았다. 그래도 내가 끝내 태도를 바꾸지 않자 그는 그만 단념을 했는지 자리에서 벌떡 일어나 내게 막말을 해댔다. 그러더니 발로 문을 꽝 차고 밖으로 나가버렸다.

그 후 그는 다시 내게 연락하지 않았다. 그가 편찬하겠다던 그의 선친의 문학전집과 연구논문집이 그대로 간행되었는지도 모르겠다. 설마 그 자신이 내용을 마음대로 수정하지는 않았을 터인즉 혹시 내 논문은 빼버린 채 출판한 것은 아닐까.

2

미국 하버드대학교의 데이비드 맥켄(David McCann) 교수에게는 아주 미안한 일이 하나 있다. 그와 나는, 동료인 권영민 교수와 작고하신 미당 선생의 소개로 1980년대 말부터 우정을 나누던 사이였다. 서울에서의 만남은 물론 그가 아직 코넬대학에 재직할 때는 이타카의 그의 집에서 하룻밤을 같이 보낸 추억도 있다. 그런 그에게 나는 돌이킬 수 없는 실수를 저질렀고 이 일로 우리는 서먹서먹한 관계까지 되어버렸다. 백인 특유의 처신으로 내게 어떤 내색을 보이지는 않았으나 몹시 섭섭했을 것으로 생각한다.

지금도 마찬가지이지만 당시 미국의 대학에서 한국문학을 공부하는 학생들에겐 영어로 번역된 한국문학 작품집이 거의 없었다. 그래서 미국 대학의 한국어문학 전공학자들과 국내 한국문학자들로 구성된 '미국한국문학회(American Korean Literature Association: 1990년대 서울대의 권영민 교수와 하버드대의 맥켄 교수 등이 주축이 되어 만들어진 학술단체이다)'라는 학술단체에서는 미국의 한국학 전공 대학생들을 위한 한국문학 강독 교재를 만들기로 계획을 세웠다. 영어로 된 번역본과 한국어로 된 원서의 두 가지 버전을 동시 병행 출판하는 프로젝트였다.

이 일을 위해서 우선 장르별 번역자가 선정되었다. 시의 경우는 나와 맥켄 교수가 공동 책임을 맡았다. 원전 언어(전문적인 용어로는 출발어(source language)라 한다. 즉 한국어)를 구사하는 교수와 번역어(도착어(target language)라 한다. 즉 영어)를 구사하는 교수 양자가 서로 토론해서 협동하면 보다 충실한 번역이 될 수 있으리라는 기대 때문이었다. 그래서 나는 작품 선정과 해설 그리고 번역된 작품의 윤문 등을, 맥켄 교

정좌(正坐)

수는 초벌 번역을 책임지게 되었다.

이 일련의 과정에서 내가 우선 해야 할 것은 우리 현대시 100년의 문학사 가운데 시인 66명을 선정해 한 사람당 대표작 10편씩을 고른 후 간단히 원고지 2, 3매 분량의 해설문을 쓰는 일이었다. 그런데 호사다마라 할까, 그 일을 채 마무리 짓기도 전인데 공교롭게도 갑자기 내게 사정이 생겼다. 전임인 권영민 교수의 추천으로 1995년 가을부터 미국의 버클리대학 동아시아문학부에서 1년간 강의를 하게 된 것이다. 부교수 자격으로 학과의 공식 패컬티에도 참여하는 것은 물론 경제적, 시간적인 면에서 여러 가지 제시하는 조건이 좋았다. 그만한 기회가 다시 오기가 어려울 것 같았다. 나는 두말없이 허락하고 급히 도미 수속을 밟았다.

그런데 거기에는 몇 가지 걸리는 일이 있었다. 그 하나가 바로 이 한국문학 작품의 영어 번역 프로젝트이고 다른 하나는 ──어느 출판사의 요청에 따라── 막 일을 개시했던 고등학교 문학교과서 편찬이었다(제15장「진실의 벽」참조). 그러나 나로서는 전자의 해결이 보다 급했다. 나는 대학원 박사과정에 재학 중인 몇몇 제자의 도움을 받기로 하고, 그들에게 총체적인 틀을 짜주면서 이미 만들어 놓은 원고의 미완 부분을 완성시켜 출판사에 넘기라고 부탁했다. 학생들이 해야 할 일이란 내가 미처 수습하지 못한 몇 시인의 작품 원전을 워드로 쳐서 보완하는 것과 몇몇 시인에 대해서 간단한 소개문을 쓰는 일 그리고 교정보는 일 등이 전부였다. 별로 어려운 일도 아니었다.

1년 뒤 귀국을 해서 확인해보았다 그 몇 주 전에 영어 번역의 원본이 될 한국어 사화집은 이미 간행되어 있었고 미국의 맥켄 교수에게도 전달되었다고 했다. 나는 먼저 학생들에게 고마움을 표하고 미국의 맥켄 교수에게 안부를 겸해 한국에서 만든 —영어 번역의 원본이 될— 한국어 시 사화집을 받아보았느냐고 물었다. 그의 말이 출판사에서 보내왔다고 했다. 그런데 전화선을 타고 울려오는 그의 어조가 별로 유쾌해 보이지 않았다. 무언가 이상한 느낌이 들었다.

그 며칠 후다. 권영민 교수가 내 연구실을 찾아왔다. 그는 내게 그 출간된 한국어 사화집을 꼼꼼히 읽어보았느냐고 물었다. 그래서 왜 그러느냐고 반문했더니 그는 엊그제 맥켄 교수로부터 전화가 왔는데 그가 매우 언짢아하는 기색으로 '오세영 교수가 그런 사람인 줄 몰랐다. 그 책에 문제가 많아 번역할 수 없다'는 취지의 말을 전해왔다는 것이다. 순간 나는 지난번 내가 전화를 했을 때 어딘지 그가 어색해하던 어투가 생각났다. 부랴부랴 책을 펼쳐서 수록된 작품들을 원전과 대조해 읽어보았다. 아뿔싸, 이 무슨 실수랴. 상당 부분의 작품에서 맞춤법, 띄어쓰기의 오류, 시어의 누락 등이 발견되었다. 심지어 어떤 시는 연의 순서가 바뀐 것, 아예 연 자체가 사라진 것도 있었다. 부끄러워서 차마 낯을 들 수 없었다.

나는 급하게 다시 완전한 원본을 새로 만들어 그에게 항공우편으로 보냈다. 그러나 어찌하랴, 이미 엎질러진 물이 되고 만 것을…… 비록 학생들이 저지른 일이라 하더라도 내 어찌 이를 변명할 수 있다는 말인가. 이로써 우리는 서로 학문적 신뢰를 잃어버리고 말았다. 그렇지만 않았더라면 그와 나는 한국문학의 국제교류에서 서로 돕고 함께할 수 있는 일들이 많이 있었을 터였는데, 이제 더 이상의 학술적인 내왕이 끊어져 버리고 만 것이다. 대학교수 30여 년 중 가장 치욕스러웠던 사건이었다.

내가 지도학생들을 너무 믿었던 것일까? 그들의 입장에선 자신들에

정좌(正坐)

게 맡겨진 그 일이 너무 사소하여 그랬던 것일까? 아니면 워드를 쳐 입력하고 교정보는 일이 귀찮았기 때문에 그랬던 것일까? 그들 사이에 서로 할 일을 미루다가 시간을 놓쳐서 그랬던 것일까? 어떻든 나는 그들을 야단치지 않았다. 모두 내 책임이었기 때문이다. 다만 '너희가 큰 실수를 했다. 이번 일이 바람직하게 되었더라면 한국과 미국 사이의 문학 교류가 더욱 활발하게 진전될 수 있었을 터인데 이 일로 그만 망쳐버렸구나' 하고 한탄했을 뿐이다.

그때 그 학생들은 나중에 박사학위도 받고 지금은 모두 현역 교수로 활발히 활동하고 있다. 이미 지나간 일들이지만 그들은 지금 그 일을 타산지석의 학자적 교훈으로 기억이나 하고 있을까? 그때의 지도교수 심정을 이해하고 있을까?

그것을 꼭 좋은 일이라고 말할 수는 없지만, 완벽주의 성격 때문인지, 성장환경 때문인지 나는 나의 일을 남에게 시키는 스타일이 아니다. 그럴 만한 카리스마도 없다. 고백하건대 30년이 넘는 교수 생활 중 내가 학생들의 도움을 빌린 것은 단 두 차례, 이번 일과 나중에 이야기할 교과서 제작뿐이었다. 그런데 이 두 가지가 모두 내게 파탄을 안겨주었으니 도둑질도 해본 사람이라야 제대로 할 수 있다든가?

3

역시 1990년대 중반의 일이다. 하루는 성신여자대학교의 국문학과 허영자 교수로부터 원고 청탁이 왔다. 자신의 학과에서 논문집 『돈암어문학』 제4집을 출간할 예정인데 '한국현대시 연구의 대중화와 활성화'라는 주제가 특집이니 이에 맞는 논문 한 편을 써달라는 부탁이었다. 개인적으로 시인인 허영자 교수는 나와 같은 박목월 선생의 문하생으로 평소에도 가깝게 지내는 분이라 거절하기 어려웠다. 나는 두말없이 200자 원고지 약 100매에 해당하는 글을 써서 보냈다. 그랬더니 그 몇 달 후 다시 연락이 오기를 논문집은 며칠 전 이미 간행되었는데, 이제 그 출판을 계기로 학교에서 학술대회를 열게 되었다며 나더러 대회장에서 그 논문을 좀 발표해주었으면 좋겠다고 했다. 그래서 지정된 날 나는 논문집에 수록된 내용을 토대로 문학작품이 독자들에게 어떻게 오독(誤讀)될 수 있는지에 대해 한 시간 남짓 이야기를 하게 되었다.

발표 후였다. 반응이 좋았던지 아니면 내 주장에 좀 모가 나서 그랬던지 청중들로부터 많은 질문들이 쏟아졌다. 당연히 토론은 진지하게 전개되었다. 그런데 몇몇 질의자들이(성신여대생만이 아닌 타교생과 기타 다른 대학의 교수들도 많이 참석했다) 과격할 정도로 나를 몰아붙였다. 아뿔싸, 나는 또 내 그 직선적인 성격 때문에 당시 문단이나 학계에서 거의 성역으로 여기던 '민중시'의 아킬레스건, 즉 민중시인의 우상이었던 김수영 씨나 김광섭 씨의 대표작(당시 이들의 작품은 중고등학교 및 대학 국어 교과서에 도배가 되어 있었다)을 그 자리에서 아주 폄하해 버렸던 것이다.

특히 나는 김광섭의 「성북동 비둘기」는 문장도 제대로 되어 있지 않고, 내용도 민중시라 부를 수 없는 잡문 정도에 지나지 않으며, 군이 성격을 규정하자면 아마도 '환경보호시(생태시?)' 정도가 되지 않겠느냐는 취지의 발언을 했다. 그리고 덧붙여 시라면 무엇보다 문학성을 우선 갖추어야 하는데, 이 역시 수준 미달이라는 비판도 곁들였다. 그것이 운동권의 비위를 건드려 반발을 사게 된 것이다. 이후 나는 익명의

정좌(正坐)

인사로부터 간헐적인 협박 전화를 받아야 했다. 김수영, 김광섭은 민중 시인의 상징인데 이를 비판하는 것 자체가 이미 반민중이다. 이 같은 반민중, 반민족 시인은 이 땅에서 사라져야 한다는 협박이었다.

그러나 그로부터 20여 년이 지났으니 우리 솔직하게 털어놓고 한번 이야기해보자. 김광섭의 「성북동 비둘기」가, 김수영의 「풀」이 과연 그토록 명작이며 그렇게 우상화될 정도의 소위 '민중시'의 전형에 해당하는 작품일까?

4
―

대학과 문단도 인간들의 사회이니까 거기엔 그 목적에 부합하는, 학문이나 문학작품의 상호 교류 혹은 문인 학자들 사이의 친목을 도모하는 모임이 없을 수 없다. 학자들은 그것을 '학회'라 하고 문인들은 '문단'이라고 한다. 학자와 문인이라는 두 길을 걸었으므로 나 역시 이 같은 모임에 관여하는 것이 당연했다. 하지만 나는 가능한 한 절제하고자 나름대로 노력하였다. 사회성이 부족한 성격 탓이기도 했으나 학회와 문단 두 분야의 단체 여럿을 동시에 감당하기가 어려웠기 때문이다. 그래서 나는, 학회 쪽은 한국현대문학회와 한국시학회, 문단 쪽은 한국시인협회 정도만 관련을 맺었다.

1970년 봄 내가 서울대학교 대학원 석사과정을 마치자, 은사이신 전광용, 정한모 두 분 선생님이 나를 부르셨다. 가서 뵈었더니, 그분들의 말씀이 내 학위 논문 「이미지 구조론」을 학위논문 제출 형식이 아닌, 학술지 게재 형식의 표지로 바꾸어 재출판하되, 거기에 일련번호 1번을 부쳐 몇십 권 제출하라고 하셨다. 학위논문에는 그 겉표지에 그것이 학위논문임을 밝히는 제 형식이 있고 그 안표지에는 심사위원들이 인준하는 특별 서식이 붙어 있기 마련인데, 이 모두를 폐기하고 단순히 일반 학술지 게재 형식으로 바꾸라는 지시였다.

그래서 내가 왜 그래야 하느냐고 여쭈었더니 두 분 말씀이 이랬다. 다른 분야 즉 국어학이나 고전문학 분야에서는 이미 그렇게 시행하고 있다. 하나의 관행이다. 나중에 '자네'가 대학교수가 되고자 할 때 제출용 논문으로 필요한 일이기 때문이니 그리 알라고 하신다. 학위논문을 단순한 일반논문 형식으로 하나 더 만들어 놓으면 대학교수 임용 시 자격심사에서 논문 한 편이 더 생기게 되는 이점이 있다는 것이다(당시 대학교수 응모 서류에는 학위취득 인정서(학위증)는 필수적이었지만 학위논문 그 자체를 요구하지는 않았던 같다. 그래서 학위논문을 단순한 일반 논문으로 전용시켜 별개로 하나 더 만들어 놓으면 업적이 축적되는 결과를 가져오기 때문에 그러지 않았을까 추측해본다). 내 논문이 서울대학교 국문학과 현대문학 전공의 논문 시리즈《한국현대문학연구》제1번이 된 전말이다. 이후 이 시리즈는 석사학위자들이 배출될 때마다 일련번호가 하나씩 늘어나 아마 지금은 200번이 훨씬 넘었으리라 생각한다. 서울대 국문학과 대학원 현대문학 전공의 석사가 나 이후 200여 명 이상 배출되었다는 뜻이다.

이처럼 나는 선생님들의 지시에 따라 별생각 없이《한국현대문학연구》제1번 학자가 되었다. 그러나 그로 인해 받은 역풍은 만만하지가 않았다. 왜냐하면 나보다 먼저 학위를 받은 훌륭한 선배들이 이미 여럿 있었는데 내가 그분들을 제치고 제1번이 되었기 때문이다. 그래서 나는 그 어느 한 분께 불려가 선배들을 무시한 후배로 단죄되어 호되게 꾸지람을 들었다. 생각해보면, 선배들의 처지에선 아마 그럴 만

도 했을 것이다. 순서로 따질 경우 —순서만이 아닌 학문적 업적에서
도— 의당 당신들이 나보다 앞선 번호를 차지해야 했을 터인데 아예 그
시리즈 자체에도 포함되지 않았으니 얼마나 불쾌했으랴. 그래서 이 일
로 나는 한동안 대학에서나 학회에서 남의 눈에 띄지 않도록 조신해야
했다.

그런 사건이 있은 지 2, 3년 후다. 나는 충남대학교 교수로 부임 하
면서 《한국현대문학연구》 제1번 학자로서 내가 해야 할 일이 무엇인가
를 진지하게 고민해 보았다. 결론은 이 실체 없는 '현대문학연구'라는
것을 학회로 한번 만들어 보자는 것이었다. 그래서 나는 이 무렵 충남
대 인근의 숭전대(지금의 한남대)로 갓 부임해 온 김대행 교수(나와 같이
정한모 선생 문하에서 공부하였으나 후에 전공을 고전시가 쪽으로 바꾸었다. 서울
사대 교수로 정년하였음)의 도움을 받아 모교의 현대문학 전공 은사인 전
광용, 정한모 선생을 비롯, 서울대학교 대학원에서 석사과정을 이수한
모든 동문들을 계룡산의 동학산장(지금은 국립공원 정화사업으로 없어짐)으
로 초청하였다.

그날 밤 회식이 끝난 후다. 나는 미리 예정했던 대로 참석자들에게
이 모임을 단순한 친목회가 아닌 정식 학회로 만들어 보자고 제안하였
다. 그리고 내친김에 아예 초대 회장으로 전광용 선생을 추천하였다.
그러자 모든 분들이 박수를 쳐 만장일치로 동의해주었다. 우리 국문학
계에 명실공히 '현대문학연구회'라는 명칭의 새로운 학술단체가 하나
창립된 전말이다. 내 기억으로 이때 참여하신 분들은 전광용, 정한모,
김열규, 김용직, 이재선, 박철희, 김상태, 주종연, 구인환, 김은전, 한계
전, 박동규, 윤홍로, 이주형, 조남현, 권영민, 김대행, 김재홍, 오세영 등
20여 명의 학자들이 아니었던가 생각한다.

이 학회의 역대 회장은 관례적으로 서울대 스승이나 선배 교수들이 돌아가며 맡게 되었다. 초대 회장 전광용 선생과 2대 회장 정한모 선생은 타계하실 때까지 그 직위를 유지하셨다. 그 뒤를 이은 김용직 교수도 몇 차례 회장을 연임하였다. 그 후 우리는 이 학회의 명칭을 '한국현대문학연구회'에서 '한국현대문학회'로 고치면서, 회장은 임기 중의 회장과 부회장 그리고 후배 몇 사람으로 구성된 이사회에서 뽑기로 하되 당분간은 서울대 교수와 외부 교수가 매회 번갈아 교대한다는 원칙도 정했다. 그리하여 서울대의 김윤식 교수, 나의 대학 동기인 인하대의 윤명구 교수, 다시 서울대의 한계전 교수, 명지대의 이용남 교수가 차례를 이었고 드디어 내 순서가 왔다.

그런데 그 회장을 선임하기로 한 날 오전이었다. 당시 이 학회의 부회장으로 있던 서울대의 한 후배 교수가 연구실로 나를 찾아왔다(나는 이미 이 단체의 총무, 부회장 등을 역임한 상태였다). 내가 대외활동 같은 것에 별 관심을 두지 않는 것을 아는 그 후배는 내게 "선생님 이번에 현대문학회 회장을 하실 의향이 있는지요?" 하고 물었다. 그러나 그것만큼은 나에게 새삼스러운 질문이었다. 왜냐하면 나로서는 다른 학회는 모르지만 내가 창설하다시피 한 이 학회에 대해서만큼은 남다른 애정을 가지고 있어 내심 회장을 해야겠다는 생각을 갖고 있었기 때문이다. 그래서 빙긋이 웃으며 "왜요? 내가 회장을 맡지 않았으면 좋겠습니까?" 하고 반문했더니 그 후배 교수는 "알았습니다. 선생님 의사를 확실히 알고 싶어서 그랬습니다." 하며 오늘 저녁에 회장 선출이 있으니 관례대로 선생님이 맡아달라고 부탁하면서 연구실을 나갔다.

그러나 그는 내게 연락을 해주기로 한 그날 밤은 물론, 그 다음 날도 또 그 다음 다음 날도 아무런 소식을 전해주지 않았다. 나는 결과

정좌(正坐)

가 몹시 궁금했다. 그러나 당사자인 선배로서 먼저 그를 찾거나 전화를 걸어 물어보는 것이 민망했으므로 무언가 일이 잘못되었구나 하고 수일 후 마음을 접어버렸다. 그런지 3, 4일이 되었을 무렵이다. 강의실 복도에서 우연히 나는 그를 만나게 되었다. 나를 본 그는 당황한 듯한 기색이 역력했다. 그래서 내가 그의 마음을 풀어주려고 먼저 "왜? 무엇인가 잘못되었지요? 그래서 내게 연락을 하지 못했지요?" 하고 말을 건넸더니 그는 어색한 표정을 지으며 다만 웃기만 했다. 그래서 "그래, 누가 회장이 되었습니까?" 하고 다시 물었다. 그러자 한참 만에 그는 "제가 회장이 되었어요. 그냥 그렇게 되었어요."라고 했다.

그런 경우 항용 그랬던 것처럼 이번에도 나는 더 이상 아무 말을 하지 않았다. 내가 창설하다시피 하고 간사, 총무, 부회장 등으로 10여 년 이상 봉사하면서 키워놓은 이 학술단체 즉 '한국현대문학회'에서 내가 끝내 회장을 하지 못한 채 정년을 맞이하게 된 전말이다. 이 학술단체는 이후 훌륭한 후배 학자들의 적극적인 활약으로 지금은 국문학계에서 가장 권위 있는 학회의 하나로 성장하였다.

5

학문이 전문화, 세분화를 지향하자 학회도 점차 그런 경향을 추수하게 되었다. 예컨대 국어국문학회가 국어학회, 고전문학회, 현대문학회 등으로 분화되듯이, 현대문학회가 다시 현대소설학회, 현대희곡학회, 한국비평학회 등으로 나누어지는 것 등이다. 그래서 주위의 한국현대시를 공부하는 후배들이 가칭 '한국현대시

학회'라는 것을 만들자는 주장이 잇달았다. 내가 결심을 하면 자신들이 실질적으로 움직이겠다는 것이다. 그때까지는 아직 한국현대시만을 대상으로 한 전문 학회가 없었기 때문이다. 그러나 나는 몇 가지 이유에서 선뜻 응할 수 없었다. 첫째, 이 역시 선배 교수들이 있으므로 앞서 경험한바, 과거 서울대 국문학과 현대문학 전공의 논문 시리즈 순서 배열에서 생긴 오해의 전철을 다시 밟는 결과가 될 것 같았다. 둘째, 이미 이때 홍익대의 문덕수 교수를 중심으로 다수의 시인과 교수들이 이와 유사한 '시문학회'라는 단체를 만들어 활동하고 있어서 이역시 이분들의 심기를 건드릴 염려가 있었다.

그러나 학술논문의 발표 지면이 부족했던 후배들의 입장에서는 현실적으로 새로운 전문학회를 하나 만드는 것이 화급한 과제였다. 그래서 후배들은 이후에도 지속적으로 나를 찾아와 새로운 시 연구 학술단체를 하나 창립하자고 부추겼고 나로서도 더 이상 망설이기 힘들 지경에 이르렀다. 스스로 생각건대 나의 처신이 너무 우유부단하고, 선배들의 눈치를 보는 것도 비겁한 것 같았다. '시문학회'라는 단체는 학자가 아닌 일반 시인도 회원으로 되어 있어, 큰 문제가 되지는 않을 것 같았다. 그래서 일단 학회를 만들어 초대 회장 자리에 선배 교수를 앉히고 2선으로 물러나 있으면 크게 나무람 당할 일이 아니라는 생각이 들었다.

그리하여 나는 그 후배 교수들인 고려대의 최동호, 경희대의 김재홍, 서울여대의 이숭원, 아주대의 조창환, 건국대의 김영철, 상명여대의 고형진(후에 고려대 교수가 되었음) 교수 등을 불러 내 결심을 이야기하고, 새로운 학회 즉 '한국시학회'를 창립하자는 데 의견을 모았다. 아마 1997년의 초여름이었을 것이다. 그리하여 우리는 마침 당시 경기대 국

정좌(正坐)

문학과에 봉직하고 있던 김명인 교수(나중에 고려대 교수가 되었다)의 도움으로 그의 학교 강당에서 창립총회를 무난히 개최할 수 있었다. 회의에는 전국의 대학에서 한국의 현대시를 강의하는 교수들 대부분이 몰려왔다. 처음부터 회원이 70명을 넘어섰다. 우리는 사전 약속에 따라 이 분야에 업적이 큰 서울대의 선배 교수 한 분을 2년 단임제의 회장으로 추대하고 나는 부회장이 되었다.

2년이 지났다. 그러나 그 선배 교수는 애초의 약속과 달리 회장직을 내줄 의사가 없어 보였다. '나는 이것으로 그만둘 터이니 후임을 생각해보라'는 말씀이 없었다. 재임을 하고 싶은 속내가 은연중 드러나 보였다. 후배들의 불만이 컸다. 내게 몰려와서 선배들의 그 같은 옛 관행은 —이미 은사들이 모두 퇴임하셨으니— 이로써 끝내야 한다며 어떻게든 물러나시도록 방법을 강구하자고들 했다. 그러나 누구도 선뜻 앞에 나서서 회원들의 그 같은 여론을 전달할 사람이 없었다. 말하자면 고양이 목에 방울을 달아야 할 상황인데 그 방울 달 쥐가 없는 격이었다. 그래서 모두 속으로만 끙끙 앓고 있는 가운데 드디어 총회 날이 임박했다. 아마 성신여대 강당이었을 것이다.

그날은 온종일 학술논문 발표가, 그리고 발표가 끝난 오후 5시쯤에는 총회가 예정되어 있었다. 그런데 막상 오후가 되니 회장이 보이시지 않았다. 궁금해진 내가 총무간사에게 물어보았다. 그는, 회장은 그날 밤 일본에 무슨 볼일이 있어 급히 출국해야 한다고 점심을 같이한 후 그냥 총회장을 나가버리셨다며 대체 총회를 어떻게 진행해야 할지 걱정이라고 했다. 물론 그분은 출국하시기 전에 부회장인 내게 단 한 마디 상의한 적이 없었다. 회원들의 분위기를 눈치채고 일부러 그 자리를 피하신 듯했다.

시간은 예정대로 다가왔고 회장이 부재하니 의사봉은 당연히 부회장인 내게 돌아왔다. 결국 나는 원치 않은 일을 맡게 되었다. 문제는 선배 교수가 스스로 사의를 표하지 않은 상황에서 신임 회장의 선출을 어떻게 처리하느냐 하는 것이었다. 회원들의 난상토론이 시작되었다. 대체로 현대문학연구가 아직 학문으로 정립되기 이전에는 그런 관행이 통용될 수 있을지 모르나 새롭게 창립된 우리 학회에서 만큼은 그리 할 수 없다는 여론이 주를 이루었다. 비록 의사봉을 쥔 공적인 입장에서 발언을 삼가했으나 나 자신의 생각도 다르지 않았다.

그러나 나는 그것을 차마 행동으로 실천할 수는 없었다. 자신이 회장을 할 욕심으로 선배 교수를 ─그것도 당신이 자리를 비운 틈을 노려─ 비열하게 내몰았다는 세간의 비난이 뻔해 보였기 때문이다. 그래서 나는 회원들의 의견에 따라 곧바로 결정할 수도 있었을 이 문제를 질질 끌 수밖에 없었다. 그런 가운데 회의는 점점 피로감이 겹쳤다. 진행자로서 우유부단한 내 행동을 비판하는 발언들도 쏟아져 나왔다. 더 이상 머뭇거릴 수 없는 지경이 되었다. 좋든 싫든 그것은 내가 감당해야 할 십자가였다. 그래서 나는 여론의 독촉에 못 이기는 척 안건이 상정된 지 30여 분 만에 그만 새 회장을 선임하는 것으로 결론을 내버렸다. 결과적으로 내가 2대 회장이 된 것이다.

세간에서는 나의 이와 같은 처신을 두고 감투 욕심이 빚은 반란이라고 지탄할지 모른다. 소문이 어떻게 났는지 엉뚱하게도 학계가 아닌 문단에서 그렇게 말하는 사람들이 더러 있었다는 소리를 들었다. 그러나 그 소문이야 어찌 되었건 지금에 와서 생각해보니, 나로서는 후회되는 마음 또한 없지 않다. 초대 회장이니 예외로 재임시켜 드려도 좋았을 것을, 내 어찌 그처럼 옹졸했을까? 이후 이 단체는 2년 단임의 회

　　　　　　　　　　　　　　　　　　　　　　정좌(正坐)

장 제도를 엄격히 지키면서 우리 현대시 연구 분야에서 가장 권위 있는 학회의 하나로 발전을 거듭해 오늘에 이르고 있다.

14장 …

이런 일 저런 일

1

1982년 어느 봄날이었다. 김광림, 이형기 두 선생으로부터 연락이 왔다. 한국시인협회 소속 시인들을 중심으로 몇몇 분들이 대만을 방문하기로 했으니 동참하자는 것이다. 일본, 대만의 시인들과 함께 아시아 시인들의 국제적 모임 하나를 결성하는 일이라고 했다. 그리하여 나도 그 발기인회의에 참여하기로 하고 김광림, 이형기, 허영자, 김종해, 강우식, 이건청, 김종철, 유승우 시인들과 더불어 생애 처음 외국 나들이라는 것을 하게 되었다.

타이베이에 가니 대만을 대표하는 진천무(陳天武), 바이추(白萩) 등의 시인들이 따뜻하게 영접해주었다. 다음 날에는 아끼야(秋穀風) 등 일본 시인들 몇몇이 와서 우리 모두는 '아시아시인회의'라는 명칭의 국제 시인단체를 창립하였다. 그 합의된 주요 사업 내용은 매년 한·중(당시는 아직 우리나라가 본토의 중국과 국교를 트지 못해 대만을 중화민국이라 불렀다)·일 삼국이 순차적으로 주관하여 삼국의 언어로 된 사화집을 출간

정좌(正坐)

하는 것과 그 출간한 나라가 주관하여 출판기념회를 겸한 국제 시낭독회를 개최하는 것 등이었다.

이후 이 모임은 수년 동안 순탄하게 지속되었다. 그러던 중 한국 측이 일본 측에 이 모임에 참여한 일본 측 참여 시인들이 과연 일본 시단을 대표할 수 있느냐 하는 자격문제를 제기하면서(아시아시인회의의 일본 측 참여자들은 일본의 범시단을 대표한다기보다 대체로 《지구(地球)》라는 시 동인지의 동인들이었기 때문에), 결국 아시아시인회의는 흐지부지 사라지게 되었는데, 돌이켜 생각하면 유감스러운 일이라 하지 않을 수 없다.

2
——

　　　　　내가 처음으로 중앙 일간지의 신춘문예 심사를 맡게 된 것은 1986년 전후, 그러니까 내 나이 사십 대 중반이지 싶다. 하루는 〈한국일보〉 문화부에서 그해 신춘문예의 심사위원을 맡아달라는 전화가 왔다. 예기치 않은 일이었다. 그러자 하고 수화기를 놓으니 감회가 깊었다. 문단에 등단하기 위해서 그렇게 고민하고 노력했던 것이 언제였던가? 나 자신 이제 누군가를 등단시키는 처지로 바뀌었다는 사실이 믿기지 않았다.

그런 지 며칠 후 신문사에서 다시 연락이 오기를 오후에 심사대상 작품들이 집으로 배달될 것이라고 했다. 시간이 되고 초인종이 울렸다. 내가 슬리퍼를 끌고 대문을 여니 거기엔 소형 트럭 한 대와 덥수룩한 머리에 헐렁한 잠바 차림의 한 청년이 등에 원고 뭉치를 잔뜩 걸머진 채 서 있었다. 요즘처럼 택배나 퀵서비스 시스템이 없었던 시절이었고 당시 〈한국일보〉 신춘문예는 예심 없이 본심에서 모든 투고작들을 심사해야 했으므로 읽어야 할 원고량이 그처럼 많았던 것이다. 나는 그가 신문사 소속의 트럭 기사인 줄 알았다. 영락없는 노동자 모습이었지만 눈빛만큼은 강해 보였다. 그래서 나는 그에게 차나 한잔하고 가라 했다. 그러나 그는 다른 심사위원들 댁에도 들러야 한다면서 원고 뭉치만 거실에 휙 던져놓고 사라져버렸다.

심사 당일, 나는 약속된 한국일보사 소회의실을 찾아갔다. 그런데 내가 막 문을 밀치며 들어서자 탁자 앞에 앉아 있던 사람들 중 한 청년이 성큼 의자에서 일어나 나를 맞아주었다. 며칠 전 원고 뭉치를 등에 지고 우리 집에 찾아왔던 바로 그 청년, 후에 소설가로 대성한 당시 〈한국일보〉 문화부 기자 김훈 씨였다. 그때 나는 비로소 나 이외의 심사위원들로 홍윤숙, 황동규 시인이 있다는 것을 알았다. 김훈 기자는 심사위원들끼리의 자유로운 토론을 보장하기 위한 배려였던지 곧 자리를 피해주었다.

예심 없이 전체 투고작 모두를 읽고 한 편의 당선작을 뽑으려니 시간이 꽤 걸렸다. 그래서 우리는 가끔 한담을 나누고 커피 드는 시간도 갖게 되었는데 그때 위로차 심사 장소에 들린 이 신문사의 문화부장으로부터 나는 김훈 기자에 대한 몇 가지 에피소드를 들었다. 신문 기사 쓰기보다 문학작품 창작에 관심이 더 많다는 것, 가끔 표연히 종적을 감춰 애로가 크다는 것, 그때마다 수소문해서 강제구인하다시피 하는데 이런 그의 자유인 기질을 데스크에서 언제까지 붙잡아둘 수 있을지 모르겠다는 것, 요 며칠 전에도 절집에 숨어 들어가 글을 쓰고 있는 그를 용케 붙잡아 왔다는 것, 그의 숨은 문재(文才)가 아깝다는 것 등이었다.

정좌(正坐)

그리고 2, 3년 후 나는 그가 아예 한국일보사를 뛰쳐나갔다는 소문을 들었다. 나로서는 오늘날 대소설가로 자리매김한 그의 인간적 면모의 한 편린을 그때 처음 엿보았다고나 할까.

3

　　　　　지금까지 나는 몇 차례 문학상을 수상한 바 있다. 그 가운데는 '목월상'처럼 상금이 후한 것도 있고, '시협상(한국시인협회상)'이나 '정지용문학상(후에 정지용의 고향인 옥천군의 지원으로 상금이 생겼음)' '문화예술상'처럼 상금이 전혀 없는 명예상 같은 것도 있다. 또 '만해상'같이 매스컴의 주목을 받는 것도, '백자상'같이 아예 세인의 관심으로부터 거리가 먼 것도 있다.

그러나 비록 상금이 그렇게 많지는 않았더라도, 내게는 그중 '소월시문학상'이 의미 깊은 상이 아니었나 싶다. 제1회 수상자였다는 점, 뛰어난 후배 수상자들 덕에 그 문학상이 지금까지도 초지일관 권위를 잃지 않고 있다는 점 때문이다. 상의 권위란 상금보다 수상자들의 문학적 수준이 결정한다는 것을 보여주는 우리 문학상의 한 예일 것이다. 나는 이 상을 1987년 봄에 받았다.

후일, 이 문학상 심사에 관여했던 어느 한 분에게서 들은 이야기이다. 그때 심사위원 다섯 분 중 네 분은 일찌감치 나를 수상자로 지명했다. 그런데 유독 어느 한 분만이 끝까지 반대해서 장장 서너 시간을 허비할 수밖에 없었다고 한다. 과반수의 의결로 쉽게 결정지을 수도 있었을 문제였으나, 반대하시는 분이 좌중의 어른이셨고 문단에서도 존경을 받는 박두진 선생이셨기 때문이라는 것이다.

할 수 없이 옆에서 이를 지켜보던 발행인이 회의에 끼어들었다. 일단 저녁을 먹고 난 후 냉정을 되찾아 토론을 다시 진행하자는 것이었다. 그리하여 식사 후 2차 회의가 속개되었다. 그러나 그 역시 난항이어서 최종적으로 심사위원 네 분은 한 시간 남짓 그 한 분을 설득한 끝에 —그것도 한 가지 조건을 붙여— 겨우 나를 수상자로 결정할 수 있었다는 것이다. 그 조건이란 다음 회 (2회) 심사에서는 당신이 추천한 시인을 특별히 고려한다는 신사협정이었다(실제로 다음 회 수상자는 그분이 추천한 송수권 씨였다). 내게 이 전말을 들려준 실무자는 오후 3시에 시작된 심사가 저녁 8시에 이르러서야 겨우 끝났다며, 그 어른의 고집이 왜 그렇게 센지 이해하기 힘들다고 혀를 내둘렀다.

그러나 그의 말을 듣는 순간 나는 그것이 그리될 수밖에 없었을 것이라는 생각이 금방 머리에 스쳤다. 다음과 같은 한 사건이 있었기 때문이다. 그 몇 달 전 그러니까 그 전년도 8월이었던가, 시 월간지 《심상(心象)》의 주간인 박동규 교수로부터 원고 청탁이 왔었다. 무슨 글이든 3, 4일 안으로 산문 하나를 급히 써달라는 요청이었다. 어떤 이가 산문 한 편을 쓰기로 약속해 놓고 마감일에 그만 펑크를 내서 그 빈자리를 메꾸어야 하는데 마땅히 글을 쓸 사람이 없으니 만만한 후배인 내가 좀 도와달라는 부탁이었다(박동규 교수는 대학의 선배이자 동료 교수이며 바로 내 문학적 스승인 목월 선생의 큰 자제분이다. 더욱이 《심상》도 목월 선생이 창간한 시 전문 월간지이기도 했다).

갑자기 글을 쓰려니 무엇을 쓸까 쉽게 감이 잡히지 않았다. 나는 한두 시간 이것저것 궁리해보았다. 그러자 문득 '시와 문장'이라는 주제가 떠올랐다. 내가 평소 우리 시에 의외로 비문(非文)이 적지 않다는 생각

정좌(正坐)

을 가지고 있었기 때문인지도 모른다. 그래서 나는 이 기회에 이 문제를 한번 공론화해보고 싶은 생각이 들었다. 아무리 시가 언어의 자유를 지향한다 하더라도 그 역시 일종의 언어 행위인 한 어법만큼은 제대로 지켜야 하지 않겠는가. 옳지 이것을 쓰자. 나는 급히 200자 원고지 40~50매 분량의 평론 한 꼭지를 만들어 잡지사에 보냈다.

문제는 예로 실릴 비문(非文) 시행들이었다. 젊은 신인이나 인지도가 부족한 시인의 작품들은 파급효과가 클 수 없을 것 같았기 때문이다. 그래서 나는 당시 한국문단에서 제일가는 시인이자 대표적인 민중시인이라고 자타가 떠받들던 김광섭의 「성북동 비둘기」와 작고하신 김현승 시인의 「파도」, 교과서에도 자주 실리는 박두진의 「묘지송」 같은 작품들을 예로 들기로 했다. 그리고 그중에서도 특히 「묘지송」의 문장을 혹독하게 비판해버렸다. "살아서 섧던 주검 죽었으매 이내 안 서럽고 언제 무덤 속 화안히 비춰줄 그런 태양만이 그리우리"라는 바로 그 시행이다.

사실 그렇지 아니한가. '주검'이라는 말은 명사로서 '시체'라는 뜻이다. 그런데 '주검이 죽었다'고 했으니 이는 시체가 죽었다는 말이고 시체가 죽었다면 ─부정의 부정은 곧 긍정이 될 것이므로─ 그가 다시 살았다는 뜻이 될 수밖에 없지 않겠는가. 다음은 "언제 무덤 속 화안히 비춰줄 그런 태양만이 그리우리"라는 문장이다. 여기서 문제가 되는 것은 마지막의 '그리우리'라는 단어인데 이는 두 가지로 해석될 수 있기 때문이다. 첫째, '그립다' 혹은 '그리울 것이다'로 해석할 경우 그 앞 시제를 나타내는 의문부사는 '언제'가 아니라 '언제인가'가 되어야 한다. 둘째, 반어법 '그립겠는가?'의 뜻으로 쓰일 경우, '태양만이'에서 '만'을 지워야만 비로소 자연스러운 문장이 된다. 즉 '언제 무덤 속 화안히 비춰줄 그런 태양이 그립겠는가?(그리우리?)'라는 뜻이다. 그러나 설령 이렇게 수정한다 하더라도 이는 시의 전체 의미망과 동떨어진 해석이 될 수밖에 없어 이 역시 비문이기는 매한가지다.

그때 소월시문학상 심사위원들은 왜 그분이 그토록 나의 수상을 반대했는지 이유를 모르셨을 것이다. 아니라면 오비이락(烏飛梨落)이었을까?

4
—

이런 일도 있었다. 2004년 전후다. 우연히 학교 복도에서 마주친 한 여학생이 느닷없이 "선생님의 시를 영화 상영 전 정부의 어떤 홍보물에서 보았어요. 참 반가웠어요."라고 한다. 그래서 내가 무슨 말이냐고 물은즉 그는 "선생님이 모르시면 어떻게 해요?" 하면서 다음과 같은 이야기를 들려주었다. 어느 날 영화를 보러 어떤 극장에 갔다. 그랬더니 본영화를 상영하기 전에 5분짜리 정부 홍보용 동영상물을 틀어주었다. 독도가 우리 땅이라는 것을 국내외에 널리 알리기 위해 문화관광부(지금의 문체부)에서 제작한 것이었다고 한다. 그런데 거기에 나의 시 「독도」가 전제되어 있다는 것이다.

나는 경로를 통해 알아보았다. 사실이었다. 허락도 받지 않고 무단 사용했다는 것이 좀 씁쓸했지만 나는 그것을 좋은 측면으로만 생각하기로 했다. 시인으로서 나의 존재도 널리 알려주는 일이 되지 않았는가?

그런데 며칠 후 몇몇 문인들이 모여 한담하는 자리였다. 마침 저작권 문제가 화제에 올랐기에 나는 경험담으로 그 이야기를 꺼냈다. 그러자 모두가 펄쩍 뛰었다. '그 일을 묵과해서는 안 된다. 음악이나 다른 연예물들은 엄격한 저작권 혜택을 누리고 있는데 문학작품만이 그렇게 동네북처럼 대접을 받는다는 것은 있을 수 없는 일이다. 오 교수만의 문제가 아닌, 문단 전체의 일'이라고들 했다. 그래서 나는 새삼 생각해보았다. 유야무야로 넘길 일이 아닐 것 같았다. 나쁜 선례가 되면 후배 문인들에게도 피해를 가져올 수 있지 않겠는가?

다음날 나는 인터넷에서 이 동영상물을 만든 문화관광부 실무자를 어렵사리 찾아 전화를 걸었다. 그런데 그의 변명이 뜻밖이었다. '나쁜 일도 아니고 국가를 위해서 하는 일인데 무엇이 잘못되었느냐. 요즘처럼 한일 관계가 독도 문제로 긴장이 되어 있는 상황에서는 오히려 우리가 하는 일에 격려를 해주어야 하지 않겠느냐'라는 요지였다. 반응으로 보아서 대화로 해결될 문제가 아닐 것 같았다. 하릴없이 나는 전화를 끊고 이를 어떻게 처리할까 고심하고 있었는데 문득 생각나는 곳이 있었다. 나 자신도 가입해 있는 한국저작권협회라는 단체였다. 옳지, 이 단체의 힘을 한번 빌려보자. 나는 전화로 이 협회의 실무자에게 사정을 이야기했다.

며칠 후, 저작권협회에서 전화가 걸려왔다. 자신들이 문광부에 항의 공문을 띄웠더니 그때야 비로소 사태의 돌아감을 파악했는지 미안하다며 새삼 저작권 사용료를 지불하겠다고 한다. 선생님 의향으로는 얼마쯤 받기를 원하느냐고 물었다. 나는 애초부터 꼭 무슨 보상비를 받아 낼 목적도 아니었고 그런 경우 액수가 얼마쯤 되는지도 몰라 그 일을 저작권협회에 일임해버렸다.

저작권법을 관장하고 행정적으로 실행해야 하는 정부의 전문 부서는 누가 보아도 문화관광부일 것이다. 그런데 이 나라 문화관광부의 문학작품에 대한 저작권 보호의 인식이라는 것이 이런 수준이니 무슨 말을 하겠는가.

5

저작권과 관련된 문제는 그 후에도 여러 번 있었다. 그러나 여기서는 한두 가지만 더 밝히기로 한다. 2013년 1월경이다. 우연히 인터넷을 검색하던 중 나는 어떤 분의 블로그를 통해 내 시 한 편이 어느 지상파 TV의 연재 드라마에 등장한다는 사실을 알게 되었다. 당시 인기를 모으고 있던 SBS의 〈청담동 엘리스〉라는 드라마였다. 그래서 허실 삼아 이미 지나간 그 드라마를 한번 재생시켜 보았다. 드라마 4회째에 문근영 분의 여주인공이 자신의 일기장에 내 시 「자화상」을 적고 독백하는 장면이 나왔다. 물론 화면 어느 구석에도 이 작품의 작자가 오세영이라는 것을 알리는 표시는 없었다. 드라마상으로는 여주인공이 쓴 작품이겠지만 현실적으로는 드라마 작가 자신이 쓴 것으로 오해하기에 충분했다.

이 역시 처음엔 그만 지나치려고 했다. 그러나 주위에서 '이 또한 묵과할 사항이 아니다. 반드시 짚고 넘어가야 한다'고들 했고 그 전에도 이 방송사에서는 어떤 연속극 ─아마 〈그 여자가 무서워〉였을 것이가─ 에서 나의 시 「너, 없음으로」를 무단 사용한 적이 있었으므로 이번만큼은 그만둘 일이 아니라는 생각이 들었다. 그래서 나는 이미 상영이 끝난 드라마였지만, 새삼스럽게 이 문제를 또 저작권협회에 조정

정좌(正坐)

신청을 내 사과받은 적이 있다.

6

2010년 12월 어느 날이다. 문득 한국마
사회 발신의 소포 하나가 내게 배달되어왔다. 포장지를 뜯어본즉 한국
마사회가 만든 새해의 시(詩) 달력 두세 부가 들어 있었다. 매달의 날
짜판 상단에 시와 그림을 곁들여 제법 예쁘게 꾸민 달력이었다. 나는
허실 삼아 펼쳐보았다. 그런데 이 무슨 조화랴. 그 첫 장 즉 1월에 실
린 「1월」이라는 시는 분명 내 작품인데 작자가 작고한 오규원 씨로 되
어 있었다.

시인의 이름을 혼동한 것이 분명했다. 좌시할 문제가 아닐 것 같아
나는 마사회의 해당 부서에 전화를 걸어 이를 항의했다. 그랬더니 먼
저 전화를 받은 무슨 과장이라는 사람의 말인즉 '그럴 수도 있지 않겠
느냐. 우리 이사장님께서 시를 좋아하시고 그의 사돈 역시 시인인 까
닭에 우리가 한국 시단을 도와주기 위해서 예년에 없던 행사를 모처
럼 한번 해본 것이 실수로 그리되었다. 그냥 좋게 보고 이해해 달라'는
것이었다. 내심 시인들에게 시혜를 베풀었다고 생색내려 하는 어투가
자못 당당했다. 그러나 나로서는 물러설 일이 아니었다. 그래서 화를
벌컥 내며 '그저 웃어넘길 일이냐. 저작권법 침해가 아니냐'고 언성을
높였더니, 그제서야 상황판단이 선 듯 그는 슬그머니 꼬리를 내리고 실
무자라며 자신의 부하 무슨 주임이라는 사람에게 수화기를 바꾸어 주
었다. 나는 그에게도 무슨 말인가 호통을 치고 그만 전화를 끊어버렸

다.

　다음 날이었다. 주임이라는 분이 직원 하나를 대동하고 나를 찾아와 이 문제를 없는 것으로 해달라고 사정을 했다. 그러면서 하는 해명이 이랬다. 자신들은 문학에 일면식도 없는 문외한들이다. 다만 위의 지시대로 달력을 만들다 보니 마땅한 작품을 구할 수 없어 이것저것 찾아보다가 마침 〈포엠토피아〉라는 인터넷 홈페이지에서 이 작품을 발견했다. 그런데 거기에는 분명 작자가 오규원으로 되어 있다는 것이다. 그래서 내가 어찌 되었건 원작을 확인하지 않은 것은 잘못이 아니냐고 따지자 자신들은 무엇이 잘못된 것인지 또 어찌해야 할지 모르겠다며 2만여 부를 인쇄해서 보존용 백여 부를 남겨놓고는 이미 모두 시중에 뿌렸다고 한다.

　이 사안을 원칙대로 처리하자면 물론 배본된 달력은 모두 회수한 뒤 새 달력을 만들어야 한다. 그러나 그것은 가능한 일이 아니었다. 딱히 해결할 방도도 없어 보였다. 더욱이 실무자인 젊은이들은 내 앞에서 부들부들 떠는 모습으로 만일 이 문제가 자신들의 상관 즉 마사회 이사장에게 알려지기라도 한다면 그날로 사표를 써야 할 터인즉 사람 하나 살려주는 셈 치고 눈감아 달라고 애원했다.

　그래서 나는 다음과 같은 말로 이 문제를 매듭지어 버렸다. '시중의 달력은 가능한 한 수거하되 보관용이라는 몇백 부만큼은 더 이상 배부해서는 안 된다. 다만 내년에 새 달력을 찍을 경우 이 작품을 내 이름으로 수정해서 그것이 오규원 씨의 것이 아닌 것만큼은 분명 밝혀야 할 것이다.' 그러나 비록 그들에게 이 같은 선언적인 말을 해두기는 했지만, 나는 이 마사회의 달력이란 것이 한국마사회 이사장이, 그의 사돈이 회장을 맡고 있는 어떤 시인 단체를 위한 배려 차원에서 그해에

만 특별히 만들었던 것이므로, 다음 해에는 다시 제작되지 않으리라는 사실을 잘 알고 있었다.

헤어져 집에 돌아온 후 나는 그들이 참고했다는 인터넷 홈페이지 〈포엠토피아〉를 찾아 검색해보았다. 계간 시 전문지 《시와시학》의 것이었는데 사실이었다. 아마추어 독자가 만든 것도 아닌 시 전문 계간지의 홈페이지에서 이런 실수를 범하다니, 기가 막혔다. 나는 시와시학사에 전화를 걸어 편집장에게 항의를 했다. 그러나 그녀의 태도 역시 앞서 마사회 간부의 그것과 별반 다르지 않았다. '이제 알았으니 지금 고쳐놓으면 되지 않겠느냐. 그게 무슨 큰 문제냐'고 한다. 딴은 그렇기도 할 것이다. 이미 엎질러진 물을 어떻게 다시 주워 담을 수 있겠는가. 그러나 누구라도 자신이 저지른 실수를 깨달았다면, 그 즉시 상대방에게 먼저 정중히 사과하는 정도의 예의만큼은 갖추고 있어야 하지 않았을까.

7

인터넷과 관련된 에피소드들도 몇 개가 있다. 그중 하나는 시중에 떠도는 블로그에 내 것이 아닌 작품들이 내 이름으로 버젓이 나돌아다니고 있다. 대표적인 것으로 「사랑하는 이에게」 「이별이 가슴 아픈 까닭」 「비가 내리는 날엔」 「5월을 드립니다」 「그런 때가 있었다」 「그리운 사람 다시 그리워」 「8월의 연가」 등이다. '오세영'이라는 이름이 흔해서인지(실제로 인터넷을 검색해보면 오세영이라는 이름을 지닌 인사들은 소설가, 화가, 지자체 의원, 만화가, 탤런트, 가수, 교수, 목사, 판·

검사, 기업인, 방송인, 기자 등 부지기수다) 동명이인 '오세영'들이 자신들의 블로그에 자신들의 이름으로 작품들을 올려놓았기 때문일 것이다.

이 가운데서도 특히 「그리운 사람 다시 그리워」는 어떤 이가 자신의 블로그에 내 시 「그리운 이 그리워」를 올려놓으며 붙인 댓글을 제삼자가 마치 내 작품인 것처럼 둔갑시켜 제목까지도 비슷한 '그리운 사람 다시 그리워'로 작명해서 내 이름으로 퍼뜨린 것이다. 그러니까 오세영 작으로 되어 있는 「그리운 사람 다시 그리워」는 내 작품이 아니다.

「봄은 전쟁처럼」이라는 작품도 이와 유사한 수난을 당한 바 있다. 어떤 이가 내 작품 「봄은 전쟁처럼」을 자신의 블로그에 올리면서 달아 놓은 댓글을 다른 이가 이를 내 시로 여겨 같은 제목의 오세영 작으로 유포시킨 것이다. 원작인 내 작품 「봄은 전쟁처럼」과 이에 병행하여 그 원작에 다른 이가 부친 댓글이 시가 되어 떠돌아다니는 경우이다. 따라서 「봄은 전쟁처럼」은 내 작품과 내가 쓴 것이 아닌 작품 두 개가 인터넷상에 버젓이 내 이름으로 올려져 있다.

이런 혼란을 더 이상 방치할 수 없었던 나는 어느 날, 이분들의 블로그 주소를 나름대로 열심히 찾아 이렇게 호소를 해 본 적이 있다. '같은 이름으로 작품을 발표하니 독자들에게 여러 가지 혼란을 야기하고 문단에서도 오해가 발생한다. 따라서 앞으로는 후배 시인인 당신이 필명을 하나 만들어 사용하시면 좋겠다. 이는 우리 문단의 오랜 관례이기도 하다.'는 내용이었다.

그러자 반응들이 다양했다. 첫째, 완전 무시형이다. 내 글을 읽었는지 읽지 않았는지 마이동풍(馬耳東風), 아무런 언급 없이 평소대로 오세영의 이름을 초지일관 사용하는 부류다. 둘째, 막가파형이다. 막말과 욕설을 퍼부어대며 자신의 이름 '오세영'을 고집하는 사람들이다.

4.4조 가사형식의 운문으로 박정희, 박근혜의 박씨 2대를 찬양한 어떤 인터넷 신문사 발행인이 대표적이다(설마 독자들은 내가 박정희 박근혜에 대한 찬가를 그것도 4.4조로 썼다고 생각하지는 않을 터인즉 이것만큼은 안심이 된다). 셋째, 정중히 사과하고 이후 '오세영'이라는 이름으로 작품을 올리지 않은 신사형이다. 경기도 화성의 어느 시골 교회에서 시무하는 목사님이다.

인터넷상에는 왜곡된 내 작품들 또한 적지 않다. 이는 아마 처음 내 작품을 블로그에 올린 분들이 워딩할 때 실수로 입력한 것을 다른 분들이 하나둘씩 퍼 나르는 과정에서 빚어진 왜곡일 것이다. 대표적인 작품으로 「봄」 「산다는 것은」 「4월」 등이 있다. 왜곡된 「봄」은 이렇게 시작된다.

봄은
성숙해 가는 소녀의 눈빛
속으로 온다.

흩날리는 목련꽃 그늘 아래서
봄은
피곤에 지친 춘향이
낮잠을 든 사이에 온다.
…………

인터넷상의 시들은 모두 이렇게 '피곤에 지친 춘향'이로 되어 있다. 그러나 원작은 분명 '춘향'이가 아니라 '청춘'이다. 즉 "피곤에 지친 청춘

이/ 낮잠을 든 사이에 온다"가 맞다. 그렇다면 왜 그리되었을까? 이상스러워 한번은 이를 끝까지 추적해본 적이 있다. 그랬더니 그 시원은 1985년 7월 25일 자로 발행된 청하출판사 간 『한국인의 애송시』였다. 무슨 이유에선지는 모르나 그 책의 잘못된 인쇄 지면이 이 같은 결과를 야기시킨 것이다.

왜곡된 다른 작품 「산다는 것은」의 첫 부분도 이렇게 시작된다.

> 산다는 것은
> 가슴에 개 한 마리 기르는 일일지도
> 모른다.
> 날려야 될 그 한 때를 기다려
> 안으로 소중히 품어 안은
> ………….

이 역시 오류이다. 원작의 "가슴에 새 한 마리 기르는 일"이라는 시행이 언제부터인가 인터넷상에는 '가슴에 개 한 마리 기르는 일'로 둔갑되어 있는 것이다. 추측건대 이는 아마도 최초의 블로거가 이 시를 입력할 때 'ㅅ'을 'ㄱ'으로 오타를 내는 바람에 그런 결과가 오지 않았을까 한다. 컴퓨터 자판의 문자 배열은 'ㅅ' 자 바로 옆에 'ㄱ' 자가 있기 때문이다.

시 「4월」도 첫 부분에 이런 왜곡이 있다.

> 언제 우리 소리 그쳤던가,
> 문득 내다보면

4월이 거기 있어라.

    그러나 그것은 원작의 "언제 우̈레̈ 소리 그쳤던가,/ 문득 내다보면/ 4월이 거기 있어라."의 오식이다. 이 또한 최초의 블로거가 '우레'라는 단어를 '우리'라고 오타를 쳐 그리되었을 것으로 생각한다. 이 두 단어의 발음이 유사한 까닭이다.

15장 ···

진실의 벽

1

1999년의 일이었을 것이다. 그해 1월 하순의 어느 날, 나는 대학 입학시험 일환인 면접고사를 끝낸 후 집에 돌아와서 막 쉬려던 참이었다. 그런데 전화벨이 울렸다. 밤 9시쯤······ 수화기를 드니 공주의 시인 나태주 씨의 목소리가 들려왔다. 반가운 마음에 내가 "어쩐 일이요?" 하자 그는 "선생님, 지금 공주로 가는 우등고속버스에서 전화를 드립니다."라고 한다. 그래서 내가 "아니, 기왕에 서울에 왔으면 좀 일찍 전화를 해서 만났으면 좋았으련만 왜 이제 전화를 하세요?"라고 했더니, 엉뚱하게도 "제 여식이 옆자리에서 울고 있습니다."라고 한다. 그래서 놀란 내가 다시 묻기를 "그건 또 무슨 소리요?" 하자 돌아오는 대답이 "선생님한테 혹시 누가 될까 봐 미리 말씀드리지는 않았지만, 사실은 오늘 딸이 서울대학교에서 면접고사를 보고 내려가는 중입니다."라고 한다. 공교롭게도 그날은 날씨가 꽤 추웠는데 온종일 밖에서 떨었을 그를 생각하니 나는 조금 미안한 마음이

정좌(正坐)

들었다.

어떻든 그때 그가 전화로 들려준 이야기는 다음과 같았다.

딸 민애가 자신의 적극적인 권유로 대학입시에서 서울대학교 국문학과를 지원해 며칠 전 필기고사를 치렀다. 그리고 오늘은 마침 면접고사를 보는 날이었다. 면접관은 그에게 시를 한 편 외워보라 했다. 그러나 민애는 시를 제대로 외우지 못해 떨어질 것이 틀림없다며 곁에서 울고 있다. 자신이 이것저것 캐물어본즉 아무래도 그 면접관은 내가 확실해 보이니 이를 어쩌냐는 것이다. 나는 그가 시를 아주 못 외웠는지 아니면 몇 줄이라도 외우려 시도해 보였는지를 물었다. 그의 말이 외우다가 중도에서 그만 포기해버렸는데 고려 말의 학자 이조년 선생의 시조라고 했다.

사실이 그랬다. 그날 면접고사위원들은 국문학의 각 분야 즉 국어학, 고전문학, 현대문학을 대표한 세 교수였고, 이중 내가 현대문학을 담당했었다. 그래서 그때 우리는 각 학생당 면접에 주어진 5분의 짧은 시간을 가능한 한 효율적으로 활용하기 위해서 면접고사에 임하기 전 몇 가지 준비 사항들과 학생들에게 던질 질문들을 미리 의논해두었다. 예컨대 국어학 전공 교수는 훈민정음 창제 동기를, 고전문학 전공 교수는 국문학의 특질을 물어보기로 하고 나는 무조건 시 한 편씩을 외우도록 주문한다는 것 등이다. 응시생은 모두 70여 명, 신입생 정원이 30명이니 2대 1이 좀 넘는 경쟁이었다.

그해의 면접고사는 좀 특별했다. 사지선다형 객관식 필답고사의 단점을 보완하기 위해서 점수를 15점으로 배정, 그 비중을 획기적으로 높여 놓았던 해였기 때문이다. 단 1, 2점으로도 당락이 결정되는 입학시험이다. 그러니 이는 물론 파격적인 실험이라 할 수 있었다. 그래서 우리 면접관들은 있을 수 있는 부작용을 가능한 한 피하고자 배점을 최저 5점에서 최고 10점까지만으로 제한해두기로도 했다. 그래도 5점의 편차가 있으니 이 해의 면접 고사는 다른 해에 비해 대단히 중요한 관문이었다.

시간이 되자 면접고사가 시작되었다. 옆방에서 조교의 호명에 따라 입시생들이 차례차례 고사장 문을 열고 들어왔다. 나는 이미 다른 면접관들과 약속했던 대로 그들에게 외울 수 있는 시라면 아무것이나 한 편 외워보라고 했다. 그러나 불과 두세 명을 거치는 과정에 나의 기대는 속절없이 무너져버리고 말았다. 온전히 시 한 편을 외우는 학생이 의외로 드물었던 까닭이다. 어떤 학생은 한두 줄 외우다 포기했고, 어떤 학생은 나름대로 노력을 하다가 엉뚱한 내용으로 흘렀고, 또 어떤 학생은 내 말이 떨어지자마자 당당히 아예 못 외운다고 선언을 하며 문을 박차고 나가버렸다. 그래서 전체 70여 명의 학생 가운데 그나마 제대로 시 한 편을 외우는 학생은 불과 10여 명, 나름대로 몇 줄 외우다가 포기한 학생이 15명 내외였다.

참으로 충격적인 결과였다. 내가 듣기로, 프랑스의 경우 고등학교를 졸업한 학생은 누구나 자국어의 시를 최소한 200여 편쯤 외운다는데 우리나라에서는 고등학교를 졸업한 학생, 그것도 문학을 전공하기 위해 스스로 국문학과를 응시한 학생이 모국어로 쓴 시 한 편을 제대로 외울 수 없다면 과연 이 나라 국어 교육은 어떤 길로 가고 있다는 것인가. 아니 보통 한국인의 인문 교양의 수준이 이 정도라면 또 국가의 장래는 대체 어떻게 될 것인가 걱정이 앞섰다.

어떻든 이날의 풍경이다. 시를 한 편 외워보라는 나의 주문에 한 학생이 "짧은 시도 괜찮아요?" 하고 물었다. 내가 그렇다고 하자 그는 "사람들 사이에 섬이 있다. 그 섬에 가고 싶다"고 했다. 어디서 많이 들은 시 구절 같았다. 문득 작고하신 조병화(趙炳華) 선생의 『인간고도(人間孤島)』라는 시집의 제호가 연상되었기 때문이다. 그래서 내가 누구의 시냐고 물었더니 그 학생은 유명한 우리나라 현존 시인의 대표작 가운데 하나라고 했다. 선생이란 가르치면서 배우는 사람이라는 말이 실감 났다.

다른 여학생 하나는 또 이렇게 물었다. "교수님, 시조도 괜찮아요?" 내가 시조도 시이니 두말할 것 없다고 하자 그는 "이화(梨花)에 월백(月白)하고 은한(銀漢)은 삼경(三更)인제" 하며 이조년 선생의 시 첫 장을 외우기 시작했다. 그런데 이 무슨 조화랴. 그 역시 그만 중장에서 막혀버리고 기억을 되살리려 안간힘을 썼다. 그러나 고사장의 위압적인 분위기 탓인지 어쩔 줄을 몰라 한다. 보기에 안타까웠다. 그래서 '내가 그것으로 충분하니 됐다, 그만 나가보라' 해도 그녀는 발걸음을 차마 떼지 못했다. 이 여학생이 바로 나태주 씨의 딸이었던 것이다.

나는 나태주 씨에게 말했다. "그 학생 기억이 납니다. 그러나 70여 명의 입시생 가운데 그나마 시를 한두 줄이라도 외운 학생은 25명 내외밖에 안 되니 아마도 성적은 상위권일 것입니다. 그리 걱정하지 않아도 될 것같습니다." 사실이 그랬다. 아예 시 외우길 포기한 학생이 45명이나 된즉 그는 수험생 70명 가운데 최소한 25위의 순서 안에는 들었을 것이고 경쟁률 2대 1이면 면접고사 성적만큼은 합격 점수를 맞은 셈이 틀림없기 때문이다. 그러나 그렇게 말하기는 했어도 나는 마음 한구석이 편치 않았다. 혹시 그가 입학시험에서 떨어지게 되면 필기시험 성적보다도 면접고사 점수로 떨어졌다고 오해하지나 않을까?

나는 그 같은 잡념들을 뒤로하고 예년에 그래왔듯 배낭을 챙겨 바로 다음 날 백담사로 떠나버렸다. 그리고 한 달여를 그곳에서 머물다 집에 돌아왔다. 마음속으로는 나태주 씨의 딸이 과연 합격했는지 궁금했고, 필요하다면 교수로서 발표 며칠 전에 미리 합격 여부를 확인할 수도 있었다. 그러나 나는 '그 학생이 혹시 떨어지지나 않았을까? 떨어졌으면 어떤 낯으로 그 아버지를 대하지?' 하는 부담감 때문에 애써 이를 관심 두지 않았다. 그래야 마음이 편할 것 같았다.

그런데 새 학기가 시작된 3월 중순이었다. 내 연구실 문을 똑똑 노크하는 소리가 들렸다. 내가 "들어와요." 하자 빨간 베레모를 멋지게 쓴, 예쁜 여학생 하나가 꽃다발을 가슴에 안고 들어오더니 그것을 내 책상에 조신하게 올려놓는다. 그리고 그 학생은 '아버지께서 제일 먼저 찾아뵙고 인사드리라'고 해서 왔다고 했다. 나태주 씨의 딸 민애였다.

그 후 민애는 학부 때 잠시 운동권에 휩쓸려 좀 흔들리기는 했지만, 다행히 석사와 박사 학위를 무사히 취득하고 서울대학교에서 강의를 하는 등, 현대문학을 연구하는 학자로 착실히 성장하였다. 요즘은 우리 시단에서 비평으로도 한몫을 거들고 있다.

2

1980년대 후반의 어느 날이었다. 교육부에서 공문 하나가 왔다. 제5차 교육과정 중학교 국어 교과서를 심의하게 되었으니 아무 날 아무 시에 교육방송국 경내의 교육연구소로 나와 달라는 내용이었다. 그간 잊어버리고 있었는데 그 며칠 전 나는 중고등학교 국어 국정교과서 심의위원으로 위촉을 받았던 것이다.

정좌(正坐)

현장에 가보니 교육부의 담당 편수관, 교육연구소의 연구관 등과 여러 실무자들이 바삐 움직이는 가운데 10여 명의 심의위원들이 오늘 심의할 중2 국어 국정교과서 초고 원고와 다른 보조 자료들이 놓여 있는 탁자 앞에서 근엄하게 앉아 있었다. 편수관의 내빈 소개에 의하면 대체로 대학교수, 장학사, 일선 학교 교사 등이라 했다.

심의가 시작되었다. 먼저 국정교과서 제작을 총괄하는 교육부의 국어 담당 편수관이 제5차 국어교육과정의 개요와 그 실행에 관해 설명을 했다. 세월이 흘러 내용 대부분은 잊어버렸지만, 그가 자신의 업적으로 특히 강조했던 것, 즉 5차 고등학교 국어 교육과정에서부터 문학을 국어와 분리, 독립시켰다고 선언적으로 보고한 것만큼은 기억이 또렷하다. 나와 다음과 같은 논쟁을 벌였기 때문이다.

나는 그에게 물어보았다. "그렇게 한 이유는 뭡니까?" 그의 대답이 청천벽력 같았다. 이렇게 설명했기 때문이다. '문학은 미술이나 음악과 같은 예술의 한 종류이다. 애초부터 국어에 포함시킬 이유가 없었다. 그럼에도 지금까지 별생각 없이 국어 시간에 문학을 가르쳐왔다는 것은 아주 잘못된 관행이다. 따라서 지금부터라도 이를 바로잡아야 한다. 만시지탄이기는 하지만 이는 당연한 조치다'(국민은 잘 모르고 지내온 사실이지만 실제로 이 제5차 국어교육과정 이후부터 지금까지 고등학교 국어 교과서에는 문학작품이 거의 배제되어 있다시피 하다. 예전에는 없었던 문학 과목이라는 것을 만들어 독립시켜 버렸기 때문이다. 그런데 새로 생긴 문학 과목은 필수가 아닌 선택과목이므로 언제든 교장의 재량에 의해 실제 수업시간에서 제외될 수 있다. 그럼에도 아직까지 정규 수업시간에 근근이 배정되어 있는 것은 오로지 대입 수능시험에서 문학에 관한 문제가 '언어영역'이라는 이름으로 한두 개 출제되기 때문이라 할 수 있다). 한마디로 문학은 국어와 별 상관 없는 학과목이라는 것이었다.

　그래서 나는 다시 물어보았다. "그렇다면 국어란 무엇입니까?" 그의 대답이 너무나 소박하고 상식적이어서 나는 또 한 번 놀랐다. '말하기, 듣기, 쓰기', 즉 한국어로 말하기, 한국어로 쓰기, 한국어로 듣기를 교육하는 학과목인데, 시나 소설을 읽고 감상하는 것은 이와 상관없는 예술 교육이라는 것이었다. 이 얼마나 충격적 발상이며 코믹한 교육관인가? 그래서 나는 또 이렇게 질문해보았다.

　"예컨대 황순원의 「소나기」라는 작품을 국어 시간에 가르친다고 가정합시다. 교사는 학생들에게 과제로 우선 이 작품을 읽힌 뒤 감상문을 한번 써보라고 합니다. 그뒤 그 감상문을 수업시간에 발표시키면서 학우들끼리 토론하도록 지도합니다. 그렇다면 이 일련의 학습과정에서 감상문 쓰기는 '글쓰기', 감상문 발표는 '말하기', 그 토론은 '듣기'가 아닐까요? 유치원이나 초등학교가 아닌 중고등학교에서 말하기 듣기 쓰기의 교육에 이보다 더 효율적이고 고급스러운 방법이 어디 있겠습니까? 어디 다른 방법이 있으면 이야기해보세요."

　그는 묵묵부답이었다. 할 말이 없는 것이다. 그래서 내친김에 나는 또 이렇게 몰아세웠다. "문학작품을 가르치는 것과 말하기, 듣기, 쓰기를 가르치는 것은 등가 개념이 아닙니다. 문학작품이란 말하기, 듣기, 쓰기를 가르치는 고급스러우면서도 총체적인 매체이고 말하기, 듣기, 쓰기는 그 매체를 통해 습득하고 이해하는 언어화의 한 행위 혹은 과정일 따름이지요. 그럼에도 국어에서 굳이 문학작품을 추방해버린다면 정작 고등학교 국어 교과서는 어떻게 구성됩니까?" 그의 대답이 또 이랬다. 인사말, 실용문, 광고문안, 국회에서 국회의원의 의사 발언, 방송 뉴스, 신문 사설, 만화 같은 것으로 꾸며져야 한다는 것이었다.

듣고 보니 그만둘 일이 아니었다. 나는 본격적으로 이 문제를 물고 늘어지려 했다. 그러나 그는 더 이상 할 말이 없는지 아니면 대답하기에 지쳤는지 그것도 아니라면 귀찮고 성가셨는지 이런 식으로 말문을 막아버렸다. "제5차 국어교육과정은 이미 결정된 사항이라 혹 문제가 있다 하더라도 지금 어떻게 수정할 방법이 없습니다. 교수님의 지적은 우리가 연구해 제6차 교육과정에서 반영하도록 노력하겠습니다." 그러나 그가 구사한 '연구' 혹은 '노력'과 같은 단어들은 원래 관리들이나 공무원들이 어떤 민원을 거절할 때 항용 사용하는 일종의 외교적 수식어임을 잘 알고 있었기에 나는 그 문제가 후에 어떤 결과로 마무리될지 짐작이 갔다. 그래서 기대도 하지 않았다. 한마디로 이 같은 난센스가 오늘날 중고등학교 국어 교육의 실체라면 실체이다.

말이 나왔으니 나는 이 자리에서 '국어' 교육에 관한 나 자신의 소견을 간단히 피력해 보고자 한다.

첫째, '국어'란 간단히 '한국어'를 가리키는 말이다. 그럼에도 우리 교육과정에서 '한국어'라는 말 대신 '국어'라는 용어를 사용하고 있는 것은 일본 제국주의의 유산을 답습한 것 이외 특별한 의미가 없다. 오늘날 일본을 제외한 세계 어느 나라도 학교 교과목 명칭에서 자신들의 모국어를 이같이 '국어(National Language)'라고 부르지는 않는다. 예컨대 그들의 국내 중고등학교에서도 영국과 미국은 '영어', 프랑스는 '프랑스어', 독일은 '독일어'일 뿐이다. 그러므로 우리도 이제부터는 이 신비스러운 뉘앙스의 '국어'라는 말 대신 객관적으로 '한국어'라는 용어를 사용하는 것이 바람직하다.

둘째, 물론 유치원이나 초등학교일 경우 국어 교육의 목적은 말하기, 듣기, 쓰기가 핵심 사항일지 모른다. 그러나 중등학교 이상의 고급 교육에서는 사고력, 상상력, 창의력과 인성을 계발하는 목적에 보다 중점을 두어야 한다.

셋째, 말하기, 듣기, 쓰기 교육의 총체적이고도 종합적인 매체라 할 텍스트는 문학작품이다. 왜냐하면 그 밖의 다른 언술들은 모두 부분적이거나 사말적(些末的)이므로 국어 교과서 편찬은 총체적 언어 행위의 전범인 이 문학작품들이 중심에 서야 하기 때문이다. 실제로 구미의 국어 교과서는 문학작품들을 모아놓은 사화집 이상이 아니다.

넷째, 국어 교육의 보다 중요한 또 하나의 목적은 민족의 정체성 확립이다. 그 핵심을 이루는 민족혼(Volk Seele) 혹은 민족정신(National Geist)은 민족 문학작품(신화와 같은 구비문학을 포함해서)에 내재해 있기 때문이다. 따라서 문학작품을 매개로 하지 않고 한 민족의 정체성을 구현한다는 것은 있을 수 없는 일이다.

다섯째, 국어 교육의 또 다른 목적은 인문정신의 함양에 있다. 우리는 이 국어를 통해 인간에 대한 가치, 인간의 존엄성, 인간다운 삶의 이상을 가르친다. 단순히 말하기, 듣기, 쓰기의 기술 습득 차원에 그치는 교육이 아니다.

여섯째, 학교 교육에서의 문학 교육은 문인 양성이나 문학의 이론 습득을 위한 것이 아니다. 물론 이 같은 측면을 전혀 무시할 수는 없을 것이다. 그러나 보다 본질적인 것, 핵심적인 것은 어디까지나 문학작품의 분석, 감상, 창작을 통해 위에서 지적한 여러 가치들(사고력, 상상력, 창조력 등의 함양, 민족의 정체성 확립, 인문정신의 고취, 말하기 쓰기 듣기 등의 언어교육 등)을 성취시키는 데 그 목적이 있는 것이다.

일곱째, 편의상 예술이라고 하나 문학은 미술 또는 음악과 같은 소위 물질예술과 그 본질이 다르다. 문학의 매재(媒材)는 감각적인 물질(소리, 혹은 색)이 아닌 기호(언어) 그 자체인 까닭이다. 헤겔이 그의 『미학』에서 문학을 미술이나 음악 등과 같은 예술과 구분하여 관념예술(Ideal art)이라 불렀던 것도 이 때문이다. 그러므로 문학에는 미술이나 음악과 같은 물질예술(physical art)에는 있을 수 없는 인간의 어떤 정신적 깊이가 담길 수밖에 없다. 인간을 '기호를 사용할 줄 아는 동물(homo symbolicum)'이라 규정하는 소이연이다.

3

　　　　서두의 논란이 이렇듯 유야무야되자 이어서 본업인 중학교 2학년 국어 교과서 심의에 들어갔다. 심의는 교과서 집필에 관여한 실무자 즉 국어연구소의 각 연구관들에게 자신들이 맡아 쓴 초고를 큰소리로 읽게 하고, 거기에 어떤 문제점이 드러날 경우 심의위원들이 지적해 토론하는 방식으로 진행되었다. 그날의 과제는 마침 중2 국어 교과서의 '소설' 단원이었다(중학교 교과목에서는 아직 문학과 국어가 분리되어 있지 않았다). 단원의 구성은 첫 순서에 '단원의 길잡이'라는 제목의 해설이 실리고, 다음 차례로 소설에 관한 논의, 그리고 소설 작품 자체를 수록하는 형식을 취하고 있었다.

　연구관이 먼저 '단원의 길잡이'라는 글을 읽기 시작했다. 본문보다 다소 작은 활자로 인쇄된 2페이지 분량의, 소설에 대한 지극히 상식적이고도 원론적인 해설이었다. 그가 막 '소설은 픽션이다'라는 문장을 읽을 때였다. 심의위원 중 한 분이 갑자기 "그만!" 하고 제지하면서 무거운 정적을 깼다. 어느 명문대학의 소설 전공 교수이자 당시 문단을 휩쓸고 있던 민중문학 운동의 주도적 평론가 중 한 사람이었다. 좌중이 긴장해서 그에게 시선을 집중하자 그는 준엄한 목소리로 이렇게 지시하였다. 일종의 명령이었다.

"아니, 지금도 소설을 픽션(fiction, 허구)이라고 하는 사람이 어디 있습니까? 소설은 픽션이 아니라 리얼리즘이지요. 이 부분은 리얼리즘이라는 용어로 고쳐 쓰세요." 별안간에 이 말을 들은 그 연구관은 당황하였는지 얼굴이 벌겋게 달아올라서 가만히 고개만 책상에 떨구고 있었다. 주위를 둘러보니 심의위원들 역시 그 누구도 이에 이의를 제기하지 못하는 눈치였다. 서로 얼굴만 쳐다볼 뿐, 그 권위에 눌려 모두 이를 묵인 혹은 수긍하는 형국이었다. 그러니 나라도 무언가 그 잘못된 지적을 언급해야 할 것 같았다.

나는 마이크를 손에 잡고 그를 바라보았다. 순간, 나의 뇌리에 이런 생각들이 번개처럼 스쳐 지나갔다. '소설 전공이라고는 하지만 저분은 분명 '픽션'이 무엇인지 '리얼리즘'이 무엇인지를 모르는 사람이다. 따라서 내가 발언을 하게 되면 필연적으로 저분의 주장을 비판할 수밖에 없다. 소설이 픽션이라는 것은 문학론의 ABC에 해당하는 명제이기 때문이다. 그런데 저분은 나보다 10년이나 연상인 학계의 대선배이자 문단에서는 서슬이 시퍼런 민중문학 운동의 주도자이다. 이 자리에서 경거망동으로 저분의 기분을 상하게 하거나 저분에게 모욕감을 느끼게 만든다면 내 신상에 결코 이로울 것이 없다. 그러니 참자.'

그리하여 나는 —지금 솔직히 고백하건대— 비굴하게도 그 상황을 못 본 척 묵과해버리고 말았다. 그러나 양심의 질책 때문인지 도저히 그 자리를 지키기가 힘들었다. 그렇게 처신한 나 자신이 부끄럽고 이

정좌(正坐)

같은 심의에 힘을 보탠다는 사실 자체가 무의미하게 생각되었다. 그래서 10여 분을 더 그 자리에서 버티다가 그만 화장실에 다녀오는 척 슬그머니 회의 장소를 빠져나와 버렸다.

그러나 당대의 지성들이 이같이 시류에 암묵적으로 편승해서 그 시대를 요령 있게 견뎌냈던 것은 어찌 나만의 처신이었으랴. 김광섭의 「성북동 비둘기」가 최고의 민중시라는 선동, 김수영이 우리 근현대 문학사의 최대 시인이자 가장 모범적인 참여시인이라는 평가, 그의 「풀」이 전무후무한 한국 근대시의 걸작이며 최고의 참여시라는 주장이 횡행하던 시대였다. 민중문학, 민족문학('national literaure'를 가리키는 말인지 'nationalist literature'를 가리키는 말인지 알쏭달쏭한 용어이지만)이 아니면 모두 어용문학으로 단죄되며, 체험이나 리얼리즘에 바탕을 두고 쓰이지 않은 문학은 참다운 문학이 될 수 없다는 억설 등 그 시대를 풍미했던 이슈가 대부분 그렇지 않았던가? 그러나 굳이 변명코자 한다면 비록 나는 그 같은 시류에 이처럼 침묵은 지켰을망정 최소한 부화뇌동하지는 않았다.

따지고 보면 그분이 소설을 리얼리즘으로 정의했던 것도 기실 그 자신이 주도적으로 참여했던 이 시기 민중문단의 이슈 즉 리얼리즘론을 학문적 차원으로 무리하게 짜 맞추려는 데서 기인한 실수가 아니었을까 한다. 아마도 그분은 '픽션(허구)'은 작가가 꾸며낸 이야기라는 점에서 '거짓'이고, '리얼리즘'은 사실을 기술한다는 점에서 진실인 까닭에 진정한 소설이란 거짓이 아닌 진실, 즉 픽션이 아닌 리얼리즘이어야 한다고 생각했던 것 같다. 이처럼 당시 민중문단에서는 마치 사회주의자 리얼리즘론이 그러했던 것과 같이 소박하게도 리얼리즘을 절대절명의 문학창작의 원리로 내걸고 있었다.

그러나 그분은 '사실(fact)'과 '진실(truth)' 그리고 '거짓(false)'이라는 이 세 가지의 의미망 속에 숨어 있는 중대한 원리 하나를 모르고 있었음이 틀림없다. 진실과 사실은 다르며 거짓의 반대말은 진실이 아니라 사실이라는 것, 그러니까 뒤집어 이야기하자면 사실에 진실이 있는 것(과학)과 똑같이 거짓에도 진실이 있을 수 있다(문학)는 바로 그 역설이다. 물론 소설은 사실을 기술하는 글쓰기가 아니다. 사실일 수가 없다. 한 인물의 전기(傳記)나 한 시대의 역사를 기록하는 작업이 아닌 한 본질적으로 작가가 자신의 상상력을 동원해서 꾸며낸 이야기, 달리 말해 거짓의 이야기인 까닭이다. 그래서 소설을 허구라고 하는 것이다. 「레미제라블」도 「부활」도 「카라마조프가의 형제」도 「춘향전」도 그러한 의미에서 모두 사실이 아니라 작가가 꾸며낸 거짓 이야기가 아니던가.

그러나 비록 전기나 역사와 달리 그 꾸며낸 이야기가 사실이 아닌 거짓이라 하더라도, 거기(소설)에 위대한 진실이 담겨 있다는 것은 굳이 지적할 필요가 없다. 리얼리즘이란 이 과정에서 픽션을 서술할 때 동원되는 기법이나 그에 반영되는 세계관 ─마르크스주의 문학이론가 루카치(G. Lukàcs)의 용어를 빌려 표현하자면 '총체성(totalité)'─ 을 가리키는 말일 뿐이다. 같은 '리얼리즘'이라는 용어도 창작 기법을 가리킬 경우와 문예사조를 지칭할 경우 그 뜻이 이렇게 다른 것이다.

4

1995년 가을학기부터 1년간 내가 미국 버클리대학의 '방문교수'(엄밀하게 외국대학의 체류에는 두 가지 유형이 있다.

정좌(正坐)

그곳 대학의 요청에 따라서 그 대학 전임교수로 정식 발령을 받아 강의하는 방문교수(visiting professor)와 본인 스스로의 필요에 따라 그 대학에 가서 머무는 방문학자(visiting scholar)가 그것이다. 후자는 주재하는 대학의 학사에 참여할 의무도 권리도 없이 그저 자신의 경비로 머물다 오는 경우인데, 교수 이외에도 공무원, 언론인, 정치인, 법조인, 은행원 등 많은 분야의 사람들이 초청될 수 있다. '교환교수'라는 말은 미국 대학에 머무는 것을 막연히 편의적으로 지칭하는 한국식 용어일 따름이다)로 떠날 때 내겐 매듭을 짓지 못한 프로젝트(앞서 언급한 미국 대학 강의용 한국어 문학작품 텍스트 편찬(13장 「바람이 들려주는 이야기」 참조) 이외)가 하나 더 있었다. 국내의 어느 학습교재 전문 출판사로부터 요청받은 고등학교 문학 교과서의 편찬이었다.

나는 출국하기 전, 이 일 역시 박사과정의 제자 둘에게 부탁을 했다. 물론 전체 틀과 체계는 잡아주고 중요한 곳은 내가 직접 원고도 써 넘겼다. 크게 문제가 될 것도, 어렵다고 생각되는 것도 없는 일이었지만 그때 나로서는 특별히 신경을 쓴 부분이 하나 있었다. 문학의 장르(고교 문학 교과서에는 '문학의 갈래'라는 용어를 사용한다)에 대한 기술이다. 교과서를 집필하기 전 참고할 요량으로 내가 그 앞서 만들어진 기존의 8종 문학 교과서들을 읽어보았더니, 다른 많은 곳에서도 그렇거니와 특히 문학의 장르를 설명하는 내용에 모두 결정적인 오류를 범하고 있었기 때문이다.

장르란 한마디로 양식에 따른 문학의 종류를 말한다. 문학을 시, 소설, 드라마 따위로 분류하는 것 등이다. 그런데 그 하위구분으로 들어갈 경우 소설은 다시 애정소설, 역사소설, 교양소설, 심리소설, 농민 소설, 사회소설, 프롤레타리아 소설, SF 소설⋯⋯등으로, 드라마는 비극, 희극, 희비극, 멜로드라마⋯⋯ 등으로 나누는 것이 일반적이다. 그렇다면 시의 하위구분은 또 어떻게 나누는가. 기왕에 출간된 문학 교과서 들을 살펴보니 바로 이 대목에서 한결같이 큰 잘못을 범하고 있었다. 기존의 모든 교재가 천편일률적으로 서정시, 서사시, 극시 따위로 나 누인다고 쓰여 있었기 때문이다.

그런데 이와 같은 분류는 고대 그리스에서 아리스토텔레스가 '시'를 나눈 방식을 피상적으로 인용한 것이다. 그가 『시학』에서 시를 서정시, 서 사시, 극시로 나누었기 때문이다. 그러나 문제는 이때 그가 '시(그리스어 시 즉 poesis)'라고 불렀던 것이 오늘날 우리가 생각하는 '시(poetry)'가 아 니라 '문학', 넓게는 예술을 지칭하는 용어였다는 사실이다. 그러므로 그의 이 같은 '시'의 분류는 원래 그리스 당대의 문학(시)이 서정문학(서 정시) 서사문학(서사시) 극문학(극시)으로 나뉜다는 뜻이지 오늘의 시가 그렇다는 뜻은 아니다. 왜냐하면 고대 그리스 시대의 서정시는 현대의 '시', 고대 그리스 시대의 서사시는 현대의 '소설', 고대 그리스 시대의 극시는 현대의 드라마로 변천되었기 때문이다.

따라서 그 문학 교과서들의 주장과 같이 오늘의 시(고대 그리스에서는 서정시)를 다시 서정시, 서사시, 극시 따위로 나눈다는 것은 전혀 논리 에 맞지 않는다. 어불성설(語不成說)이다. 그렇다면 왜 이 같은 오류가 일반화된 것일까. 이는 일본인들이 아리스토텔레스의 『시학』을 동양에 서 맨 처음 일본어로 번역할 때 그 용어를 잘못 차용한 데서 온 혼란 이라 할 수 있다. 즉 문학을 뜻하는 그리스어인 'poesis'를 편의상 '시 (poetry)'라는 말로 오역한 데서 빚어진 실수인 것이다. 그런 까닭에 문 학론에서는 오늘날의 시는 서정시, 서사시, 극시 따위로 분류하지 않 고 찬가, 송가, 발라드, 소네트, 에피그램, 철학시, 좁은 의미의 서정시 따위로 나눈다.

정좌(正坐)

그래서 나는 내가 만든 교과서에서만큼은 이를 확실히 바로잡아 놓으려 했던 것인데 1년 후 귀국해서 보니 내 교과서에서조차 기존의 교과서와 다를 바 없이 되어 있었다. 이 얼마나 황당한 일인가. 누군가가 내가 미리 써준 원고를 파기하고 의도적으로 그 내용을 바꿔치기하지 않았다면 있을 수 없는 일이었다.

나는 교과서 집필을 맡긴 두 제자를 불러 야단을 치고 사건의 전말을 들어보았다. 그들의 말인즉, 어느 날 출판사의 교과서 담당 책임자가 자신들에게 그 부분이 기존의 교과서 내용과 왜 다르냐며 기존의 교과서 내용대로 고쳐달라고 했다. 그래서 '선생님이 출국하시면서 그 부분만큼은 꼭 원고의 내용대로 해야 한다고 했으므로 절대 아니 된다'고 거절한 적이 있었는데, 그럼에도 불구하고 이렇게 되었으니 자신들 역시 어찌 된 일인지 영문을 모르겠다는 것이었다. 따라서 그 말이 사실이라면 그 같은 왜곡은 출판사의 실무자들이 나와 제자들을 따돌리고 의도적으로 고쳐 개악시켰다는 것 이외에 달리 설명할 방법이 없었다.

나는 그 즉시 출판사의 편집장을 호출해서 교과서가 왜 내 뜻대로 만들어지지 않았느냐고 다그쳤다. 그랬더니 그는 두 손을 싹싹 빌면서 다음과 같은 하소연을 늘어놓았다.

교과서의 출판은 인쇄하기 전 미리 교육부 산하 '교과서검정위원회'의 심의를 거치게 되어 있다. 그런데 내가 집필한 교과서의 경우 그 심의에서 바로 '문학의 장르'에 관한 내용이 문제가 되었다. 검정위원회 측에서 공문을 보내오길 문학의 장르에 대한 기술이 잘못되어 있으니 기존 교과서와 같은 내용으로 환원시키지 않으면 합격시켜 줄 수 없다고 통보를 해왔다는 것이다. 그러나 이를 교수님께 부탁하면 당연히 거절하실 것이므로 한번 야단맞을 셈 치고 공문의 지시대로 자신들이 이렇게 일을 저질렀으니 그만 용서해달라는 것이었다. 교과서 한 권 만드는 데 2억여 원이라는 큰 재정이 들어, 만일 이 사건으로 교과서가 심의에서 탈락하게 되면 중소 출판사로서 입는 손해가 이만저만 아니니 달리 방법이 없었다는 것이다.

나는 도대체 그 '무식한' 교과서 심의위원들이라는 사람들이 누구냐고 물어보았다. 그는 비밀이어서 발설할 수 없다며 다만 교과서 집필에 동원되지 않은 교수, 장학사, 교육부 편수관, 일선 교사들 가운데서 선발된 분들이라 했다.

어떻든 그러한 전차로 내가 만든 내 교과서에서조차 잘못된 지식은 그대로 기술이 되어버렸고, 일선 고등학교에서는 지금도 계속 이 오도된 지식으로 학생들을 교육시키고 있다. 이런 국가적 코미디가 어디 있겠는가? 이를 일러 지적 무지와 천민자본주의가 결탁해서 범한 '문화적 범죄'라 하지 않으면 무엇이라고 하랴.

5

일반적으로 시는 일인칭 자기 고백체의 화법으로 쓰인다. 따라서 거기에는 '나'로 생각되는 어떤 시적 발화자가 숨어 있기 마련이다. 즉 시란 '나'라는 사람이 자신의 생각을 자기 자신에게 독백하는 형식으로 되어 있다. 시론에서는 그 '나'라는 가상의 존재를 편의상 '화자(話者, persona)'라고 부른다.

문제는 그 화자인 '나'가 독자들에게는 시를 쓴 사람 즉 시인 그 자신

정좌(正坐)

인 것처럼 비친다는 점이다. 예컨대 김소월이 시에서 "나보기가 역겨워 가실 때에는 말없이 고이 보내드리우리다."라고 썼을 때 대부분의 독자는 이 '나'를 소월 자신으로 착각하기 쉽다. 그러나 시 속의 '나(화자)'는 물론 현실의 소월(시인) 자신이 아니다. 시인(소월)이 독자들에게 어떤 메시지를 전달하기 위할 목적으로 설정한 작품 속 가상의 인물인 까닭이다. 실제의 시인(소월)은 임을 보낸 적도, 진달래꽃을 딴 적도 없다(없을지 모른다). 그래서 우리는 그 어떤 것이라도 문학작품이란 가공(거짓)의 이야기 즉 픽션(fiction)에 토대를 둔다고 말하는 것이다. 소설의 경우는 더욱 그러하다.

나 역시 이와 같은 착시 현상 때문에 독자들로부터 가끔 질책을 받기도했다. 가령 내 시 가운데 「9월」 같은 경우이다. 나는 이 시에서 가을의 상징, 코스모스 꽃을 예로 들어 시의 한 부분을 이렇게 썼다. "아스팔트가/ 인간으로 가는 길이라면/ 들길은 하늘로 가는 길,/ 코스모스 들길에서는 문득/ 죽은 누이를 만날 것만 같다" 그랬더니 '독자와의 대화'라는 어떤 행사에서 한 참석자가 다음과 같은 질문을 했다. '당신은 어떤 산문에서 자신을 무녀독남 유복자라고 고백해놓고, 이 시에서는 또 누이가 죽었다고 했으니 그런 황당한 거짓말이 어디 있느냐'는 것이다.

그렇다. 그 독자의 지적처럼 내게 누이가 없다는 것은 사실이다. 그러나 이 시 속의 이야기는 자연인 '오세영' 즉 실제 시인의 이야기가 아니라, 그 '오세영'이 그의 시 속에서 만들어 놓은 어떤 가상의 인물에 관한 이야기이다. 그러한 의미에서 그 독자는 내 시의 문학적 공간과 내 현실적 공간을 혼동했다고 말할 수 있다. 드라마 속에서 악한의 역을 맡은 탤런트가 그의 실제 삶에서도 악한 것은 아니지 않은가.

그러나 아무리 문학작품이 픽션을 토대로 해서 쓰인다 하더라도 어떤 때는 작가 자신의 체험적 현실을 작품으로 그려내는 예가 전혀 없는 것은 아니다. 이럴 경우 시인은 그것을 대체로 제목, 부제목, 주석, 또는 내용의 일부 등에 어떤 힌트를 주어 그것이 가상의 이야기가 아닌 자신의 실제 현실임을 밝히기 마련이다. 「딸에게」라는 나의 작품도 그중 하나이다. 시는 이렇게 되어 있다,

딸에게
—시집을 보내며

가을바람 불어
허공의 빈 나뭇가지처럼 아빠는
울고 있다만 딸아
너는 무심히 예복을 고르고만 있구나
이 세상 모든 것은
붙들지 못해서 우는가 보다.
강변의 갈대는 흐르는 물을,
언덕의 풀잎은
스치는 바람을 붙들지 못해
우는 것, 그러나
뿌리침이 없었다면 그들 또한
어찌 바다에 이를 수 있었겠느냐.
붙들려 매어 있는 것 치고

정좌(正坐)

썩지 않는 것이란 없단다.

안간힘 써 뽑히지 않은 무는

제자리에서 썩지만

스스로 뿌리치고 땅에 떨어지는 열매는

언 땅에서도 새싹을 틔우지 않더냐.

막막한 지상으로 홀로 너를 보내는 날,

아빠는 문득 뒤꼍 사과나무에서

잘 익은 사과 하나 떨어지는 소리를

듣는다.

아, 그런데 나는 본의 아니게도 이 시에서 거짓말을 해버린 사람이 되고 말았다. 시의 내용과 달리 나는 기실 딸을 시집보내지 못했기 때문이다. 경위는 이렇다.

둘째 딸에게 결혼 상대자가 생겼다. 그 용모나 인격이나 가정환경 등에서 아무런 결격사유가 없어 보였다. 그래서 양가의 상견례도 무사히 치르고 결혼 날짜도 잡았다. 예식장도 미리 계약해 두었다. 이제 청첩장만을 돌리면 끝이었다. 그래서 나는 그 감동에 못 이겨 위의 시 한 편을 써서 어떤 잡지사에 투고하며 결혼식을 치르는 바로 그달에 꼭 발표해주도록 특별히 부탁까지 해두었다. 그런데 청첩장을 찍어 막 친지들에게 돌리려는 순간, 느닷없는 사실이 하나 드러났다. 그 청년에게서 묵과할 수 없는 결점이 발견되었기 때문이다.

결국 나는 그 결혼을 파혼하지 않을 수 없었다. 그러나 잡지사에 보낸 내 시의 원고는 기계적으로 이미 인쇄에 돌린 상태, 어찌하랴. 만류할 새도 없이 그 원고는 그만 결혼식이 예정되었던 바로 그달의 지면에 고스란히 발표되어 버리고 말았다. 이 작품이 독자들에게 거짓말을 하게 된 소이연이다.

정좌(正坐)

제4부

16장 …
겨울에도 피는 꽃

1

2003년 초겨울 어느 날이었다. 주한 스페인대사관에서 내게 전화 한 통이 걸려왔다. 대사의 비서라는 여직원의 말이 대사가 나를 한번 보고 싶어 한다면서 시간을 좀 내줄 수 없겠느냐고 했다. 무슨 특별한 일이 있어 그러느냐고 물었더니 '그런 것 같지는 않고 대사님이 내 스페인어 번역시집을 우연히 읽고 시를 좋아하게 되어서 그저 가볍게 만나보고 싶어 한다'는 것이다. 그 무렵 나는 서울대 스페인어과 김창민 교수의 번역으로 마드리드에서 스페인어 번역시집 『벼랑의 꿈』(Oh, Saeyoung. *Sueños del barranco.* Traducción Kim Changmin. Madrid: Verbum, 2003)을 출간한 적이 있었는데, 아마 대사는 그 시집을 접한 것 같았다. 확인해보지는 않았으나 번역자인 김창민 교수가 증정했을지도 모른다.

그리하여 어느 날, 나는 짬을 내서 번역자인 김창민 교수를 대동하고 한남동 언덕에 자리한 스페인 대사관저를 찾았다. 알고 보니 대사

정좌(正坐)

는 시인이자 평론가이며 한때는 관현악단의 지휘자까지 했던 '르네상스 지식인'이었고, 문화참사관은 스페인 내전 시기의 미술과 무용을 연구해서 박사학위를 받은 인문학자였다. 대사는 내게 스페인 외교는 문화에 중심을 두고 있다면서 곧 한국에 개설할 세르반테스문화원(스페인 문화원)을 도와달라는 부탁도 했다. 이어서 우리는 문학작품의 상호 번역에 대해, 양국의 문학에 대해, 한국과 스페인의 문학 교류에 대해 환담을 나누었다. 물론 그는 내 시에 대한 언급도 잊지 않았다.

그러던 중이다. 대사가 갑자기 서가로 가더니 책 한 권을 들고 주섬주섬 뒤적거리며 돌아왔다. 그러나 거기에 그가 찾고자 하는 내용이 없는 듯싶었다. 그는 이상하다며 내게 이렇게 물었다. "이 책에 왜 교수님의 이름은 없지요?" 당황한 나는 영문도 모른 채 그 책을 받아들었다. 한국의 꽤 많은 현역 문인들을 영문으로 소개한 민음사 출판, 한국문학번역원 발행의 『한국문인 인명사전』이었다. 그런데 그 인명사전에 내 이름이 끼어 있지 못했던 것이다. 나는 좀 무안해져서 얼굴만 붉힌 채 아무 말도 할 수 없었다. 분위기가 잠시 어색해졌다. 그러자 김창민 교수가 나서 스페인어로 무엇인가를 변명하는 듯했다. 그제야 대사는 고개를 끄덕거렸다.

스페인어를 전혀 모르는 나는 그때 김 교수가 대사에게 무엇이라고 말했는지 알 수 없었다. 개운치 않은 감정이었지만 대사관저를 나온 후에도 나는 그에게 무슨 말로 변명을 했느냐고 묻지 않았다. 한 번 더 무참해질 내 꼴을 보이기 싫었기 때문이다. 다만 나는 그가 내 체면을 살리기 위하여 점잖은 이 이국의 외교관에게 한국 문단의 어두운 부분에 대해 아무것도 이야기하지 않았기만을 바랐을 뿐이다.

그러나 마음만큼은 편치 않았다. 그 인명사전의 출판 경위를 알고 싶었다. 집에 돌아온 후 나는 번역원의 실무자를 전화로 불러 물어보았다. 그의 답변이 이랬다. "그럴 리가 있나요? 아마도 잘못 보신 것이겠지요." 그래서 내가 재차 한 번 더 점검해보라고 했더니 마침내 이를 확인하게 된 그는 미안스러워하며 다음과 같은 말로 변명을 했다.

'그 인명사전은 2005년 프랑크푸르트 북페어(한국이 주빈국이었다)에 대비해서 한국문학번역원이 해외에 한국 문단을 소개하기 위하여 만든 책자이다. 그러나 그 사전에 수록된 시인들의 선정과 소개는 평론가 김 아무개 교수가 위원장인 '인명사전편찬위원회'에서 담당했으며 번역원이 직접 관여하지는 않았다. 다만 자신은 나중에 위원회 측으로부터 수록 문인의 선정은 외국에 작품이 번역 소개된 문인을 우선시했다는 말을 들었을 뿐이다.' 듣고 보니 그의 말마따나 한국문학번역원의 직접적 개입은 없어 보였다.

그러나 그 같은 원칙이었다면 내게도 할 말이 없는 것은 아니다. 나는 당시 이미 4개 외국어로 번역된 시집들을 가지고 있었으며, 그중 한 권은 번역된 한국 시집으로서는 드물게 현지에서 재판을 찍었으며, 내 시집 번역자 가운데 한 분이 그 공로로 문예진흥원 제정의 번역상을 받았으며, 번역된 시들 몇 편이 외국에서 간행된 유명 사화집에 재수록된 적이 있었다.

예컨대 김창민 교수가 스페인어로 번역한 이 『벼랑의 꿈』 수록 시들 중에서 「바람의 노래」라는 작품은 2005년 스페인의 살라망카대학에서 간행된 시 사화집(Antologia de Poesia), *Os Rumos do Vento Los Rumbos del Viento*(Salamanca à Fundão, 2005)에 재수록된 바 있고, 편집자 알프레도 페레즈(Alfredo Pérez Alencart) 살라망카대 교수는 이 사화집의 서두에 쓴 해설에서 특별히 내 시의 한글 육필 원고를 전문으로 게재하기도 했다. 이뿐만 아니다. 그 후의 일이지만 「피 한 방울(A Drop of Blood)」은 2019년 봄 《스톡홀름 문예비평(*The Stockholm Review of Literature*)》에 수록되었고, 프랑크푸르트 북페어가 개최되는 독일에서는 당시 이미 독일어로 번역 출판된 시집이 3권이나 있었다.

나는 그 무렵 이 북페어의 주빈국인 한국의 노무현 정부가 별 소득도 없는 이 행사에 50, 60여 명의 문인들(대부분 독일어로 번역된 시집이나 소설집이나 평론집 한 권 없는)을 대거 독일로 외유를 시키는 등 국가 재정 수십억 원을 흥청망청 낭비했다는 보도를 접한 적은 있었다. 그리고 이런 행사는 으레 친여적(親與的) 정치 문인들이 아니면 우리 문단의 소위 문학권력을 쥐고 있는 집단이 주도하는 까닭에 지금까지 그래왔듯 나같이 소외된 사람이 관심을 가질 일이 아니었다. 그런데 그 일환으로 만들어진 『한국문인 인명사전』에 내가 이런 식으로 얽혀들었다는 것은 참 어이없는 아이러니가 아니겠는가?

우연이었을까? 그렇지는 않을 것이다. 내 겪기로 그동안 이와 비슷한 일들은 한두 번이 아니었기 때문이다. 그 수년 전에도 문예진흥원에서는 한국의 현대문단을 해외에 소개하기 위하여 몇 개 외국어로 된 책자들을 발간한 바가 있었다. 그때마다 내 경우는, 그 소개는커녕 번번히 이름조차 제외되곤 했다. 그런데 프랑크푸르트 북페어용 『한국문인 인명사전』에서도 또 그때의 편찬자와 필자들이 포함되어 똑같은 일을 반복했으니 나로서는 속칭 '왕따'를 당한 것이 분명하다고 말할 수밖에 없지 않은가. 그것이 내가 이를 두고 우연이 아니라고 생각하는 이유이다.

사실 나는 우리 문단에서 문단권력이 소외시킨 '왕따'일지도 모른다. 왜냐하면 1970년대 이후 오늘에 이르기까지 한국문단의 문학권력은 소위 '문학과지성'파와 '창작과비평'파가 양분해 누려왔다는 것은 누구나 다 아는 사실인데, 나는 이 두 부류로부터 매번 그리고 철저히 배제되어왔기 때문이다. 예컨대 나는 《문학과지성》과 그 후속 잡지인 《문학과사회》 그리고 《창작과비평》 등 그들이 주관하는 어떤 문학지로부터도 단 한 번 원고 청탁을 받아본 적이 없다. 그것은 그들 세력이 접수했거나 그 영향 아래 놓인 다른 문학지들의 경우 역시 마찬가지였다. (그런데 《창작과비평》의 경우는 어쩐 일인지 창간 30년에 가까운 1996년에 이르러서야 새삼스럽게 딱 한 번의 원고 청탁이 있긴 했다.)

그뿐 아니다. 그들 유파의 핵심 비평가나 시인들 역시 어떤 글에서든 내 이름을 단 한 번 올리지 않았다. 그것은 평론, 월평, 총평, 문학사 기술, 정부 주도의 해외 파견, 문학상 후보, 심지어 문단동정이나 문인들의 신변잡기를 소개하는 잡문 등에서도 예외가 아니었다. 시단의 어떤 경향을 짤막하게 이야기하면서 단순히 시인들의 이름 정도를 나열해야 할 경우에도 내 이름만큼은 정확히 생략해버렸다. 그들의 눈에 '오세영'은 아예 존재하지 않았던 것이다.

사정이 이러하니 자타가 공인하는바 이들 유파를 계승한다는 그들의 소위 제2세대, 제3세대 비평가 집단들 그리고 이들 문학권력에 줄을 대고 눈치 보는 데 영악해진 군소 비평가와 시인, 그리고 설익은 문화 지식인들 —문학에 대한 모든 정보전달 통로를 이들의 시선으로 이해할 수밖에 없고 또 이해했다고 생각하는— 의 경우는 더 말할 나위가 없다. 그러하므로 나는 사실 문단권력이 장악한 공식적 한국 문단에서는 별로 인정을 받은 적이 없는, 아니 받아보기를 기대한 적도 없는 시인이다.

그러나 어찌하랴. 여전히 지금 나는 살아 있다. 여전히 시를 쓰고,

여전히 발표하고, 여전히 독자들의 사랑을 받고, 여전히 문단권력으로부터 소외된 일부 순수 비평가들로부터 인정을 받고, 여전히 중고등학교 국어 교과서와 학습서에서 거론이 되고, 여전히 인터넷 홈페이지들을 장식하고, 여전히 시집들이 팔린다. 재작년에는 내 영문 번역시집 『밤하늘의 바둑판』(Oh, Sae-young. *Night-Sky Checkerboard*, Trans. Brother Anthony of Taizé. Los Angeles: Phoneme Media, 2016)이 시카고에서 발행되는 미국의 권위 있는 한 문학비평지(*The Chicago Review of Books*)에 의해서 '2016년도 전 미국최고시집(The Best Poetry Books)' 12권에 선정되기도 했다. 그러니 설령 그들이 한국문학사의 한 페이지에서 내 이름을 이렇게 아예 삭제해버리고 싶었다 하더라도 아직은 소기의 목적에 도달하지는 못한 듯하다.

그렇다면 나는 어찌해서 지금까지 살아 있는가. 그것은 문학권력과 무관한 순수 일반 독자들의 사랑을 받았기 때문이다. 문학권력에 예속되어 있지 않은 몇몇 정직한 비평가들로부터 인정을 받았기 때문이다. 문학의 암시장에서 나름대로 평가를 받았기 때문이다. 나처럼 그들 문학권력에서 소외된 다른 많은, 말 없는 문인들의 성원이 있었기 때문이다. 시류나 이념이나 유행에 편승하지 않고 오로지 내가 믿는 길로 일관되게 매진한 나 자신의 문학적 성과 때문이다. 그러니까 나는 사회·정치적인 의미에서가 아니라, 문학적인 의미에서 일종의 민중시인인 것이다.

나는 문단권력의 '왕따'이다. 그러나 왕따를 사랑한다. 그것은 특별히 내가 창작을 본업으로 삼는 시인이라서 더 그럴 것이다. 생각해보라. 홀로 되지 않고, 무리로부터 거리를 두지 않고, 시류나 유행을 비판적으로 바라보지 않고, 이해관계나 권력의 구속으로부터 자유스러

워진 상태가 되지 않고 어찌 진정한 창작이 이루어질 수 있겠는가. 진
정한 창작은 오로지 진정한 자기와의 대면에서 이루어지는 법인데, 진
정한 자기와의 대면이란 오직 고독 속에서만 가능하지 않겠는가.

전신이 검은 까마귀,
까마귀는 까치와 다르다.
마른 가지 끝에 높이 앉아
먼 설원을 굽어보는 저
형형한 눈,
고독한 이마 그리고 날카로운 부리.
얼어붙은 지상에는
그 어디에도 낱알 한 톨 보이지 않지만
그대 차라리 눈밭을 뒤지다 굶어 죽을지언정
결코 까치처럼
인가(人家)의 안마당을 넘보진 않는다.
검을 테면
철저하게 검어라. 단 한 개의 깃털도
남기지 말고……
겨울 되자 온 세상 수북이 눈은 내려
저마다 하얗게 하얗게 분장하지만
나는
빈 가지 끝에 홀로 앉아
말없이
먼 지평선을 응시하는 한 마리

정좌(正坐)

검은 까마귀가 되리라.

──「자화상」

좋은 의미에서 왕따의 존재가 그러하다. 그는 홀로 있으며, 누구에게도 구속되어 있지 않으며, 항상 자신을 성찰하며, 어떤 이해관계에서도 빚을 진 바가 없어 어디를 가나 당당한 자를 일컬음이다. 따라서 진정으로 창작의 자유를 염원하는 자, 창작에 자신감이 있는 자라면 패거리 짓기, 모방하기, 뒷북치기를 그만두고 홀로 서 있어야 한다. 좋은 뜻의 왕따로 남아 있어야 한다. 그러한 의미에서 내가 소위 '문지파'나 '창비파'의 계보에 소속되어 그들 집단에 복무하지 않고 지금까지 홀로 서 왔던 것이야말로, 역설적으로 내 문학 생애의 축복이었을지 모른다.

2

그러나 세상 그 어떤 일도 그렇듯 내가 두 문학권력 집단으로부터 왕따를 당하게 된 것 또한 나름의 이유가 없지는 아닐 터이다.

우선 소위 '창비파'와의 불화인데, 이는 아마 두 가지 관점에서 설명될 수 있으리라 생각한다. 하나는 나를 둘러싼 인간관계이다. 다 아는 바와 같이 나는 박목월 선생의 추천으로 등단했다. 그래서 문단에 나오자마자 곧 박목월 선생이 회장으로 있던 한국시인협회의 간사 일을 맡았고 동시에 한국시인협회의 후원을 받았던 《현대시》 동인의 일원이 되었다.

그뿐만 아니다. 평소 나는 대학 강의를 받으면서 존경하게 된 이어령 선생과도 가까운 친분을 유지하고 있었다. 그런데 소위 창비파에서는 어찌 된 일인지 내가 가까이하는 이런 분들에게 결코 호의적이지 않았다. 짐작건대 당시 창비파는 이분들이, 그들이 지향코자 했던 어떤 이념과는 대립하는 위치에 선 문인들이라고 생각했던 것 같다(여기에는 앞서 언급한바 1960년대 말, 박목월 선생의 주도로 간행된 한국시인협회 측의 시집 시리즈에 창비파나 문지파의 주요 시인들이 배제된 탓도 있었을 것이다. 물론 나 자신도 이 시집 시리즈에끼지는 못했지만. 7장 「나와 시인협회」 참조). 아니라면 장차 그들이 중심이 되는 문학권력의 확립과 그 인맥 형성에서 제거해야 할 주 대상으로 생각했을지도 모른다.

그것은 당시 창비파가 박목월 선생을 어용 시인으로 몰아가고 ──이어령과 김수영의 논쟁에서 보듯── 이어령 선생을 또한 일방적, 무차별적으로 비판했던 것을 보아서도 충분히 짐작할 수 있는 일이다. 그러니 그 인맥의 연장선에 놓여 있던 나를 곱게 볼 턱이 없었으리라. 그래서 그런지 내가 이들로부터 처음 적대적 공격을 받은 것은 등단 3년째 되고, 나의 처녀 시집 『반란하는 빛』(1970)의 출간 직후인 1971년이었다. 이 시기 창비파의 청년 맹주를 자처했던 조태일이 《월간문학》에 '서평'이라는 형식의 잡문을 써서 내 시집을 모욕에 준할 만큼 비하한 바가 바로 그것이다. 나는 지금도 그 사건이 그가 몸담은 조직의 의도이지 그 자신의 개인행동에서 빚어진 일이라고 생각하지는 않는다. 어떻든 이 사건이 계기가 되어 이후 나는 내 의사와 무관하게 공개적으로 소위 창비파 배제 인물의 1순위가 되고 말았다.

다른 하나는 내 문학 혹은 문학관에 대한 오해에서 비롯된 것일지도 모른다. 사실로 그렇게 생각했든 혹은 다른 어떤 필요성 때문에 그

정좌(正坐)

렇게 뒤집어씌웠든, 그들이 나를 순수문학파로 내몰아 자신들이 지향
코자 했던 소위 참여 혹은 민중문학 이념의 반동 세력으로 규정해버
린 것이다.

그러나 나는, 나에 대해 가졌을 그들의 그 같은 부당한 오해를 피하
기 위해서라도 여기서 다시 한번 문학과 현실 혹은 정치에 대한 내 입
장을 분명히 밝혀두고자 한다. 그렇다. 나는 순수문학파이다. 이를 부
인하지 않는다. 그러나 내가 말하는 그 '순수문학'이란 그들 민중문학
파가 생각하고 규정했던 순수문학은 아니다. 그들은 '순수문학'이 마치
문학의 정치참여나 현실 참여를 절대적으로 거부하는 문학이라고 생
각하는 듯하다. 그러나 내게 있어 '순수문학'은 ─순수문학을 주장하
는 나 이외의 다른 분들의 입장이 어떠할지 모르겠으나─ 문학의 '자
율성과 창작의 자유'를 옹호하는 문학을 가리키는 말일 뿐 그 외의 다
른 뜻을 지닌 용어가 아니다. 즉 문학의 정치참여 여부와 같은 것과는
아무 상관 없는 용어이다.

그렇다면 내가 여기서 주장하는, '문학의 자율성' 혹은 '창작의 자유'
란 무엇인가. 그것은 누구든 당면한 사회 현실과 상황에 대해 그 자신
스스로의 성찰과 소명 그리고 역사의식에 따라 ─정치참여도 포함해
서─ 자유스럽게 글을 쓸 수 있어야 한다는 뜻 이상이 아니다. 생각해
보라. 자유와 자율이 없는 곳에 어떤 진정한 혹은 양심적인 정치참여
가 가능하며 나아가 어떤 참다운 문학창작이 담보될 수 있겠는가. 이
는 문학창작에만 국한될 명제는 아닌, 삶의 모든 것, 인간이 아닌 하나
님의 경우라도 마찬가지일 터이다.

그럼에도 왜 나는 나 자신을 민중문학파가 아니라고 생각하며 그로
인해 그들로부터 부당한 오해를 받아왔던 것일까. 그것은 당시 한국의

현실참여주의자 혹은 민중문학파들이 문학이란 원래 정치참여에 본질을 두고 있으며, 어느 때나 정치참여를 하지 않는 문학은 참다운 문학이 아니라고 주장했기 때문이다. 문학은 본래 자율성이 없으며 그 자체가 정치의 도구라고 주장했기 때문이다. 자연을 예찬하거나, 인생을 이야기하거나, 사랑을 노래하는 것은 진정한 문학이 아니라고 주장했기 때문이다. 당시 그들은 자연을 예찬하면 '음풍농월', 사랑을 예찬하면 '사랑타령'이라고 하지 않았던가(그때 이같이 주장했던 그들의 문학관이 지금 와서는 좀 달라졌을지는 모르겠다.)

나는 문학의 자율성과 자유를 주장했는데 그들은 이를 부정했고, 나는 문학이 상황에 대한 시인 자신의 역사의식이나 판단에 따라 그때그때 정치에 참여해야 한다고 주장했는데, 그들은 문학이란 본질 자체가 원래 그런 것이므로 항상 정치에 참여해야 한다고 주장했고, 나는 문학이 여러 다양한 세계를 반영할 수 있어야 한다고 했는데 그들은 문학은 오로지 정치와 사회 이외에는 그 어떤 것도 다루지 말아야 한다고 주장했고, 나는 문학이 원래 정치의 도구는 아니며 시대 상황에 따라 그럴 수도 있다고 했는데 그들은 문학이란 본질적으로 그리고 항상 정치의 도구라고 주장하지 않았던가.

그러나 여기에는 물론 한 가지 더 남는 문제가 있다. 장르적으로 시가 안고 있는 한계성이다. 첫째, 가치 평가이다. 비록 상황에 따라 시의 정치 도구화가 당연하고 바람직한 일이라 하더라도 그렇게 쓰인 개개의 작품은 바로 그러한 이유로 인해 높은 문학적 평가를 받기가 힘들다는 사실이다. 정치적, 역사적 관점의 평가와 문학적 관점의 평가가 근본적으로 다르기 때문이다.

그것은 이렇게 설명될 수 있다. 정치의 도구가 되는 시는 필연적으

정좌(正坐)

로 도구의 언어(일상의 언어)로 쓰여야 한다. 그러나 문학적 의미의 시는 오히려 그 반대이다. 시란 소설과 같은 산문문학과는 달리 원래 언어의 정보 '전달적 기능'이 아닌, '존재의 기능' 즉 '존재의 언어' 혹은 '사물의 언어'로 쓰이는 문학 장르인 까닭이다. 따라서 시는 '존재의 언어'로 쓰일 경우 정치적 도구화가 불가능해지고, 도구의 언어로 쓰일 경우 작품으로서의 형상화가 이루어지기 어려운 숙명을 본래적으로 안고 태어난 문학 장르라 할 것이다. 이는 일찍이 1960년대 한국 참여문학 운동의 이론적 대부였던 사르트르를 상기하면 쉽게 이해될 수 있는 문제이다. 왜냐하면 그는 그 같은 문학론을 개진하기에 앞서 시란 현실참여 자체가 불가능한 문학장르라고 아예 못을 박아 선언해버렸기 때문이다.

둘째, 특별히 '민중문학'이 강요되던 지난 1970, 80년대의 상황이 과연 문학의 정치 도구화를 필요로 했던 시대인가 하는 점이다. 이는 물론 개개 시인의 역사의식에 따라 판단해야 할 명제이므로 필자가 획일적으로 단언할 수는 없다. 다만 내 사적 견해를 밝혀야 한다면 그리해야 했었다고 생각한다. 어떤 가치보다도 민주주의의 실현이 우선되어야 했던 시기 따라서 문학보다는 정치를 선택하는 것이 보다 중요했던 시기였다고 생각하기 때문이다.

여기에는 물론 그렇게 판단한 나 자신의 문학이 과연 그것을 행동으로 실천했는가 하는 비판이 있을 수 있다. 부끄럽지만 물론 나는 나의 문학을 전적으로 여기에 기투하지는 못했다. 내가 모델로 생각했던 민중시 혹은 참여란, 시류에 영합하던 당시 문단의 대다수 유행 풍조가 그랬던 것과는 달리, 적어도 김지하의 「오적」과 같은 시를 의미했기 때문이다. 그래서 용기가 없었다. 그러나 굳이 변명하자면 그 시대의 많은 지식인이 그러했던 것과 같이 나 또한 그 같은 상황에 전적으로 무관했던 것은 물론 아니다. 정보기관에 불려가 고초를 당한 적도 있었으며 ─비록 문학적 형상화라는 내 나름의 원칙을 포기할 수 없었던 탓에 과격하고도 직설적인 어법으로(소재적 차원으로) 저항하지는 못했지만─ 구조적 차원에서만큼은 당대의 고통스러운 상황을 노래하기도 했다.

3

나와 소위 '문지파'와의 관계에는 '창비파'처럼 문학의 어떤 이념과 같은 문제가 개재되어 있지는 않았다. 당시 문지파가 내세운 무슨 특별한 문학관이나 이념이 있을 리도 없다. 그러므로 나와 그들사이에서 어떤 불화가 있었다면 순전히 그들의 문단 장악 혹은 문단권력 확립 과정이 빚은 인맥 형성이나 인간관계의 문제에서 비롯되었으며 그 대부분의 책임은 아마도 내 부덕의 소치에서 기인했으리라 생각한다. 그 단초는 평론가 김현과의 인연에서 시작되었다. 다 알다시피 김현은 당대의 우리 문단에서 떠오르는 별과도 같은 비평가이자 소위 '문학과지성'파의 맹주였고 계간지 《문학과지성》의 창간은 물론 오늘의 '문지파'를 일구어낸 핵심 인물이다. 이런 사람에게 내가 몇 차례 실수를 저질렀으니 괘씸죄에 걸렸다고나 할까.

《문학과지성》의 창간 멤버인 네 분의 서울대 출신 김씨들 가운데서 사실 내가 알 만한 사람은 김현밖에 없었다. 김주연 씨나 김병익 씨는 대학 재학 중 사적으로 만나본 기억이 거의 없고, 김치수 씨는 대학 행

정좌(正坐)

사 때에 우연히 한두 번 인사를 나누는 정도에 그쳤으나, 그래도 김현 씨와는 가끔 대화도 주고받고 술잔도 기울였던 사이였기 때문이다. 그렇다고 우리 둘 사이에 무슨 남다른 우정이 있었던 것은 물론 아니다. 그저 어느 정도의 호감을 가진 지인 사이였을 뿐이다. 그리하여 내가 문단에 등단하고 첫 시집 『반란하는 빛』을 상재하게 되었을 때, 나는 별 주저 없이 그에게 해설을 부탁했고 그 역시 흔쾌하게 써주었다.

그런데 나는 그때 그에게 몇 가지 챙겨주지 못한 일들이 있었다. 무슨 의식적인 행동은 아니었다. 철이 들지 않아서였다고나 할까. 우선 원고료를 주지 못했다. 그리됐다면 고맙다는 말이라도 제대로 해야 했을 것을 그조차 변변히 한 것 같지가 않다. 그러나 문제는 그다음에 있었던 내 시집 출판기념회 때의 일이다. 출판기념회는 그해 어느 가을, 지금은 재개발로 사라졌으나 제법 호사스러운 광교 근처의 '호수' 그릴에서 열렸고 여기에는 물론 많은 문인과 함께 해설을 쓴 당사자 김현과 그의 친구들도 참석했었다. 더욱이 김현은 이 자리에서 내 시 세계에 대해 강연까지도 해주었다. 그러므로 상식적이라면 행사가 끝난 후 뒤풀이 자리라도 마련하고 이분들을 따뜻이 대접해야 마땅했을 일이다. 그러나 그때 나는 무슨 신명이 들렸던지 이들을 나 몰라라 제쳐두고 그만 집으로 돌아와버렸다. 그러고도 그 뒤 김현에게 아무런 변명을 늘어놓지 않았으니 그가 얼마나 섭섭했을까? 그 무렵의 나는 그런 사람이었다.

김현에게 저지른 일 가운데는 이 외에도 몇 가지가 더 있다. 내가 충남대학교 교수로 발령을 받은 1, 2년 후, 그러니까 1974, 75년경이었을 것이다. 그때 나는 윤동주에 대한 논문을 한 편 쓴 적이 있었다. 요지는 이랬다. 윤동주는 비록 일제 희생양이기는 했어도 문학적 저항시인이라 할 수는 없고, 일반적으로 기독교 시인이라고들 하지만 그 무렵의 윤동주는 기실 기독교 세계관을 비판적으로 성찰한, 그런 의미에서 오히려 반기독교적인 시인이기도 했었다는 것이었다(나중에 알게 된 사실인데 이는 후에 윤동주 고모의 손녀인 송우혜가 쓴 『윤동주 평전』에 그 무렵의 윤동주가 신앙적으로 크게 방황하면서 기독교에 대단히 회의적이었다는 지적과 맞아떨어지는 주장이기도 하다). 그런데 그때까지 윤동주에 대한 학계의 일반적인 평가는 그가 일제하의 대표적 저항시인이자 기독교 시인이라는 것이었으므로 내가 그렇지 않다는 주장을 펼치기 위해서는 누구든 내 견해와 반대되는 논자 하나를 지목하여 그 견해를 비판하지 않으면 안 되었다. 그리하여 나는 그 비판의 대상을 김현으로 선정해 놓고 ─그가 당시 가장 주목받는 비평가였으므로─ 그 무렵 그가 간행했던 저서 『한국문학사』에서 윤동주에 대해 언급했던 부분을 조목조목 비판하는 글을 써댔다.

그러나 그것까지는 사실 별 시빗거리가 될 수 없었을 것이다. 문제는 내가 그 두툼한 원고를 바로 김현 등이 주관하는 《문학과지성》에 싣고자 투고했다는 점이다. 내 딴에는 어차피 김현을 비판하는 내용이니 그가 주관하는 잡지에 글이 실리게 되면 독자들에게 김현 자신도 그만큼 객관적인 비평가로 평가되고, 나 자신도 더 당당한 사람으로 비칠 것 같은 생각이 들었기 때문이다. 그러나 나의 기대와 달리 그 원고는 몇 달을 묵힌 뒤 어느 날 《문학과지성》의 편집위원 네 사람 가운데 한 분이었던 김주연 씨를 통해서 '게재 불가'라는 전언과 함께 되돌아오는 운명을 맞았다. 물론 내 글이 그들이 요구하는 수준에 미달했기 때문일지도 모른다. 어떻든 그 글은 그 후 대폭 양을 줄이고 내용도 좀 고쳐 한두 달 뒤 당시 이문구 씨가 편집장으로 있던 《한국문학》

정좌(正坐)

에 발표하게 되었는데, 그때 이문구 씨가 내게 한 말이 아직까지도 기억에 생생하다. "오 형, 지금 문학이 온 힘을 다해 대정부 투쟁을 해야 할 시기인데 윤동주는 저항시인이라고 써도 부족할 것을 그렇지 않다고 썼으니 무언가 한참 잘못 가는 게 아니야?"

《문학과지성》 사람들이 기분 나빠 할 또 다른 사건도 하나 있었다. 확실한 기억은 아니지만 아마도 1970년대 후반 어느 날이었을 것이다. 이어령 선생이 주간으로 있던 《문학사상》에서 내게 긴급히 원고청탁을 해 왔다. 2, 3일 안에 무엇이든 글 하나를 써달라는 부탁이었다. 어떤 분이 당월 호에 쓰기로 했던 원고를 마감일을 당해 펑크(마감날에 당해서 예고 없이 글쓰기를 포기하는 것)를 내버렸으므로 이를 메꾸는 글이 갑자기 필요해졌다는 것이다. 이어령 선생과의 관계나 이 잡지와 맺은 인연으로 보아 나로서는 외면할 수 없는 요청이었다. 그전에도 가끔 있었던 일이었다. 그리하여 나는 당시 우리 시단의 잘못된 경향을 고발하는 내용의 글을 200자 원고지 60매쯤 되는 분량으로 급히 써서 보냈는데 아뿔싸, 그 원고 중에 그만 소위 '문지파' 시인들이 지닌 '언어적 비정직성과 상투성'을 비판하는 우(?)를 저지르고 만 것이다. 이 글은 후일에 평론집에 수록하려고 다시 읽어보니 내 생각에도 좀 유치해 보인 부분이 없지 않아 스스로 폐기해버렸지만, 문지파들의 입장에서는 당연히 불쾌했을 글임이 틀림없었다.

이 외에도 한두 가지 사건이 더 있었다. 그러나 우연이건, 실수건 결과적으로 이런 일들이 몇 번 겹치면서 나와 문지파 사람들과의 관계는 갈수록 꼬여만 갔고 점차 그들의 기피 인물이 되었다. 그러나 그것만으로 끝난 것이 아니었다. 그 영향은 이 계간지 창간 멤버 4인을 정점으로 한 이 유파의 소위 제2세대, 제3세대 비평가들과, 그 그늘에 있거나 그들의 문학권력에 눈치 보는 일로 영악해진 대부분 문인에게도 확대 재생산되는 결과로 번져 나는 문학권력 집단에서 일종의 미운 오리새끼가 되어버렸다.

그러므로 사실 이 잘못된 인간관계의 회복을 위해서라면 나는 먼저 당사자인 김현과의 사이에서 빚어진 오해를 일단 풀었어야 했다. 그럴 기회가 전혀 없었던 것도 아니었다. 1985년 봄 내가 단국대학교를 사직하고 서울대학교로 전직했을 때였다. 아직 새 직장에 적응하지 못하고 어리둥절해 있을 무렵인데, 그래도 내게 제일 처음 찾아와 축하를 해주며 점심을 산 사람이 김현 ─당시 김현은 같은 서울대의 불문학과 교수였다─ 이었다. 그리하여 우리는 가까운 날 저녁에 시간을 정해서 그간의 회포를 풀기로 약속해 두었던 터였는데, 공교롭게도 그때부터 그의 지병이 심각하게 악화되기 시작하여 그 약속을 지킬 수 없게 되어버렸다. 그가 떠나버린 오늘, 더욱 아쉽기만 한 대목이다. 그의 명복을 빌 뿐이다.

4

내가 문단권력으로부터 외톨이가 된 이유는 이뿐만이 아니다. 거기에는 물론 타고난 성격의 문제가 있다. 시류나 포퓰리즘을 혐오하고, 남의 뒤에 줄 서는 것을 싫어하고, 사회성이 부족하고, 사물을 항상 비판적으로 바라보고, 내가 옳다고 생각하면 대세라도 거슬러야 하고, 하고 싶은 말은 꼭 해야만 속이 시원해지는 그 성격 말이다. 그러니 문단이나 학계의 대부분이 우상화했던 김수영이나 김춘수를, 임화를, 건드리지 않으면 아무 문제 되지 않을 현실참여문학이나 민중문학, 프로레타리아트 문학이론을 굳이 비판해서 적을 사게 된 것이다. 지금까지 나는 대부분의 학자가 한국 근현대문학사에서 당연시해왔던 명제들을 하나씩 건드려 톡톡 튀는 언행들을 일삼아오지 않았던가.

문제는 본업으로 삼아온 직장 또한 한몫 거들었다는 점이다. 나는 사실 서울대학교 국어국문학과 봉직 23년을 참으로 외롭게 보냈다.

첫째, 앞에서 언급한바, 이 학과의 분위기는 설립 당시부터 문학창작과는 거리가 멀었다. 아니 적대적이었다. 물론 그 후 세월이 흘러 내가 교수로서 이 학과에 봉직하게 된 20여 년 동안은 그래도 시대의 변화에 따라 현대문학도 —다른 전공과 나란히— 하나의 학문으로 정립되기는 했다. 그럼에도 창작만큼은 아직 그 저주에서 풀리지를 못했다. 대학은 학문하는 곳이므로 창작 같은 것을 해서는 아니 된다는 바로 그 금기이다. 그것은 국어학, 고전문학을 전공하는 교수만이 아니라 어찌 된 일인지 현대문학을 전공하는 교수들에게도 합의된 입장이었으므로 학생이나 교수나 '시 나부랭이' 같은 것을 써서는 안 되었고, 그런 일을 저지른 교수나 학생들은 마땅히 흰 눈의 대상이 되곤 했다.

사정이 그러하니 다른 대학 같으면 흔히 있을 수 있는, 창작을 매개로 한 학생들과 어울림도, 창작 혹은 문단에 대한 학내의 공감이나 이해도, 창작에 대한 어떤 가치 부여도, 교수에게는 생명선 같은 업적 평가의 이점도 기대하기 힘든 서울대 생활이었다. 따라서 내가 교수이자 시인인 것은 적어도 이 학과 분위기에서만큼은 예외적, 비정상적인 사건의 하나였을 따름이다.

둘째, 앞서 이야기했듯 내가 서울대학교에 봉직한 23여 년의 기간이 불행하게도 대학에서는 순수 학문이 실종되고 오직 정치 우선주의가 횡행했다는 점이다. 학내외가 모두 반독재 민주화 투쟁의 장이었으므로 정치와 관련되지 않을 경우, 그 어떤 것도 학생들의 관심 대상이 되지 못했다. 학생들은 입에 독재의 재갈이 물린 교수들을 신뢰하거나 존경하지도 않았다. 교수들 역시 학생들의 요구에 자청해서 끌려다니거나 자의든 타의든 그런 추세에 편승하는 것이 무난한 처신의 한 방법으로 여겨지던 시절이었다. 그러니 문학의 순수성 혹은 자율성을 옹호하는 교수가 어찌 외롭지 않을 수 있었겠는가.

셋째, 내가 하필 '일류대학'이라 일컬어지는 대학교의, 그것도 한국문학을 전공한 교수였다는 사실 그 자체이다. 오늘날에는 성장한 국력에 힘입어, 미국이나 유럽, 아시아, 남미 등 세계 도처의 여러 대학에 한국어문학과가 개설되어 있고, 또 거기서도 한국문학을 가르친다. 그러니 영문학의 본산이 미국이나 영국, 불문학과 독문학의 본산이 각각 프랑스나 독일이듯 한국문학의 본산 역시 한국, 그중에서도 자타가 일류로 공인하는 서울대학교가 아니라면 어느 나라, 어느 대학이겠는가.

그러므로 혹 다른 분야, 예컨대 영문학이나 불문학처럼 국학이 아닌 전공 분야에서 한국의 대학이 세계적 경쟁력에서 뒤진다는 것은 몰라도, 서울대학교의 한국문학 연구가 그리된다는 것은 결코 있을 수도, 있어서도 안 될 일이 아닌가. 바로 이 점이 왜, 같은 시인 교수라 하더라도 그 놓인 처지가 외국문학을 전공하는 시인 교수와 국학(國學)을 전공하는 시인 교수가 다를 수밖에 없는지의 이유이다. 한국문학이란 한국이 종주국이며 한국에서의 학문적 성취가 곧 세계 제일의 성취가 되는 숙명을 안고 있는 학문이기 때문이다. 따라서 나는 지금까지 내 어깨에 진 서울대학교, 그것도 학문 우선의 국어국문학과 교

정좌(正坐)

수라는 멍에로 인해 어느 한 순간도 내 삶의 전부를 시작(詩作)에 투여하기 힘든 한 생애를 살아왔다.

그럼에도 시까지 창작해야 하자니 내 교수 생활은 실로 고민의 연속이었다. 어찌하겠는가. 해결의 방법은 단 한 가지, 오직 시간을 황금처럼 아껴 쓰는 일 바로 그것뿐이었다. 그리하여 나는 문단과의 발길을 끊었다. 문인들과 어울릴 수 있는 시간을, 같이 술잔을 나누고 낭만을 즐기는 시간을, 문단에 관련된 인사들과 교환할 수 있는 시간을 거의 몽땅 배제해 버린 것이다. 그것이 또한 내가 문단의 외톨이가 된 이유들 가운데 하나일 것이다.

5

가끔 독자들로부터 질문을 받곤 한다. '시인이면서도 학자인데 어떻게 당신은 이 두 가지 분야를 잘 조화시킬 수 있었느냐'는 것이다. 여기서 '조화'라는 단어는 아마도 내가 25권의 시집과 24권의 학술서를 저술한(2018년까지) 것을 에둘러 지적한 말이 아닐까 한다. 그러고 보니 나는 그동안 참 부지런하게도 글을 써온 셈이다. 나는 어떻게 학자와 시인이라는 서로 다른 두 갈래 길을 나름대로 대과 없이 걸어올 수 있었을까?

한마디로 '오기(傲氣)'라고밖에 말할 수 없다. 오기로 나는 열심히, 그리고 사력을 다해 시를 쓰고 또 그 오기로 논문을 써 온 것이다. 내가 봉직한 대학에서는 나를 가리켜 '시 나부랭이나 쓰는 사람이지 당신이 어디 학자냐'고 무시하므로, 문단에서는 또 '당신은 학자이지 무슨 시인인가'라고 업신여기므로 그들보다 더 열심히, 더 많은 업적을 내야만 인정을 받을 수 있으리라 믿었기 때문이다.

그렇다. 나는 만일 대학교수가, 그것도 서울대학교 국문학과 교수가 아니었더라면 문단에서 조금은 더 인정받을 수 있었을지 모른다. 시인이 아니었더라면 대학에서 학자로 더 인정을 받을 수 있었을지 모른다. 설령 대학교수로 재직했다 하더라도 학자라는 명성을 아예 포기하고 그럭저럭 하나의 직장인으로 교양국어나 문예창작 정도를, 대학원이 아닌 학부에서 그럭저럭 가르치며 문단에만 전념했더라면 아마도 시인으로서의 내 위상만큼은 지금보다 확고해졌을지 모른다. 요즘 문단에서 나에 대해 이렇게 평하는 것이 그 하나의 증거가 아닐는지? '오세영은 대학을 정년하고 나서 시가 조금 좋아졌지 예전에 쓴 것이 무슨 시냐'고…… 내외에서 인정받는 나의 시들이 대부분 교수 시절에 쓰였던 것임에도 하는 말들이기 때문이다.

독자들은 또 이렇게 묻곤 한다. "연구실에서 딱딱한 논문 같은 것에 관심을 두다가 어떻게 순간적으로 그처럼 감성적인 시들을 쓸 수 있나요?" 딴은 그렇다. 전자는 이성에 토대를 둔 논리적이고 객관적인 정신활동이고, 후자는 감성에 토대를 둔 직관적이고 주관적인 정신활동이 아니던가. 뇌과학자들도 전자와 같은 정신작용은 좌뇌가, 후자와 같은 정신작용은 우뇌가 지배한다고 말한다. 그러니 나라고 별수 있겠는가. 나 역시 학문에 몰두하다가 시 창작으로 돌아서기 위해서는 나름대로 며칠씩 몸부림을 치곤 했던 것이 사실이다.

그렇다. 이 양자 사이의 벽을 건너뛰는 나름의 비법이 있다면 아마 다음과 같은 것들일지 모른다. 첫째, 하루나 이틀 정신을 멍하게 비운다. 온종일 무념무상으로 티브이를 보거나 먼 산을 바라보기도 한다.

둘째, 정신을 잃을 정도로 폭음을 하거나 셋째, 배낭 하나 둘러메고 횅하니 어디론가 여행을 떠나거나, 넷째, 산사(山寺)에 들어가 몇 주씩 묵기도 한다. 예전에 내가 매년 겨울방학마다 산사에 머물렀던 이유의 하나도 여기에 있었다.

노년 들어 나는 간신히 경기도의 안성에 조그마한 집필실을 하나 마련하였다. 그리고 오두막이기는 하나 당호는 당당히 농산재(聾山齋)라는 서각(書刻)의 현판을 달았다. 무산(霧山) 조오현(曺五鉉) 스님이 주신 법명을 사천(沙泉) 이근배 형이 쓴 것이다. '농산'이란 벙어리 산이라는 뜻이니 세속의 시비판단에 연연하거나 시류에 휩쓸리지 말고 자중자애하면서 자신의 길을 묵묵히 매진하라는 가르침이 아닐까? 되새길수록 내 인생의 지표가 되는 말씀이라고 생각한다.

17장

어느 푸르른 날에

1

1987년 어느 봄날이었다. 미국 아이오와 대학의 '국제창작프로그램(International Writing Program)'에서 활동을 마치고 귀국한 아주대의 조창환 교수로부터 전화가 왔다. 이 프로그램의 다음 참여 후보자로 나를 추천했으니 협력기관인 문예진흥원(지금의 '문화예술위원회')에 한번 참여 신청을 해보라는 귀띔이었다. 전에는 이 프로그램의 참여자를 국내의 한 특정 인맥이 사적(私的)으로 결정했으나 2, 3년 전부터는 문예진흥원이 이에 대신하여 이 기관의 무슨 위원회와 전년도 참여자가 각각 공동으로 추천해서 주한미국문화원이 최종 선정하는 공적(公的) 제도가 확립되어 있다는 것이다.

물론 나도 당시 미국의 아이오와대학이 '국제창작프로그램'이라는 이름의 문화재단을 설립하여 국제적으로 활발하게 활동하고 있다는 사실을 전혀 모르고 있지는 않았다. 그러나 그때까지의 한국 참여자들은 어찌된 셈인지 대개 우리 문단권력의 한 특정 계파에 소속된 문인들뿐이었으므로, 나 같은 사람은 별 볼 일이 없을 것이라는 생각에서 아예 관심을 놓고 지내던 중이었다. 그래서 나는 호기심 반, 기대 반으로 그에게 신청을 하게 되면 다음 단계는 어떻게 진행되느냐고 물어보았다. 그의 대답인즉 '한국의 문예진흥원과 주한미국문화원이 알아서 함께 결정하는데, 문예진흥원은 추천권과 서류심사를, 주한미국문화원은 선발권을 가지고 있다'고 했다(이 같은 선발제도는 이후 수년간 지속되다가 바뀌었다는데 지금은 어떤 방식으로 하는지 모르겠다).

신청자는 모두 4명이었다. 나를 제외한 나머지 셋은 모두 문예진흥원의 무슨 위원회가 추천한 사람들이었는데 어떻든 우리는 절차에 따라 먼저 서류심사를 거쳤다. 그리고 체류하는 동안 그곳에서 하고 싶은 문학 활동의 청사진도 제시해야 했으며, 최종적으로는 미국문화원의 문화담당 참사관과 영어 인터뷰도 가졌다. 그 결과 인터뷰의 성적이 상대적으로 조금 좋았던지 그 일은 나의 합격으로 일단락되었다. 허실 삼아 한번 시도해본 것이 의외의 성과를 거두게 된 것이다.

원래 아이오와대학교의 이 '국제창작 프로그램'이라는 것은 1968년 전후 아이오와대학교(Univ. of Iowa) 영문학과의 폴 앵글(Paul Engle) 교수가 국제 문학교류와 세계 평화 그리고 문학창작의 진흥을 위해 그 지역 미국 기업들의 자금 지원으로 개설한 일종의 국제 문학 워크숍이다. 그래서 설립과 더불어 상당 기간은 그 참여자 초청도 이 프로그램이 일방적으로 인정한 각국의 특정 인사가 추천하면 그것으로 끝나는 방식이었다.

그러나 시행 20여 년에 가까운 세월이 흐르면서 이 프로그램은 기금이 모두 바닥나버렸다. 당시는 미 국무부 산하 USIA(미 해외공보원, 미국을 해외에 홍보하는 정부기구)의 경제적 지원 없이는 운영이 불가능해진 상태였다. 그즈음부터 USIA를 대리한 각국 주재 미국문화원이 이 프로그램 참여자 선발권을 갖게 된 이유이다. 그러므로 이때 이 같은 공적 제도가 확립되지 못했더라면 나는 물론 내 선임자인 조창환 교수도 아마 이 프로그램에 참여하기가 어려웠을 것이다.

각국에서 온 참여자 20여 명은 모두 아이오와대학교 학생 기숙사 메이플라워(May-Flower) 4층 전실(全室)에 배속되었다. 우리나라로 치면 소위 원룸 오피스텔 같은 방이었다. 거실 겸 침실은 독립해 있되, 주방과 욕실만큼은 인접한 두 방이 공유하는 형태였다. 따라서 이 두 방에 주거하는 문인들 사이에는 일종의 룸메이트 관계가 형성되었는데 나의 경우 그 룸메이트에 해당한 참여자는 이스라엘에서 온 극작가였다.

그는 매우 활달하고 호기심이 많았다. 자신의 모국어 이외에 영어와 불어도 유창하게 구사하는 인물이었다. 나로부터 김치 먹는 법을 배운 후에는 김치 마니아가 되어 이 프로그램 참가자들에게 김치를 널리 알리는 홍보대사 역할을 맡기도 했다. 그는 한국문화에도 관심이 깊었다. 그래서 내게 여러 가지를 묻곤 했는데 특히 일본과 다른 한국문화의 특징을 알고 싶어 했다. 한글을 가르쳐주자 감탄을 금치 못하고 이제는 한국이 어떻게 일본과 다른지를 좀 이해할 것 같다며 나름대로 한글을 익혀 히브리어의 한글 표기를 보여주기도 했다.

나 역시 이스라엘에 대해 알고 싶은 것들이 많았다. 특히 유대민족의 정체성과 같은 것들이다. 그래서 한번은 그에게 '유대인들은 대개 백인 같아 보이지만(인종적으로 유대인은 순수 백인인 코카서스 인종이 아니다), 그중에는 흑인도 있고 심지어 몽골계로 보이는 황인종도 있으니 왜 그러느냐'고 물어본 적이 있었다(실제로 이스라엘 국내뿐만 아니라 외국에서도 가령 에티오피아 같은 나라에는 흑인 유대인이 있고 중국의 신장 위구르 지

정좌(正坐)

역에는 황인종 유대인도 있다). 그는 간단히 이렇게 설명했다. '우리 유대인은 피부색으로 정체성을 삼지 않는다. 어떤 색깔의 피부를 가졌건 다음 조건을 지니고 있으면 모두가 유대인이다. 첫째 히브리어를 상용한다. 둘째 유대교를 믿는다. 셋째 스스로 유대인이라고 주장한다.'

곰곰이 생각하니 그 말이 옳을 것 같았다. 기독교가 온 구미의 실질적 국교가 된 수천 년 동안 유대인들은 항상 자신들이 거주하는 지역의 타민족들에게 핍박과 탄압의 대상이었다. 그럼에도 불구하고 굳이 자신을 유대인이라고 당당하게 주장한다는 것은 진정한 유대인이 아니면 할 수 없는 일이 아니겠는가? 귀국 후 내가 전공 관련 논문을 쓰기 위해 어떤 사회과학 도서를 접하다 보니 거기에도 '민족'이란 개념은 그렇게 정의되어 있었다. 민족이란(단일민족이라는 환상에 집착하는 우리 한국인들의 정서적 개념과 달리) 피부 색깔이나 혈통 같은 것과는 관계없이 동일한 언어와 종교, 역사 문화 등을 공유한 집단을 가리키는 용어라는 것이다.

'민족'이라는 말이 나왔으니 여기서 나는 이 용어를 현 우리나라 문단과 문학과 관련하여 한번 성찰해보고자 한다. 한국 문단에서는 일부 논자들이 '민족문학(national literature)'을 마치 저항문학이나 반외세(反外勢)를 추구하는 문학인 것처럼 호도하고 있기 때문이다. 그러나 정확이 말하자면 민족문학이란 간단히 민족어(national language, 한국의 경우는 물론 '한국어')로 쓰이는 문학을 총칭하는 용어일 뿐, 저항이나 반외세와 같은 것을 지향하는 문학과는 아무 상관 없는 말이다. 예컨대 히브리어로 쓰인 것은 유대 민족문학, 영어로 쓰인 것은 앵글로 색슨 민족문학, 프랑스어로 쓰인 것은 프랑스 민족문학, 중국어로 쓰인 것은 한족 민족문학이다.

따라서 김소월, 이상, 정지용, 박목월, 서정주의 문학 역시 우리나라의 다른 모든 저항문학과 마찬가지로 한국의 '민족문학'의 하나일 것은 두말할 필요가 없다. 그렇지 않다면 이들 작품은 물론, 신라의 향가나 조선의 시조나, 『춘향전』『구운몽』 등의 소설들은 모두 한국의 '비민족문학' 혹은 '반민족문학'이라는 말인가?

그러므로 이 같은 문학과 구분해서 '저항문학이나 반외세(反外勢)를 추구하는 문학'만을 별도로 구분해 한 특정한 용어로 굳이 부르고자 한다면 ―더 이상 독자들을 속이거나 혼란에 빠트리지 말고― '민족문학'이라는 말 대신 다른 올바른 용어 즉 '민족주의 문학(nationalist literature)' 혹은 '민중문학(people's literature 혹은 proletariat literature 마르크스주의자들도 초기인 19세기 말, 20세기 초에는 피플과 프롤레타리아트라는 용어를 혼동해 사용하였다)이라는 용어를 사용해야 할 것이다. 일반적으로 문예학, 특히 비교문학론에서는 이렇듯 민족문학과 민족주의 문학을 분명하게 달리 규정해 사용하고 있다.

이 프로그램의 참가자들에게는 특별히 이수해야 할 과정이나 제도적으로 주어진 일정 같은 것이 없었다. 그렇다고 완전히 자유스러운 것도 아니었다. 거의 매일 작품 낭독회, 토론회, 지역 문화행사 참관, 미국 문화유적 탐방, 참여국 민족문화의 소개, 미국 작가들의 생가 방문, 대학 차원의 학술 및 문화 행사 지원, 외부 시인 작가들의 초청 모임과 간담회 같은 행사들이 줄을 이었다. 물론 참여 여부는 각자의 자유였다. 그러나 구성원 모두는 자국을 대표한다는 의식이 있으니 이를 가볍게 대하기가 어려웠고, 그 수행평가 역시 본국의 해당 기관(우리나

정좌(正坐)

의 경우는 문예진흥원)에 보고되기 때문에 마냥 나 몰라라 할 수도 없었다. 따라서 영어를 유창하게 구사하지 못하는 나로서는 항상 긴장되는 나날의 연속이었다.

그러나 그중에서도 가장 신경이 쓰인 행사가 하나 있었다. 아이오와 대학교 영문학과 학생들에게 자국의 민족문학을 소개해야 하는 두 번의 강의였다. 이 대학의 영문과 학생들이 정식으로 이수해서 학점을 따는 정규 수강과목이었기 때문에 더 그랬다. 어떻든 시간이 지나자 드디어 내 차례의 첫 번째 강의시간이 왔다. 나는 '한국 근대시에 있어서 모더니즘의 전개'에 대해 이야기하기로 하고 강의 전 미리 준비해서 학생들에게 나누어 준 영어 텍스트를 읽어가며 차분히 1930년대의 이상이나 김기림, 1950년대의 김춘수, 김수영, 1960년대 현대시 동인들의 시를 소개하였다.

그러나 학생들의 반응은 의외로 시큰둥했다. 별 흥미가 없어 보였다. 왜 그랬을까? 무엇보다 학생들에게 충분히 전달되지 못했을 내 짧은 영어 실력이 문제였을 것 같았다. 그러나 그보다는 강의 주제 자체가 그들에게 별 흥미를 유발시킬 수 없었을 것이라는 생각도 들었다. '모더니즘'이라면 우리나라보다도 발상지인 구미에서 활발하게 전개된 문학사조이니 그들로서는 들으나 마나 한 주제가 아니었을까?

나는 그 몇 주 후 하게 된 두 번째 강의의 주제를 한국의 시조에 관한 것으로 바꿔버렸다. 그러자 예상은 적중했다. 한국도 일본어나 중국어가 아닌 독자적 언어를 갖고 있느냐, 한국문학의 기원은 무엇이냐, 시조 이외의 정형시로는 또 어떤 것들이 있느냐, 구미에서는 정형시 창작이 거의 소멸되다시피 했는데 한국에서는 아직까지도 시조창작이 활발한 이유가 무엇이냐는 등 관심을 보였다. 나름대로 강의가 성공을 거둔 것이다. 나는 이 두 번째의 강의를 마치고 비로소 200여 년 전 괴테가 언급했던바, '가장 민족적인 것이 가장 세계적인 것'이라는 명제를 새삼 머리에 떠올렸다. 흔히 하는 말이지만 우리의 것이 소중한 것이다.

내가 그곳에 머물렀던 1987년은 이 프로그램 시행 20주년이 되는 해이기도 했다. 그래서 가을 어느 날 캠퍼스에서는 이를 기념하는 문학축제가 성대하게 열렸다. 몇 분의 노벨문학상 수상자와 각국을 대표하는 문인들도 초청되었다. 노벨상 수상작가들의 강연, 작품 낭독, 세미나, 간담회, 음악회, 뮤지컬 초청 공연(아마 이 무렵 워싱턴의 링컨홀에서 초연된 「캣츠(Cats)」였을 것이다), 이브닝 파티 등이 줄을 이었다. 그러나 그 중에서도 가장 인상이 깊었던 것은 백발이 성성한 〈뉴욕타임스〉의 서평 담당 기자가 여러 쟁쟁한 영문학자, 각국에서 온 문인, 학생들 앞에서 당당히 자신의 문학론을 강연하던 장면이었다. 그 무렵 내가 〈뉴욕타임스〉 일요판에서 그가 밀란 쿤테라의 소설 『참을 수 없는 존재의 가벼움』에 대해 쓴 전면 2페이지 분량의 서평을 읽은 적이 있어 더 그랬을지 모른다. 쿤테라는 내가 귀국한 그다음 해에 노벨상을 받았다.

여담 하나. 이 축제에는 과거 이 프로그램에 참여했던 문인들을 국가별로 한 사람씩 초청하는 홈커밍데이(home coming day) 행사도 있었다. 한국의 경우는 그 무렵 마침 뉴욕에 머물고 있던 황동규 교수가 오게 되어 우리는 만 하루를 같이 보냈다. 그런 일이 있은 두세 달 후다. 이제는 내가 뉴욕에 갈 일이 생겼다. 그리하여 우리는 뉴욕의 어느 고급 레스토랑에서 저녁 식사를 함께하게 되었는데 마침 옆자리에 어딘가 기품 있어 보이는 한 쌍의 백인 노부부가 앉아 있었다. 그래서 서로 자연스럽게 대화가 오갔다. 그는 자신이 뉴욕필하모니의 바이올린

주자라고 했다. 순간 나는 문득 황동규 교수를 추켜세우고 싶은 충동이 일었다. 그들에게 황동규 교수를 우리나라의 대표적인 시인이라고 소개해 주었다. 그러나 그것으로 끝냈으면 좋았으련만 나는 주책없이 굳이 해야 할 필요가 없는 말을 그만 덧붙이고 말았다. '부친은 황순원이라는 소설가로 한국에서는 그보다 더 유명한 분이다'라고 말해 버렸던 것이다.

식사를 끝내고 레스토랑을 나왔다. 황 교수의 심기가 좀 언짢아 보였다. 그는 잠시 나를 쳐다보다가 나무라듯 이렇게 쏘아붙였다. '문인으로서 황동규는 그저 시인 황동규일 뿐, 누구의 아들이라는 수식에 무슨 의미가 있느냐'는 것이다. 생각해보니 맞는 말이어서 나는 미안하다고 사과를 했다. 유명인을 부친으로 두지 못한 탓에 미처 헤아리지 못한 실수였다고나 할까.

2

1991년 어느 봄날이었다. 문예진흥원에서 한 장의 공문이 날아왔다. 한국과 유고공화국 국교 수립 일주년을 맞이하여 그 기념으로 유고 문화부에서 자기 나라의 어떤 문학 행사에 한국 시인 한 사람을 초청하고 싶다고 하는데 나더러 참여할 의사가 있느냐 하는 것이었다.

거절할 이유가 없었다. 그래서 나는 일단 그 제안에 동의를 해놓고 행사의 구체적 내용이 무엇이냐고 물어보았다. 매년 늦여름 유고공화국(지금은 유고가 해체되었으므로 지금의 북마케도니아공화국)에서 열리는 문학축제인데, 체류 경비는 물론 그쪽에서, 왕복 항공권은 문예진흥원에서 책임을 지겠지만 혼자 가야 하며 행사의 하나인 세미나에서는 꼭 영어로 주제문을 발표해야 한다는 조건이었다. 후에 알고 보니 그 문학축제란 마케도니아와 알바니아 국경 사이에 자리한 아름다운 오흐리드(Ohrid) 호반의 도시 스트루가(Struga)에서 열리는 동구권 최고의 스트루가 문학축제였다.

그리하여 그해 8월 말, 나는 홀로 모스크바행 비행기에 몸을 실었다. 기왕에 동구권 국가를 가볼 양이면 우선 그들의 옛 종주국인 러시아(그때는 아직 소련이 해체되기 전이었지만 편의상 러시아라고 부른다)의 실상도 보고 싶었기 때문이다. 서울에서 유고의 베오그라드까지 가는 항로에는 직항이 없었으니 어차피 러시아의 모스크바나 헝가리의 부다페스트에서 환승을 해야 했던 것도 이유의 하나였다. 그래서 나는 여행의 전 일정을 러시아, 카자흐스탄, 헝가리 그리고 유고슬라비아 등 네 나라로 잡고 첫 방문지인 러시아를 향해 일단 미리 떠났다(아직 카자흐스탄이 소비에트 연방의 하나로 남아 있을 때이다).

러시아에서의 나의 체류는 모스크바의 셰레메티예보 공항에 도착하자마자부터 고난의 연속이었다. 우선 영어가 통하지 않았다. 모든 표기가 알파벳이 아닌 시릴(Cyril) 문자로 되어 있어 도무지 지명이나 교통 표시, 나아가 건물 이름 등을 읽어낼 수 없었다. 대중교통 역시 제대로 정비되어 있지 않아 쉽게 이동하기도 힘들었다. 사회주의 체제가 무너지고 막 자유화 바람이 불기 시작했다고는 하나 아직 소련이라는 구체제가 해체되기 이전이어서 사회 분위기 또한 혼란스럽기 그지없었다. 거리 곳곳엔 경찰과 무장 병력이 감시를 게을리하지 않았다. 분위기가 자못 위압적이었다.

정좌(正坐)

공항 청사를 나와 간신히 고물 택시를 얻어 타고 발짓 손짓으로 길을 물어 처음 찾아간 곳은 모스크바 시내에 있는 인투어리스트(소련 시절부터 있었던 러시아 국영 관광공사) 사무실이었다. 그 시절의 외국인은 필히 이곳에 들러 입국 등록을 다시 해야만 정부로부터 호텔을 배정받을 수 있었기 때문이다. 신고를 하니 그들은 내 숙박처로 우크라이나 호텔을 지정해주었다. 비로소 러시아에서 숙박할 수 있는 증서를 손에 쥔 것이다.

다음 순서로 나는 내가 묵을 호텔을 찾아야 했다. 다시 시내를 헤맸다. 한 시간 남짓, 통하지 않는 영어로 물어물어 도착해서 보니 문득 내 앞에 웅장한, 그래서 마치 중세의 성채 같은 건물 하나가 떡 버티고 서 있었다. 우크라이나호텔이었다. 스탈린이 개발한 독창적 건축양식이어서 일명 스탈린식 건물이라고도 불린다는데, 전 세계적으로 모스크바에 일곱 채 그리고 소련의 위성국들에 각각 한 채씩 있다고 했다(후에 폴란드의 바르샤바, 라트비아의 리가에 들리니 그곳 심장부에도 정말 그런 건물이 있었다). 바로 앞에는 모스크바강이 유유히 흐르고 건너편엔 온통 하얀색인, 그래서 러시아의 화이트 하우스라고도 불리는 국회의사당이 보였다.

나는 무심히 로비의 현관문을 열고 들어서려 했다. 그런데 옆에 서 있던 우람한, 그래서 흡사 조폭 같아 보이는 두 사내가 나를 막아서며 인투어리스트에서 발급받은 숙박권을 보여달라고 했다(당시 러시아의 호텔은 아무나 자유롭게 드나드는 곳이 아니었던 것이다). 내가 서류를 보여주자 그들은 현관 입구의 흡사 기차표 발매 창구 같은 곳을 가리키며 그곳에 가 숙박권을 제출하고 다시 호텔 입장권을 발부받아 오라고 했다.

그것만으로 끝난 것은 아니었다. 호텔에 들어서니 체크인 절차 또한 여간 까다롭지가 않았다. 먼저 입구에서 발급받은 호텔 입장권을 로비의 한구석에 있는 또 다른 부스로 들고 가 제시한 뒤 그곳에 여권을 맡기고 스탬프를 받아야 했다. 그러고 난 후, 그제서야 프런트에서의 체크인 절차다. 우선 무슨 내용인지 읽어낼 수 없는 러시아어 서류 한 무더기에 사인을 하고, 그 다음 짐을 풀어 그들에게 내용물을 일일이 확인시켜야 했다. 그래서 어렵사리 발급받은 것이 두 개의 서류였다. 하나는 호텔 출입 신분증이고 다른 하나는 방 배정 확인서. 앞으로는 입구의 그 조폭 같은 사내들에게 매번 이 출입증을 보여주지 않으면 호텔 출입이 불가능하다고 했다. 열쇠는 주지 않았다. 그래서 나는 방문에 열쇠가 꽂혀 있을 것이라 생각하고 무심히 2층 객실로 향했다.

그런데 이 웬일인가. 내가 손수 가방을 들고 층계를 걸어올라 2층 로비에 도착하자, 코앞엔 웬 큰 탁자 하나가 계단을 굽어보며 정면으로 우뚝 놓여 있고, 그 뒤에서 나를 감시하듯 노려보는 한 우람한 50대 여성이 눈에 들어오지 않는가(이 역시 나중에 안 사실이지만 소련 KGB 요원이었다). 내가 그 앞을 지나치려 하자 그녀는 말없이 내게 손가락을 치켜세웠다. 자신에게 오라는 것이다. 그래서 흡사 벌을 받는 학생 모양새로 불려가 그 탁자 앞에 섰더니 그녀는 또 아무 말 없이 내 방 배정서를 꼼꼼히 확인, 회수한 후 드디어 방 열쇠 하나를 꺼내주면서 다시 손가락으로 복도의 한 방문 쪽을 가리킨다. 그곳으로 가라는 지시였다.

그림 한 폭 걸려 있지 않은 객실은 우리나라 금성사(지금 LG의 전신)가 만든 낡은 흑백 텔레비전과 다이얼식 전화기 한 대만이 놓여 있었다. 어설프고 황량하기 그지없었다. 욕실 문을 열어보았다. 세면대엔 딱딱하고 거친 빨랫비누 같은 것 한 조각이 있었고, 벽걸이에는 닳아빠져

빳빳해진 무명 수건 하나가 달랑 걸려 있을 뿐이었다. 그 외에는 아무 것도 없었다.

다음날 나는 홀로 시내 나들이를 시도했다. 크렘린 광장까지는 택시를 이용했고 거기서부터는 이곳저곳 눈요기를 하면서 아르바트 거리를 따라 모스크바강 쪽을 향해 걸었다. 어느덧 점심때가 되었다. 이제는 식당을 찾아야 했다. 그런데 아무리 둘러봐야 ㅡ우리나라 같으면 아무 데나 흔하게 있을ㅡ 식당이 눈에 띄지 않았다. 혹 장소가 특별해서 그런가 싶어 몇 군데로 이동해보았지만 그 역시 마찬가지였다. 하는 수 없어 지나가는 학생 차림의 청년에게 손짓 발짓으로 물어보았다. 그는 영어가 아닌 러시아어를 한참 지껄이더니 내가 알아듣지를 못하자 택시 하나를 잡아주며 그 기사를 따라가보라고 손짓을 했다.

아뿔싸, 도착한 식당은 대만원이었다. 출입문 앞에는 들어서려는 사람들로 거의 20, 30여 미터나 줄이 늘어서 있었고, 입구에는 자못 험상궂은 인상의 조폭 같은 사내 몇 명이 이들을 철저하게 통제하고 있었다. 언제 내 차례가 올지 기약할 수는 없었으나 달리 방법 또한 없어 나도 미적거리며 그 열의 끄트머리에 섰다. 그리고 기다리기 한 시간여만에야 겨우 입장이 허락되었다.

식당의 내부는 엄청나게 컸다. 작은 시장 하나가 충분히 자리할 수 있을 정도의 규모였다. 대략 잡아 칠팔백 명 넘어 보이는 사람들이 여남은 명씩 앉을 수 있는 수십여 개의 둥근 식탁에 둘러앉아 웅성거리고 있었다. 그들이 떠드는 소리, 음식을 주문하고 배달하는 소리, 음식을 재촉하는 소리, 문 여닫는 소리, 식기 부딪히는 소리 등으로 장내는 온통 아수라장이었다. 물론 종업원의 안내란 기대할 수 없었다. 나는 눈치로 상황을 살피다가 아무 탁자나 빈 의자 하나를 찾아 슬며시 그

한 무리에 끼어들었다.

막상 자리를 차지하긴 했지만, 식당 종업원은 그 누구도 내게 관심을 주지 않았다. 아무리 기다려도 주문받으러 오는 사람이 없는 것이다. 그래서 나는 또 하는 수 없이 자리에서 일어나 바쁘게 돌아다니는 종업원 한 사람을 붙들다시피 해서 겨우 스테이크 하나를 주문했다. 그러나 이제는 음식 배달이 문제였다. 주문한 음식이 나오지를 않는 것이다. 다시 종업원들 중 한 명에게 다가가 확인을 했다. 그러기를 수차례, 목이 빠지도록 40여 분 이상을 기다린 끝에 겨우 종업원 하나가 몇 개의 접시가 든 큰 쟁반을 어깨로 받치고 오더니 그중 하나를 내 식탁에 털썩 던져놓고는 사라져버린다. 수프는 있었지만 물론 전채(애피타이저)도, 샐러드도, 디저트도 없었다. 그것을 챙겨 먹는다는 것 자체가 호사였다.

이제 나는 소란스럽기 그지없는 이 홀을 한시바삐 빠져나가고 싶었다. 귀가 먹먹해서 더 이상 견딜 수 없는 것이다. 그래서 음식 같지도 않은 그 스테이크를 재빨리 먹어치우고 자리를 일어서려 했다. 그런데 식대를 지불하는 것이 문제였다. 정석대로 하자면 종업원이 먼저 청구서를 가져오고 그 청구서의 금액에 맞추어 내가 그에게 식비를 지불하고, 그가 그 돈을 들고 계산대에 가서 회계 정리를 한 후 영수증을 발급받아 내게 가져다주면 내가 그에게 팁을 주고 나오는 것이 순서일 터였다. 그렇지만 아무도 내게 관심을 두지 않으니 식당을 나서고 싶어도 나갈 수가 없는 처지가 되어버린 것이다. 점잖게 기다릴 일이 아니었다. 하는 수 없다 싶어 나는 계산대로 달려갔다. 그곳 역시 여러 명의 손님들로 왁자지껄 소란스럽기는 마찬가지여서 나도 다른 사람들이 하는 대로 그들을 밀치고 접근해 무작정 고액권 루블화 몇십 장을 계산대에 밀어 넣었다. 식대 지불에 걸리는 시간 역시 10여 분 이상 걸린 것이다.

밖으로 나오니 무언가 해방된 기분이었다. 점심을 먹기 위해 거의 3시간 가까이를 그곳에서 허비해버린 것이다. 아, 그런데 어이없는 세상 일이라니! 그때 비로소 나는 알게 되었다. 내가 줄을 섰던 그 출입문은 식대를 러시아 화폐 즉 루블화로 지불하려는 사람들이 사용하는 곳이고, 달러화 사용자가 드나드는 문이 별도로 있었다는 사실을. 그리고 그 달러화 사용 고객들은 굳이 줄까지 서지 않고도 곧바로 입장이 가능했다는 것을…… 그뿐만이 아니었다. 이 역시 내가 체험적으로 알게 된 사실인데 사회주의 국가에선 어느 나라든 우리나라와 같은 자본주의 국가와는 달리 길거리에 식당이 거의 없다는 것, 그 대신 몇 개 안 되는 시내의 큰 식당들은 몇백 명 혹은 몇천 명을 동시에 수용할 수 있는 국가 경영의 거대 규모라는 것을. 그래서 이후 나는 모스크바에 체류하는 동안 아무리 멀어도 식사는 항상 내 숙박 호텔 즉 우크라이나호텔로 돌아와 구내 레스토랑을 이용하였다.

공산주의 체제가 자본주의 체제로 막 전환되던 그 무렵의 러시아는 이미 경제가 파탄이 나 있었다. 달러화의 가치가 폭등세였다. 당연히 루블화는 쓰레기나 다름 없었다. 그런데 순진한 나는 이런 사실을 미처 깨닫지 못하고 평소의 여행 습관대로 성급하게 입국 시 미리 공항에서 200달러를 루블화로 바꾼 것이 화근이었다. 그때 나는 환전한 그 루블화의 양이 작은 핸드백 하나에 가득 찰 지경이었으므로 좀 이상하다는 느낌을 갖지 않았던 것은 아니었다. 그러나 자국의 상거래에서는 으레 자국 화폐를 쓰는 것이 여행의 정석이라는 고정관념 때문에 이를 가볍게 지나쳐버렸던 것이었다.

나는 열흘가량의 러시아 체류에서 환전한 그 200달러 상당의 루블화를 아무리 쓰려 해도 쓸 곳이 없어 결국 출국할 때 대부분을 호텔에 버리고 떠났다. 가치도 가치려니와 물건을 사려 해도 루블화를 받고 싶어 하는 상점이 없고, 무엇보다 살 만한 상품이나 기념품 자체가 아예 없었던 까닭이다. 당시는 러시아의 자존심을 대표한다는 크렘린 광장 앞의 굼 백화점 역시 마찬가지였다.

나 홀로의 러시아 여행은 크고 작은 실수와 사건들의 연속이었다. 러시아펜클럽 회장을 만나려고 레닌그라드역(모스크바 시내에는 기차역이 여럿 있는데 그 역의 이름들은 모두 열차가 도달할 목적지의 이름을 취한다. 즉 모스크바의 레닌그라드역은 레닌그라드로 떠나는 열차의 역이다) 근처를 지날 때는 십여 명의 청소년 집시들에게 둘러싸여 소지품을 몽땅 털리기도 했고, 상트페테르부르크의 에르미타시 박물관에서는 마주친 한 무리의 북한인 일행과 대화를 나누려다 험담만 들으며 내쫓기기도 했다. 길거리에서 우연히 만난 러시아 방위산업체의 고려인 과학자의 초청으로 그의 아파트에서 저녁 식사를 대접받기도(후에 그는 우리 정부 초청으로 서울에 와서 해후한 바 있다), 카자흐스탄의 알마티행 비행기 안에서 알게 된 한 호주 교포의 배려로 그의 무역 상대인 카자흐스탄의 고려인 가정에서 며칠을 묵기도, 그의 현지처인 스페인계 여성의 친구들과 파티를 벌이기도 했다. 그뿐 아니다. 출국 시 부친 가방이 도착지인 부다페스트 공항에 오지를 않아 내의를 갈아입지도 못한 상태로 무더운 여름 3, 4일을 지겹게 보내기도 했다.

그러나 뭐니 뭐니 해도 내 러시아 여행의 대미는 모스크바에서 발생한 쿠데타의 목격이었다. 카자흐스탄의 우리 교포(고려인) 가정에서 2, 3일을 보낼 때였다. 갑자기 현지 텔레비전에 긴급 뉴스가 나왔다. 화면

정좌(正坐)

에는 탱크와 대포를 앞세우고 모스크바 시내를 둘러싼 군인들과 그들의 총포에서 연방 불이 붙는 포격 장면이 등장했다. 집주인에게 내용을 물어보니 지금 모스크바에서는 큰 정변이 일어나 러시아 전국에 계엄령이 선포되었다고 한다. 나중에 안 사실이지만 당시 고르바초프 서기장의 자본주의 정치 노선에 불만을 품은 극좌 공산주의자들이 군대를 동원해 쿠데타를 일으켰던 것이다.

집주인은 '지금 모스크바에서는 밤에 통행금지가 실시되고 있는데 알마티에서 모스크바로 가는 국내선 항공편도 아마 끊겼을지 모른다'고 했다. 순간 나는, 혹시 국제공항의 입출국도 통제되고 있지 않을까 하는 걱정이 들어 갑자기 불안해지기 시작했다. 만일 모스크바에서 비행기가 제때 뜨지 못한다면 유고공화국의 문학행사 참여도 불가능해질 수 있을 것 같았기 때문이었다. 무엇보다 이 급박하게 돌아가는 러시아의 정세와 공포스러운 분위기로 미루어 외국인인 내 신변에 무슨 위험이 닥치지나 않을까 겁도 났다.

그리 생각하니 나로서는 이렇게 알마티에 주저앉아 방관만 하고 있을 상황이 아닐 것 같았다. 그래서 그때가 저녁이었음에도 나는 주섬주섬 짐을 챙겨 즉시 공항으로 뛰쳐나왔다. 다행히도 모스크바행 비행기는 뜨고 있었다. 그러나 공항은 밀려드는 승객과 이를 통제하는 직원들의 아우성으로 소란스럽기 그지 없었다. 이미 마비 상태였다. 정식으로 진행되는 보딩패스의 발급도, 제대로 된 탑승 절차도 없었다. 대합실 한구석에서 항공사 직원이 어디어디 가는 비행기가 어디에 대기해 있다고 육성으로 외치면 그곳으로 가려는 승객들이 일제히 탑승구의 문을 밀치고 마치 달리기 경주라도 하듯 우르르 활주로로 몰려나가 제멋대로 비행기에 탑승하는 식이었다. 그래서 러시아어를 모르는 나는 오직 눈치로 이 무리 속에 끼어들어야만 했고, 몇 번의 소란 끝에 요행히 한 비행기에 올라탈 수 있었다. 하지만 기내는 이미 만원이어서 좌석이 없었다. 여승무원이 다가와 내게 내리라고 했다. 그러나 사정이 사정이니만큼 나로서는 내릴 수가 없었다. 완강히 버텼다. 그랬더니 그녀는 할 수 없다는 듯 어디선가 보조의자를 하나 가져와 통로에 놓으며 앉으라고 했다. 그런데 이 웬일인가. 그제서야 비로소 생각이 났던지 내 항공권을 확인하던 그녀가 갑자기 태도를 바꾸어 다시 나를 내리라고 했다. 모스크바가 아니라 이르쿠츠크로 가는 비행기라는 것이다.

이 같은 시행착오를 거친 후, 나는 기다린 지 서너 시간 만에야 겨우 모스크바행 국내선 비행기를 얻어 탈 수 있었다. 그리고 새벽 1시 전후 비행기는 마침내 모스크바 교외의 국내선 비행장에 도착했다. 승객들이 우르르 활주로로 뛰쳐나왔다. 그 무리에 섞인 나도 다른 승객들이 하는 대로 공항 밖으로 밀려 나와서, 광장에 대기하고 있는 택시들 가운데 비교적 인상이 좋아 보이는 기사의 택시를 골라 몸을 실었다.

가로등에는 불이 전혀 들어오지 않았다. 사위가 칠흑같이 깜깜하니 기사가 혹 강도로 돌변하지나 않을까, 내심 불안해지기 시작했다. 그러나 택시는 별문제 없이 한 시간 가까이를 달려 무사히 모스크바 시내에 도착, 큰길을 요리조리 피해 달리더니 어떤 골목 어귀에 들어서 멈췄다. 기사는 손짓 발짓으로 골목 밖을 가리키며 내려 걸어가라고 했다. 군의 통제로 더 이상 큰길까지 갈 수 없다는 것이다. 하는 수 없이 나는 택시에서 내려 밝은 곳을 향해 더듬더듬 걸었다. 그러자 열 지어 선 탱크와 완전무장을 갖춘 병사들 사이로 우뚝 선 우크라이나호텔이 보였다.

정좌(正坐)

그날 밤은 단속적으로 들려오는 기관총 사격 소리, 탱크 포격 소리로 잠을 이룰 수 없었다. 창을 열어보았다. 간간히 강 건너 화이트 하우스를 향해 쏘아대는 포탄의 작렬하는 불빛이 영화의 한 장면처럼 눈에 들어왔다. 나는 뜬눈으로 밤을 지새우고 여명이 다가오자마자 1층 로비로 뛰쳐 내려왔다. 그곳엔 이미 나와 같은 처지일 듯싶은 여행객들 몇 명이 웅성거리고 있었다. 아무도 확실한 정보를 가지고 있지는 못한 듯했다. 프런트에 물어보아도 '통신체계가 작동되지 않아 비행기 운항이 가능한지 여부를 아직 모르겠다며 셰레메티예보 공항으로 가는 길도 현재 차단되어 있는 상태'라고만 했다. 그래서 더 조급해진 내가 로비를 몇십 분 서성거리고 있자, 한 남루한 러시아 청년이 슬며시 내게 접근해왔다. 그는 외진 구석으로 나를 끌고 가더니 서툰 영어로 공항에 가려느냐고 물었다. 200달러만 주면 자신이 데려다줄 수 있다는 것이다. 어떻게 갈 수 있느냐니까 그는 지금 공항 가는 고속도로는 모두 끊긴 상태이나 자신만이 아는 샛길이 따로 있다고 했다.

나는 물에 빠진 사람이 지푸라기라도 붙잡는 심정이 되어 그를 한번 믿어보기로 했다. 달리 방법도 없어 그를 따라 호텔 뒷문을 나섰다. 거기엔 옛 소련제 중고 라다(Lada) 승용차 한 대가 기다리고 있었고, 나를 실은 그 자동차는 논둑길 밭둑길을 굽이굽이 돌더니, 평상시 같으면 30, 40분 만에 갈 수 있을 거리를 두 시간 이상이나 걸려 겨우 공항에 데려다주었다. 다행스럽게도 출국 비행기는 뜨고 있었다.

그런저런 일을 겪고 간신히 유고에 도착한 나는 차질없이 문학행사에 참여할 수 있었다. 시낭독은 물론, 유고공화국의 문화부장관도 참석한 세미나에서는 프랑스 비평가 앙리 메쇼닉과 함께 「현대 서구문명의 위기와 동아시아 문화」라는 주제의 논문을 발표했다. 반응이 괜찮았다. 참석자의 질문도 받았고 내용 역시 현지 신문에 사진을 곁들인 기사로 보도되었다. 동구권에서 처음으로 소개된 우리 문학이었다.

3

　　　　　　1995년 나는 전임 서울대 권영민 교수의 추천으로 미국의 버클리대학 동아시아학부에서 한국문학을 강의하며 1년을 보냈다. 학교 방침에 따라 강의는 한국어 사용이 원칙이었다. 그러나 대부분의 학생들이 한국어가 서툴러 영어도 자주 구사해야 하는 강의였다. 학생들은 한국 유학생, 교포 2세 그리고 순수 미국인들로 구성되어 있었다. 중급 한국어 같은 경우 수강생들이 거의 30, 40명이 넘었다.

　나는 거기서 몇몇 좋은 분들과 인연을 맺었다. 강옥구 여사와 클레어 유(Clare You), 루이스 랭카스터(Louis Lankaster) 교수 등이다. 이미 1960년대에 《현대문학》 추천으로 한국의 시단에서도 등단했던 강옥구 여사는 이화여대에서 약학을 전공한 뒤 버클리로 유학을 왔다가 미국에 정착한, 마음이 참 아름다운 불교 신자로 버클리대 철학과의 불교학 전공 랭카스터 교수에게 고은 선생을 소개해서 고은 선생이 미국에 진출할 수 있는 발판을 만들어준 분이기도 했다. 그분은 또한 한국현대시에 대한 애정이 남달라 우리 시를 영어로 번역하는 데도 큰 기여를 하신 분이다. 버클리에 머무는 동안 내가 많은 도움을 받고 의지했는데 안타깝게도 내가 귀국한 2년 뒤 간암으로 타계하셨다.

　후에 내 시집 『꽃들은 별을 우러르며 산다』(Oh Sae-Young, *Flowers*

Long for Stars, Trans. Clare You & Richard Silberg, Cambridge: Tamal Vista Publications, 2005)를 영어로 번역해 미국에서 출판해주신 클레어 유 교수는 1950년대 말 이화여대 불문학과를 졸업하고 버클리에 유학 와서 언어학을 전공한 뒤 평생을 모교 버클리에서 교편을 잡은 분이다. 당시 학생들에게 한국어를 가르치고 계셨다. 그런 관계로 우리 세 사람은 자주 만났고 그 과정에 누구의 제의랄 것도 없이 클레어 유 교수는 자연스럽게 내 시를 번역해 주셨다. 그 무렵 그분의 친구인 강옥구 여사가 고은 선생의 시들을 영어로 번역하고 있던 것에서 어떤 자극을 받았을지도 모른다.

아, 그리고 또 한 분, 루이스 랭카스터 교수는 원래 일본불교에 관심을 가졌다가 나중에 한국불교 연구로 전공을 바꾼 버클리대학 철학과의 세계적인 불교학자인데, 당시 그의 문하에는 지금은 서울대 철학과 교수가 된 조은수 씨, 고려대 교수가 된 조성택 씨, 동국대 교수가 된 진월 스님 등이 있었다. 그때는 이미 뉴욕주립대 스토니브룩 캠퍼스의 한국학과 교수로 부임한 뒤였지만, 소설가 최명희의 외숙 박성배 교수도 그런 제자들 중 한 분이다. 나는 강옥구 여사의 주선으로 랭카스터 교수를 알게 되었고, 내게 호감을 느낀 그분은 내가 버클리대 동창회관에서 시낭독회를 열 수 있도록 주선해준 바도 있다.

그리고 또 잊지 못할 사건 하나. 도미할 때 나는 대산문화재단(나는 이 재단 설립 당시 무슨 위원으로 위촉되어 대산문학상 1회(수상자 고은)와 2회(수상자 이형기) 심사를 주관하였으나 출국하면서 사표를 냈다) 측으로부터 가능하다면 미국에 나간 김에 노벨상 수상작가 한 분을 한국에 초청할 수 있도록 섭외해달라는 요청을 받았다. 그래서 이를 랭카스터 교수에게 부탁했더니 그는 당시 샌프란시스코에 거주하던 폴란드 작가 미로시

(Czeslaw Milosz)를 소개해 주었다. 그래서 나는 그에게 대산재단 측의 의사를 전달했고 그 역시 다음 해에 방한하기로 구두 약속도 해주었다.

그러나 내가 귀국해서 그 일을 추진하려고 하자, 그 사이 무슨 사연이 있었던지 대산문화재단 측은 앞서 내게 부탁했던 것과는 달리 태도가 냉담해져 있었다. 그래서 중간에 선 나의 입장이 곤란하게 되었다. 어찌할 것인지 갈피를 잡을 수 없었다. 나로서는 비록 나 자신이 거짓말쟁이가 되는 것은 그렇다 쳐도 나를 위해 이 일을 도와주신 랭카스터 교수까지 실없는 사람이 되어버리는 것만큼은 참을 수 없었다. 랭카스터 교수에게 무슨 말로 이를 변명해야 할지 속이 탔다. 그런데 정녕 그 일이 수습되려고 그랬던지 그때 마침 미국의 랭카스터 교수로부터 전갈이 왔다. 대장경의 영어 역경 사업에 관한 일로 동국대학교의 초청을 받아 수일 후 한국에 온다는 소식이었다.

그래서 나는 이를 빌미로 한국에 온 랭카스터 교수가 대산문화재단 임원들과 만나 직접 이야기를 나눌 수 있도록 식사 자리를 마련해주고 그만 그 일로부터 발을 빼버렸다. 랭카스터 교수에게 좀 미안한 처신이기는 했으나 달리 방법이 없었다. 어쨌거나 그 일은 결국 성사되지 못했지만 나로서는 랭카스터 교수가 대산 측 인사들과의 직접적인 회동을 통해 나의 부탁이 거짓이 아니었다는 사실만큼은 확인했으리라고 생각되어 마음이 다소나마 편해졌다.

4

2003년, 나는 교육부의 연구비 지원으로

정좌(正坐)

프라하의 까렐대학(Karlova Univerzita, 세칭 프라하대학)에서 가을 학기를 보낸 적이 있었다. 그리고 그곳에서 몇몇 체코 문인들을 만났다.

한 사람은, 앞서 이야기했듯, 서울대학교 대학원 국문학과 석사과정을 다니다가, 어느 교수에게 밉보여 그만 대학에서 퇴출당한 체코 여학생 이바나 구로베로바이다. 그 뒤 그녀는 남편을 따라 말레이시아의 쿠알라룸푸르에 거주하고 있었는데 마침 크리스마스를 친정에서 보내려고 그때 프라하에 돌아와 있었다. 내가 그동안의 안부를 물었더니 그녀는 말레이시아 대학에서 시간제 한국어 강의도 하고 한국문학 작품을 체코어로 번역도 하면서 그저 즐겁게 지내고 있다고 했다(그녀는 한국 체류 시절, 서울대 언어학과에 유학 온 중국계 말레이시아 청년과 연애를 해서 나중에 결혼한 바 있다). 나로서는 그녀의 밝은 표정을 보니 그간 응어리졌던 마음도 한결 풀어지는 것 같았다.

나는 며칠간 그녀와 함께 프라하의 명소들을 돌아보았다. 화가인 그녀 부친의 아틀리에에서는 부친으로부터 서정적인 풍경화 한 폭을 선물로 받기도 했다. 몇몇 체코 문인들과 연극배우들이 모인 자리에 불려가 유명한 체코 맥주를 맛보기도, 체코 인형극 관람이나 음악회에 동반하기도 하였다.

체코에서 한국문학을 소개하는 그녀의 활약상 역시 남달랐다. 우선 고전과 현대를 가리지 않고 많은 우리 문학작품을 체코어로 번역 출간한 것, 텔레비전, 라디오 등 오디오, 비디오 매체를 통해 한국문학을 소개하는 공로도 빼놓을 수 없었다. 내가 체류할 당시도 그녀는 한 체코 국영 티브이 방송에 출연하여 한용운의 생애와 문학을 한 시간여 동안이나 소개한 적이 있었다. 정기적으로 체코의 신문 지면에 칼럼을 쓰면서 틈틈이 한국을 소개하는 일도 잊지 않았다.

그런 그녀가, 내가 귀국한 몇 년 후 말레이시아에서 불쑥 소포 하나를 보내왔다. 뜯어보니 거기엔 동봉한 편지와 함께 내 시를 체코어로 번역한 시집 『적멸의 불빛』(O, Se-jong. *Světlo vyhasnutí*, Trans. Ivana M. Gruber-ová. Praha: DharmaGaia, 2008) 열댓 권이 들어 있었다. 그간 서로 여러 차례 이메일로 안부를 주고받았지만, 내 시의 체코어 번역에 관해서는 일절 언급이 없었던 그녀였다. 그런 그녀가 그동안 소리 없이 이같은 작업을 진행하고 있었다니 믿어지지 않았다. 한국어 실력에 그만큼 자신이 있어서였을까? 뒤에서 언급하게 될 독일어 번역의 조화선 선생과는 정반대되는 번역 태도였다.

일제강점기인 1930~40년 한홍수(韓興洙) 등 유럽으로 망명했던 한국 지식인들의 가르침을 받아 프라하 대학에 최초로 한국학을 개설한 플트루(Alois Pultr)의 제자이며 공산주의 정권 시절 북한의 적극적인 지원 아래 오늘의 체코 한국학을 반석에 올려놓은 블라디미르 푸첵(Vladimir Pucek) 교수와도 자주 만났다. 그는 당시 정년을 맞아 대학에서는 이미 현역에서 물러나 있었지만, 학계에서는 여전히 큰 영향력을 행사하고 있었다. 그때 그는 '유럽한국학회(AKSE, Association for Korean Studies in Europe)'의 총무 일을 막 그만둔 뒤였는데 여담이라면서 이런 일화를 들려주었다.

당시 유럽한국학회는 한국국제교류재단 등의 경제적 지원을 받아 격년으로 유럽의 각 대학을 돌며 한국학 학술회의를 개최하고 있었다. 그때마다 종주국인 한국에서 특별한 학자 한둘을 초청하는 것이 관례였다. 그런데 그중 한 분만큼은 이상하게도 매번 초청되었다. 그래서 한번은 유심히 발표 내용을 경청해보았는데, 그리 바람직스럽지 못했다. 그 뒤 그가 이 학회의 총무였던 시절이다. 그해의 학술발표에도 역시 그가 또 초청되었다. 그분에게 한국어로 된 발표요지를 미리 보내 달라고 요청해 그 내용을 읽어보았다. 예전의 그것과 별반 다르지 않았다. 글의 내용은 그렇다 쳐도, 무슨 말인지 우선 문장 자체가 제대로 되어 있지 않았다. 그래서 그해의 초청을 거부했더니 바로 국제교류재단에서 연락이 오기를, 이분이 초청되지 않으면 경제적 지원을 더 이상 해줄 수 없다고 해서 어쩔 수 없이 그분을 또 초청할 수밖에 없었다며, 내게 그분의 영향력이 한국에서 그렇게 크냐고 쓴웃음을 지었다.

다른 한 사람은 밀란 쿤데라와 함께 현대 체코문학을 대표하는 작가 이반 클리마(Ivan Klima)이다. 그의 작품은 이미 한국어로도 번역이 되어 있어서 체코에 가면 내가 한번 만나보고자 했던 사람이었다. 그런데 마침 그때《천년의 시작》주간인 이재무 씨로부터 국제전화가 왔다. 기왕 체코에 머무르고 있다면 체코문학의 최신 동향에 대해 글을 한 편 써 보내든지 아니면 유명 문인과의 인터뷰 기사를 만들어 보내주든지 둘 중 하나를 부탁한다는 것이었다. 그래서 나는 당시 까렐대학 체코어문학과 대학원 유학생이던 유선비 씨(지금은 귀국해 한국외국어대학 체코어과 교수로 있는 분임)의 도움과 통역으로 이반 클리마와 대담을 가졌고 이 내용을 이메일로 이재무 씨에게 보냈다. 이 원고는 2004년《천년의 시작》봄호에 발표된 바 있다.

체코에서 만난 또 한 사람은 나와 아이오와대학 국제창작프로그램에 같이 참여했던 시인 슈트이다. 그와 나는 다른 일로도 특별한 인연이 있어 우리의 해후는 반가웠다. 1993년인가 한국에서 국제펜대회가 열렸을 때, 나의 추천으로 한국에 초청된 그가 공식 일정을 마친 뒤 3, 4일가량 더 우리 집에서 유숙하다 간 적이 있었기 때문이다. 당시 한국 펜클럽은 동구권 작가에 대한 정보가 거의 없어 아이오와대 국제

창작프로그램에 참여했던 내게 도움을 청했던 것이다.

그가 우리 집에서 머물던 어느 날이었다. 하루는 혼자 지하철도 타고 걸어 다니면서 서울 시내를 자유스럽게 구경해보고 싶으니 오늘만큼은 자기만의 홀로 외출을 허락해 달라고 했다. 그래서 나는 —좀 불안하기는 했지만— 간단한 당부를 곁들여 그의 '나 홀로 외출'을 허락해주었다.

아뿔싸, 그런데 그는 그날 밤늦게까지 집에 돌아오지를 않았다. 밤 10시가 지나도, 11시가 지나도 소식이 없었다. 그래서 혹시 무슨 나쁜 일이라도 생기지 않았을까 노심초사하며 기다리고 있었는데, 밤 12시 반 가까이 되어서야 그로부터 전화가 걸려왔다. 수화기를 드니 떠는 듯 다급한 목소리가 심상치 않았다. 누군가가 자신을 죽이려 해 골목의 어떤 집 담벼락 뒤에 숨어 있으니 와서 구해달라는 내용이었다. 장소를 물어보았다. 다행히 지하철 방배역, 우리 집 근처였다. 나는 헐레벌떡 뛰쳐나가 그가 숨어 있는 곳을 용케 찾아냈고 불안에 떨고 있는 그를 무사히 집으로 데리고 올 수 있었다.

나는 안정을 찾은 그에게 무슨 일이 있었는지를 물어보았다. 그의 이야기는 다음과 같았다. 지하철 전동차에서 내려 방배역 계단 출구를 막 나서려니 앞에 포장마차 주점이 있었다. 흔들리는 등불 아래서 술잔을 기울이는 사람들이 정겨워 보였다. 그래서 자신도 빈자리 하나를 차지하고 소주를 시켰다. 그러자 옆자리에 앉아 있던 웬 청년이 말을 걸어왔다. 서투른 영어로 서로 대화가 오갔다. 그 과정에 그가 어디서 왔느냐고 물었다. 그래서 무심코 체코에서 왔다고 했더니. 순간, 그 청년의 표정이 험악해지면서 "너 공산당이지? 죽여버린다."고 해서 근처의 골목으로 도망쳐 내게 전화를 걸었다는 것이다.

그의 출국 후 나는 서대문경찰서 외사과에 불려가 그의 한국 행적에 대해서 자세히 보고를 해야 했다. 1990년대 초만 해도 우리 사회는 그런 분위기였다.

18장

외국어로 읽힌 나의 시

1

　　내가 내 시를 독일어로 번역해 현지에서 출판해 주신 로스케 조(Roske Cho, 한국명 조화선(趙華仙) 하이델베르크 대학 교수와 인연을 맺게 된 것은 아주 오래전의 일이다. 충남대학교에 재직하던 아마 1977년경이었던 것 같다. 어느 날, 50대 초반으로 보이는 두 분의 숙녀가 서강대 김열규(金烈圭) 선생님의 추천으로 내 연구실을 찾아왔다. 마침 숭전대학교(지금의 한남대학교) 교수로 있는 어떤 지인을 만나러 대전에 내려온 길에 방문하게 되었다면서 그중 한 분이 말씀하시기를 '한(恨)'이라는 감정에 대해 쓴 내 논문을 구하고 싶다고 했다. 문학작품에 나타난 한국의 '한'과 일본의 '원(怨)'이라는 감정을 비교해 논문을 쓰고 싶은데 독일에서는 그 자료를 구할 수가 없었다는 것이다. 그분이 바로 로스케 조 여사였다(그 무렵 나는 김소월의 시가 지닌 한의 정서를 프로이트의 정신분석학과 아리스토텔레스의 비극 이론에 접합시켜 내 나름으로 해명한 몇 편의 논문을 발표한 바 있었다).

그런 일이 있은 뒤, 내가 직장을 서울대로 옮긴 어느 날이었다. 독일의 조 선생으로부터 편지 한 통이 날아왔다. 정지용의 시에 등장하는, 어떤 프랑스 외래어에 대해서 문의하신 것이다. 그 외래어가 쓰인 정지용 시의 원전을 밝히고 더불어 프랑스 원어도 좀 찾아달라는 부탁이었다. 그래서 나는 나름대로 성실히 조사하고 학내 불문학과 교수에게 문의도 해서 이를 해결해드렸는데, 이 일이 인연이 되어 조 선생님은 그 후부터 한국의 시들에 대해 모르는 것이 있을 때마다 그때그때 편지를 주시곤 했다.

그런데 1990년대 중반의 어느 날이었다. 갑작스러운 조 선생의 귀국 소식이 전화를 통해 들려왔다. 그래서 우리는 마치 막역한 지기라도 되듯 오랜만에 반가운 해후를 가졌다. 그때 그분은 서울 교외의 어떤 조각가의 집에 잠시 머물고 있다고 했다(나는 그 조각가가 누구인지를 몰랐다. 그런데 우연히 2019년 김세중조각상 수상식장에서 인사를 나누게 된 수상자 심 정수(沈貞秀) 씨가 바로 그분이었다는 사실을 나중에 알게 되었다. 그날 심 조각가는 슬프게도 내게 자신이 스스로 '누님'이라 부른 조 선생이 2년 전 독일에서 타계하셨다는 부음을 전해주었다). 그러면서 하시는 말씀이 독일에서는 지금 김춘수의 시들을 번역하고 있는데 이 일이 모두 끝나면 내 시집도 번역해보고 싶노라고 하셨다.

그러나 말씀과 달리 작업은 그분이 독일로 돌아간 즉시 시작되었고 그때부터 내게는 고단한 시간의 연속이었다. 번역에 관한 문의가 거의 매주, 편지지 6, 7매 분량으로 빗발쳐 왔기 때문이다. 작품 창작의 동기로부터 작품에 반영된 내 의도, 단어의 뜻풀이, 동원된 용어의 주석, 불교사상 및 문화적 배경, 심지어는 문장부호의 사용에 이르기까지 여러 가지를 묻곤 하시는 것이었다. 그래서 나는 그 수많은 질의에 일일이 답하기 위해서 편지마다 족히 하루나 이틀을 소비해야 하는 고충을 오랫동안 감내해야 했다. 그런 횟수가 이십여 차례를 넘었다. 번역 작업이 지나치게 꼼꼼하고 완벽하신 것 같았다. 그래서 항상 시간에 쫓기던 나는 이를 감당하기 어려울 지경이었다. 마침내 내 인내심이 한계에 도달하여 이제는 차라리 그만두고 싶었다. 그런데 그때, 다행히도 조 선생님으로부터 번역이 다 되었다는 전갈이 왔다. 1999년에 간행된 나의 첫 번째 독일어 번역시집 『먼 그대』(Oh, Sae-Young. *Dasferne Du*, Trans W. S. Roske Cho. Göttingen: Peperkorn, Peperkorn, 1999) 이야기이다.

조 선생은 대산재단의 지원으로 간행된 이 첫 번역시집 외에도 이후 자비를 들여 『무명연시』(Oh,Sae-Young. *Liebesgedichte eines Unwissenden*, Trans. W. S. RoskeCho.Göttingen: Peperkorn, 2000)와 『사랑의 저쪽』(Oh, Sae-Young. *Gedichte jenseits der Liebe*, Trans. W. S. Roske Cho. Göttingen: Peperkorn, 2000) 등 두 권의 시집들을 더 독일어로 번역 출판해 주셨다.

2

내가 내 두 번째 영역시집 『밤하늘의 바둑판』(Oh, Sae-young. *Night-Sky Checkerboard*, Trans. Brother Anthony of Taizé,. Los Angeles: Phonem Media, 2016)을 번역해준 서강대 영문학과의 브라더 앤서니(한국명 안선재) 명예교수를 알게 된 것은 1980년대 중반의 어느 날, 미당(未堂) 선생 칠순을 기념한 어떤 문학행사 때였던 것 같다. 그 자리에서 미당 선생이 내게 안선재 교수를 소개해주시면서 훌륭한 번역가라고 칭찬하시던 기억이 떠오르기 때문이다. 그러나 이후 우리는 공적인 자리에서 그저 몇 번 지나친 것 이외 별다른 만남을 가진 적이 없었다.

그런데 무슨 인연이 있었던지 2008년 '문화의 날', 그 행사장이었던 청주의 문화예술회관에서 우리는 다시 만났다. 그때 나는 정부가 주는 무슨 문화훈장을 받으려고 로비에서 서성거리고 있었는데 마침 안선재 교수도 와 있었던 것이다. 반가웠다. 그래서 내가 인사를 청하자 그는 자신 역시 훈장을 받으러 왔다면서 엉뚱하게도 옆에 동반한 한 여성을 가리키며 누구신지 모르냐고 물었다. 나로서는 안면이 없는 분이었다. 그래서 내가 멈칫거렸더니 그는 의외라는 듯 그녀를 내게 소개해주면서 "내가 천상병 시인의 시를 영역해서……"라고 말끝을 흐렸다. 추측건대 그 고마움을 표하려 천상병 선생의 부인이 그와 동행을 해주었던 듯싶다.

어떻든 그때 우리에게는 별 화젯거리가 없었다. 그래서 자연스럽게 그의 본업인 번역에 관해서 서로 이야기를 나누게 되었는데 지나가는 말처럼 내가 "안 선생님은 다른 분들의 시는 많이 번역하면서 왜 내 시에 대해서는 관심을 두시지 않습니까?"라고 했더니 그 즉시 안 교수 하는 말이 "아무렴요, 해야지요. 오 교수 시도 번역할게요."라고 하는 것이 아닌가. 한마디로 시원했다. 그러나 나로서는 그 말이 너무 쉽게 나온 대답이어서 그냥 흘리는 덕담처럼만 느껴졌다. 그래서 나는 이후 그 일을 까맣게 잊어버리고 지냈다. 그런데 4년 전(2015)인가 돌연 그에게서 전화가 왔다. 내 시 『밤하늘의 바둑판』의 영어 번역이 이미 끝나, 번역원의 지원으로 곧 출판하게 되었다는 것이다.

이 같은 전차로 간행된 이 번역시집으로 나는 의외의 행운을 얻었다.

첫째, 2016년 가을, 브라질의 '상파울루 문학축제'에 초청을 받았다. 거기 가서 들은 이야기이다. 주최 측이 이 문학축제에 이 축제 역사상 처음으로 한국 문인 한 사람을 초청하고자 했다. 그렇지만 한국문단에 대한 정보가 전혀 없어 고민하던 중이었다. 그런데 그즈음 뜻밖에도 미국의 한 문학비평지에 내 시집에 대한 서평이 게재된 것을 발견하였다. 그래서 한국문학번역원을 통해 나를 초청하게 되었다는 것이다. 나 자신은 모르고 있었으나 이때 내 영문 번역시집 『밤하늘의 바둑판』은 이미 몇 개 미국 비평지의 서평에 올라 있었고, 귀국 후 나는 인터넷을 통해 이를 확인할 수 있었다.

둘째, 이 번역시집이 이 해(2016년) 말 미국의 문학비평지 《시카고 리뷰 오브 북스(*Chicago Review of Books*)》가 선정한 2016년도 전 미국 최고시집(The Best Poetry Books) 12권(번역서, 원어서 포함) 안에 선정되었다.

셋째, 이를 계기로 2018년 2월 19일부터 22일까지 개최된(원래 2017년 가을로 예정되어 있었던 것인데 사정상 연기되어) 버클리대학 한국문학번역 워크숍의 주빈으로 초청되었고, 그 행사의 일환인 '한국문학의 밤(An Evening of Korean Poetry)'에서 시낭독회도 갖게 되었다. 더불어 이 소식이 미국의 교포신문들에도 보도되자 귀국길에 다시 LA, 워싱턴 등의 우리 교포 문인들의 초청을 받아 따뜻한 환대를 받기도 했다.

문학작품의 번역은 쉽지 않다. 특히 시의 번역이 그러하다. 여기에는 언어 문제 이외에도 그 나라의 문화, 문학적 규범, 번역자의 문학적 감수성 등 여러 조건이 고려되어야 하기 때문이다. 그래서 번역을 흔히 제2의 창작이라고 하는 것이다. 내 시집이 이렇듯 미국 문단에서 주목을 받을 수 있었던 것도 안선재 교수의 훌륭한 번역이 아니었다면 불가능했으리라고 생각한다.

3

1992년 여름 어느 날 저녁이었다. 고려대
의 민용태 교수로부터 전화가 걸려왔다. 공항에 누굴 마중 나가야 하
는데 같이 가자는 것이다. 밑도 끝도 없는 그의 말에 내가 "누굴 만나
는데 내가 거기를 왜 가?" 하니까 그는 또 그 특유의 장난기 어린 어투
로 "거 누구 있잖아? 네 멕시코 친구 말이야. 우리 연구소(당시 그는 고려
대 중남미연구소 소장이었다)에서 그를 초청해 강연을 듣기로 했는데 그 친
구 말이 너를 잘 안다고 하던데?" 했다. 종잡을 수 없는 그의 말에 내
가 "아, 글쎄 좀 진지하게 이야기를 해 봐." 하고 들어본즉 나의 친구 멕
시코 작가 에르난 라라(Hernan Lala)가 서울에 온다는 것이었다.

에르난 라라, 그렇다. 내가 1987년 가을 학기를 아이오와대학교에서
체류하고 있을 때 만나 우정을 함께 나눴던 멕시코 우남대학교(UNAM,
Universidad Nacional Autónoma de México, 세칭 멕시코대학교)의 영문학과
교수이자 후에 이 대학의 부총장도 지낸 바 있는 극작가 바로 그 사람
이었다.

1987년 아이오와대학에서 나와 같이 체류했던 외국의 시인 작가들
은 20여 명 남짓이었다. 그럼에도 룸메이트가 아닌 그가 내게 특별히
각인되어 있었던 것은 귀국길의 내가 중앙아메리카를 여행하던 중 멕
시코시티에서 의외로 그의 환대를 받았기 때문이다. 많은 사업체를 거
느린 그의 아버지가 멕시코시티에서 여행사도 겸하고 있어 그는 당시

내 여행의 전반적인 일정을 짜주는 것은 물론 숙박과 교통편을 예약해주는 수고도 마다하지 않았던 것이다.

멕시코시티에서는 만찬 초대도 받았고 그의 부인과 함께 도심과 교외를 관광한 적도 있었다. '영원한 봄날의 도시' 쿠에르나바카(Cuerna-vaca)를 방문했을 때는 우리 부부가 조그마한 사건을 저지르기도 했다. 한 레스토랑의 아름다운 정원, 부겐빌레아꽃이 만발한 나무 그늘에서였다. 간단한 전채와 음료로 막 입맛을 돋우려 하는데 마침, 마가리타 한 모금을 입에 머금던 아내가 갑자기 얼굴이 노래지면서 그만 실신해버렸던 것이다. 아마도 더위에 지친 몸이 2,000미터가 넘는 고원을 여행하면서 쌓인 피로와 겹친 때문이었으리라 생각한다. 순간 나는 너무도 당황해서 어찌할 바를 몰라 했는데, 다행히 그의 미모의 부인이 재빨리 종업원을 불러 아내를 그늘에 눕히고 침착하게 찬 물수건으로 몸의 열을 식힌 뒤 지압 같은 것을 해서 의식을 되살려준 적이 있었던 것이다.

그리하여 그날 오전, 나는 민용태 교수와 함께 김포공항으로 나가 그를 마중하게 되었다. 그런데 막상 내가 만난 에르난은 혼자가 아니었다. 옆에 작달막하면서도 체구가 단단해 보이는 40대 초반의 한국인을 대동하고 있었다. 우남대학교에서 스페인 문학 연구로 박사학위를 받고 당시 과달라하라대학교에 재직 중이던 정권태 교수였다. 그는 자신의 한국 본가에도 들를 겸, 우남대학교에 출강하면서 알게 된 에르난의 통역도 맡을 겸 동반 귀국했다며 에르난으로부터 이미 나에 관한 이야기를 많이 들었다고 했다. 알고 보니 그 또한 과달라하라대학교(Universidad Guadalajara) 부설의 세계적인 '문학연구소'를 통해 중남미의 대표 작가나 시인들과도 활발히 교류하고 있던 국제인이었다.

에르난이 3, 4일 서울에서 머무르고 고국으로 떠난 뒤 나는 정권태 교수와 몇 차례 더 만날 기회를 가졌다. 그는 멕시코에서 내 시 몇 편을 접했는데 시적 경향이 멕시코인들의 감성과 맞아떨어질 것 같다며, 이를 스페인어로 번역해보고 싶다고 했다.

헤어진 지 몇 달 후였다. 멕시코의 그로부터 편지가 날아왔다. 내 시 몇 편을 번역해 개인적으로 잘 알고 지내는 멕시코 시인 옥타비오 파스(Octavio Paz, 1914~1998, 노벨상 수상시인)에게 보였더니 그가 호평을 하면서 우선 자신이 주간을 맡고 있는 스페인어 계간지 《귀향(Vuelta)》에 이 시들을 특집으로 소개하고 그다음, 번역시집도 한 권 출간하고 싶다는 내용의 편지를 보내왔다는 것이다. 그 증거인 듯 봉투 안엔 파스가 그에게 보낸 엽서의 복사본도 함께 들어 있었다. 이런 전차로 내 시는 당시 멕시코의 《귀향》에 특집으로 소개되고 시선집 『신의 하늘에도 어둠은 있다』(Oh, Sae-young. *El Cielo de Dios También Tiene Oscuridad*, Traducción Joung, Kwon Tae & Raúl Aceves. México, D, F: Vuelta, S.A. de C.V. 1997) 역시 정권태 교수 번역으로 같은 출판사에서 간행하게 되었다. 1997년의 일이다.

시집이 상재되자 멕시코 독자들의 반응이 괜찮았다. 몇 달 만에 초판이 매진되어 바로 재판을 찍었고, 그 공로로 정권태 교수는 한국 문예진흥원이 제정한 제1회 번역문학상을 수상하기도 했다. 나 역시 그 여세에 편승해서 그해의 과달라하라 북페어에 초청되어 과달라하라대학 문학연구소 주최로 작품 낭독회를 여는 행운도 누렸다.

그 뒤 《귀향》에서는 다시 나의 시집을 한 권 더 번역 출판하고 싶다는 의사를 전해왔다. 그런데 호사다마(好事多魔)라 할까, 하필 그 시점에 파스 시인이 그만 세상을 떠나고 말았다. 그래서 우리는 하는 수 없이 다른 출판사에서 내 두 번째 스페인어 번역시집 『사랑의 저쪽』(Oh, Saeyoung. *Más Aallá del Amor.* Traducción Joung, Kwon Tae, Raúl Aceves. México, D, F: Editorial Aldus, S.A, 2003)을 간행하였다. 파스 시인이 타계하신 후 미망인과 《귀향》의 경영진 사이에 갈등이 생겨 《귀향》 출판사가 해체되어버렸기 때문이다. 내 시집 두 권이 머나먼 중남미에서 번역 소개된 전말이다.

파스 선생은 내게 고마우신 분이다. 좀 더 오래 사셨더라면 우리 문학의 해외 진출이나 나 자신의 외국 문학 활동에도 크나큰 힘이 되어 주셨을 분인데 생각할수록 안타깝기 그지없다.

4
—

1993년 어느 가을이다. 일본에서 미지의 편지 한 장이 날아왔다. 발신인 난에는 나베쿠라 마수미(鍋倉, なべくらますみ)라는 여성의 이름이 적혀 있었다. 생래적으로 호감을 갖지 않은 나라이니 나로서는 일본에 아는 분이 있을 리 없다. 이상하다 싶어 봉투를 뜯어보니, 삐뚤빼뚤 쓴 한글 편지의 내용이 이러했다.

자신은 한국을 무척 좋아하는 일본 여성 시인이다. 일 년에 두세 번씩은 꼭 한국을 방문한다. 한국어도 열심히 배우고 있다. 그러던 중 우연히 일어로 번역된 내 시를 접하고 감동을 받아, NHK 라디오 한국어 강습에 출연 중인 어떤 한국 유학생의 도움으로 내 시 몇 편을 시험적으로 번역해보았다. 용기를 얻었다. 그래서 내친김에 아예 시집 한 권을 일어로 번역해서 출판코자 하니 허락해 달라는 것이다. 그러자 문

정좌(正坐)

득 나는 그 몇 달 전인가 일본의 어떤 시 전문 잡지에 소개된 내 시 대여섯 편이 생각났다. 아마 나베쿠라 여사는 그 잡지에 수록된 내 시들을 읽었던 것 같았다.

이 일이 인연이 되어 그녀는 그 후부터 가끔 내게 편지를 보내왔다. 대부분 내 시를 번역하면서 부딪히는 문제들에 대하여 문의하는 내용이었다. 그렇게 일 년 가까이 보낸 어느 날, 문득 그녀가 남편과 함께 서울에 나타났다. 자신이 일어로 번역 간행한 시집 『꽃들은 별을 우러르며 산다』(『花たちは星を仰ぎながら生きる』なべくら ますみ, 東京: 紫陽社, 1994) 20여 권을 손에 들고…… 그래서 나는 일본어가 능통한 권택명 시인과 함께 그들 일행을 맞아 인사동의 어느 한식집에서 저녁식사 자리를 마련했는데, 그 자리에서 그녀는 일본 어느 지방도시의 소규모 은행의 장이라는 자신의 남편을 내게 소개해 주었다. 남편의 도움 없이 시집을 간행하기 힘들었다는 것이다. 나는 진작부터 일본에서의 시집 출판도 한국처럼 상당한 경제적 희생이 따른다는 것을 들어 알고 있었으므로 그들의 배려가 그저 고맙기만 했다. 그래서 우리는 비록 초면이었지만 마치 막역지우라도 만난 듯 함께 술잔을 기울이며 즐거운 시간을 보냈다.

집에 돌아와서 나는 그 번역시집을 훑어보았다. 언뜻 「장미」라는 시가 눈에 들어왔다. 아마도 원작품에는 없던, 그러니까 번역자의 주석이 눈에 띄었기 때문일 것이다. 그런데 그 주석의 내용이 좀 이상했다. '일본의 한국 지배 기간, 일본에 저항하는 시'로 기술되어 있었던 것이다. 그러나 이는 물론 사실과 전혀 다르다. 왜냐하면 이 작품은, 내가 5·18 전두환 신군부의 광주학살(5·18 민주화운동 탄압 사건)을 장미 가지의 전지(剪枝)에 비유하여 쓴 것이었기 때문이다. 내 출생연도가 1942

년이니 무엇보다 시간적으로 맞지 않는 말이다.

나는 어린 시절에 반일(反日) 교육을 철저히 받았다. 그래서 그런지, 성인이 되어서도 일본을 별로 좋아하지 않는 사람이다. 이를테면 19세기 말 20세기 초, 서양 제국주의자들이 아시아 아프리카의 힘없는 나라들을 식민지화했다고 해서 일본조차 덩달아 한국에 그런 만행을 저질렀다는 것이 나로서는 아무리 생각해도 용서되지 않는 것이다.

서양의 경우 그 침략 대상 국가들은 역사적으로 자신들과 아무 관계가 없는 타자(他者)들이었다. 그러나 일본과 한국은 그 경우가 다르다. 오랜 역사 동안 한국은 일본의 스승국이 아니었던가? 비유컨대 우연히 노상에서 모르는 사람을 만나서 저지른 강도와 계획적으로 자신을 가르친 스승의 집에 들어가 저지른 강도는 그 죄질이 전혀 다른 것이다. 그뿐만이 아니다. 수천 년 역사 가운데 겨우 근대의 100여 년 —그것도 자신의 것이 아니라 서양의 문물을 조금 일찍 받아들인 덕택으로— 한국보다 몇십 년 서구화에 앞섰다고 해서 우리에게 선진국 행세를 하려 드는 그들의 소행이 내게는 가소롭기 그지없게 비치기도 한다.

그러므로 나는 일본 지식인들이 한국에 지나친 관심을 표하는 모양새, 자신들이 한국에서 저지른 만행을 마치 참회라도 하는 듯 보이는 연출, 한국인에게 어떤 측은함이나 동정심 같은 것을 굳이 표출하고자 애쓰는 행태, 자신들의 식민지배를 반성하는 것처럼 호들갑을 떠는 제스처들을 그리 탐탁하게 생각하지 않는다. 그뿐만 아니라 나로서는 한국에 대한 자신들의 정부 정책을 비판하는 듯한 언동으로 자국 내에서나 한국에서 자못 의식 있는 진보적 지성인인 양 행세하는 위선, 부정적이든 긍정적이든 분수없이 한국의 모든 현재 상황을 그들의 식민지배와 관련시켜 이해하고 설명하려 드는 편집증 역시 역겹다.

　예컨대 일본 학계와 문단에서 하나의 유행병처럼 번지고 있는 윤동주 우상화 운동, 즉 윤동주를 무슨 위대한 저항시인이나 되듯(객관적으로 볼 때 윤동주는 일제 희생양이라 할 수는 있지만 저항시인이라 하기는 힘들다) 추켜세워야 자신들이 마치 의식 있는 세계인 혹은 양식 있는 지식인의 부류에 들 수 있을 것이라고 착각하는 일본 지식 사회의 시류적 콤플렉스 역시 그렇다. 비뚤어진 마음 때문일까? 나는 이 같은 처신을 일삼는 그들의 내면 심리 속엔 오히려 한국인에 대한 턱없는 우월감 즉 '우리는 지금도 이처럼 너희에게 베풀 수 있는 힘을 지닌 세계인이니 아직도 너희의 너그러운 형님이다'라는 식의 오만함이 도사리고 있을 것으로 생각한다.

　어떻든 앞서 언급한 바와 같이 「장미」는 내가 민초를 '장미 가지'로, 광주 시민학살을 '전지(剪枝)' 행위로, 총포를 정원사의 '가위'로, 신군부 세력을 '원정(園丁)'으로 비유하여 전두환 독재에 저항했던 1980년대 한국의 민중의식을 시로 형상화한 작품이다. 잘라줄수록 더 무성히 자라는 장미의 속성이 바로 민중의식의 그것과 유사하다고 상상했기 때문이다. 그러한 관점에서 나베쿠라 마수미 여사가 이해했듯 이 시가 일종의 현실의식을 내포한 시라는 것만큼은 맞지만, 그것을 굳이 일본의 식민지배에 대해서 쓴 저항시라고 말하는 것은 원작의 의도와 한참 동떨어진 해석이 아닐 수 없다. 이제 세계 10대 경제대국으로 올라서서 일본과 어깨를 나란히 견주는 대한민국 시인인 내가 무슨 열등감이 그리 많아서 이미 전쟁에서 패망한 일본, 그것도 과거에 저지른 만행에 대해서 지금 와서 새삼스럽게 저항을 하겠다는 것인가? 그래서 나는 그때 마수미 여사의 그 주석이 앞서 지적한바 일본 지식인들이 가진 이 같은 한국 콤플렉스를 반영한 것이 아니었을까 의심해 본 것이다.

그러나 개인적으로 자주 그리고 직접 접해본 마수미 여사는 그런 시류적, 기회주의적인 일본 지식인과는 거리가 먼 순수 시인이었다. 진정으로 한국을 사랑하고 좋아하는, 그러니까 천진하면서도 매우 순박한 여성이었다. 그것은 그녀가 일본에서 한국에 대해 미리 조사해두었거나 공부한 노트를 들고 거의 매 계절 한국의 문화유적을 세심하게 탐방하는 것을 보아서도 알 수 있었다. 그래서 나 또한 덩달아 그녀와 함께 우리 문화재를 찾는 일도 가끔 있게 되었는데, 그런 일이 반복되면서 나는 한국인으로서 나 자신이 모르고 있었던 우리 역사에 대해 새삼 알게 된 사실 또한 적지 않다.

그런 가운데 나는 차츰 깨닫게 되었다. 그동안 내가 일부 일본 지식인들에 대해서 가졌던 감정에 편견이나 오해도 있을 수 있겠구나, 진정으로 한국에 애정을 갖는 일본인도 적지는 않겠구나 하는 생각을…… 사람의 일이란 그 무엇이든 직접 만나 진실이 통하게 되면 해결되지 못할 문제가 없는 것이다. 「장미」에 단 그의 주석 역시 한국을 사랑하는 그의 순수한 감정이 불완전한 언어 소통으로 인해 빚어진 해프닝이었으리라 생각한다.

마수미 여사는 그 후에도 내 시집 한 권을 더 일본어로 번역해 도쿄의 같은 출판사에서 자비로 출판해주었다. 『시간의 쪽배』(時間の丸木舟, なべくらますみ 譯, 東京: 土曜美術社, 2008)가 그것이다.

정좌(正坐)

5

정확한 기억은 아니지만 1990년대 중반이었을 것이다. 중국의 베이징에서 내게 한 통의 이메일이 날아왔다. 발신인은 채미자(蔡美子)라는 여성, 우연히 인터넷을 통해 내 시들을 접한 뒤 좋아하게 되어서 편지를 쓴다고 했다. 그래서 우리는 이후 종종 이메일을 주고받는 사이가 되었는데, 알고 보니 그녀는 명문인 중국인민대학의 신문학과를 졸업하고 베이징에서 어느 유력한 잡지사의 편집 일을 맡고 있는, 조선족 출신의 재원이었다.

그러던 중 2006년 어느 날이었다. 그녀로부터 소포가 하나 배달되어 왔다. 허락도 없이(나도 모르게) 내 시 몇 편을 중국어로 번역해서 게재한 중국의 문학잡지 《신시대(新時代)》였다. 전혀 예기치 못한 선물이었다. 나는 그녀에게 고맙다는 메일을 보냈고 그녀 또한 언제인가 내 시집 한 권을 중국어로 번역해 출판하고 싶다는 답신을 보내왔다. 그래서 나는 그녀에게 시집 한 권을 부쳐주었으나 곧 이 일을 잊어버리고 지냈다.

그런데 수년이 지난 2016년이었다. 다시 그녀에게서 이메일이 왔다. 내 시집의 중국어 번역이 완결되어 곧 출판에 임하려 한다는 내용이었다. 그래서 나는 그녀에게 경제적 도움을 줄 수 있는 한국의 몇몇 문화재단을 소개해주었다. 이런 전차로 대산문화재단의 지원을 받아 베이징에서 출간된 내 중국어 번역시집이 『시간의 쪽배』(时光扁舟, 北京: 拐籍出版社, 2017)이다. 후에 이 번역 원고를 심사한 대산문화재단 측 인사로부터 나무랄 데 없는 번역이었다고 칭찬하는 말을 들었다.

이 번역시집의 출판 과정에는 우리로선 좀 이해하기 힘든 에피소드가 몇 개 있다.

첫 번째, 어느 날 채미자 씨로부터 연락이 왔다. 원고를 출판사에 넘겼다는 것이다. 그런데 특정한 시 한 편은 실을 수 없게 되었으니 양해해 달라고 했다. 「백두산」이라는 작품이었다. 왜 그러느냐고 물었더니 그는 자신도 모르는 일이라면서 다만 출판사 측이 '만일 이 시가 수록될 경우 당국에 의해 자신의 출판사가 문을 닫을 수밖에 없다'는 말만 되풀이한다는 것이었다. 그리하여 나는 영문도 모른 채 이 작품을 시집에서 배제시킬 수밖에 없었다. 그러나 후에 추측해보니 이는 아마도 '백두산'이라는 명칭과 내가 이 시에서 백두산을 한민족의 영산으로 찬양한 내용이 중국 당국의 비위를 거슬렀기 때문이 아니었을까 한다. 나도 중국인들이 백두산을 '장백산'이라 부른다는 사실만큼은 이미 알고 있었지만, 그들이 공작하고 있는바 소위 '동북공정'이이라는 역사 왜곡의 수준이 이 정도인 줄은 미처 몰랐다.

두 번째, 이틀 후 다시 이메일이 날아왔다. 「파미르」라는 제목의 시에 붙인 주석 중 한 부분은 반드시 지워야 한다는 것이다. 이 역시 만일 그렇지 않을 경우, 당국의 지시로 출판을 진행할 수 없다고 했다. 내가 ─이 시에 등장하는─ 당나라 장군 고선지(高仙芝)의 서역 정벌에 관한 주석을 붙이면서, 그가 본래 고구려 유민이었다는 사실을 밝힌 것이 화근이었다. 그래서 이 주석 또한 그가 오직 당나라 장군이었다는 점만을 기술할 수 있었을 뿐, 그의 출생과 뿌리에 대해서는 전혀 언급할 수 없었다. 삭제하지 않으면 출판이 불가능하다니 어쩔 수 없는 일이었다.

그런데 다시 며칠 후 이메일이 또 날아왔다. 세 번째다. 이제는 이 시집의 안표지에 붙인 필자 즉 나에 관한 소개문이 문제가 되었다. 내용 중 '정지용문학상, 소월문학상, 만해문학상 등 수상'이라는 문장을 삭제해야 한다는 것이다. 그러나 아무리 생각해도 이것만큼은 이해할 수 없는 요구였다. 그래서 그 이유를 물었더니 회신의 내용이 이러했다. 검열관의 말이 자신들로서는 문학상의 명칭으로 기념된 이들 인물의 정치적 이념이나 사회활동이 어떠했는지 알 수 없다. 즉 그분들의 정치적 입장이 중국 인민에게 어떤 나쁜 사상적 영향을 끼칠 수 있을지도 모른다. 그러므로 아예 삭제해버려야 안전하다는 것이었다.

겉으로는 대국 같으나 중국의 민낯은 아직 이러하다. 나는 하도 어이가 없어 그녀에게 다음과 같은 내용의 이메일을 보냈다. "한국도 먼 길을 돌아 지금 여기까지 왔는데 중국은 아직 한국보다 훨씬 더 먼 길이 남아 있나 봅니다." 중국인인 그녀의 자존심을 상하지 않게 하기 위해서 에둘러 표현한 말인데 그녀로서는 좀 기분이 나빴을지도 모르겠다. 그러나 곰곰이 생각해보면 우리에게도 한때 그런 시절이 있지 않았던가?

6
—

4, 5년 전(2014년 전후) 서울 소재, '문학의 집'에서는 주한 러시아문화원과 '시사랑문화인협의회'(이사장 최동호 고려대 명예교수) 공동주최로 '한국과 러시아 시와 음악의 밤'이라는 행사가 열렸다. 그 무렵 서정시학사에서 펴낸 러시아어판『한국현대시선집』—내 시 몇 편도 수록된— 의 출판기념회를 겸한 모임이었다. 여기에는 많은 러시아 측 인사도 동석했는데 이 인연으로 나는 다음 해 신달

자, 최동호 씨와 더불어 모스크바 고리키문학대학의 초청을 받았고 우리는 그때 모스크바대학과 고리키문학대학에서 각각 시 낭독회를 가진 바 있었다. 그런데 그날의 시 낭독이 러시아 측에 좋은 인상을 심어 주었던지 귀국 후 나는 모스크바대학교 한국어학과의 정인순 교수로부터 한 가지 제안을 받았다. 내 시집을 러시아에서 번역 출판하고 싶다는 것이었다. 나중에 그녀로부터 들은 이야기이다. 당시 이 자리에 참석했던 모스크바대학 총장이 내 시에 호감을 표하면서 정 교수에게 내 시집의 번역을 적극 권유했다고 한다.

이런 전차로 내 시선집 『천년의 잠』(Тысячелетний сон. Издательство АСТ, 2017)이 정인순 교수와, 같은 대학의 아나스타샤 포가다예바(А. В. Погадаевой) 교수 두 분의 번역으로 모스크바의 유명 출판사에서 출간되어 나온 것이 2017년 초였다. 그런데 마침 이때 모스크바에서는 '모스크바 세계도서전'이 개최되고 있었고, 한국문학번역원도 이 행사에 참여키로 하면서 나는 이 도서전에 특별 초청되는 행운을 누리게 되었다. 번역원에서 내 시집 『천년의 잠』과, 조해진 씨의 소설집 『로기완을 만났다』(Я встретила Ро Кивана. 이상윤, 김환 역 ГИПЕРИОН, 2017)를 이 도서전의 한국관 특별코너에 전시하기로 결정했기 때문이다. 2017년 9월이었다. 한국문학번역원의 경제적 뒷받침과 윤부한, 정다혜, 배찬민 씨 등 번역원 실무진의 노고가 없었더라면 성사되기 어려운 일이었을 것이다.

그동안 여러 정치적 상황으로 인해 우리에게는 잘 알려지지 못했지만, 모스크바 북페어는 독일의 프랑크푸르트, 멕시코의 과달라하라 북페어 등에 버금가는 동구권 및 발칸 지역 최대의 국제 도서전이다. 특히 그해(2017년)의 도서전은 9월 8일이 모스크바 정도 870주년이 되는

정좌(正坐)

날이어서 그 의미가 남다르다고 했다. 러시아 박람회장 프로스펙트 미라(ПРОСПЕКТ МИРА)에서 열린 전시장의 크기는 축구장 두 배가 넘어 보였고, 그 안에 차려진 각국의 도서 전시 부스는 500여 개 이상이라 했다. 아시아권에서는 한국, 중국, 일본, 타이완 등이 참여했는데 중국 부스는, 규모로 보아 180여 종의 도서를 전시한 한국의 그것에 비해 턱없이 커서 그 서너 배가 됨 직했지만, 관람객까지 한국보다 더 많은 것 같아 보이지는 않았다. 주빈국은 그리스, 9월 6일 오전에 열렸던 개관식에서 그리스를 대표해 참석한 그리스 문화부 여성 장관 율리야의 '책을 통한 민족 간의 문화적 소통'이라는 짧은 스피치가 긴 여운을 남겼다.

한국문학번역원이 그해 한국 최초로 모스크바 북페어에 참여했던 것은 물론 이 재단이 그동안 간행한 80여 종의 한국문학 번역작품들을 해외로 널리 소개하기 위함이었다. 그러나 보다 중요한 의미는 한국과 러시아의 문학 교류에 있지 않았을까 한다.

나와 조해진 씨는 주러시아 한국문화원에서 공동 작품 낭독회를, 도서전시장에서는 각각 별도의 개인 작품 낭독회를 가졌다. 전자의 모임은 러시아의 유명 시인이자 국제 도스토옙스키학회 부회장인 이보르 볼킨, 최근 러시아에서 샛별처럼 떠올라 고리키 문학상, 체호프 재능 문학상, 야스나야폴라냐 문학상(톨스토이 문학상) 등 유명 문학상을 휩쓴 소설가 블라디슬라프 오트로셴코, 번역가이자 지난 2016년 12월호에 한국문학 특집을 낸《외국문학》의 주간 알렉산드르 리베르칸트 등과 러시아 신문사 기자들, 모스크바대 학장과 교수들 그리고 수많은 한국학 관계 학생들이 참여해 큰 성황을 이루었다. 특히 볼킨 교수는 도스토옙스키가 임종 전에 남겼다는 유훈, '우리의 미래는 아시아 쪽으로 나 있다'는 말을 인용해 한·러 간 문학 교류의 중요성을 강조하고 한국문학에 큰 관심을 보였다.

후자 역시 성황이었다. 비좁은 공간에 70~80여 명의 독자들이 몰려들었다. 그래서 좌석을 얻지 못한 사람들은 일부 서서 듣는 상황을 연출하기도 했다. 행사는 러시아 유명 방송인의 사회에 따라 원작자인 나의 한국어 시 낭독과 번역자 아나스탸샤 교수의 러시아어 번역시 낭독 그리고 정인순 교수의 내 작품세계 소개 등으로 진행되었다. 그러자 분위기가 점차 고조되었고, 나중에는 나와 청중들 사이에 나 자신의 문학만이 아닌 한국문학의 특성, 한국에서의 러시아 문학작품 수용, 한국문학의 최근 경향 등과 같은 문제들에 대한 질문과 토론도 이어졌다. 나는 행사 후의 저자 사인회 시간에, 시집을 사 들고 내 앞에 줄을 선 50여 명의 러시아 독자들을 보면서 러시아에서의 한국문학에 대한 반응이 그리 나쁘지는 않구나 하는 생각을 했다.

후에 정인순 교수로부터 들은즉, 러시아에서 한국문학의 수용은 이제 전문적인 독자 차원을 넘어서 일반 독자 차원으로까지 점차 그 영향이 확산되어가는 추세라고 했다. 그것은 물론 한국문학번역원의 그간 노력과 100여 년이 넘게 이어져 온 모스크바대학교의 한국학 연구가 그 탄탄한 기초를 마련해준 데서 가능한 일이었겠지만, 무엇보다 한국인과 러시아인의 서로 맞아떨어지는 북방계 정서도 한몫 거들었을지 모르겠다. 이에 대해서는 물경 10여만 명의 구독자를 거느리고 있다는 러시아 유수의 문학 잡지 《리터라투르나야 가제타(литература ная газета)》(2017. 6)가 내 시집에 대하여 다음과 같은 호의적 서평(서평자, 갈키나 발레리야)을 실어준 것이 잘 말해주고 있다.

정좌(正坐)

"오세영 시인의 시들은 따뜻하고 깊은 사색으로 우리의 마음을 사로잡는다. 우리 현대문학에 거대하고 훌륭한 시인이 등장하였음에 의심의 여지가 없다."

(한국문학번역원의 이 행사에 관한 보도자료에서 인용한 번역문임)

19장 …

당신들이 계셨음으로

1

하늘이 부모의 복덕을 베풀어주지 않으셨음인지 대신 내겐 훌륭한 스승들이 많았다. 미당(未堂)이 그러셨던가? "당신을 키워 준 것은 팔 할이 바람"(서정주 「자화상」)이었다고……
그러나 나의 경우 오늘의 내가 있을 수 있었던 것은 대부분 스승들의 뒷받침 덕택이다. 중고등학교 시절의 양영옥 선생님, 문단에서의 박목월 선생님 그리고 대학에서의 정한모, 전광용, 이어령 선생님과, 전공은 달라도 이희승, 이숭녕, 정병욱, 장덕순, 이기문 선생님 같은 분들이 그들이다. 내 생애에 이분들을 만날 수 있었던 것은 크나큰 행운이었다.

그러나 '스승' 하면, 누구보다도 먼저 머리에 떠오르는 분이 중고등학교(전주 신흥중고등학교) 시절의 양영옥(梁榮鈺) 선생님이다. 어리고 몽매하던 내게 무엇보다 꿈을 가르쳐주셨던 그분을 내가 생애 처음 만난 것은 중학교를 갓 입학한 1학년 교내 도서관에서였다. 그분이 당시 교

366 정좌(正坐)

사들의 업무분담에 따라 교내 도서관을 책임진 사서도 겸하셨기 때문이다.

초등학교 시절, 지지리도 공부를 못했던 내가 그 지역의 명문교인 전기(前期)의 전주 북중 입시(入試)에 낙방하고 후기(後期) 신흥중학교에 들어갔다는 것은 앞서 이미 밝힌 바 있다. 그런데 그 학교 1학년을 다니면서 내게는 기적 같은 일이 일어났다. 1학기 초만 하더라도 반에서 겨우 20등 내외를 맴돌던 내 성적 순위가 학기 말이 되자 별안간 학년 전체석차 4등으로 뛰어올랐던 것이다. 여기에는 아마 세 가지 이유가 있었을 성싶다. 1등 하는 아이가 집 근처로 이사를 와서 내 등·하굣길 친구가 되어준 것, 교실의 좌석 배치에서 짝꿍이 된 한 친구의 영향으로 독서에 취미를 붙인 것, 내 독서열을 지켜보시던 양영옥 선생님의 격려 등이다.

교내 도서관은 6교시가 끝나는 오후 2시 반쯤 개관해서 밤 9시쯤 문을 닫았다. 주말에는 집에 가져가서 책을 읽을 수 있도록 도서를 2, 3일 대여해주기도 했다. 그래서 이 무렵, 독서에 광적인 취미를 붙인 나는 매일 수업이 끝나면 2층의 도서관으로 달음질쳐 올라가서 폐관할 때까지 열심히 책을 읽었다. 그것만이 아니다. 토요일이 되면 반드시 집으로 책을 빌려갔다. 그것을 기특하게 보셨는지 어느 날, 선생님께서 나를 부르셨다. 선생님은 내게 "책이 그렇게 좋으냐? 이제부터 너는 어느 때나 자유롭게 책을 빌려 가거라."고 하셨다. 그때 나는 책을 마음대로 읽게 된 것도 좋았지만 그보다는 선생님께서 나를 인정해주시는 것이 더 기뻤다. 그런 인연으로 만난 선생님은 그 학교에서 내가 중고등학교 6년을 다니는 동안 누구보다도 내게 관심과 사랑을 주셨다.

도서관을 책임진 탓인지 양 선생님은 학급 담임을 맡은 적이 없었다. 그러나 어느 담임 선생님들보다도 학생들의 교육에 헌신적이어서 무슨 명분만 생기면 즐겁게 학생들을 찾아와 좋은 말씀들을 들려주시곤 했다. 문학이나 철학에 대해서, 우리 문화와 전통에 대해서 수준 높은 말씀을 해주었다. 그러나 무엇보다 유익했던 것은, 학생들에게 도움이 될 만한 도서들을 한 권씩 들고 와서 시간 내내 큰 소리로 낭독해 주신 일이다. 물론 그중에는 이를 지루해하면서 제멋대로 선생님의 눈을 속이고 몰래 졸거나 작은 목소리로 잡담하는 학생들도 없진 않았다. 그러나 선생님은 이에 괘념치 않고 그 일을 계속하셨는데 —낭독을 듣지 않는 사람은 할 수 없는 일이겠지만— 어느 한 학생이라도 그 책의 내용에 감화되어 자신의 삶에 변화가 생긴다면 그것만으로도 큰 의미가 되지 않을까 하는 기대에서 그리하셨던 것 같다. 나 자신도 중학교 2학년 어느 날, 선생님이 빈 시간에 들어와 읽어주신 그 김소월의 시에 감동받아 시인으로서의 꿈을 키우게 되었으니 이 모두 선생님의 은혜가 아니겠는가?

그분은 무엇보다도 지적인 호기심이 많으셨고 그것을 학생들에게 전염시키려 노력하셨다. 항상 학생들에게 꿈을 심어주려 하셨다. 무엇이든 솔선수범하셨다. 그래서 선생님 곁에 있는 학생들은 그분의 가르침을 행동으로 실천할 수 있었다. 선생님은 또한 누구보다 근면하고 성실하셨다. 가장 먼저 출근하고 가장 늦게 퇴근하셨다. 퇴근하기 전엔 항상 교내의 모든 빈 교실들을 점검하고 학생들 개개인에게 어떤 문제들이 생기지나 않았는지를 꼼꼼히 챙기셨다. 혹 다른 선생님들이 결근해서 비게 된 수업시간이 있으면 —원래 전공은 '공민(公民, 지금의 사회과목)'이었으나 학과목이 무엇이든지 간에— 그 교실은 언제나 선생님의 차지였다.

정좌(正坐)

선생님은 누구보다 검약하셨다. 나는 선생님 밑에서 수학한 6년 동안 단 한 번도 당신이 넥타이를 맨 것을, 단 한 번도 신사복을 입은 것을, 단 한 번도 구두를 신은 것을 본 적이 없다. 항상 감청색의 대학생 교복에 검은 고무신을 신고 가방 대신 보따리를 들고 걸어서 출퇴근을 하셨다(물론 그 당시만 해도 작은 도시 전주에는 시내버스라는 단어 자체가 없었다). 그분은 누구보다 학생들을 사랑하셨다. 학생 개개인의 생활과 생각과 처지에 관심을 두고 음으로 양으로 보살펴주셨다. 선생님은 항상 뒤에 숨으셨다. 자신이 한 일을 결코 밖으로 드러내 보이지 않으셨다.

비록 사회과학을 전공하시긴 했지만, 선생님은 누구보다도 인문학의 중요성을 알고 계셨던 것 같다. 그래서 틈만 나면 문학이나 철학에 대한 이야기를 들려주셨다. 독서의 중요성을 일깨워주셨다. 선생님은 또한 누구보다도 옳고 그름에 엄정하셨다. 그래서 때로는 무서우리만큼 엄하게 우리를 꾸짖곤 하셨다. 선생님이 하신 말씀 가운데 지금도 내가 생생하게 기억하고 있는 것 하나가 있다. "부(富)는 절약으로, 명예는 노력으로, 건강은 절제로 회복될 수 있다. 그러나 한번 가버린 시간은 영원히 돌아오지 않는다."

내가 중학교를 졸업하면서 가정 형편상, 인문계가 아닌 사범학교를 지원하고자 했을 때, '미래는 누구도 알 수 없는 법인데 미리 대학진학을 포기한다는 것은 옳지 않은 일'이라고 만류하시던 선생님이었다. 그러나 뜻대로 되지 않아 내가 다시 모교의 동일계 신흥고등학교로 돌아오자 누구보다 나를 반기며 이렇게 타박 아닌 타박을 준 선생님이시기도 했다. "거 봐라. 내가 신흥고등학교에 진학하라고 누누이 이야기하지 않았니? 다 하나님의 뜻이다. 하나님께서 너를 필요한 일에 쓰시려고 그런 것이니 낙망하지 말고 열심히 공부하여라." 이후부터 나는 자신이 불운하다고 생각되는 일이 생기면 항상 선생님의 그 말씀을 머리에 떠올리곤 했다.

내가 서울대학교 국문학과 입시에 합격하여 모교로 찾아뵙자, 선생님은 입학금의 절반을 마련해주며 이렇게 말씀하시기도 했다. '이제 큰 바다로 나가 마음껏 헤엄을 쳐보아라. 신흥중고등학교 6년 동안 보여주었던 네 족적으로 미루어 충분히 가능할 것이다.' 그런 선생님이 계셨던 까닭에 당시 입시 명문고가 아닌 신흥중고등학교에서 ─이 지역의 다른 학교에서는 찾아보기 힘든─ 국회의장도 예술원 회원(문학 분야)도 배출되지 않았을까.

나는 전주의 신흥중고등학교를 다녔다는 것, 그리고 그 학교에서 양영옥 선생님을 만날 수 있었다는 것을 큰 축복으로 여긴다. 후일담이라면 선생님은 후에 모교의 교장 선생님이 되셔서 모교뿐만 아니라 전북 지역의 교육계에 큰 영향을 주고, 더불어 훌륭한 제자들을 많이 길러내셨다는 사실이다.

2
─

목월 선생님에 대해서는 앞서 자주 언급했으므로 다시 말하기가 새삼스럽다. 그래서 여기서는 특별히 한 가지 사건만을 들어 이야기하고자 한다.

1975년이던가, 내가 충남대학교 초임 교수로 2년째 봉직하던 때였다. 무슨 볼일이 있어 서울에 다녀온, 같은 학과의 선배 교수 최원규 시인이 출근하자마자 나를 찾았다. 그리고 하시는 말씀이 "오 교수, 큰일

낯네. 목월 선생이 고혈압으로 쓰러지셨는데 용태가 좋지 않아 내가 병문안을 하고 어제 돌아왔어."라고 하는 것이 아닌가. 선생님이 서울의 백병원에 입원 중이시라는 것이다. 나는 깜짝 놀라 한동안 머리가 멍했다. 2년 가까이 선생님과 연을 끊고 살아와서 그간 선생님 안부를 모르고 지내왔던 것인데, 이 어찌 된 일이란 말인가.

그 2년 전의 일이다. 나는 충남대학교 신임교수 공채에 응모하여 백방으로 합격을 도모하고 있었다. 문제는 나의 라이벌 격인 한 지원자였다. 비평가인 그가 서울의 유력인사 두 분의 추천서를 받아와서 내가 불리해질 것 같았기 때문이다. 한 분은 서울대 대학원장이시던 이숭녕 선생이고 다른 한 분은 당시 한국문단의 권력이라 할 문예지 《현대문학》의 주간 조연현 동국대 교수였다. 비록 같은 서울대에서 나보다 늦게 석사학위를 취득하기는 했으나 학부가 서울대 출신이 아니었던 그가 이처럼 학부부터의 사제 관계였던 나를 제치고 서울대 대학원장의 추천서를 먼저 받아낼 수 있었던 것은, 물론 내 무심한 성격 탓도 있었지만 그보다 그의 학부 시절 스승과 이숭녕 선생과의 사적 인연 덕택이었다. 어떻든 당시 나는 나의 은사이자 내 결혼식의 주례이셨음에도 이숭녕 선생의 추천서를 그 경쟁자에게 빼앗긴 채 문리대 학장, 그것도 내 전공과 별 관련이 없는 동양사학자 고병익 선생의 추천서 한 장을 달랑 손에 들고 충남대 교수 공채에 임해야 했다.

그무렵 충남대 국문학과의 학과장은 시인인 최원규 교수였다. 그는 누구보다도 문단에서 그 지역을 대표하는 조연현 선생의 사람이었다. 생각이 이에 미치자 어린 심정에 나는 슬그머니 불안해지기 시작했다. 아무래도 그 경쟁자가 가지고 온 조연현 선생의 추천서로 인해 충남대 교수 채용에서 밀릴 것만 같았다. 그래서 문득 생각해 낸 것이 박목월 선생님이었다. 최원규 교수가 비록 조연현 교수의 사람이기는 해도 한편으로는 박목월 선생님과의 교분도 두터워 그가 목월 선생님의 추천서를 아예 무시할 수 없을 것이라는 판단이 섰기 때문이다. 그래서 나는 즉시 원효로 자택으로 목월 선생님을 찾아뵈었다. 그리고 충남대 신임교수 채용에 대한 제반 사정을 말씀드리고 내 경쟁자가 그러하니 선생님께서도 내게 추천서 한 장을 써달라고 간곡히 부탁을 드렸다.

그러나 선생님의 태도는 의외였다. 한참 동안 무엇인가를 골똘히 생각하시는 듯 뜸을 들이다가 마침내 하시는 말씀이 '아무래도 안 되겠다고 거절해 버리셨던 것이다. 순간 나는 내 귀가 의심스러웠다. 그래서 혹시 선생님이 내 이야기를 잘못 듣지나 않았는가 하는 착각마저 들 지경이었다. 그렇지만 그것은 엄연한 현실이었고 그때의 나로서는 전혀 예기치 못한 이 상황을 어떻게 정리해야 할지 미처 생각할 겨를이 없었다. 그래서 어이없게도 따지듯 다시 선생님께 여쭈었다. "왜요?" 그런데 선생님은 차분한 어투로 이렇게 말씀을 이으시지 않는가? "내가 추천서를 써주어 네가 충남대 교수로 채용이 된다면 문제가 없을 것이지만, 네가 만일 탈락해버릴 경우 나와 최원규 교수 사이의 인간관계가 틀어지게 된다."

순간 나는 일종의 배신감 같은 감정이 가슴에 치밀어 올랐다. 그 자리에 더 앉아 버틸 수가 없었다. 한편으로 무안하고 한편으로 모멸감이 들기도 했다. 그러나 선생님의 뜻이 그러하건대 제자로서 그것을 잘못이라고 대들어 항의할 수도, 화를 내 스스로 초라해지거나 웃음거리가 될 수도 없었다. 달리 생각하자니 오히려 선생님의 시인다운 솔직함이나 순수한 내면을 보는 것 같기도 했다. 그래서 나는 억지로 표정을 관리하면서 "알겠습니다." 하고 두말없이 자리를 박차고 일어나 버렸다. 그리고 선생님 댁의 양철대문 문턱을 막 넘어서면서 속으로 이렇게 다짐했다. '이젠 다시 이곳을 찾지 않으리라.'

그러나 내가 그때 선생님을 그처럼 야속하게 생각할 수밖에 없었던 이유에는 기실 그것만이 전부가 아니었다. 그 무렵 선생님이 창간한 《심상(心象)》이라는 시 월간지와 선생님이 간행했던 시집 시리즈 때문이기도 했다. 《심상》 창간이 이미 2년 가까이 되어가고 그동안 이 잡지에는 신인 특집도 여러 차례 있었는데, 선생님은 그때까지도 내 작품을 단 한 편도 실어주지 않았던 것이다. 그뿐만이 아니다. 내가 한국시인협회 간사로 결혼식 날짜까지 미뤄가면서 그 단체의 회장인 선생님을 위해 불철주야 도왔지만, '어느 특별한 분의 도움을 받아' 계획했던 시집 시리즈('오늘의 시인선집'과 '현대시인선집'을 말한다. 이 시집의 발행 과정에 대해서는 앞서 밝힌 바 있다. 7장 「나와 시인협회」 참조) 50여 권에 동년배인 이승훈, 이수익, 김종해, 박의상 같은 신인들 —비록 나보다 등단이 2, 3년 빨랐다고는 하지만— 은 끼워주면서 유독 나만큼은 배제하신 것도 속이 상하는 일이었다.

그러나 그런 일이 있었음에도, 그 후 나는 용케 충남대 교수로 발탁이 되었다(나중에 알게 된 사실이지만 그때의 인사는 총장이 직접 관리했던 까닭에 학과의 영향력이라는 것이 전무했고 또 추천서라는 것 역시 하나의 요식행위로 별 의미가 없었다고 한다). 애초엔 신임교수 한 명만을 뽑기로 내정되어 있었으나 —대학 측에서 인사문제를 한 학기 가까이 질질 끄는 과정에— 재직교수 한 분(채훈 교수)이 숙명여대로 전직을 해버리는 일이 생겨 티오가 둘로 늘어나게 되자, 나와 그 경쟁자가 많은 지원자들을 제치고 사이좋게 합격해 버린 것이다(8장 「시간의 쪽배」 참조).

그래서 나는 충남대 교수로 임용되어 대전으로 이사를 하면서도,

그 후 충남대학교에서 교수 생활을 하면서도, 그날 목월 선생님 댁을 뛰쳐나올 때의 결심 그대로 선생님을 다시 찾지 않았다. 아예 연을 끊어버렸다. 그런 세월이 2년 가까이 되었는데 느닷없이 최원규 교수로부터 선생님이 쓰러졌다는 소식을 접하게 된 것이다.

　어찌할 것인가. 못 들은 척 외면해 버릴 것인가? 안 될 일이었다. 혹시 평소와 같이 건강한 생활을 영위하고 계신다면 몰라도 지금 위급한 상황으로 병원에 입원해 있다 하지 않는가? 제자로서, 아니 한 인간으로서 도저히 그럴 수는 없는 일이었다. 나는 그날 강의가 있었음에도 바로 서울행 기차에 몸을 실었다. 그리고 곧장 백병원을 찾았다.

　선생님은 입원실 침대의 하얀 시트 위에 누워 계셨다. 나를 보더니 가냘픈 미소를 지으셨다. 내 손목을 쥐는 선생님의 손길이 너무도 힘이 없었다. 그래서 찬찬히 살펴보니 그동안 선생님의 얼굴이 눈에 띄게 수척해 보였다. 2년 전의 그 건강하신 모습이 아니었다. 나는 갑자기 눈물이 쏟아질 것 같았다. 2년 동안이나 선생님을 미워하며 발길을 끊었던 나 자신이 너무 옹졸하고 후회스러웠다. 그래서 대전으로 돌아온 날 밤 나는 선생님께 장문의 편지를 써 올렸다.　졸렬한 내 행위에 대해 용서를 구하는 내용이었다.

　선생님은 퇴원하신 후 요양차 당신의 처가 공주와 가까운 대전의 유성온천을 가끔 들르셨다. 그때마다 나는 선생님을 성심껏 모셨다. 그래서 나와 선생님과의 관계는 다시 옛날로 되돌아갔다. 그리고 영면하시기까지 수년 동안 다정한 사제관계를 유지할 수 있었다.

　생각해보면 선생님은 매우 다정다감하고 따뜻한 마음을 지닌 분이다. 그러나 한편으로는 차가운 이성적인 측면도 가지고 계셨다. 지극

　　　　　　　　　　　　　　　　　　　　　　　정좌(正坐)

히 냉철하셨다. 그런 성품이 제자를 고르고 키우는 데도 남달리 엄격하고 까다로우셨는지 모른다. 문단에서는 이렇게 말한다. "목월 선생은 《현대문학》에, 다른 현대문학 추천위원들이 수십 명 혹은 수백 명을 추천해 문단으로 내보낸 것과 달리 겨우 열두어 명의 신인들을 추천하셨다. 그러나 단 한 명도 실수하신 적이 없다." 나는 이 모두가 선생님의 이 같은 냉철하고도 이성적인 성품에서 비롯된 결과라고 생각한다.

3
—

사실 내겐 미당(未堂) 서정주(徐廷柱) 선생에 대한 추억이 별로 없다. 그분에게 처음 인사를 드린 것이 선생의 연치 70세 전후, 그러니까 돌아가시기 15, 6년 전이었고 교유라 하는 것도 그 이후 가끔 연초에 세배 겸 찾아뵙거나 문단 행사장에서 우연히 만나 말씀 몇 마디 주고받은 것이 전부였기 때문이다.

당시 문단 등용의 주 무대였던 《현대문학》의 추천에는 미당 선생의 영향이 가장 컸고, 절대적인 양적 우위를 점하고 있었다. 그런 시절에 오히려 그 반대의 위치에 서 계셨던 목월 선생의 추천으로 간신히 데 뷔했던 나는 문단 행사에서도 별 인연이 없는 미당 선생을 그저 먼발치에서 마냥 바라만 볼 수밖에 없었다. 그저 '아, 저분이 미당 선생님이시구나' 하는 정도였다. 그러한 의미에서 사실 나는 그때까지 인간적인 교류에서만큼은 선생과 거의 남남이라 해도 과언이 아니었다.

내가 선생께 처음으로 인사를 드린 때는, 그 명분이나 실제가 어떻든 선생과 가장 가까이 있었던, 혹은 가까이 있어야 했을 문단의 사람들이 선생에게 돌팔매질을 하며 앞다투어 떠나가든지 —떠나지는 않았다 하더라도 대중 앞에서는— 최소한 떠난 것 이상의 행동을 보여주어야 자신들의 문단 처세에서 득이 되는 것으로 여겨지던 시절이었다. 그리하여 대부분의 문단 사람들은 너나없이 선생께 재빨리, 그리고 혹독하게 비판의 화살을 쏘아대고 있었다.

크신 분이기에 선생에게는 그 사회적 역할에서나 문학 자체에서 상대적으로 비판받아 마땅할 부분이 결코 적지 않았던 것도 사실이다. 예컨대 일제 어용시의 창작이나 제5공화국 출범 시, 독재 권력과의 협력 같은 것들이다. 물론 전자의 경우에는 선생 스스로 몇 차례 소명하신 바도 없지 않다. 그럼에도 불구하고 사태는 오히려 더 악화되는 방향으로 흘러가고 있었는데, 그것은 그 내용이 독자들의 기대와는 한참 동떨어져 참회라기보다는 오히려 변명에 가까운 것으로 받아들여졌기 때문이 아니었을까 한다.

이 무렵, 어느 문학지에 발표한 글에서 선생은 이런 뜻의 말씀을 하신 적이 있다. '일제가 소위 '대동아전쟁'에 승리하여 한 백 년 정도는 한국이 그들의 식민지로 남아 있을 것이라는 생각에서 그랬다(어용시를 썼다)'는 것이다. 그러나 이와 같은 선생의 해명은 자의건 타의건 한 민족의 정신적 지도자가 되신 공인으로서 —인간적인 면에서는 어떠했을지 모르나— 하실 말씀은 아니었다. 오랜 기간이든 짧은 기간이든 일제에 어용을 했다는 것 자체가 있어서는 안 되는 일이 아니던가. 크든 작든, 혹은 길든 짧든 해서 안 되는 일은 해선 안 되는 것이다.

그러므로 그 해명을 접했을 때의 내 솔직한 심정은 설령 선생께서 이와 같은 생각을 지니고 있었다 하더라도 이를 외부에 공표하지 않았더라면 더 좋았으리라는 것이었다. 차라리 일제의 강압에 못 이겨 할

정좌(正坐)

수 없이 저지른 일이었다든지 혹은 자포자기적 심정에서 어쩔 수 없이 생존(문학적이건, 인간적이건)을 위해 범한 과오이나 지금은 잘못을 크게 뉘우치고 있으니 민족의 용서를 바란다고 허심탄회하게 말씀하셨더라면 우리의 가슴을 얼마나 뭉클하게 만들었을 것인가.

어쨌든 그 같은 시대적 조류 속에서 선생의 생애 중 가장 소외되고 매도당하던 그 무렵 공교롭게도 나는 선생을 만나 뵐 생각을 하게 되었다. 우연히 선생에 대해 쓴 어떤 사보(社報)의 고정 칼럼들을 본 후였다. 같은 기간에 간행된 두 가지 사보였는데 필자는 물론 달랐지만 모두 선생의 제자 문인들이라는 데는 공통점이 있었다. 하나는 대학 생활의 추억을 회상한 것이었다. 휴강을 시킨 선생이 대낮에 근처의 대폿집에서 자신과 함께 술을 먹던 에피소드를 빌려 선생의 인격을 매도하는 내용이었다. 다른 하나는 대학 시절 친구들과 함께 선생의 인형을 만들어 화형식을 치렀다는 회고담이었다. 모두 당시 문단의 시류적인 분위기를 단적으로 보여주는 글들이라 할 수 있었다.

그런데 1983~84년경 1월 초순의 일이었다. 인연이 닿으려고 그랬던지 나는 우연히 선생의 동국대 오랜 제자인 한양대학교 국어교육학과의 김시태 교수를 사당동 어느 카페에서 만났다. 우리는 그 자리에서 문단에 관한 이런저런 이야기들을 나누다가 자연스럽게 미당 선생을 화제로 올리게 되었다. 그러자 내겐 문득 앞서 언급한 그 사보의 칼럼들이 뇌리에 떠올랐고 갑자기 선생을 만나고 싶은 충동에 빠져들었다. 돌발적이었다. 그래서 나는 김 교수에게 이렇게 말을 던져보았다. '선생께 인사를 드리고 싶다. 언제 한번 그런 계기를 마련해 주지 않겠느냐'. 그는 믿기지 않는다는 표정으로 나를 한참 쳐다보다가 아직까지도 인사가 없었느냐고 책망 비슷하게 되묻더니 그럴 것 없이 당장 지금 남현동 예술인마을의 선생 댁에 놀러 가자고 했다. '여기(사당동)서 걸어갈 만한 거리이다. 연초인 지금, 선생도 외로우실 터이고 자신도 마침 세배를 가려던 참인데 잘되었다'는 것이다. 그리하여 우리는 그 자리에 합석했던 이건청 시인과 셋이 의기투합해서 갑자기 선생 댁을 방문하게 되었다. 우리를 본 선생의 첫 마디는 이랬다. "큰 시인들이 오셨네."

그날 저물녘 우리가 선생께 인사를 드린다면서 들고 간 것은 근처의 슈퍼에서 산 맥주 한 상자였다. 김시태 교수의 말인즉, 선생은 술 가운데서 유독 맥주만을 좋아하신다고 했기 때문이다. 그리하여 우리는 사모님이 즉석에서 마련해 내오신 술상 앞에 마주 앉아 맥주를 마시기 시작했다. 노년에 드신 선생의 건강이 좀 걱정되기는 했으나 선생도 파안대소하시며 즐겁게 많이 드셨다. 그래서 종내는 우리가 사 들고 간 맥주가 바닥나고 선생께서 더 많은 맥주를 내오셔야 했다. 우리 셋도 주책없이 술을 많이 마셨다.

어느덧 몽롱하게 취기가 올라왔다. 나는 그 취기 속에서 항상 강박관념처럼 따라다니던 명제 즉 인생과 문학 중 어떤 것이 더 소중한 것인가를 되새겨보았다. 역시 문학보다는 인생이었다. 그러면서 나는 만일 내가 서정주 선생의 시대와 같은 상황에 부딪힌다면 어떻게 처신할 것인가를 생각해보았다. 자신이 없었다. 그러자 어디선가 내면의 울림이 조용히 들려왔다. 아무리 그래도 서정주 선생만큼은 그리해서 안 된다는 것이다.

나는 내 앞에 앉아 계시는 이분이 우리 시대의 큰 시인이라는 한결같은 믿음 이외에 무엇이 무엇인지 모르는 혼란에 빠져들었다. 나는 그것을 술의 탓이라고 여기며 계속 술을 마셔댔다. 선생 댁을 어떻게

정좌(正坐)

나왔는지 다음날 기억에도 없을 만큼. 그 첫 만남의 날에……

4

서울대학교 은사들은 하나같이 제자 사랑이 남달랐다. 학문도 학문이지만 무엇보다 제자를 가르치고, 키우고 성공시키는 데 온 힘을 기울여 주셨다. 자신들의 명리보다 항상 제자의 앞날을 생각하였다. 그래서 제자들은 스승을 존경하고 따랐다. 그 가운데서도 정한모 선생님은 특별히 나와 인연이 깊은 분이다. 대학 시절 유일하게도 당신의 전공(한국의 현대시)을 내게 물려준 동학(同學)이셨고, 내 석·박사 과정의 지도교수이시기도 했기 때문이다.

입학 후 1, 2년간 내가 서울대 국어국문학과의 학풍에 휩쓸려 마음에도 없는 국어학에 집중하다가 이어령 선생의 강의를 듣고 다시 현대문학으로 전공을 되돌려놓고자 했을 무렵, 다행스럽게도 나는 정한모 선생님을 처음 뵈었다. 현대문학 분야의 전임교수로는 한국 현대소설을 전공하시는 전광용 선생님이 유일했던 이 학과에서 그나마 시간강사 자격으로 출강하여 현대문학을 가르쳤던 분이 바로 '비평론'의 이어령, '시론'의 정한모 두 분 선생님이었던 까닭이다. 그래서 한국현대시 공부에 목말랐던 나는 두말없이 선생님의 문하로 들어갔다(그러나 선생님은 내가 학부를 졸업한 1965년에 들어서야 비로소 서울대 전임이 되셨으므로, 내가 그분을 정식 지도교수로 모신 것은 내 대학원 석사과정 때부터이다. 3장 「마로니에 그늘 아래서」 참조).

선생님은 후덕하신 분이다. 어느 자리, 어떤 상황에서든 단 한 번 남의 단점을 지적하거나 비판하지 않으셨다. 항상 그 사람됨의 장점을 보고 또 그것을 칭찬하기를 좋아하셨다. 의기소침하거나 좌절한 제자들에겐 사랑과 격려를 아끼지 않으셨다. 선생님의 고향은 충청남도 부여였지만, 전라도에 관한 애정도 남달랐다. 세인들이 보는 그런 천박한 편견을 넘어서 진정으로 전라도 반가가 지닌 선비적 법도와 문화적 전통을 높이 사셨다. 아마 그런 면도 내가 선생님을 좋아하게 된 이유들 중의 하나였을지 모른다.

선생님과는 이런 일화도 있다. 내가 석사학위를 취득하고 대학의 전임자리를 구하기 위해 애쓰던 무렵이었다. 여름방학 기간의 어느 무더운 오후였다. 예고도 없이 선생님이 불쑥 해방촌의 내 전세방을 찾아오셨다(미리 예고하실 수도 없었을 것이다. 당시 나는 서울에서도 환경이 가장 열악한 남산 기슭의 속칭 해방촌 언덕, 그것도 얽히고설킨 골목의 전화조차 없는 집에서 살고 있었기 때문이다. 당시만 하더라도 전화를 갖는다는 것은 부유한 집이 아니고서는 불가능했던 시절이다). 내가 황망히 맞아들이며 어떻게 집을 알고 찾아오셨느냐고 여쭈었더니 선생님은 "동사무소에 가서 알아보고 물어물어 왔지." 하며 이마에 흐르는 구슬땀을 손수건으로 닦으셨다. 아, 그리고 덧붙이시는 한마디, "야, 참 집 찾기 힘들구나."

미안한 마음이 든 내가 선생님께 "잠깐 방으로 들어오시죠." 하니 선생님은 "아니다. 급한 일이 있으니 나와 함께 어디로 좀 가자." 하고 같이 가기를 재촉하셨다. 그래서 나는 이유도 모른 채 따라나서게 되었는데 택시로 어딘가 가는 도중 선생님은 내게 이런 말씀을 들려주셨다. 지금 어느 대학 국문과에서 한국현대시를 전공하는 전임교수 하나를 뽑는다는 소식이 있다. 그래서 그 대학의 총장에게 나의 취직을 부탁하시러 간다는 것이었다. 나는 평소 선생님이 그 학교의 이사장인지 총장인지 하는 분과 친교가 있다는 것을 알고 있었으므로 속으로 '아, 선생님이 그 인연을 빌려 나를 그 학교에 추천하실 모양이구나.' 하고 생각하였다.

선생님과 내가 그 대학교를 찾으니 방학 중이라 학교는 한산했다. 캠퍼스는 제대로 정리되어 있지 않았고 수리 중인지 건물 내부도 어수선했다. 우리는 물어물어 총장실을 찾아갔다. 그런데 막상 실내에 들어서자 총장은 볼 수가 없었고 부속실을 지키는 한 사내가 회전의자에 비스듬히 기대앉은 채 러닝셔츠 바람으로 맨발을 내밀어 발톱을 깎고 있었다. 추측건대 비서실장쯤 되는 것 같았다. 그 사내는 우리가 들어섰음에도 하는 일을 멈추지 않더니 선생님이 총장의 안부를 묻자 그제서야 안경 너머로 우릴 힐끗 훑어보며 총장은 지금 학교에 없고 그 학교 재단에서 경영하는 어느 호텔 사무실에 있다고 했다.

우리는 하릴없이 그곳을 나왔다. 그러나 선생님은 이왕에 벌린 일이니 호텔에 가서 그 총장을 만나 매듭을 짓자고 하셨다. 그래서 우리는 다시 그 호텔이라는 곳을 찾아가 그의 사적 공간에서 총장과 대면하게 되었다. 그런데 선생님의 말씀을 들은 그의 반응이 썩 좋지 않았다. 인사문제는 당신이 아니라 이사장으로 있는 당신 아내의 소관인데(그러니까 이 대학은 당시 남편은 총장이고 아내는 재단 이사장이었다), 지금 그녀가 대학의 무용단을 이끌고 미국 순회공연을 하는 중이어서 무엇이라 답할 수가 없다, 한 달 후쯤 그녀가 귀국한 후 논의해 볼 일이라 했다. 그리해서 선생님과 나는 별 소득 없이 그 자리를 또 물러 나오고 말았다.

돌아오는 택시 속에서 생각하니 마음이 좀 언짢았다. 이 같은 대학이라면 굳이 와달라고 간청해도 가서는 안 될 것 같은 느낌이 들었다. 나는 슬며시 선생님의 옆얼굴을 훔쳐보았다. 겉으로 내색하지는 않았지만 선생님도 필시 기분이 좋지 않으신 듯했다. 나는 선생님이 제자를 위해 이런 수모까지 마다하지 않으시는구나 하는 생각에 한편으로는 감사하고, 한편으로는 송구스럽고, 또 한편으로는 민망해서 아무런 말씀도 드릴 수 없었다.

그러나 나는 그 몇 달 뒤 봄 학기에 요행히도 충남대학교의 전임이되어 그 일을 잊어버리고 말았다. 그런데 몇 년 뒤였다. 그 대학이 학내 분규에 휩쓸려 교주(校主) 부자간에 송사가 벌어지고 교수들 또한 두 패로 갈라져 싸우다가 그로 인해 많은 학내 구성원들이 고통을 당한다는 소식이 들려왔다. 그래서 나는 속으로 내 예감이 적중했구나, 그 학교와 인연을 맺지 않은 것이 천만다행이구나 하고 생각했다.

정한모 선생님이 돌아가시자 제자들과 후학, 그리고 문단에서 무언가 선생님을 기리는 일을 하나 도모하자는 여론이 적지 않았다. 그래서 모금운동을 펼친 결과 자그마한 시비의 건립과 선생님의 시 전집을 간행할 만한 정도의 기금이 걷혔다. 그래서 우리 제자들은 선생님이 타계하신 5주년이 되던 해에 먼저 시비를 세우기로 계획했다. 1996년의 일이다.

막상 시비를 세우자니 우선 부지 확보가 문제였다. 서울에는 마땅한 자리가 없었고 선생님의 고향인 부여에는 전혀 인맥이 닿지 않았다. 그래도 나는 일단 부여에 내려가 무엇이든 강구해보기로 하였다. 역시 예상했던 대로 일이 잘 풀리지 않았다. 군수를 만나 이야기를 들어보면 부여는 옛 백제고도(百濟古都)인 까닭에 대부분의 풍치지구가 공원이나 녹지 보존지역으로 묶여 있다는 점을 들어 좋은 자리가 없다는 것이었고, 이곳의 문화기관을 찾아가면 당시 김영삼 정권하에서 문화계 및 정치계를 휩쓸던 민중운동권 바람을 걱정하며 노태우 정권 시절에 문화공보부 장관을 지낸 선생님의 전력을 문제 삼았다. 더욱이 당시 부여는 민중운동권의 우상이 되다시피 했던 신동엽 시인의 선양사업으로 온 고을이 술렁거리고 있었다. 경향 각지에서 민중운동을 한다는 사람들과 이에 동조하는 학생들이 몰려와 마치 성지를 순례하듯 성역화된 신동엽의 생가를 앞다투어 찾는 것이 일대 유행이었다.

어찌할 것인가. 나는 이 궁리 저 궁리 끝에 한 생각을 떠올렸다. 선생님이 수학하신 초등학교 운동장이다. 그렇다. 그 학교 교정에 시비를 세우자. 나는 속으로 그렇게 마음을 먹었다. 초등학교라면 선생님의 생가가 바로 이웃에 있어, 소박하기는 하지만 나름대로 의미 있는 자리 같기도 했다. 그래서 나는 이 학교의 교장 선생님을 만났고 그분의 따뜻한 배려로 교정에서 가장 양지바르고 눈에 띄는 장소에 시비를 건립하기로 허락까지 받았다.

그런데 귀경한 며칠 뒤였다. 대전의 조남익 시인에게서 전화가 왔다. 그는, 소문을 들은즉 정한모 선생님의 시비를 당신의 모교 초등학교에 세운다는 말이 있는데 그게 사실이냐고 따지듯 내게 물었다. 내가 그렇다고 하자 그는 펄쩍 뛰면서 선생님을 그런 초라한 자리에 모셔서 어디 될 말이냐고 나를 질책하더니, 자신이 직접 나서서 알아본 뒤 결정하자며 내 다짐을 받았다. 그는 원래 부여 출신이고 그런 관계로 부여의 요로에 아는 사람이 많다는 것이었다. 그래서 나는 선생님의 모교에 시비를 세우려던 계획을 일단 접고 그의 노력에 기대를 걸어보기로 했다.

며칠 후였다. 그에게서 낭보가 날아왔다. 어렵사리 아주 좋은 곳을 물색해 두었으니 나더러 내려와 같이 답사를 해보자고 했다. 가본즉, 부소산 아래 백마강 가의 구드래 나루였다. 그의 말대로 한눈에 마음이 들었다. 내가 감탄을 금치 못하면서 어떻게 이런 좋은 자리를 구했느냐고 묻자 그는 자신이 알고 있는 부여의 인맥을 총동원해서 겨우 얻었는데 다만 하나의 조건이 있다고 했다. 그 장소가 조각공원으로 지정된 녹지보존 구역이어서 시비를 단순한 비석이 아닌 조각 형태로 세워야 한다는 것이었다. 그러나 그 문제는 어려울 것이 없었다. 선생님의 큰 자제분이 바로 조각가가 아니던가.

그래서 선생님의 시비는 당신의 큰 자제에 의해 앞면엔 당신의 시 한 편이, 뒷면에는 간단한 약력과 내가 쓴 두어 줄의 비문이 조각 형태로 만들어져 지금 백마강 가 구드래 나루에 세워져 있다. 그러나 나는 이 시비를 건립하면서 이에 관여한 사람들 ―예컨대 기금 기탁자나 시비 건립자나 비문 작성자나, 비문 서필자(書筆者) 등― 의 성함을 일절 배제하도록 했다. 어쩐지 천박해 보일 것 같아서였다. 그래서 선생님의 시비엔 당신 이외엔 그 어떤 사람의 함자도 명문화(銘文化)되어 있지가 않다. 다만 여기서 밝히자면, 앞면에 새겨진 시의 서체는 선생님의 육필이요 뒷면에 새겨진 비문의 서체는 구상 선생의 친필이다.

정좌(正坐)

20장 ...

아름다운 인연들

1
—

1984년 봄날 오후였을 것이다. 경복궁 동
십자각 건너편, 지금은 헐려 새 건물이 들어선, 옛 한국일보사 건물13
층의 송현클럽에서였다. 그때 나는 그 자리에서 제4회 녹원(綠園)문학
상 평론 부문을 수상하였는데 식후(式後)의 간단한 연회에서 한 스님
과 인사를 나누게 되었다. 평범한 듯하면서도 어딘가 기품이 있어 보
이는 분이었다. 이 상을 제정한 녹원 스님의 문도(門徒)이자 시조시인
이라서 이 모임에 참여하게 되었다고 했다. 그분이 바로 무산(霧山) 조
오현(曺五鉉) 스님이었다. 그리고 우리는 헤어졌고, 다른 일이 없는 한
그때 인사를 나눈 다른 여러 스님들의 경우와 같이 그저 그것으로 끝
났을 일이었다.

그런데 인연의 다함에 모자람이 있었던지 다음 해 여름방학이었다.
이 상의 운영위원이면서 나의 대학 스승이기도 했던 정한모 선생께서
나를 부르시더니, 녹원 스님이 주석하시는 김천의 직지사에 내려가 스

님께 인사도 드리고 더불어 피서 겸 물놀이를 하고 돌아오자고 하셨다. 그런 전차로 서울대 제자들 몇 명이 일행이 된 우리는 선생을 모시고 직지사에 내려가게 되었다. 그런데 어쩐 일인지 바로 그 자리에 또 오현 스님도 동참하시지 않는가. 가톨릭 신자로서 사찰 예절을 잘 모르시는 선생님이 그 어색함을 피하고자 굳이 오현 스님을 초청하셨으리라 생각한다.

그날 우리 일행은, 낮에는 계곡에서 물놀이를 하였고 밤엔 요사채의 한 방에 좌정하여 시회(詩會)를 즐기기도 하였다. 그런데 그때 오현 스님은 나를 꼭 '이 박사'라 호칭하는 것이었다. 무슨 특별한 기억의 집착이라도 있어서일까. 아니면 낮에 가볍게 든 곡차 때문이었을까. 한두 번 듣다가 민망해진 내가 "스님, 저는 이가가 아니고 오가입니다."라고 해도 마찬가지였다. 나로서는 좀 신경이 거슬릴 법도 한 일이었지만 어찌 된 일인지 그때는 그런 스님의 어투가 밉상스럽지 않았다. 그래서 나는 아예 이 박사가 되기로 작정하고 그 모임을 즐겼던 것인데, 지금 돌이켜보면 스님이 무언가 나의 내심을 떠보려고 그리했던 것이 아니었을까 하는 생각도 든다. 이날 우리는 직지사에서 하룻밤을 묵은 후 이웃 청암사를 들러 귀경하였다.

나로서는 이 두 번째의 만남 역시 그저 무연히 끝날 일이었다. 그런데 스님에게는 꼭 그렇지 않았던 듯 우리는 다시 세 번째의 만남을 가지게 되었다. 그때 그러니까 직지사에서의 만남이 있은 2년 후, 1987년 여름 나는 마침 미국 체류를 준비 중이었다. 미 국무성 산하 USIA의 초청으로 아이오와대학교의 국제창작프로그램(International Writing Program)에 6개월 동안 참여할 일이 생겼기 때문이다. 그런데 출국을 3, 4일 앞둔 어느 날이었다. 그동안 잊고 지냈던 스님으로부터 의외의 전화 한 통이 걸려왔다. 스님은 미국에 간다는 소식이 사실이냐고 확인하시더니 그 전에 한번 만나자고 하였다.

그리하여 우리는 당시 광화문 네거리 동아일보사 뒤편에 있던 서린호텔(지금은 새 건물이 들어서 있다) 커피숍에서 만났다. 스님은 당신이 과거 미국에 체류했을 때의 경험을 살려 몇 가지 충고의 말씀을 들려주시고 또 내 장도도 축복해주셨다. 아, 그리고 잊히지 않은 것 하나, 내가 내겠다는 점심값을 굳이 우기고 당신이 내시더니, 막상 헤어지는 자리에서는 또 봉투까지 하나 건네주시는 것이 아닌가. 여행경비에 보태쓰라면서…… 그때 나는, 이 무렵의 스님이 ─일정하게 주석하는 사찰 없이─ 이곳저곳 만행으로 전전하는, 가난한 운수(雲水)의 신분임을 알고 있었으므로 내심 불편한 심기가 없지도 않았지만, 점심값을 먼저 내시는 기세에 눌려 그만 그 봉투까지도 받아버렸다.

귀국 후다. 나는 스님께 '그때 왜 나를 불러내셨느냐'고 물은 적이 있었다. 스님은 이렇게 말씀하셨다. '오 박사의 성격이 무던해 보여 앞으로 불가와 연이 깊을 듯'했기 때문이라는 것이다. 스님이 지적하신 내 성격의 무던함이란 우리의 두 번째 만남 즉 직지사에서의 일박 때 일어난 사건을 두고서 한 말씀이다. 이런 일들이 겹치면서 나와 스님과의 관계는 자연스럽게 이어졌고 이후 나는 스님과 가까이 지내는 사이가 되었다.

내가 스님과의 인연으로 얻은 것은 많다. 첫째, 불교를 지향하는 나의 시 세계가 확장되고 깊어졌다. 물론 내 시의 불교에 대한 관심이 스님에게서 비롯된 것은 아니다. 그러나 스님의 영향으로 보다 심화되었다는 것만큼은 부정할 수 없는 사실이다. 이 문제에 관해서는 나 스스로 이미 다른 지면을 통해 고백한 적이 있고, 많은 평론가들 또한 지적한 사항들이니 새삼 언급하지 않기로 한다. 둘째, 불가의 여러 대덕(大德)들과 교유하여 삶의 큰 교훈을 배웠다. 셋째, 몇몇 사찰을 내 집필 공간으로 활용할 수 있었다. 설악산 백담사, 금강산 화암사, 두타산 삼화사, 치악산 구룡사, 달마산 미황사 등이다. 넷째, 나 죽으면 그 부도(浮屠)가 백담사 경내에 서게 되었다. 일반적으로 스님이 입적하면 그 부도는 의당 자신이 주석하던 도량에 세우기 마련이다. 그러나 시인이 세울 수 있는 부도란 그 자신이 남긴 작품이 아니겠는가. 그런데 그 작품을 새긴 나의 시비(詩碑) 하나 이미 백담사 도량에 세워져 있으니 이 어찌 예삿일이라고 하겠으랴.

그러나 무엇보다도 내가 스님으로부터 받은 영향은 시조 창작에 대한 초발심(初發心)이다. 앞에서 언급한 바 있지만, 나는 미국 체류 중 미국의 대학생들에게 한국문학을 소개하는 강의를 하다가 문득 민족문학으로서 시조의 중요성을 자각한 적이 있었다. 아이오와대학교의 국제창작프로그램에 참여했을 때의 경험담이다(17장 「어느 푸르른 날에」 참조). 내가 귀국 후 스님께 이 일을 말씀드리자 시조시인이기도 하신 스님은 내게 시조의 중요성을 누누이 강조하면서 꼭 한번 써 보라고 간곡히 권유하셨다. 그래서 나는 이를 빌미로 —아이오와대학의 국제창작프로그램에서 받은 문화적 충격까지도 곁들여— 오늘에 이르기까지 한두 편씩 꾸준히 시조를 창작해왔는데 그렇게 해서 모인 작품들이 어느덧 두 권의 시조시집으로 묶였으니 이는 오로지 스님의 은덕일 것이다.

정좌(正坐)

2

학교에서나 문단에서 직접 어떤 가르침을 받은 적은 없지만, 스승뻘 되시는 문인들 가운데서 내가 잊을 수 없는 분이 한 분 더 있다면 아마 조병화 선생일 것이다. 내 대학원 지도 교수이신 정한모 선생님과 일생 가까운 친구이셨던 까닭에 더 그랬을지도 모른다.

선생은 많은 덕목을 지닌 분이었다. 우선 아주 부지런하셨다. 항상 오전 6시면 혜화동 당신의 작업실에 출근하여 저녁 6시가 될 때까지 시를 쓰거나, 그림을 그리거나, 책을 읽거나 하셨다. 따라서 선생은 생전에 범인으로서는 감히 성취하기 힘든 많은 업적들을 남겼다. 80여 권이 넘는 시집과 여타의 저작들, 그리고 선생이 그리신 적지 않은 양의 그림들이 그것이다. 물론 나는 선생이 우리 화단에서 어느 수준의 평가를 받는 화가인지는 잘 모른다. 그러나 내게 주신 선생의 그 그림이 보기에 멋있는 것도 사실이다.

이렇게 부지런히 일을 하시니 선생은 당연하게 시간을 칼날같이 지키셨다. 언제인가 내가 한국시인협회 사무국장을 할 때다. 급히 선생께 연락할 일이 생겨 밤 9시쯤 전화를 드린 적이 있었다. 그런데 수화기에선 화를 벌컥 내시는 선생의 벼락같은 육성만이 들려왔다. 누가 이 밤중에 전화를 걸어 당신의 수면을 방해하느냐는 것이다. 나로서는 밤 9시가 늦은 시간이 아니었는데…… 그래서 나는 이후부터 선생께는 절대 밤에 전화를 드리지 않았다. 정확히 밤 9시에 잠자리에 들어 항상 새벽 3시에 기상하신다는 사실을 이때 알았기 때문이다.

또 이런 일도 있었다. 서울대 법대의 내 동료 교수 한 분이 늦깎이로 시단에 등단을 하였다. 행정고시 출신에다 하버드대에서 국제해양법을 전공하여 박사학위까지 받은 사계의 권위 있는 학자였다. 하루는 그가 말하기를 자신은 등단하기 전부터 평소 조병화 선생을 존경해 왔으니 꼭 한번 만나 뵐 기회를 만들어 달라고 했다. 그래서 나는 선생과 점심식사 자리를 갖기로 미리 예약하고 그분에게 그 같은 내용을 전달해주었다.

약속한 날, 정해진 시각 12시였다. 선생의 성격을 잘 알고 있던 나는 아예 10분 정도 먼저 가서 기다렸다. 그런데 그 교수는 정시에 나타나지를 않았다. 슬그머니 선생을 훔쳐보니 표정이 심상치 않아 나는 속으로 몸이 달았다. 5분 가까이가 지났다. 그제서야 그 교수가 문을 열고 헐레벌떡 들어서며 막 선생께 인사를 드리려는 순간, 아니나 다를까 선생의 벽력같은 호통이 떨어졌다. '네가 뭔데 나를 5분이나 기다리게 하느냐. 요즘 누가 밥 얻어먹고 싶어 하는 사람이 있느냐. 당장 돌아가라'는 것이었다. 초면에 혼쭐이 난 그 교수는 한동안 어찌할 바를 몰라 했다. 그래서 내가 대신 사과를 드리고 간신이 분위기를 추스를 수 있었다.

선생은 항상 당당했다. 그 무엇에도 꿀릴 것이 없었다. 좋은 것은 좋고 나쁜 것은 나빴다. 그것을 숨기거나 마음속에 삭이지 않고 공개석상, 그것도 당자의 면전에서 직설적으로 표현하시곤 했다. 나는 —비록 그 같은 선생님의 처신이 세속적인 인간관계에서 꼭 바람직한 것이라고 생각하지는 않지만— 그 당당함이 좋았다.

나의 충남대 재임 시절이니 1978년 전후였을 것이다. 학생들이 국문학과 주최의 한 문학강연에 선생을 초청한 적이 있었다. 그런데 선생이 좀 일찍 도착하셨으므로 나는 당시 학과장이었던 최원규 교수와 함께

정좌(正坐)

선생을 잠깐 쉬시게 하려고 일단 학장실로 모셨다. 토요일 오후라 마침 학장이 자리를 비웠기 때문이다. 그때다. 학장실 문턱을 막 넘어서시던 선생이 지나가는 말처럼 최원규 교수에게 "지금 학장이 누구지?" 하고 물으셨다. 최 교수가 '불문학을 하는 송 아무개입니다' 하고 대답을 하자 불문곡직하고 선생은 "뭐? 그 ○○가 학장이야? 그깟 놈이 학장인들 제대로 하겠어?" 하며 버럭 역정을 내시는 것이었다. 나는 이 갑작스러운 상황이 너무 황당했고 선생이 왜 그토록 그분을 못마땅해하시는지 알 수가 없었다. 그래서 밖에 나와 단둘이 남았을 때 나는 최 교수에게 슬쩍 그 이유를 물어보았다. 전말이 이랬다.

그 몇 달 전이었다. 마침 선생의 새 시집이 발간되어 평론가인 송 아무개 학장이 어떤 잡지엔가 서평을 쓰게 되었다. 최 교수 말씀으로는 대체로 호평한 글이었다고 한다. 그런데 마지막 부분에서 그가 사족이라 할 두어 마디를 덧붙인 것이 화근이었다. 선생의 시의 배면에는 항상 '대중적 센티멘털리즘'이 깔려 있다고 썼다는 것이다. 나도 진작부터 알고 있었던 사실이지만 선생이 당신의 문학에 대한 비평에서 가장 싫어하는 말이 바로 그 '센티멘털리즘'이라는 단어였다. 그런데 그 송 아무개 평론가가 이 아킬레스건을 여과 없이 건드려버렸던 것이다.

나 역시 이와 비슷한 경험이 없지 않다. 대학원 석사과정을 마치고 처음으로 인하공대(아직 인하대가 종합대학이 되기 이전)에 출강할 때였다. 대학신문 편집국장으로부터 원고청탁이 왔다. '학내 구성원이 모두 공대 교수들 뿐이어서 필자 구하기가 쉽지 않다. 그러니 한국 현대문학에 관해 무엇이든 연재를 하나 해달라'는 것이었다. 그래서 나는 별 뜻 없이 그 대학의 신문에 한국현대시의 계보를 4주 정도 연재한 적이 있었는데, 아뿔싸, 나는 수없이 등장하는 문학사의 시인들 중에서 하필 선생의 성함을 누락하는 실수를 범해버렸다. 내 철없는 문단 식견 때문이기도 했겠지만, 많은 시인들의 이름을 한꺼번에 열거하다 보니 혼란이 가중되어 그리된 것이다.

그 일로 해서 나는 이후 몇 년간 선생의 미움을 샀다. 어쩌다 문학 행사장에서 뵙고 인사를 드려도 받아주시지를 않았다. 일반인이라면 무관심하게 지나칠 수도 있었을 대학신문의 하찮은 글이었지만, 그때 선생이 인하공대의 재단이사여서 그 기사를 꼼꼼하게 챙겼다는 사실을 나는 모르고 있었던 것이다. 그래서 그 후 몇 년간 나는 선생의 노여움을 풀기 위해 각별한 노력을 기울여야 했고, 수년 후 드디어 선생께 인정을 받는 사람이 되었다. 선생이 생전에 제정해서 당신이 살아 계실 동안만큼은 당신이 주고 싶은 사람에게 먼저 상을 주겠다고 공언한 '편운문학상'을 그것도 제2회에 받았으니 말이다.

나는 또한 선생이 자신의 문학에 대해 갖는 그 같은 긍지와 자존심을 좋아한다.

3

2009년 어느 이른 봄날이었다. 시조를 쓰는 윤금초 씨에게서 전화가 왔다. 좀 만나자는 것이었다. 이야기를 들어본즉 자신의 고향 해남에서는 매년 '고산문학축전'이라는 행사가 열리는데 그 위원회 측에서 나를 위원장으로 영입하고 싶다 하니 바쁜 일이 있더라도 거절하지 말고 애향심을 발휘해서 꼭 허락해 달라는 부탁이었다. 그가 말하는 '애향심'이란 내 처의 출생지가 본래 해남이고

나 자신도 전라도 출신임을 가리기는 것이다.

그러나 나로서는 이 축전이 전혀 생소하지 않았다. 그 몇 년 전인가 이 행사의 일환인 제1회 고산문학상 심사에서 심사위원으로 위촉되어 바로 그 윤금초 시인을 수상자로 뽑은 전력이 있었기 때문이다. 따라서 나는 이 문학행사의 성격을 어느 정도 알고 있기도 했다. 해남 군민들이 하나같이 뜻을 모아 이 고장 출신의 조선조 대문호 윤고산 선생의 문학을 기리고 선양하는 바로 그 축전이었다. 윤금초 시인 역시 그분의 후손으로 알고 있다.

그러나 나는 망설임이 앞섰다. 해남이라는 곳이 서울에서 너무 먼 거리에 위치해 있어 행사에 관련된 업무를 잘 처리할 자신이 없었기 때문이다. 그래서 행사의 구체적 내용을 물은즉 그는 일 년에 한 번, 10월에 열리는 축전에 문학상 시상식을 주관하면 그뿐, 이 외의 모든 실무는 일체 해남문화원이 맡아서 할 것이므로 내가 딱히 신경 쓸 일이 없다고 했다. 듣고 보니 기우일 것 같았다. 그리하여 나는 자의 반 타의 반으로 그 후 4년간 이 축전에서 '위원장'이라는 직책으로 봉사하게 된다.

이 문학축전의 핵심은 '고산문학상' 시상식이다. 그런데 그때까지의 이 문학상 수상자 자격은 오직 시조시인만으로 국한되어 있었다. 그래서 시행 10여 년이 지났음에도 중앙 문단에서는 거의 주목을 받지 못했다. 문단 인구로 보아 시조시인의 숫자가 자유시 시인들의 그것에 비해 턱없이 밀리기 때문이다. 따라서 내 생각에 이 문학축전이 활성화되기 위해서는 무엇보다 자유시 시인들에게도 수상의 기회가 있어야 할 것 같았다.

나는 군수를 만나 우선 축전의 지원 실태부터 물어보았다. 그의 말이 군의 재정 형편상 더 이상의 보조가 어렵다고 했다. 그러나 나는 고산문학축전을 타지의 문학축전과 비교시키면서 끈질기게 설득했고 그 결과, 시상자를 한 명 더 늘리는 조건으로 축전의 상금을 증액시키는 데 성공하였다. 그래서 이후부터 '고산문학상'은 시조와 함께 자유시도 대상이 되어 시조시인과 자유시 시인 두 사람이 나란히 수상하는 관례를 확립시켜 놓았다.

이뿐이 아니다. 무슨 행사든 축전이란 으레 홍보가 중요하지 않겠는가? 대중성이 부족한 문학축전이라면 더욱 그럴 것이다. 따라서 고산문학상의 경우도 수상작품의 발표와 심사과정의 공개, 기타 수상자 소개와 같은 글들이 실릴 문학 잡지가 있어야 할 것 같았다. 그럼에도 그때까지 고산문학축전은 이런 일을 도맡아 관리해줄 문학 잡지를 가지지 못했다. 그래서 나는 이 고장 출신의 시인 이지엽 경기대 교수를 섭외하여, 그가 간행하는 계간지 《열린시학》에서 이 일을 맡아주도록 주선했다. 이후 고산문학축전이 이 문학지의 적극적인 협조 덕분에 전보다 더욱 활성화된 것은 모두 아는 바와 같다.

한편 나는 축전을 주관하는 해남문화원장에게 이런 제의도 했다. '다 아는 바와 같이 해남은 육지의 맨 끝에 자리한 곳이다. 그야말로 땅끝마을이다. 그러니 이 땅끝에 우체통을 하나 세우자. 그리고 우표를 팔아 관광객을 유치하도록 하자. 이곳을 방문한 사람들에게 엽서를 쓰게 해서 방방곡곡에 땅끝마을 포스트가 찍힌 편지들를 보낸다면, 이는 곧 색다른 낭만이 되지 않겠는가. 이에서 더 나아가 —우정사업본부의 협조를 얻어— 고산문학축전 때, 가칭 '땅끝마을에서 보내온 편지'라는 상을 제정해 시상하면 더 좋을 것이다. 해남을 전국에 알리는 한바탕 축제가 될 것이 분명하기 때문이다.' 그러나 문화원장은 나

정좌(正坐)

의 이 같은 제의에 심드렁했다. 인력과 경비가 없다는 변명이었지만 나는 그것을, 축전을 그저 무사안일하게 치르고 싶다는 뜻으로 읽었다. 그래서 더 이상 이 문제를 채근하지 않았고 그 아이디어는 결국 유야무야되어 버리고 말았다.

그러던 어느 날이었다. 이 행사를 준비하던 중 나는 고산 윤문(尹門)의 종손인 윤형식 선생과 고산의 고택이자 종택인 녹우당(綠雨堂)에서 함께 차를 나눌 기회를 갖게 되었다. 윤 선생은 이것저것 고산에 관한 에피소드를 들려주시다가 문득 고산 선생이 당쟁에 휩쓸려 유배길에 올랐던 일화를 이야기하셨다. 당시 고산 선생은 당파적으로 남인에 속했고, 몇 차례의 귀양살이를 하셨다. 그런데 이 모두는 그의 정적이라 할 서인, 특히 서인의 수장이었던 송강 정철 세력의 모함으로 그리되었다는 것이다(연배로 보아 고산 선생은 송강의 사후에 정치 활동을 했겠지만). 그러면서 농담 삼아 말씀하시기를 그래서 수년 전까지만 해도 자신의 집안 안사람들은 기제사 음식을 만들 때 무를 썰면서 망나니가 칼로 죄인의 목을 칠 때 내는 소리처럼 '철철철' 하는 의성어를 동반한다고 했다. '정철'의 함자에서 '철'을 의성어로 차용하여 정철에 대한 미움을 그렇게 표현한다는 것이다.

순간 나는 야릇한 감회에 빠져들었다. 내가 누구인가. 내 외할머니는 바로 정철의 13대손이며 외할아버지는 서인의 학맥을 만든 대학자 하서(河西)의 12대손이 아닌가. 안팎으로 보아 나는 누구보다도 전라도 서인의 후손이 분명한 것이다. 그래서 내가 그 종손께 내 집안의 내력을 솔직히 실토했더니 윤 선생은 "참 그것도 인연이로고. 정송강(정철)의 후손이 윤고산을 기리는 문학축전의 위원장이 되었으니 이야말로 요즘 국가적으로 논의되는 국민 대통합이 아니고 무엇이겠느냐."라고 하면서 껄껄 웃었다. 300여 년의 인연이 깃든 에피소드라 하겠다.

4
—

겨울 방학 때마다 내가 며칠씩 절집에서 보냈다는 것은 앞에서 잠깐 언급한 적이 있다. 아마 그같은 편력을 하던 1997년 전후의 일이었을 것이다. 그해 겨울도 나는 백담사를 찾았는데, 거기에는 예년에 보지 못했던 웬 객승 하나가 머무는 것이 눈에 띄었다. 괴이한 복장 차림에 허튼소리를 무애자재하게 내뱉곤 하는 품이 일견 무법자 같기도, 도인 같기도 한 스님이었다.

첫날 점심 공양 시간이었다. 그 시절만 해도 백담사에는 요즘 보는 것과 같은 전용 식당이 없었다. 그래서 모든 대중이 요사채의 큰방 하나를 빌려 공양을 함께했다. 그런데 그 점잖은 자리에서 이 객승은 이것저것 눈치 볼 것 없이 때로는 농담으로, 때로는 음담으로, 때로는 패설로 안하무인, 종횡무진 사설을 늘어놓아 좌중을 들었다 놓았다 했다. 그럴 때마다 공양주 보살들이나 나와 같은 처사들은 배꼽이 빠질 것 같은 웃음을 참으려 애썼고, 엄숙한 스님들은 입맛을 쩝쩝 다시며 눈을 흘기곤 했다. 그러나 그 스님은 그 같은 분위기를 아는지 모르는지 제 할 말을 다 하고 나서야 자리를 뜨곤 했다.

그날만이 아니었다. 내가 절에서 묵은 나날이 모두 그랬다. 그런데도 이상한 것은 이렇듯 그와 더불어 하루하루를 함께 보내는 동안 나는 나도 모르는 사이에 그 스님에게서 ─첫 대면에서 마주친 당혹감이나 거부감 같은 것들이 눈 녹듯이 사라지고─ 오히려 어떤 친숙함이

정좌(正坐)

나 매력 같은 것을 느꼈다. 지금 생각해보면 스님의 그 천진무구한 행동이 내게 정신의 청량감으로 다가와 내 속된 위선의 사유를 여지없이 박살 내 버렸기 때문이 아니었을까 싶다.

절에 묵은 지 닷새째 되는 날이었다. 나는 외유에서 돌아오신 회주 무산 스님(雪嶽霧山, 오현 스님)에게 인사를 드리러 큰 방을 찾았다. 그런데 그 자리에는 마침 그 객승도 앉아 있었다. 분위기가 좀 서먹서먹해졌다. 그러자 그 낌새를 느끼셨던지 오현 스님이 문득 그분을 가리키며 내게 누구신지 아느냐고 물었다. 그래서 나는 비로소 오현 스님의 소개로 그분의 정체를 알게 되었다. 말로만 듣던 중광 스님(重光, 세칭 걸레스님)이었다. 그때 오현 스님의 말씀에 따르면 당시 그는 ─무슨 일 때문인지는 자세히 모르겠으나(종단 개혁에 앞장을 선 어떤 사건에 연루된 것이었다고 한다)─ 조계종단에서는 이미 치탈도첩된 신분이었지만 신흥사 문중에서만큼은 다시 승직을 회복해서 농암장(聾菴丈)이라고 칭하는 이 절의 요사채 방 하나를 화실 삼아 그림 그리기에 정진하는 중이라 했다.

그 같은 인연으로 나는 이 절에 묵는 동안 자주 중광 스님과 대화를 나눌 기회를 갖게 되었다. 스님이 필묵을 들고 그림을 그리는 현장을 지켜보기도 하고 ─건강 때문에─ 점심 공양 직후 매일 규칙적으로 행하던 포행(步行, 산책)에 같이 따라나서기도 하고, 인근 속초나 양구 근처의 지인들을 만나러 갈 때 동행하기도 했다. 어느 곳에서는 스님을 무척 흠모하는 보살의 집에 들러 귀한 송이버섯 요리를 축낸 적도 있고, 양구의 한 돌 공예가의 집에서는 야생 오리고기를 안주 삼아 날이 새도록 곡차를 든 적도 있다.

내가 겨울철마다 중광 스님을 뵙던 그 3, 4년은 스님이 생애의 마지막 열정을 화필에 불살랐던 시기이기도 했다(당시 중광 스님은 앓고 있던 조울증 때문에 몸이 많이 상해서 정기적으로 병원을 드나들고 약에 의지해서 나날을 보냈다). 특히 심혈을 기울여 연작화 「달마도」를 그리기에 몰두하고 있었다. 그것은 모두 기존 관념이나 전통에서 벗어나 기상천외한 발상으로 대상을 해체하거나 적극적으로 데포르마시옹한 것들이었다. 예컨대 '無' 자를 추상화하여 그린 달마도, 전통가옥의 창살이나 꽃이 핀 사과나무 등의 소재를 변형시켜 그린 달마도 등이다. 그중에서 꽃과 사과를 소재로 그린 달마도는 스님이 특별히 내게 주신 것으로 나는 그것을 지금 소중하게 간직하고 있다. 수년 전 독일에서 내 시집이 번역 출간될 때, 로스케 조 선생이 이 그림을 표지의 장정으로 사용하기도 했는데 그곳, 특히 하이델베르크대학에서 꽤 인기를 끌었다고 들었다(18장 「외국어로 읽힌 나의 시」 참조).

내가 농암장을 불쑥 방문할라치면 스님은 가끔 방바닥에 엎드려 한쪽 발을 허공에 들고 흔들거리며 연필심에 침을 발라 원고지에다 무엇인가 열심히 끄적거리는 것을 볼 수 있었다(스님은 꼭 연필로만 글을 쓴다). 그리고 그럴 때는 항상 비닐봉지에 든 뻥튀기 과자나 센베이 과자를 하나씩 꺼내 먹으며, 손을 턱에 괴고 골똘히 무언가 생각에 잠기곤 했다. 아마도 글이 잘 풀리지 않아서 그랬을 것이다. 나로서는 그런 스님의 모습이 꼭 천진무구한 동자불(童子佛) 같아 보였다. 이 같은 그의 습관을 알고 난 후 나는 스님을 만나러 백담사에 들를 때면 으레 뻥튀기 과자를 한 보따리씩 사 들고 갔다.

그런 어느 날이었다. 중광 스님은 내가 공양간 한쪽 구석에서 처사들과 공양을 하는 모습이 마음에 걸렸던지(같은 방이라도 스님이 공양하는 공간과 일반 처사나 보살들이 공양하는 공간이 구분되어 있었다) 불쑥 공양

정좌(正坐)

주를 불러 다음부터는 나를 자신과 꼭 겸상시키라는 명령을 내리더니 덧붙여 내 아침 공양도 자신의 것과 똑같이 잣죽을 올리라 했다. 그 무렵 스님은 건강이 좋지 못해 절에서 영양식으로 매일 잣과 깨를 갈아 죽을 쑤어드렸는데 그것을 내게도 똑같이 하라는 것이다. 그리하여 이후부터 나는 스님이 백담사에 기거하는 동안만큼은 항상 스님과 겸상으로 아침은 그 귀한 잣죽을 들었다. 스님의 인자한 성품을 보여주는 한 단면이라 할 수 있을 것이다.

5

고은 선생과도 일화가 하나 있다. 1998년 8월 초·중순께에 개최된 어느 만해축전 기간이었을 것이다. 요즘과 달리 초창기 만해축전은 사찰 입구 지금의 만해마을이 아직 준공되기 이전이었으므로 백담사 경내에서 열렸다. 항상 많은 사람이 모여들었다. 그러나 수용할 공간은 턱없이 모자라 참여자들 모두는 대개 요사채의 각 방에 여럿이 어울려 함께 숙박하는 것이 관례였다. 그해 역시 그러했다.

그런 어느 날 밤이었다. 나는 축제 뒤풀이의 소란스러운 경내 분위기 탓에 자정이 훨씬 지난 뒤에야 겨우 자리에 들 수 있었다. 방에는 이미 두세 명의 문인들이 자고 있었다. 나는 그 틈을 비집고 간신히 몸을 누였다. 그러나 잠이 오지 않았다. 아니 자려고 애써 노력하면 할수록 잠은 멀리 달아났고, 정신은 오히려 점점 말짱해지기만 했다. 슬며시 옆에 누운 분들을 살펴보았다. 그 어수선한 분위기 속에서도 세상 모르게 깊이 단잠에 빠져든 그분들이 부럽기만 했다. 대체 얼마나 마음이 너그럽고 신경이 무디면 이 불편한 장소에서도 저렇게 숙면을 취할 수 있다는 말인가. 그들의 낙천적인 성격이 부러운 만큼 내 소심하고도 예민한 감성이 원망스러웠다.

그러나 상황을 더욱 악화시킨 것이 있었다. 잠든 분들 중 한 분이 유독 심하게 코를 골았던 것이다. 산사의 고요한 정적을 깨트리고 울리는 그 천둥 같은 코골이 소리는 마침내 나로 하여금 인내의 한계를 벗어나게 했다. 나는 하룻밤쯤 날을 샌다 한들 무슨 큰일이 나겠느냐 하는 심정으로 그만 자리에서 벌떡 일어나 문밖으로 뛰쳐나오고 말았다.

나는 마루에 걸터앉아 망연히 하늘을 바라보았다. 아, 밤하늘에서 쏟아질 듯 반짝이는 그 주먹만 한, 수정 같은, 참외 같은 별들…… 세월은 변했어도 어린 시절, 시골집 외할머니의 무릎에 누워서 바라보았던 그 별들이 서울 도심이 아닌 이곳 백담계곡에서만큼은 아직도 예전과 다름없이 나를 반겨주고 있지 않은가.

내가 그처럼 마루에 홀로 앉아 황홀한 심사에 사로잡혀 있을 때였다. 문득 옆방의 미닫이문이 스르르 열리더니 누군가가 마루로 나왔다. 나는 같은 처지의 사람일지 싶어 뒤돌아보았다. 아, 바로 고은 선생 아닌가. 선생도 잠을 이루지 못해 뒤척이다가 밖으로 뛰쳐나오신 것이 분명했다. 우리는 한참 동안 말없이 밤하늘의 별들만을 올려다보았다. 그러자 먼저 침묵을 깬 고은 선생이 내게 건네는 말씀, "오 교수, 우리 저 계곡에 내려가서 업이나 씻지."라고 한다. 그러나 내가 그 말뜻을 선뜻 알아듣지 못하고 두리번거리자 선생은 은근히 다시 독촉을 했다. "날이 너무 더우니 개울에 가서 몸이나 담그고 오자는 말일세."

정좌(正坐)

그러고 보니 무척 더웠다. 그 해가 우리나라에서 기상관측이 실시된 이후 가장 무더운 여름이라고들 했다. 평소라면 시원했을 백담계곡이었겠지만, 웬일인지 그날 밤만큼은 온몸이 땀으로 끈적거렸다. 내가 잠자리를 뛰쳐나왔던 것도 실은 옆에서 자는 분의 코골이 소리 때문만이 아닌, 이 후텁지근한 실내 공기와 여러 사람들의 몸에서 풍기는 땀 냄새였을지도 모른다. 나는 두말없이 선생을 따라나섰다.

미명을 앞둔 시간인지라 경내에도, 계곡에도, 숲속에도 인기척은 없었다. 우리는 사찰에서 다소 떨어진 계곡의 후미진 소(沼)를 찾아 옷들을 홀랑 벗어던졌다. 그리고 벌거숭이가 된 채 물에 풍당 뛰어들었다. 처음엔 오싹했으나 참고 몇 분을 버티니 기분이 한결 상쾌해졌다. 탄성이 절로 나왔다. 아, 이 해방감! 자유! 정갈하고도 청정하기 비할 데 없는 이 마음! 신선(神仙)의 경지가 따로 없었다. 내 육신의 오염된 때를 씻겨낸 이 맑은 백담의 물이 뼛속까지 스며들어 마침내 마음의 지은 죄까지도 말짱하게 닦아주는 듯싶었다. 지금 생각해보면 우리는 그때 목욕을 하고 있었던 것이 아니라 기실 살아생전 쌓은 업장을 말끔히 씻어내고 있었을지도 모른다. 선생이 아까 '백담계곡에 내려가 업이나 씻자'라고 한 말씀의 뜻이 무엇인지 비로소 알 것 같았다.

요사채로 돌아오는 길에 선생이 다시 농담을 걸어왔다. "오 교수, 돈 벌기 쉽제? 우리 오늘 백만 원 벌었어." 국립공원 계곡물을 오염시키면 벌금이 몇십만 원이라는데 그 벌금을 내지 않았으니 그 돈을 우리가 번 것이라는 논리였다.

요사채에 돌아와서 나는 아예 잠자기를 포기해 버렸다. 그리고 마루에 걸터앉아 짧은 여름밤을 지새웠다. 계곡의 물소리가 청명하고 아름답고 신비스러웠다. 마치 눈이 맑은 비구니의 경전 읽는 소리를 들는 것 같았다. 순간 나는 문득 깨우쳤다. 산은 하나의 큰 경전, 그것을 감싸 안고 흐르는 계곡의 물소리는 경문을 읽는 소리, 우주는 하나의 큰 사찰이라는 것을……

6

2000년 겨울, 나는 한 철을 전라남도 해남의 바닷가 땅끝마을, 미황사에 머물렀다. 그림같이 아름다운 절이었다. 산 중턱에 자리한 도량은 온통 동백 숲속에 묻혀 있었고, 후면으로는 달마산의 신비스러운 바위 병풍들이, 전면으로는 고즈넉하고 탁 트인 들판과 바다 건너 한 점 섬, 진도가 아스라하게 바라다 보이는 곳이었다.

그해에는 유난히 눈이 많이 내렸다. 그래서 나는 남도에서는 쉽게 보기 어렵다는 설경(雪景)을 달마산의 기암절벽을 배경으로 실컷 감상할 수 있었다. 말로만 듣던 그 눈 속의 화사한 선홍빛 동백꽃은 더할 나위 없이 아름다웠다. 아침저녁으로 들락거리면서 이 꽃송이들을 탐하는 동박새의 희롱이 농염했다. 문득 젊었던 시절에 떠나보낸 인연의 여자가 뇌리에 떠올랐다. 그 아름다운 날들이 다시 오지 않을 것이라 생각하니 가슴이 아렸다. 청정심을 얻기 위해 찾아온 절인데 이 무슨 망발이란 말인가. 나는 그럴 때마다 마음을 되잡으려 원고지를 붙들고 늘어졌다. 그 원고지들만이 내 생의 궁극적 의지처나 되듯……

너 없음으로

정좌(正坐)

나 있음이 아니어라.

너로 하여 이 세상 밝아오듯
너로 하여 이 세상 차오르듯

홀로 있음은 이미
있음이 아니어라.

이승의 강변 바람도 많고
풀꽃은 어우러져 피었더라만
흐르는 것 어이 바람과 꽃뿐이랴,

흘러 흘러 남는 것은 그리움,
아, 살아 있음의 이 막막함이여.

홀로 있음으로 이미
있음이 아니어라.

— 「너, 없음으로」

　20여 일을 보내고 드디어 상경해야 할 시간, 나는 이 절의 주지인 현공 스님과 함께 아침 공양을 겸상하면서 내일은 그만 떠나야겠다는 말씀을 드렸다. 스님은 그동안 홀로 공부하느라 얼마나 고생이 많으셨냐고 날 위로해 주더니 절밥이 시원치 않아 그간 영양 상태가 좋지 않았을 것이라며 저녁 공양은 밖에 나가 같이 남도 회나 먹자고 하셨다.

그때 나는 '스님이 웬 고기를 드시나' 하는 생각이 들기도 했지만, 한편으로 요즘의 스님들은 외식도 가끔 하므로 그러려니 치부하였다.

그날 오후 약속 시각이 되었다. 절에서 사무장 겸 운전기사로 일하는 처사가 내 방문을 노크했다. 스님이 보냈으니 같이 나가자고 했다. 나는 그를 따라 말없이 근처 사구미 해변의 아담한 한 횟집을 찾았다. 스님이 미리 거기서 기다리고 계실 줄 알았던 것이다. 그러나 그 식당엔 스님이 보이질 않았다. 나는 처사에게 스님은 어디 계시느냐고 물었다. 그제서야 그는 스님은 오시지 않을 것이라며 스님 말씀이 오 교수에게 생선회를 사드리라고 자신에게 용채를 넉넉히 주셨으니, 스님 기다리지 말고 우리끼리 회식이나 즐기자고 했다. 그래서 나는 그날 밤 남도의 청정한 바다에서 갓 잡은 생선의 회를 실컷 먹을 수 있었다.

사문으로서 불교의 계율은 지키되 중생을 배려코자 하는 현공 스님의 그 따뜻한 인품이 고마웠다. 이 역시 불심(佛心)의 발로가 아니었을까?

7

내가 처음 소설가 최명희를 만난 것은 1965년 4월, 대학교를 막 졸업하고 얻은 첫 직장, 전주 기전여자고등학교의 고 3 학생과 국어 교사로서였다. 그때 나는 2학년 담임으로 2학년 전체(성적 우수반인 특별반 2반과 보통반 2반)의 국어를 가르쳤지만 더불어 그녀가 재학하고 있던 3학년 두 반(보통반) 의 국문학사도 담당하고 있었기 때문이다. 그래서 나는 그녀를 매주 2시간씩 배정된 정규 수업

시간과 그 외 학교 문예반의 동아리 활동에서 자주 대할 수 있었다. 당시 문예반 지도교사는 나와 시인 이향아 선생이었다. 이 무렵의 분위기에 대해서는 앞에서 이미 밝힌 바 있다(4장 「터널의 끝」 참조).

나는 이 학교에서 2년을 보낸 후 1967년 봄에 직장을 서울의 보성여자고등학교로 옮겼다. 그래서 이후 수년간 그녀와 직접 만날 기회는 없었다. 그러나 그녀가 가끔 주는 연락과 상경한 이 학교 졸업생들을 통해 그녀가 모교의 서무과에 근무하면서 그곳의 어떤 야간대학에 적을 두고 있다가 전북대학교로 옮겨 졸업을 했고, 그 후 다시 모교의 교사로 취직했다는 근황만큼은 대체로 알고 있었다.

그런데 1974년인가, 마침 내가 서울의 보성여자고등학교를 사직하고 대전의 충남대학교에 부임하기 직전이었다. 그녀로부터 한 통의 전화가 걸려왔다. 직장을 서울로 옮기고 싶으니 교사 자리를 알아봐 달라는 부탁이었다. 그래서 나는 보성여고 교장이었던 김정순 선생께 최명희를 추천했고, 다행히 일은 잘 성사되어 그 후 몇 년간 그녀는 내 후임으로 보성여고 교사를 지냈다. 그녀가 서울 생활을 시작하게 된 계기다.

한편 그때 명희는 아직 미혼이었다. 보기에 안쓰러웠다. 본인의 의사를 들어본즉 상대가 적당하다면 결혼을 굳이 피하고 싶지는 않은 것 같았다. 그래서 나는 당시 어느 대학 시간강사로 ─지금은 정년퇴임하여 인하대학교 명예교수로 있지만─ 출강하던 대학 동기생을 소개해 주었다. 결혼을 전제로 한 만남이었고, 그 뒤 둘은 곧 서로 좋아하는 사이로 발전하는 것 같았다. 그래서 상당한 기대를 걸었는데 무슨 이유에선가 사귄 지 1년 만에 돌연 헤어져버리고 말았다. 사생활에 관한 문제라서 나는 지금껏 그들에게 자세한 이유를 물어보지 못했다. 다만 일 년이나 시간을 끌다가 숙명여대 출신의 다른 여성과 결혼을 해버린 내 친구에게 책임이 있을 것 같아 좀 당혹스러웠을 따름이다.

내가 대전의 충남대학교에 재직하고 있는 동안에도 서울의 그녀는 가끔 소식을 전해주었다. 신춘문예에 투고할 육필 원고를 보내와 내 소감을 묻기도 하고, 당선되자 작품이 실린 지면을 우편으로 부쳐오기도 했다. 《여성동아》에 「혼불」을 연재할 무렵까지도 그랬다. 그러나 차츰 문단의 인정을 받아 지명도도 올라가고 생활이 바빠지자 그녀는 내게서 점차 멀어져갔다. 그리곤 마침내 소식이 끊겨버렸다.

내가 대전 생활 7년을 보내고 직장을 다시 서울의 단국대학교로 옮긴, 그러니까 1982년 전후의 어느 겨울이었다. 해후라면 해후랄 수 있을까, 공교롭게도 나는 우연히 명희를 서울에서 재회할 수 있었다. 그것도 거리에서…… 그 겨울밤 나는 영하의 차가운 밤바람을 맞으며 광화문 광장의 버스정류장에서 귀갓길의 시내버스를 기다리고 있었다. 춥고 늦은 시각이어서인지 거리에는 인적이 거의 끊기다시피 했다. 버스도 쉬이 오지 않았다. 그래서 나는 버스정류장 표지판의 기둥에 기대서 망연히 버스가 오는 세종회관 쪽을 바라보고 있었는데 멀리 가로등에 비치는 남녀 한 쌍의 다정한 실루엣, 그들은 내 쪽으로 다가오고 있었다. 그런데 가까이서 드러낸 그 얼굴, 바로 명희가 아닌가.

나와 눈이 마주친 명희는 화들짝 놀라는 표정을 짓더니 상대방의 팔에 낀 자신의 팔을 풀고 상냥스럽게 "어머, 선생님." 하며 호들갑을 떨었다. 그제서야 나는 그 옆에 선 남성을 돌아다보았다. 한국문단의 권력 중심에 서 있는 어떤 문인이었다. 나를 알아본 그는 어색한 분위기를 눈치챘는지 "오 형, 어쩐 일이요? 아, 우리가 이럴 수는 없지. 어

정좌(正坐)

디 가서 차나 한잔합시다." 하며 두리번거렸다. 그러나 이때는 아직 야
간통행금지 제도가 시행되고 있었던 시절, 밤 11시 가까운 시간까지도
영업을 하는 다방은 찾을 수 없었다. 그래서 우리는 몇 마디 덕담을
나눈 뒤 헤어지고 말았다.

다시 연락이 끊긴 채 수년이 흘렀다. 그동안 나는 직장을 단국대학
교에서 서울대학교로 옮겼고, 1995년 가을부터 1년간은 미국의 버클
리대학에서 한국현대문학을 강의할 기회를 얻게 되었다. 그러던 그해
가을이었다. 시카고의 노스웨스턴대학으로부터 내게 그들이 주최하는
한국학 행사에 와서 강연을 해달라는 요청이 왔다. 매년 있는 정기 행
사라고 했다. 그래서 나는 미국의 동부지역을 여행도 할 겸 약속한 날
짜에 맞추어 그 대학을 찾았다. 가서 보니 우리 교민들을 중심으로 꽤
많은 청중이 운집해 있었는데, 의외로 거기에 명희가 와 있지 않은가?
몇 년 만에 보는 그녀였다. 알고 보니 그녀 역시 한국의 대표적인 여성
작가로 초청되어 강연이 예정되어 있었다.

순서는 내가 먼저였다. 나는 가능한 한 이야기를 빨리 끝내고 '나보
다는 인기 작가 최명희 씨의 이야기를 듣는 것이 더 보람 있을 것이다.
사적으로 최명희 씨는 고등학교 시절의 내 제자인데 옛말에 '청출어람'
이라는 말도 있듯 최명희 씨가 스승보다 더 뛰어난 인물이 되어 기쁘
기 그지없다'라는 요지의 말로써 끝마무리를 지었다. 이어서 명희의 강
연이 있었고 오전의 행사는 그것으로 끝나 우리 모두는 점심을 먹으
러 강연장의 문을 나서게 되었다. 그런데 그 순간이었다.

갑자기 어디선가 명희가 달려왔다. 그러더니 그녀는 그 소란스러운
분위기 속에서도 일부러 내게 다가와 이렇게 말하는 것이었다. "아이
선생님, 선생님이 기전여고 교사로 계실 때 제가 학생이기는 했지만 저

는 선생님에게서 배운 적은 없어요." 다른 말 없이 그것이 전부였다. 찰나, 나는 머리가 일시에 텅 비어버리는 것 같았다. 그리고 기억이 뒤범벅되어 정말 그런 것도 같다는 착각마저 들었다. 앞서 언급했듯 그녀가 고등학교 3학년이었을 때 내가 '국문학사'라는 과목을 분명 가르쳤음에도 말이다. 너무도 당황한 내가 그 자리에서 무엇이라고 말했는지 그때나 지금이나 아무런 생각이 나지 않는다.

다만 내 옆자리에서 현장을 목도한 시인 문정희 씨가 "어머, 선생님, 명희가 왜 저래요? 비록 가르치지는 않았어도 선생님은 선생님이 아닌가요?" 하는 소리가 들렸을 뿐이었다. 나는 그녀에게 '명희가 뭔가를 착각하고 있나 봐' 하고 말하고 싶었으나 꾹 참았다. 그리고 행사가 끝나자마자 뉴욕으로 떠나버렸다.(문정희 씨는 이미 고등학교 시절부터 최명희와 펜팔이 된 문단 친구로 마침 그 무렵 시카고에서 자동차로 약 4시간가량 걸리는 아이오와대학의 '국제창작프로그램'에 참여하던 중이었다. 그날은 일부러 나와 최명희를 만나기 위해 그곳까지 와서 자리를 함께한 것이다.)

나는 아직도 그 미스터리를 풀지 못한다. 그녀가 무언가를 착각한 것일까? 무슨 의도가 있어 짐짓 거짓말을 한 것일까? 아니라면 내가 자신의 스승인 것이 부끄러워서였을까? 설령 그렇다 하더라도 그때 그 장소에서 굳이 그런 말을 꼭 해야 했을까? 어떻든 그런 사건이 있고 2, 3년 후, 그녀는 그만 나와 유명을 달리하고 말았다. 그러나 지금의 나로서는 다만 명작 『혼불』을 쓴 작가 최명희만이 가슴에 남아 있을 뿐이다. 그의 명복을 빈다.

정좌(正坐)

8

2004년 어느 봄날이었던가. 우편으로 초청장 하나가 날아왔다. 황금찬 선생이 태평로의 프레스센터 갤러리에서 시화전을 연다는 내용이었다. 개인적으로 나와 가까운 분이시기에 그 개막식에는 꼭 참석할 일이었다. 그러나 나는 다른 바쁜 일정들이 있어 폐막 직전에서야 겨우 선생을 찾아뵐 수 있었다. 그런데 이 무슨 조화랴? 내가 택시에서 내려 전시장 입구에 막 들어서려 하니 큼지막하게 눈에 들어오는 포스터 한 장, 거기엔 '황금찬'이라는 성함과 함께 또 하나의 친숙한 이름 '오세영'이 분명 쓰여 있지 않은가.

순간 나는 이런 생각이 들었다. 아니 내 이름이 왜 여기에 쓰여 있지? 혹시 선생님이 내 허락도 받지 않고 당신의 시화전에 내 작품도 곁들이셨나? 그제야 나는 예의 그 초청장을 꺼내 자세히 살펴보았다. 그러면 그렇지! 희한하기도 했다. 그 포스터에 나붙은 '오세영'은 내가 아닌 오세영, 그러니까 황금찬 선생의 시를 그림으로 그려서 선생의 시와 함께 공동으로 이 시화전을 개최하고 있는 제3의 인물, 다름 아닌 오세영 화백이었다. 덜렁대는 성격 탓이기도 했지만, 나는 그즈음 바쁜 일들 때문에 그 순간까지도 초청장의 내용을 주의 깊게 읽어보지 못했던 것이다.

점심시간이어서 홀 안은 한산했다. 중앙에 놓인 탁자 앞에서 황 선생님만 홀로 덩그러니 앉아 계셨다. 내가 먼저 대강 전시 작품들을 감상하고 선생 곁으로 다가가자 선생은 내 손을 잡아 빈 의자에 앉히더니 "오 교수, 잘 왔어. 그렇지 않아도 기다리고 있었지." 하신다. 내가 "개막식전에는 참석지 못해 죄송했습니다. 그런데 무슨 특별히 하실 말씀이 있으신지요?" 그러자 선생은 "아니야. 오 교수와 인연이 될 좋은 친구를 하나 소개해 주려고. 그런데 이 친구 점심을 먹으러 간 지가 오랜데 왜 아직까지 오지를 않지?" 하고 중얼거리셨다. 그 '친구'가 바로 당신의 시를 그림으로 그린 오세영 화백이었다.

그런 전차로 나는 선생께 붙잡혀서 반 시간 남짓 기다린 끝에 내 이름과 동명인 그 오세영 화백을 처음 그곳에서 조우할 수 있었다. 한눈에 천진하면서도 우직스러워 보이는 인상이었다. 예술가적 고집과 자기 세계에 대한 확신이 두 눈에 가득한 분이었다. 좀 몸집이 크다는 느낌이 들었지만, 그것이 그를 보다 정력적인 에너지의 작가로 돋보이게 했다. 어떻든 수인사를 나누고 우리의 화제는 자연스럽게 동명 '오세영'에 관한 것으로 돌아갔다. 그리고 다음 차례로 우리는 상호 신상에 관한 이야기와 ─그런 상황의 한국 사람이라면 누구나 흔히 그렇게 하듯─ 본관과 고향은 어딘지, 항렬은 어떤지, 나이는 누가 더 많은지, 어떤 대학을 졸업했는지 따위에 대한 대화를 이어갔고, 오세영 화백이나 나나 한글로서의 이름은 모두 같지만 한자(漢字)의 이름 중 '세(世)'는 동일해도 '영' 자는 오 화백은 '꽃부리' 영(英) 자여서 영화 영(榮) 자인 나의 이름과 다르다는 것을 알았다.

그 사이에 황금찬 선생이 끼어 들었다. 오 화백은 당신의 오랜 제자인데, 십수 년 전 서울의 동성고등학교 국어교사로 재직하실 때 가르쳤던 학생이라는 것이다. 그런 전차로 나는 오 화백이 동성고등학교를 졸업하고 서울대학교 미술대학에서 공부했으며 젊은 시절, 한국에서 작업하다가 도미하여 미국의 필라델피아에서 혹은 화가로, 혹은 미대 교수로 활발하게 활동한 뒤 최근 귀국해 다시 예술의 불꽃을 피워올리고 있는 분인 것을 알게 되었다. 국내보다는 오히려 외국에서 더 널리 인정받는 국제적 명성의 화가라는 것도…….

헤어져야 할 시간이었다. 나는 의례적으로 "우리 언젠가 시간 나면 한번 뵙도록 하죠." 하고 자리를 일어서려 했다. 그런데 이를 곁에서 지켜보시던 황금찬 선생이 오 화백을 돌아다보며 불쑥 던지는 한마디. "이번에는 내가 오 화백과 시화전을 했지만, 다음 번엔 오세영 시인과 해보는 것이 어떨까? 오 화백은 잘 모르겠지만 오 시인도 훌륭한 시인이라오. 무엇보다 이름이 같으니 재미있지 않겠나?" 그러나 나는 그 말을 콧등으로 흘리고 밖으로 나와버렸다. 물론 그 만남에 대해서도.

그런데 그 후 몇 달이 지나서였다. 예기치 않게 오 화백으로부터 전화가 걸려왔다. 자신의 아틀리에가 명동에 있으니 지나가는 길에 한번 꼭 들르라는 것이다. 그래서 우리는 그해 가을 오 화백의 명동 아틀리에에서 다시 만나게 되었고, 그 자리에서 누가 먼저랄 것도 없이 서로 약속이나 해놓은 듯 오세영 시인과 오세영 화백의 공동 시화전을 개최하기로 합의를 보았다. 무슨 철학적이고 미학적인 이유가 있어서가 아니었다. 이름이 같은데, 한 사람은 화가이고 한 사람은 시인이니 황금찬 선생의 말씀대로 우선 재미있지 않겠는가 하는 것뿐이다. 사실이 그렇지 아니한가? 언제인가 백남준이 예술은 일종의 사기(詐欺)라 했다고 해서 화제가 된 적이 있었다. 그러나 예술이 '사기'라는 것이 어디 백남준만 알고 있었던 진실인가. 그에 앞서 예술은 이미 '장난(유희)'이고 또한 '재미(즐거움)' 아니던가.

그리해서 내가 동명이인의 이 시화전의 주제를 '문명사의 종말과 그 새로운 모색'으로 정하고 오세영 화백이 이에 합당한 나의 시 50여 편을 골라 그림으로 그리기 시작했던 것이 2004년 겨울이었다. 그리고 이를 「현대문명비판시화전 ― 바이러스로 침투하는 봄 문학 그림전」

이라는 제명 아래 인사동 아트센터 5층 화랑에서 개최한 것이 그 다음 다음 해 그러니까 2006년 3월 1일부터 일주일이었으니 준비에서 개막까지 걸린 시간이 약 1년 6개월이었다. 출판사 랜덤하우스중앙과 '문학과 문화를 사랑하는 모임'의 초대전 형식이었다. 물론 나는 이때 이와는 별도로 이 시화전에 출품한 시들을 수합하여 『바이러스로 침투하는 봄』이라는 시선집을 간행하기도 했다.